陈思和

著

中国新文学整体观

（修订版）

稷下文库

中国教育出版传媒集团
高等教育出版社·北京

作者简介

陈思和

1954年生于上海。复旦大学文科资深教授，中文系博士生导师。
教育部高等学校教学名师奖获得者。
曾任复旦大学人文学院副院长、中文系主任、图书馆馆长等职，
兼任上海市文史研究馆馆员、上海市作家协会副主席，
曾兼任中国作家协会全委会委员、中国现代文学学会副会长、
中国当代文学学会副会长、中国文艺学学会副会长等。
主要研究方向为中国现当代文学、中外文学比较和当代文学批评。
代表作有《中国新文学整体观》《新文学整体观续编》《人格的发展——巴金传》等，
主编教材有《中国当代文学史教程》等，并有《思和文存》（三卷）、《陈思和文集》（七卷）。
著作多次获得上海市哲学社会科学优秀成果奖著作类一等奖、
教育部高等学校科学研究优秀成果奖（人文社会科学）一等奖、鲁迅文学奖等。

①

① 《中国新文学整体观》各版书影一
② 《中国新文学整体观》各版书影二
③ 《中国新文学整体观》韩文版书影
④ 期刊文章
⑤ 作者书房
⑥ 作者手稿

"稷下文库"总序

学术史的传承有绪、守正创新，建基于今人对前贤大家学术思想的意义生发，离不开学术成果的甄别、整理和出版。高等教育出版社作为新中国最早设立的专业教育出版机构，始终以"植根教育、弘扬学术、繁荣文化、服务社会"为使命，与我国教育文化事业同发展、共成长，以教材出版为主业，并致力于基础性学术出版工作。为了更为系统地呈现当代中国人文社会科学领域的经典学术成果，我们特推出"稷下文库"丛书。

"稷下"之名取自战国时期齐国的稷下学宫。稷下学宫顺应时代变革而生，是世界上最早的官办高等学府，倡导求实务治、经世致用和学术自由、百家争鸣的学风，有力地促成了先秦学术文化繁荣的局面，更对后世思想、学术、文化的发展和交流传播产生了深远影响。我们希望延续这一传统，以学术经典启迪当下、创造未来，打造让学界和读者广受裨益的新时代精品学术出版品牌。

"稷下文库"将以"荟萃当代优秀成果，彰显盛世学术繁荣"为宗旨，注重历史与现实相结合、理论与实践相结合，涵盖人文社会科学各个门类，收录当代知名学者的代表作，展现当代学术群像，助力学术发展繁荣。

习近平总书记在哲学社会科学工作座谈会上指出，当代中国正经历着我国历史上最为广泛而深刻的社会变革，也正在进行着人类历史上最为宏大而独特的实践创新，这必将给理论创造、学术繁荣提供强大动力和广阔空间。加快构建中国特色哲学社会科学学科体系、学术体系、话语体系，是新时代的战略任务，也是中华民族的期盼。我们愿与广大学人和读者一道，为展示中国学术风貌、传播中国声音贡献一份力量。

高等教育出版社

2022年10月

目录

上编

中国新文学整体观

代序

『新文学整体观』的构想
——答林爱莲问 *

* 　《中国新文学整体观》1987年由上海文艺出版社出版，责编是林爱莲。这个对话在当时放在书前作为序言。本次收入，有删减与修订。特此说明。

问：我读完了你的《中国新文学整体观》全部书稿，我觉得你在书中所收的八篇文章，既能够单独成篇，又有着内在的某种联系。你在这些文章的题目选定上，是否经过认真考虑而定的？

答：是的。我在拟定这些题目时，是把它当作一个整体来构思的。系列文章的好处是有系统性，但又不像"专著"那样，必须面面俱到。它比较灵活，能够独立成篇，串起来又是一个整体，可以比较全面地体现作者的总体构思。这本《中国新文学整体观》，实际上是一本新文学面面观。它的全部内容当然不是八篇文章所能概括的。我设定这几个题目，是因为我觉得要打通现当代文学的研究领域，建立"中国新文学"这门学科，这些方面是首先需要解决的。这些题目似乎都联系着从五四到新时期的每一个历史环节。它们不是局部的、某一历史阶段的问题，而是贯穿于整个新文学史的现象。

问：你在第一篇文章里就提出了"整体观"问题，可见你首先着眼的是研究方法。这种研究方法不仅仅使你变换了一个研究视角，更重要的是，使以往新文学史上作为定论的一系列学术观点都发生了动摇，造成文学史本身的大片空旷的领域。你能否谈谈"整体观"研究方法的意义？

答：我在这本书里所要探索的，就是如何运用"整体观"的视角，或者说，运用"史的批评"方法来解释中国新文学。对我来说，方法论的意义比新的学术观点更为重要。因为从近年来的现代文学史研究现状来看，似乎路越走越窄了。前几年，随着政治思想上的拨乱反正和解放思想的深入，本来被"左"的路线肢解得残缺不全的现代文学，已经恢复了比较完整的原貌。蒙冤含屈的作家作品重新受到肯定，被遗忘了的作家作品重新引起关注，过去人们不敢问津的作家作品也开始得到应有的评价。这可以说是前几年现代文学研究的主要成绩。可是当大量历史遗留下来的空白被填补以后，现代文学的研究似乎出现了困境。由于现代文学被局限在一个非常狭小的时空范围之内，研究对象的封闭性不可避免地造成了研究课题过于密集、研究视野受限制等弊端。为了改变这种状况，目前研究者正在致力于两个方面的开拓：一种是横向的开拓，所以比较文学的研究方法应运而生。追究西学东渐的历史演变，搞清西方文学理论、文学思潮与流派在中国新文学发展中的来龙去脉，研究中国现代作家的创作风格在形成过程中的外来因素，等等。另一种是纵向的开拓，于是有整体的研究方法产生。现在许多人提出现代文学与近代文学之关系研究、现代文学与当代文学之关系研究，以及整个20世纪文学研究等课题，都是旨在作这样一种探索。通过对20世纪以来文学作整体的综合的研究，来打破以往现代文学研究的封闭状态。我在整体观上想开辟一条新的研究道路，提供一种新的研究视角，只是给当前许多研究工作者的探索实践凑一份趣而已。

问：你是否认为现代文学与当代文学的沟通，将是现代文学研究的一种出路？

答：是的。现在现代文学研究势头在衰弱，北京原来有好几家刊登这方面研究成果的刊物都纷纷停刊，或者内容转向。这种研究学科的盛衰现象我以为是正常的，正像前几年拨乱反正的高潮中，现代文学研究一下子兴盛起来也是有其社会原因的一样。那时，党的十一届三中全会刚刚召开，实事求是的思想路线也刚刚恢复，文学理论研究、文学史研究中还有许多禁区未能冲破，这就促使青年人把眼光转向现代文学：研究古典文学离现实太远，不能满足青年学者关心现实改革的心愿；研究当下的文学又离现实太近，有许多现象不容易一下子说清楚。这样，现代文学正好成为历史与现状的中介，它离当下现实不远不近，有许多源头可以解释现状，又有许多理论空白可以去大胆探索，现代文学研究就自然而然地吸引了年轻的研究者。事后也证明，在20世纪80年代头几年，现代文学研究在全国各种文学研究领域中最为活跃。但在近几年，随着学术民主的健全和学术讨论中和谐气氛的形成，再加上新时期文学的创作实践取得了丰硕的成果，青年学者研究当下的文学有了驰骋空间。1985年文艺理论方法论的兴盛可以说是一个标志。这种局面不能不对原先孤立、封闭的现代文学研究构成冲击，许多研究现代文学的青年人越来越关心当下文学。这是必然的趋向。我认为当前现代文学研究出现的衰势未尝不是一件好事，它可以促使这门学科发生一次根本性的改变，冲破自我设定的框架，与当代文学联成一气，这样，随着当代文学的无限止发展，这门学科也将会发展下去，并且不断地充实自身，更新自身。

问：那么你认为现当代文学研究打通以后，对当代文学研究会产生什么影响？

答：从当代文学研究的现状看，如果斩断了与现代文学的联系，许多问题的源头在研究者心中不甚了了，尤其是1949年以后发生的许多文学运动、文学现象都与抗战以后形成的文学局面有极为密切的联系，斩去了那一头，对当代文学史的许多现象的理解只能是人云亦云。而且"当代文学"时间下限的无限止延伸，又给人一种学科发展不稳定的感觉。尽管1949年到现在也有三十多年，但至今还被认为是一种不成熟、缺乏定论的文学阶段，不能作史的研究。自然，把当代文学，尤其是当下的文学与五四新文学的整体发展割裂开来，就只能在零星碎片中进行评论而无法作综合的、宏观的研究。近年来关于当代文学要进行"史的研究""综合研究""系统研究"的呼声，正反映了摆脱这种局限的革新要求。如果我们把自五四以来的新文学发展看成一个整体，那么，当代文学、新时期文学都不会像无根之云那样飘忽不定，而是可以在新文学的整体框架上来确定各自的价值、地位与影响。

问：有一种说法，认为当代文学不宜成史，因为它还没有经过时间的检验，还不能在学术上给以定论。你的"整体观"与这种观点是否有矛盾？

答：如果仅仅是因为当代文学没有经过时间的检验，或者说它还不能给以科学定论，就不能成为史，我以为是不对的。这里涉及如何认识历史。历史可以分纯客体性与主客体性两类要素。纯客体性要素是指完全不依赖研究者的主观经验而存在的物体，如历史遗物、文学作品等等，主客体性要素是指借助于人的主观经验而保留下来的历史史料，如回忆录、记载报道，包括前人的史书等。依靠文字记载下来的历史，本身就是主观性很强的。所谓时间的检验，其实是由每一代人的主观检验的，尤其当实物找不到时，就只能借助这种一代代传下来的主观检验的成果作为依据。我以为我们今天把当代文学作"史的研究"，正是一种主观检验，这本身就是一种历史。文学作品离开了人的阅读、人的评价，哪来的时间检验？至于学术上的定论也是这样。我们评论界经常有人拒绝对新出现的作品进行评价，以为新出现的作品还缺乏学术上的定论。但我感到奇怪的是，学术上的定论是怎么来的？它不是由我们去做的吗？我们研究当代文学史，就是要给当代作品作学术上的定论。而且，我觉得写文学史的时间越近，它所接触的纯客体性要素越多，也越可靠。譬如，就现代文学史的几本专著来说，对我影响最大的是王瑶先生的《中国新文学史稿》，这本书出版的时间最早，里面收集的材料也最多，它几乎成为我研究现代文学的入门启蒙书。以后出版的文学史著作，除了对我产生过束缚，并无其他影响。所以，我觉得要保留当下文学的真实面貌，就应该把它当作史来研究，尽量地保持一些纯客体性的要素。

问：过去经常有这样的情况，一部作品在发表时，社会效果的大小往往与特定的政治社会的环境有密切关系，而文学史最终保留下来的，是艺术上的珍品，这里是存在矛盾的。20世纪50年代有许多轰动一时的作品，现在有几个人会去读呢？

答：这样的矛盾是存在的。但文学史的任务是要历史地评价作品，它不应该完全把作品的社会效果与艺术效果分割开来。当代的，尤其是新时期的文学作品，刚刚发表时可能因为各种外在原因而刺激起评论家的兴奋，给以过高的评价，但如果运用"史的批评"方法，把这些作品放入新文学的整体框架中去评价，可能就会客观得多，也可能会避免那些名不副实的评价。"整体观"的好处之一，就是用历史的眼光去认识作品中出现的新因素，并及时发现这些新因素在文学史上的渊源和意义，实事求是地全面地去研究它，而不至于把研究对象孤立起来，给以过高或过低的评价。

问：我觉得你对文学史的研究，是建立在充分尊重历史、理解历史的基础之上，不是那种随意性的评论，但是你从许多资料中得出的结论，又与过去文学史的定论不一样，可以看得出是有你的独特的研究个性的。我想请你谈谈，你是怎样将文学史研究的科学性与研究者的主体意识结合起来进行研究的？

答：文学史研究，是对已经发生的文学现象的描述，它必须建立在充分的材料研究基础之上，这就是你所说的要尊重历史、理解历史，文学史研究当然存在对象的客观性。你研究鲁迅，只能拿鲁迅作品中所提供的内容作材料，不能拿巴尔扎克或雨果的作品作材料，这是研究对象对研究者的制约。我不认为文献资料对研究者会是一种累赘，尤其是要对文学史作出科学的鉴定时，只有老老实实地下功夫，才能产生真正有学术价值的思想。而过去的文学史研究，毛病不是太客观，而恰恰是太主观了，把左翼文艺抬到至高无上的地位而贬低一些有成就的作家，这难道是客观的吗？文学史不提沈从文、废名、徐志摩、张爱玲、钱锺书、胡风、路翎等人的创作，难道不是一种主观选择的结果吗？正是由于这种主观选择，造成现代文学史上的许多空白。因此，我们现在研究新文学史，第一步就要坚持从客观材料出发，坚持实事求是的原则，恢复被政治偏见扭歪了的真相。过去极左的路线要歪曲历史，总是千方百计不让人们接触事实真相，长期以来，人们已习惯于把无知当资本，自己对历史进程起了阻挠的作用，还自以为真理在手，那是很可笑的。

我的研究出发点不是对以往客观事实的不尊重，而是对以往那些主观结论的怀疑。以往文学史研究的缺点，不仅在于客观材料的缺乏，更重要的是思想的贫乏。尤其是一些集体编写的教材，仅仅是依循一个既定原则而填些说明性材料，缺乏个性。我觉得文学史著作与历史本身不一样，既然它成为一种文字形态表现的历史，就应该充分渗透研究者的主观的独特的理解。如果你的理解与过去的既定结论没有大的不同，还去浪费时间写书干吗？你刚才问到研究者的主体意识，我想，只要是一个严肃的、善于思考的、又富有审美感受的研究者，面对大量的文学史材料时一定会有自己的独特感受。（当然，这里还包括研究者个人的思想修养以及他的生活环境。）我不想标新立异，也绝不想在学术研究中以新奇来炫耀，我想说的，都是我经过认真思考得来的心得。文学史著作，是一种对以往文学的主观解释，不可能没有独立的见解，也不可能失去主体意识。但主体意识绝不是不尊重史料作任何随意性的解释，这是我要再三强调的。

问：由此我想起另一个问题，你在文章中多次提到现代意识，你是怎样理解现代意识与文学史研究的关系的？

答：对于现代意识与文学史研究的关系，我想应有两种理解：一种是所谓现代意识，是指20世纪以来随着自然科学的新发现，给人对宇宙、世界、自身认识带来的一系列根本性的改变，以此形成新的意识形态，基本特征是与西方文艺复兴以来的传统思想的一种对立。这种现代意识是世界性的，中国现代文学受到它的影响，我们研究中国现代文学，不能不注意到这些问题。我的系列文章中有几篇是研究这方面课题的。另一种是把现代意识理解为20世纪80年代的精神特征。也可以称作当代意识，即用我们今天所认识的高度来重新评价、重新认识以往的文学现象。这是属于方法立场的问题。每一个时代总是有自己的时代精神，站在时代的高度，把时代精神融合进对文学史的评价，是历代文学史家的使命。一部文学史著作留给后人的，不仅仅是其内容的真实可信，更有意义的还是研究者的时代精神，让后人从不同时代的文学史著作中理解各个时代的不同精神。我们在今天编写文学史，绝不应该重复前人的认识水平。这也是时代的要求吧。

问：你对文学史的研究花了不少工夫，那么，你最近所写的这几篇系列文章，是否是作为一种文学史的样式去尝试的？你所选定的那几个题目，是不是企图重新搭起一个新文学史的框架？

答：没有。文学史是一种既严密又系统的专著。我的这几篇文章，不过是研究文学史过程中的副产品，或者说，是对文学史思考的一些札记。我把它们当作批评文章来写。这几个题目不可能构成一部完整的文学史框架，我是想通过这几篇文章，来阐述我对下列三个问题的见解：一是中国新文学史上"前三十年"与"后三十年"的关系；二是中国新文学发展中，现代主义思潮与现实主义思潮之间的关系；三是中国新文学发展中当代意识与文化传统之间的关系。这三个问题都是由当前理论界提出来的，我只是联系新文学的整体框架来作出自己的解说。回顾历史，是为了给当前面临的问题寻求答案。

中国新文学史研究的整体观

一、新文学是一个开放型的整体

源远流长的中国文学长河，在20世纪发生了一次影响深远的激变，不仅时代的河床改变了它的流向和流速，而且，由于外来的新源流的汇入，水质也发生了变化。五四新文学运动以后，中国文学传统的生命力以崭新的面貌开始了它的发展历程。

五四以来，中国政治生活屡生巨变。人们习惯以政治事件为标准来衡量文学，把文学史拦腰截断，形成了以1949年为界的"现代文学"与"当代文学"的学科概念。这是一种人为的划分，它使两个阶段的文学都不能形成各自完整的整体，妨碍了人们对新文学史的深入研究。

文学创作是人类的一种精神活动，它既来源于社会生活，是社会生活的反映，又具有相对独立的发展规律，有其自身的历史继承性与发展逻辑。根据社会发展史或者政治史来划分文学的时期，无法准确地体现文学发展规律。现代文学史的分期不一定要与现代政治史的分期一致，文学有自己的道路，它的分期应该是对作家、作品、读者三个方面进行综合考察的结果。

如果我们不是以作家的年龄或作品的类别为标准，而是将作家群体的出现及其创作倾向综合起来考察，不难发现五四以来的新文学史，可以划分为六个特征各异的文学层次：

第一个层次是五四一代的知识分子，主要代表有蔡元培、陈独秀、

中国新文学整体观

中国新文学史研究的整体观

胡适、鲁迅、周作人、沈雁冰、郭沫若、郁达夫、徐志摩、田汉等。他们生活在世纪之交,一方面看到了旧制度以及传统经济方式的式微,另一方面又接受了外来文化的影响,能够比较理性地看待社会转型期所发生的各种变化,并及时地作出相应对策。他们离开了传统仕途,开始与社会生活发生较为密切的联系,从辛亥革命到五四运动,他们都留下了积极行动的痕迹。他们走的是非仕途的"士大夫"道路,企图通过思想文化领域的革命来恢复他们在政治文化方面失去的中心地位。这一代人最终掀起了一场新文化运动,开创了中国20世纪文学的新格局。

第二个层次是三四十年代活跃在文坛上的作家,主要代表有巴金、老舍、沈从文、胡风、冯雪峰、艾青、丁玲、夏衍、曹禺、钱锺书等,他们中有不少人来自农村,但多数聚集在城市里,直接接受了新文化的现代教育,如巴金所说的,是"五四运动的产儿"。北伐结束后,大批知识分子被抛出了政治中心圈,回到文坛重操旧业,成为政治权力的被放逐者。他们从事创作,有的是借助文学幻想来重温政治梦,也有的慢慢适应了自身的社会位置,在政治圈外建立起新的文学的价值标准。与前一层次的作家相比,这一代作家的创作没有那样博大恢宏,但更富有感情的敏锐性,作品的数量与质量都是可观的。他们开始摆脱西方文学思潮流派的制约,形成个人的独有风格。他们是文坛上群星璀璨的一代,其创作活动一直延续到20世纪40年代末,标志着五四新文学的成熟。

第三个层次是在抗战烽火中诞生的,形成于当时的敌后抗日根据地,代表作家有赵树理、孙犁、周立波、柳青、郭小川等,以及作为理论代表的周扬。抗战给知识分子重新提供了直接参与庙堂的机会,促使大批作家弃笔从戎,投身于前线或后方的抗战活动。但在这一场民族战争中，知识分子的理想一再受挫。由于战争文化的规范，知识分子在实践中不断失落自己在政治中心圈内的地位，渐渐地被逐向文化边缘。这个过程在20世纪50年代以后继续着，并且以极其尖锐的方式来呈现，直到1976年的新时期才告一段落。这一时期的文学创作也曲折地反映了这个艰难过程。

第四个层次与第五个层次在时间上是并行的，只是两个不同地域空间的知识分子群体试图重返庙堂的梦想，文学创作反映了这一心态。第四个层次形成于20世纪50年代的中国大陆，作家中的代表是王蒙、流沙河、邵燕祥、高晓声、陆文夫、张贤亮等。他们属于50年代学生出身的知识分子群，思想敏锐，富有理想，文学创作中有多方面的学习对象（主要是学习苏俄文学、民间文学以及古典文学）。他们最早表现社会主义社会内部的矛盾与冲突，反映和平时代人们的生活愿望与生活方式，力图使文艺从战争的阴影中摆脱出来，重新恢复知识分子干预生活的职能。但在1957年的政治运动中，他们中的大多数都遭到了整肃，直到70年代末才恢复了写作的权利。这一代人备受磨难，却没有失去生活的信念，他们在良知的召唤下又重新握笔，写出了揭露社会矛盾、表达人民心声的文学作品，由于他们在文坛上梅开二度，被称为"重放的鲜花"。

第五个层次是指崛起在20世纪五六十年代我国台湾文坛上的一批作家，有白先勇、七等生、王文兴、王祯和、黄春明、陈映真、余光中、罗门、洛夫、姚一苇等。他们中无论跨海迁台作家，还是台湾本地作家，都受过当时弥漫西方文坛的现代主义文学的洗礼。他们崛起于50年代，提倡现代诗，介绍现代主义文学，以新的审美观念冲破了冷战留在文坛上的浓重阴影，还了文学的本来面目。与此同时，他们中的一批台湾本地作家又高擎起"乡土文学"的旗帜,用现实主义传统来干预政治与生活,直接投入政治活动。由于台湾特殊的政治环境与历史环境,也由于台湾经济由海岛渔港向现代化工业都市的迅速转型,这一切在文化上、文学上都引起反应,70年代的"乡土文学论争"正反映了文学上本土文化与西方文化的冲突。

第六个层次则是20世纪80年代崛起的文学新生代。在大陆有张承志、张炜、韩少功、莫言、王安忆、残雪、北岛等,在台湾或海外有黄凡、林燿德、宋泽莱、张大春、平路、王幼华等,他们大都在20世纪50年代以后出生,传统政治历史的纠葛在他们身上并不曾产生多少影响,他们呼吸着现代世界文化的空气,以新的文化人面目出现在文坛上,重新确认知识分子在现代社会安身立命的位置。他们面对着新的世纪的到来,在历史与未来相交合的一瞬间,为20世纪文学的结束准备着精彩的闭幕词。

在这六个层次之间,前后跨越的作家为数不少,但一般来说,每一个层次都拥有相对稳固的作家群。如果我们作进一步的观察,还可以发现,第一、第二层次的作家群在素质上相当接近,或者可以说第二层次作家只是第一层次作家的文学生命的延续,他们主要是从庙堂中分离出来的知识分子,坚持了一种独立于庙堂而履行政治使命的广场立场。他们在创作中表达了改造中国的落后现状、提倡民主与科学、用西方现代文明的价值体系来建设新中国的迫切情绪,由此形成五四新文化传统。但这只是一种较纯粹的知识分子启蒙传统,它与庙堂、民间同时处于相对立的立场:面对庙堂它必须坚持现代知识分子对现代政治和社会现状的批判;面对民间它负有改造国民性的责任,清除封建传统文化散失在民间的残余,这就使现代中国的庙堂、广场、民间①的三种价值取向长期处于潜在的对立状态②，从五四到20世纪30年代，文坛上发生的许多论争都与这个内在矛盾有关联。第三、第四、第五层次，表面上看似乎有很大的差异，尤其是大陆作家与台湾作家，在思想立场、艺术趣味及知识结构上都有很大的不同，但这些不同之处都是比较外在的，而从一些更为本质的方面，如对人生、对文学艺术的理解，以及知识分子与政治的关系等，却有着内在的相似性。他们对五四传统的继承都有所偏离。由于抗战及之后东西方冷战的局势，政治体制对文学以至文化格局的钳制加强，文学创作不能不在整个时代的意识形态中发展，五四形成的知识分子独立传统受到不同程度的摧残。与此同时，在大陆由于全民族抗日战争而崛起的民间文化传统和在台湾由于光复而崛起的本土文化传统都加盟于知识分子的文学创作，起到抗衡意识形态的作用，政治意识形态、知识分子独立意识和民间文化传统的"三分天下"格局得以建立。直到第六个文学层次，海峡两岸新生代作家的创作才出现了摆脱冷战后新的文化交流的迹象。

在作家的"代"与创作倾向发生变化的同时，文学的读者群有着相应的变化。读者是文学的接受主体，在文学完成的整体过程中，它不是消极被动地接受文学作品，而是以积极的创造性的参与，对文学发展进行反制约。这种反制约包括两层内容：其一，读者在接受文学作品的同时作出积极的反应，以一般公众的思想认识水平与审美趣味，重新解释文学作品。这种公众的解释，往往与创作主体

---

① 庙堂、广场、民间是我研究现代文学史的关键词，指的是三种文学史空间：庙堂是与国家权力联系在一起的文学空间，广场是指独立知识分子的文学空间，民间是指社会民众的文学空间。它们代表了三种不同的文学价值取向。

② 关于现代知识分子转型中的价值取向问题，请参考拙文《试论知识分子在现代社会转型期的三种价值取向》，初刊《上海文化》创刊号（1993年11月）。

中国新文学整体观

中国新文学史研究的整体观

的本来意图不相符合，但由于它体现出某种社会舆论力量，所以通常又反过来为创作者所追认[①]，因而鼓励了创作者去适应乃至迎合某些社会要求。其二，读者群作为一个文学的接受群体，其思想趣味与审美趣味往往反映了社会对文学的一般要求，在日趋商品化的社会里，文学创作往往是创作者赖以谋生的手段，不管创作者自觉与否，他们总要寻求以至投合属于其个人的读者群，并且接受他们的阅读检验。我们过去过多地强调了创作者是教育者，强调文学对读者的教化作用，却忽视了另一面，即读者是创作者的"上帝"，读者对文学有着更内在的制约作用。从新文学的发展来看，新文学的读者群就发生过相当明显的变化。

新文学最初的读者群，主要来自五四新文化运动影响下的知识分子，包括青年学生和有一定文化程度的市民阶层。[②]这些读者的意愿或多或少都反映出五四时代人们新的理想和要求，他们从鸳鸯蝴蝶派的都市小说趣味里摆脱出来，渴望看到新的时代思潮在文学中体现出来。他们在社会变动中大都处于彷徨之中，既不满社会现状，又无力在改变社会现状的斗争实践中有所行动；既反感旧式家庭、封建婚姻

① 新文学史上有两个例子都说明这种"追认"的作用。一是鲁迅的《狂人日记》发表后，被一般公众认为其主题是"暴露礼教吃人"，作者后来给以追认（这个问题可参考拙文《中国新文学发展中的忏悔意识》，已收入本书）。二是曹禺的《雷雨》发表后，一般读者认为是"暴露大家庭的罪恶"，作者也表示愿意追认（参考曹禺《雷雨》初版序，文化生活出版社1936年版，第4页）。
② 茅盾在《从牯岭到东京》一文中认为，新文学的对象不是工农劳苦群众，而是小资产阶级知识分子。他驳斥一些"革命文学"的倡导者时说："什么是我们革命文艺的读者对象？或许有人要说：被压迫的劳苦群众。是的，我很愿意我很希望，被压迫的劳苦群众'能够'做革命文艺的读者对象。但是事实上怎样？请恕我又要说不中听的话了，……你的'为劳苦群众而作'的新文学是只有'不劳苦'的小资产阶级知识分子来阅读了，你的作品的对象是甲，而接受你的作品的不得不是乙。"（《小说月报》19卷10号，1928年10月10日）

制度，又不敢付诸行动（或是有所行动却得不到社会舆论的支持）。因此，他们对文学作品能够表现反抗封建传统、要求个性解放与恋爱自由的主题特别欢迎。他们渴望英雄，尽管他们自己做不成英雄；他们渴望爱情，尽管他们自己得不到爱情。在审美趣味上，他们因为受过一些新文化教育而多少自觉倾向于高雅，希望能多多接受西方文学的熏陶。这就是这一阶段新文学创作特点的客观构成基础。到1937年抗战全面爆发，读者群发生了重大变化。一方面是原有的读者群发生分化，一部分人成为这场民族战争的中坚力量，他们在现实斗争中找到了精神的依附力量，不再动摇彷徨，也不再需要从文学中得安慰；另一方面是大量农民的社会地位在战争中获得了提升，随着他们阶级意识的提高，文化要求也相应强烈起来，尤其是40年代抗日民主根据地内的"各种干部，部队的战士，工厂的工人，农村的农民，他们识了字，就要看书、看报，不识字的，也要看戏、看画、唱歌、听音乐，他们就是我们文艺作品的接受者"①。读者成分的改变，势必会要求文学作品从思想内容到审美趣味发生相应的改变。1949年，中国共产党建立新政权，明确规定文学的对象为工农兵以及其他劳动人民。读者在新的政权建立之初，渴望了解这个政权是怎样取得胜利的，以及自己如何适应投入到新政权所领导的事业中去。这就决定了这一阶段的文学作品所包容的政治教育作用被特别强化。"文化大革命"时期把所谓"样板戏"当作文艺的典范，乃是这种倾向发展到极端的畸形现象。"文化大革命"结束后，文学的对象又变得宽泛了，读者层次的复杂化必然带来文艺创作的多样化与复杂性。原来长期受新文

---

① 　　毛泽东：《在延安文艺座谈会上的讲话》，见《毛泽东选集》第3卷，人民出版社1991年版，第850页。

学排斥的通俗文学也进入文学殿堂，以适应读者群中的娱乐化要求。文艺创作的百花齐放，也许正是在这种多层次、多方位的读者群及其审美趣味的影响与制约下，才可能真正得到实现。

作家、作品、读者三位一体所构成的不同的文学层次，在不同的时间与空间中互相继承、补充、发展、更新、相成相依，形成了中国新文学史的开放型整体。各个文学层次的异同现象揭示了中国文学发展的分期：以五四、抗战和20世纪80年代开始的海峡两岸政治变化，构成了中国新文学史的三个阶段。

正因为新文学的整体是开放型的，它的每一个阶段同样具有开放的特性。我对每一个阶段的时间采取模糊的态度，而不确定它们的具体界限，正是考虑到这个特性。任何一个阶段所包含的作家、作品、读者三个组成部分都不会简单地被否定、被淘汰、被消灭，即使在它们逐渐失去了时代的中心地位和社会影响以后，也还是能在一个较长的时期内作为一种文学思潮的余波而存在并继续产生影响。而新的文学阶段的兴起，也绝不是以前一阶段的简单否定者的面貌出现的。它产生于前一阶段无法解决的内在矛盾之中，又作为前一阶段的合法继承者而执行自己的历史使命，使新文学的内在精神在发展中获得进一步的高扬。

二、新文学与世界文学的整体框架

20世纪中国文学作为一个开放型整体的另一个基本特征，即它的发展运动不是一个封闭型的自身完善过程，它始终处于与世界性的社会思潮和文学思潮的不断交流之中。它的开放型意义，在纵向发展上表现为冲破人为割裂而自成一道长流，恰似后浪推涌前浪，生生不息，奔腾不已；在横向联系上则表现为时时呼吸着世界文学的气息，以不断撞击、对流、互渗来丰富自身，推动文学自身趋向完善。它的整体性意义除了自身发展的传统力量，还在于它与世界文学共同建构起一个文学的整体框架，并在这样一个框架下，确定自身的位置。

文学的发展历史也许能够证明，文学在与外界生活的相互作用之下，有可能从无序状态进入有序状态，并自觉地趋向平衡。这在以往的中国文学中主要反映为国内经济生活与政治局势变化的制约，但自五四以后，由于中外文学的直接对话，横向性的影响开始对这种文学的发展演变趋向产生作用。虽然它不是根本性的，但为文学的表现理想提供了具体的样板。文学间的影响是一种很复杂的关系，似乎很难绝对地分清这样一些经常被人们用绝对化的口气说到的问题：究竟是接受者首先根据自身需要去选择外来影响，还是外来影响首先以自身的魅力对接受者施加了某种影响？

接受者在文学交流互渗过程中无疑扮演了重要的角色。他们虽然从国外接受了各种各样的文学营养，但潜隐于心底的生命之根依然是自己的民族性。这种民族性会不自觉地成为一种尺度，决定着接受主体的选择态度。小至个人大至民族，似乎都离不开接受主体的生命之根。五四新文学开创以来，救国救民的社会责任与追求真理的渴望，使中国知识分子以异常积极的姿态面对西方的思想学说与文学思潮，他们是有选择权利与选择能力的。20世纪初的美国流行着各种文学潮流，胡适把美国诗坛上刚刚掀起的意象派作品中反传统的因素引为知音；而几乎与胡适同时去美国留学的梅光迪等人，则选择了态度更为

中国新文学整体观

中国新文学史研究的整体观

保守、趣味更为高雅的白璧德人文主义作为追求目标，成为胡适提倡新文学的敌人。这种同一文化背景下的背道而驰，正说明了当时个人选择外来影响的一种自由。以后，每一次外来文学影响大规模传入中国，都是国内接受者出于某种需要而选择的结果。20世纪30年代左翼文学的兴起与世界"红色三十年代"的关系，40年代以后的战争文学与苏联卫国战争题材的关系，以至新时期文学与西方现代主义文学的关系，简单地看就是这样：外来文学之所以在中国能寻到它的落脚地，是因为中国本身滋生了适宜它们落脚的环境。

可是我们如果换一个角度看，接受者在这场西学东渐的过程中也未必都是主动的，有时候的情况正相反：接受者在决定选择以前，很可能已经被选择对象改造了面貌，所以他的这一表面主动的行为，实质上仍然是被动的和不得不然的。夏志清在《中国现代小说史》中举过一个有趣的例子。他指出，中国作家对世界文学的知识有局限："由于他们所处的环境特殊，他们对西方文化的了解，也是片面的、不完整的。当时较具影响力的作家，几乎清一色的是留学生，他们的文章和见解，难免受到他们留学所在地时髦的思想或偏见所感染。说真的，我们即使把自由派与激进派的纷争看做留美、留英学生与留日学生的纷争也不为过。"[1]这一看上去相对极端的论点确实也解释了某些现象。第一次世界大战前后，英、美国家秩序尚且稳定，尤其是美国的资本主义制度正处于欣欣向上的阶段，表现出民主政体的优越之处，在这种环境下的中国求学者，很容易从欧美的民主政体中产生金黄色的梦想。而日本自明治维新以后，其国内政治思想一直处于尖锐

---

[1]　夏志清：《中国现代小说史》，刘绍铭等译，浙江人民出版社2016年版，第26页。最早的中译本由香港友联出版社1979年出版。

冲突之中，再加上俄国1905年革命失败以后，许多俄国革命者亡命日本，使得日本的社会主义思潮猛然高涨，这些都在留日的中国学生思想上打下了烙印。这似乎又表明，接受者个人的趣味在选择外来影响上并非绝对地自由任性，因为接受者总是在特定的环境、氛围、对象面前作选择，而所有这些传播主体和传播环境都可能会给他某种暗示、引导或者阻止，迫使他不知不觉地受到影响，去选择这种而不是那种外来文化作为自己的榜样。

也许正因为难以分清接受主体与传播主体在互相作用的过程中谁是主动的一方，我们似乎只能看重双方同时存在的一种关系。这种关系是客观存在的：传播主体——世界文学，通过种种途径传播到中国，与本土的环境相结合以后，成为各种各样的变体；接受主体——中国知识分子，通过种种选择接受了外国文学，并把它们移植到中国以后，使中国文学世界化。这双方的运动所构成的千经百纬的过程系统——可以类推到任何国与国之间的文学思想的交流——成为世界文学整体框架中的体内经络与动脉。

认识这种关系在世界文学整体框架中的作用是十分重要的。长期以来，我们在研究20世纪中外文学交流时往往只强调一面而偏废另一面。当强调了传播主体的影响时，就容易把这种影响视为文学发生的根本动力，甚至得出五四新文学是外国文学在中国移植的结论；同样，当强调了接受主体的选择时，又往往夸大了民族性和自我选择标准，没有看到中国文学对世界文学的开放，不单单是为我所用的拿来主义，而且确实是在"拿来"的同时改变了自我的面貌。由于这是一种双方共存的关系，两者的比重不同，融合度不同，都能够导致各种可能性。传播主体有时显得强大，能够改变一个国家一个时代的文学，

中国新文学整体观

中国新文学史研究的整体观

如五四时期许多文艺样式都学自西方，后来成为中国新文学的基本样式；传播主体有时又显得脆弱，往往很快就败北于本土的传统力量，具体表现在某些作家身上，如何其芳，早年作为一个唯美抒情诗人受过西方象征主义的深刻影响，但随着抗战的全面展开，这种影响在他的创作中就丧失殆尽了。同样，接受主体也有不同的情况，有的作家早年接受过外来影响，后来随着选择标准的不同而被克服，如鲁迅身上的"进化论"和尼采思想的命运即是如此。但也有不少作家，一生的创作都为某种外来影响所左右，无法摆脱。在研究中国新文学与世界文学的整体框架的关系中，我以为只能从整体上把握两者的关系，把各种可能性都考虑进去，而不应该从某一种可能性中引申出什么规律来。

如果我们进一步考察这种过程系统本身，就会发现有两个信号点是闪烁不定、贯穿整个过程的。这就是中外文学关系中的同步态与错位态。它们或则同时闪烁，或则交替出现，不断调节着中国新文学在世界文学整体框架中的位置。世界文学框架的同一性与整体性，要求框架内的各种组成部分都必须协调、和谐，互相能够感应来达到沟通，这就是文学的同步态；可是，虽则各国文学在互相影响之下有趋向这种同步态的可能，但各国文学的发生与生长又不能不受到本国政治、经济、民族等各方面力量的牵制而千变万化，造成不协调与不和谐，这就呈错位态。这两种信号各成一套系统，成为中国新文学与世界文学之间运动过程中的两大标记。

同步态是中外文学交流中最重要的标志之一。这个概念的出现，几乎与世界文学这个概念一样久远。歌德在1827年1月31日与爱克曼的谈话中提出"世界文学"这一概念时，就曾注意到中国一部古典传奇与他自己的《赫尔曼与窦绿苔》以及英国作家理查生的小说在创作情调上有许多类似的地方。[①] 二十年后，马克思与恩格斯在《共产党宣言》中再度重申"世界文学"时，对各国文学的同步态作出了更为科学的解释。他们指出：资产阶级由于开拓了世界市场，使一切国家的生产和消费都带有世界性，"各民族的精神产品成了公共的财产。民族的片面性和局限性日益成为不可能，于是由许多种民族的和地方的文学形成了一种世界的文学"[②]。随着人类科学事业日愈发达，世界区域间的隔阂日愈缩小，不同国家与地区的人们在互相交往中惊异地发现：他们所面对的问题竟是那么相同。20世纪以来，世界性的战争造成了人的生命观念、生存观念、价值观念、道德观念等一系列的变化，法西斯细菌的灾难使人们产生对专制的恐怖与厌恶，对民主、和平的渴望与追求，工业技术的高度发展带来人与自然、人与社会以及人与自我之间平衡关系的破坏，对天体宇宙奥秘的进一步揭示以及对人体生命奥秘的进一步探求，动摇了固若金汤的几千年传统理性的地位……这些现象几乎是不分人种、不分国度、不分制度地同样困扰着人们的精神世界。这就使世界文学的同步态成为一种不可避免的现象。中国虽然经济上长期处于不发达状态，但自进入20世纪以来，几乎同样经受了世界性的灾难。随着工业建设的发展与现代化进程的加快，许多发达国家曾出现过的问题同样会降临这块黄土地，而且由于渊源深长的东方文化的熏陶，当这种文化面临真正的危机时，会使人对一

① 歌德关于"世界文学"的原话是："民族文学在现代算不了很大的一回事，世界文学的时代已快来临了。现在每个人都应该出力促使它早日来临。"（《歌德谈话录》，爱克曼辑录，朱光潜译，人民文学出版社1982年版，第113页）

② ［德］马克思、［德］恩格斯：《共产党宣言》，见《马克思恩格斯选集》第1卷，人民出版社2012年版，第404页。

中国新文学整体观

中国新文学史研究的整体观

切陌生的现象格外敏感。这种同步态决定了五四时代中国知识分子与世界现代意识在精神上的相通，也决定了20世纪30年代左翼文艺运动与世界反法西斯的民主倾向的精神相通，甚至也决定了"文化大革命"后的中国青年知识分子与苏联"解冻文学"以及欧美等经过"五月风暴"、越南战争以后出现的某种精神现象的相通。这种文学的同步态使中国新文学在发展中充满着现代意识的生机与力量，揭示着中国新文学发展的方向。

错位态则相反。在中外文学交流中，错位是常见现象，而这种现象正是出于中国社会环境的特殊性。封建主义死而不僵与资本主义姗姗来迟，给中国的现代文明建设造成了巨大的阻力。这就使中国现代知识分子总是一代一代地去重复前辈的使命，对封建主义的文化遗产进行批判。一些老而又老的主题在中国作家的创作中始终常青——如婚姻问题上的反封建等。它在社会发展上是一个悲剧，在文学发展中也呈现停滞状。它使文学主题总是粘在一个原点上，当世界文学反映出充满当代性的焦虑时，中国的新文学还只能从西方的古典文学中去汲取去寻觅古老的武器。但是错位态又十分真实地表现出中国文化发展的独特道路，它总是与世界处于那么的不和谐之中：第一次世界大战给西方带来了传统观念的毁灭，继而促使了现代意识的生成；而在中国，战争给人带来了"公理战胜强权"的希望，促使了个性的进一步发展。第二次世界大战以后，西方人从长期冷战中进一步失去理想的依附，转向个人的现代反抗意识；而在中国，由于战争把几千年来压在生活底层的中国农民卷上了政治舞台，从而使农民意识在中国现代政治生活中产生了很大的影响。某种意义上说，错位构成了中国新文学的独特道路，虽然这是一条付出沉重代价的独特道路。

我不能同意有的学者在论述中外文学交流意义时所认为的："东方文学对西方文学的影响，主要地表现为东方封建文学对西方近现代文学的影响。这一影响趋势，则决定于西方文学向东方寻求新的题材、新的灵感、新的想象力和新的审美情趣的冲动和激情，而绝不意味着任何改变西方近代的文学观念和体系的意向。"① 这个结论如果仅仅是指歌德与伏尔泰的时代，也许是这样，但是随着西方现代意识的形成，随着西方知识分子反传统、反理性的需要增强，东方文化不再是过去像中国瓷瓶一样仅为西方人提供一些可有可无的生活摆设。恰恰相反，西方人所掀起的"东方热"，无论对中国还是对日本、印度为代表的东方文化的向往，都是怀着极为严肃的心情，抱着探求人生奥秘的渴望，以求解决西方社会在物质文明高度发展下产生的种种精神危机。说远的，20世纪的诗人庞德、叶芝，戏剧家布莱希特等人对东方古典文化的学习，直接帮助他们冲破了西方传统的文学观念以及表达方式的束缚，生成新的艺术语言与艺术形式；说近的，正如毛姆在《刀锋》中所描写的主人公拉里那样，他从古印度哲学中获取人生真谛，从而改变了他在现实生活中的处事行为。拉里这一形象的意义当然不在于他个人道德的完善，他代表着一种西方人的文化向往：向东方文学的靠拢。

对于东方文化是否包含着许多今天尚未真正释放的热能，我们现在给出答案实在为时过早。但我总认为，今天再重复五四时代把中国传统文化与封建性因素等同起来加以轻薄的态度是不对的。我们今天面临的开放，应该是双向的：一方面向外国开放，不但吸取西方古典

①　　曾小逸：《导言：论世界文学时代》，见曾小逸主编《走向世界文学：中国现代作家与外国文学》，湖南人民出版社1985年版，第15页。

文化精髓，还要大量吸取西方现代文化，使现代意识成为今天人们的生活常识；另一方面向传统开放，破除封建主义对传统文化的长期禁锢与歪曲，使中国文化内核释放出真正的积极的热能，为现代意识所沟通而超越时空、弥布宇宙，这不仅对中国建设本民族的现代化有极为重大的意义，对世界未来也将是一种贡献。

三、传统与发展：作为一种方法论的提出

人类的文学艺术就审美价值而言，只有丰富变化，没有新旧更替。严峻的时间对它常付出特殊的情意。古希腊的神话史诗、中国古代的唐诗宋词，无论经过多少岁月的磨蚀，始终像初生的婴儿一样充满着艺术活力，总是给人以新鲜的情趣；同样，现代艺术，无论如何怪诞，如何费解，只要还有人理解，也总是属于文学传统的一部分。正如艾略特所说："一种新艺术作品之产生，同时也就是以前所有的一切艺术作品之变态的复生。"[1]这就是传统的力量。文学不管怎样革新，总无法摆脱自身的文化背景与文化传统。艾略特把历史的意义看作具有永久性的因素，认为历史不但包括过去，还包括现存的过去影响。每个作家在写作时，除了他所处的时代背景对他的制约，过去的整个文学传统也通过现存环境制约着他。文学传统也不是遥远的僵死的存在，它永远是一种与现实紧紧联系的、处于流动状态的过程，就像河水汩汩不断地从源头流出以后，必然要受到种种自然环境的制约，河床也

---

① 　　[英] 艾略特：《传统与个人才能》，见《现代诗论》，曹葆华译，商务印书馆1937年版，第112页。

时刻影响着河流的急缓流变一样。文学艺术只有置于这个过程之中，才不会僵化，才不会变成没有生气的古董。正是这种发展的力量，使文学永远保持着新鲜活泼的生命力。

传统与发展，构成了文学整体的两端。传统的相对稳定性，是识别一国文学与别国文学、一地区文学与别地区文学的根本标准，它偏重于考辨文学的继承性和凝聚性；发展的轨迹，体现了文学史的运动过程，它偏重于研究每一时期、每一作家的独创之处或与前代文学的相异之处。凝聚与变异相交而成的坐标，是文学整体研究所依据的主要框架。文学发展的轨迹实质上也是传统变异的轨迹。传统的稳定性是作为文学整体而存在的，但每一部新作品的产生，每一种新的外来影响的冲击，都可能促使这个整体内部固有的结构发生变动。经过一番内部调整和重新组合，新的因素在传统的庞大体系中占得一席地位，然后再归于稳态。事实上，发展是不停顿的，随着新的文学作品绵绵不断地产生，文学整体也处于不断的自我调整之中。因此，我们对文学作整体的考察时必须看到：传统是发展中的传统，发展又是传统在各个时代的变体。

虽然中国新文学是以传统文化的叛逆者的姿态走上历史舞台的，但在它的基因里又何尝缺少传统的古老血液？任何一个现代作家所贡献的全部创作成果，又何尝具备绝对意义上的创新？新文学发展史业已证明，不管六个文学层次怎样互相交替，不管三个发展阶段怎样互相取代，也不管时代给文学打上怎样不同的烙印，它们之间总是存在着一些稳定的因素，显示出传统的力量。

不妨从一个文学流派的变迁来看看传统与发展的关系。20世纪20年代，从乡土文学与抒情文学中分化出以废名（冯文炳）为代表的田园抒情小说。废名是陶渊明的崇拜者，他的小说以描绘自然状态下人性的纯朴与美、反衬现实社会的丑恶为特征，寄感情于田园之中。30年代，沈从文把这一流派推向了高峰。他进一步把大自然的原始状态与近代的社会文明对立起来，追求一种通过自然本色反映出来的由山水美、人情美构成的艺术境界。由于过分追求自然的神秘与原始性、回避现实生活的重大课题，这一流派在后来也出现过一些夏多勃里昂式的浪漫主义倾向，如卜乃夫（无名氏）的《北极风情画》等。但在抗战全面爆发后，这一流派的健康因素在第二个文学发展阶段中重新得到了发扬，从《白洋淀纪事》到《风云初记》，孙犁以浓郁的乡土风光、优美的儿女情调，成功地发展了田园抒情小说的艺术魅力，并且注入了时代精神，扫除了这一流派原有的沉静消极的审美趣味。直到"文化大革命"后，私淑孙犁的作家仍不在少数。然而，孙犁的风格毕竟是属于战争年代的，在80年代的中国，即使孙犁本人也不再写《荷花淀》那样的篇章了，他的追随者自然也面临着选择。像早期的贾平凹，可以说是孙犁最好的继承者，在他最初的小说集《山地笔记》中，有不少作品算得上是这一艺术流派的摹品。可是标志他的艺术走向成熟的，却是他的《商州初录》。这部蕴含着民间风俗的笔记小说，处处留下了魏晋文学的精神气韵，有些地方甚至表现得过于直露。如《桃冲》一篇，写渡船老汉在轻舟自横的境界中吟哦"采菊东篱下，悠然见南山"的细节，虽未必恰当，却让人体会到作者夫子自道的用心。这又使我想起青年作家李杭育笔下的那个迎着葛川江夕照，孤寂地划着一只破船的渔佬儿。这个渔佬儿的形象很接近海明威《老人与海》里的那个背时英雄桑提亚哥，在渔佬儿的身上，却能体会到一种中国文化的特征。他不具备桑提亚哥那样超越时空的高度抽象意义，正相反，他的倔强与不妥协的个性后，体现了一种不屑争世的独善其身的内在精神，而这种精神，正是陶诗中所体现出来的不为五斗米折腰的精神。尽管，贾平凹未必师承废名，李杭育未必师承孙犁，孙犁也未必师承陶渊明，但是一根若隐若显的线把他们连在了一起。仿佛是一条五彩长带，每一段都抹有不同时代的色彩，纵是陶渊明，又何尝不是传统美学境界的一个窥探者呢？这个例子表明了文化传统影响的深刻性，同时告诉我们，一个独具风格的作家的可贵之处，并不在于重复传统，而在于创造出传统的"变体"。沈从文不同于废名，贾平凹不同于孙犁，"转益多师是汝师"，他们都是在转益多师中实现了继承与独创的统一、传统与发展的统一。

文学的整体观作为一种研究方法，不同于就事论事地对研究对象作出评论分析，也不同于简单地对两个研究对象进行比较，它是把研究对象放入文学史的长流中，对文学的整体进行历史的、能动的分析。如图1所示：

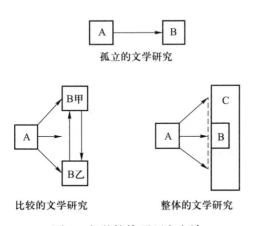

图1　文学整体观研究方法

图1中A表示研究主体，B表示研究对象，C表示文学史框架。孤立的文学研究是一种单向型的研究，它能细致入微地深入文本内部，最大深度地阐释它的内在含义，但是由于单向视角的局限，它只能依靠主观视角来评价对象，主观色彩过强，最好的成果往往是鉴赏性批评。比较的文学研究由三个视角组成，研究者面对的有三者：B甲和B乙，以及甲乙两者的关系。由于两者关系千变万化，批评者固有的批评模式失去力量，能够比较接近研究对象本身，但因为它的研究结果只是在两者的比较中体现出来，仍不可能全面地整体地认识对象。整体的文学研究面对的是研究对象在文学史长流中的关系，它也需要作分析，那是对研究对象内在的含义与整个文学传统的关系的分析；它也需要作比较，那是指研究对象与文学整体的比较，所以它的视线必然是多向的、完整的。

作为一种方法论，整体观研究将结束新文学史研究中把1949年作为界线来人为划分两个学科的传统思维，将20世纪新文学看成一个开放型的整体，从宏观的角度把握其内在的精神和发展规律，可以使20世纪初到1949年期间的"现代文学"研究与这期间的文学对1949年以后的文学所产生的影响结合起来，以历史的效果来验证文学的价值，避免前人走惯了的封闭型的研究道路；同时可以使当代文学的研究能够处处用历史的眼光来考察每一种新出现的文学现象、每一个新产生的文学流派以及每一部新发表的优秀作品，把它们看作新文学整体的一部分，分析它们从哪些传统中发展而来，研究它们为新文学整体提供了哪些独创的因素，使对当代文学的史的研究与批评逐步成熟。这对于我们从根本上改变目前出版的文学史专著仅为作家作品论汇编的偏向是一个有效的促进。从这一意义上说，新文学史研究的整体观，是值得我们研究工作者重视的。

中国新文学发展中的两种启蒙传统

一、启蒙的文学与文学的启蒙

五四新文化运动是一场思想启蒙运动，这已为大量的文献材料所证实。作为新文化一翼和组成部分的白话文运动，也就是中国新文学的最初形式，不能不带有启蒙色彩。我这里所说的启蒙应该包含两种意义：第一种意义是新文学用文体的变革来适应启蒙的需要（比如用白话通俗地传播新思想），以文学为手段，承担起新文化运动中的思想启蒙工作；第二种意义是新文学的文体革命过程，即审美观念的变革，用白话文建构起一种新的审美精神，它摆脱了传统文学中"文以载道""代圣贤立言"的陈腐观念，使文学与人的自觉联系起来，在现代意义上重新界定何为文学。这两种意义的启蒙，我称之为启蒙的文学与文学的启蒙。

启蒙的文学，重点在启蒙，文学是作为启蒙的手段而存在的。这种文学观念可以追溯到晚清政治维新运动。当维新人士要对载负着两千年封建传统的中国国民进行资产阶级的思想启蒙时，他们自然而然地想到了文学的力量。康有为说："仅识字之人，有不读经，无有不读小说者，故《六经》不能教，当以小说教之；正史不能入，当以小说入之；语录不能谕，当以小说谕之；律例不能治，当以小说治之。"[①]康有为显然夸大了文学的作用，想靠小说承担起传播各种学术

---

① 康有为：《〈日本书目志〉识语》，见康有为辑《日本书目志》，上海大同译书局
  1897年版。

中国新文学整体观

中国新文学发展中的两种启蒙传统

037

思想的使命，但他又看轻了文学的作用，数落了一大段竟没有想到小说还有其自身的存在价值，当在教六经、入正史、谕语录、治律例之外。到维新变法失败，知识分子被逐出庙堂后，痛切地意识到思想启蒙的重要性，于是梁启超等人发起了"小说界革命"运动，呼吁"今日欲改良群治，必自小说界革命始，欲新民，必自新小说始"①，更是夸大了文学的启蒙功能。但是晚清以降，资产阶级政治家利用通俗小说来宣传革命，利用通俗歌谣来警世谕民，使启蒙的文学在资产阶级革命中发挥出重大的作用，功不可没。

五四运动作为中国现代史上的一场思想启蒙运动，承担的思想启蒙任务相当复杂。通常来说，启蒙的主题也是时代的主题，在多重变奏的时代主题观照下，启蒙的内容也出现了多重性。有反帝救亡的启蒙，有民主与科学的启蒙，也有人道主义、个性解放的启蒙，生机勃勃的新思潮令五四一代的知识分子激动不已，他们从时代中首先感受到的是思想的力量，最初的白话诗或白话文的作者，自觉或不自觉地从时代思潮中激发起创作的冲动，并把这些思想熔铸到艺术的创造中去，使文学具有了启蒙的意味，或者成为某种时代精神的传声筒。

文学的启蒙，重点在于文学，它指的是文学本体意义上的启蒙。当新文学由白话代替文言，以现代口语来表达、抒发现代人的情感，新文学就不仅给人带来了新思想，同时带来了完全不同于古典文学的审美经验。这是与20世纪现代人的审美情感相联系的精神活动。譬如，作家们否定了中国传统文学中代圣贤立言的文以载道原则，以文学创作来抒发自我情感，表现赤裸裸的个人所爱所憎；作家们以文学

---

① 　　　梁启超：《论小说与群治之关系》，《新小说》1号，1902年10月15日。

语言切入人的深层心理结构，刻画人在理性压抑下无法表达的渴望和追求，刻画人的潜意识、梦以及各种变态的精神现象；作家们用白话创立了西方意义上的文学样式，如区别于话本体、笔记体的短篇小说，不同于章回体的长篇小说，还有散文诗、随笔、话剧、新诗……这些文学创作首先在形式上，其次在审美内涵上刷新了读者的阅读经验。这种文学启蒙最初是以非功利的纯美意识为开端的，可以追溯到王国维对康德美学的介绍。在王国维看来，哲学与美学是无法为政治、社会功利服务的。他介绍康德关于美本身是目的的理论，以为"不重文学自己之价值，而唯视为政治教育之手段"①，那是对文学的一种亵渎。他提出"纯粹之美学"的概念，力陈中国美学之不发达，就是由于过于强调文学的政治功利性，丧失了艺术审美价值的独立地位。他充满情感地说："今夫人积年月之研究，而一旦豁然悟宇宙人生之真理，或以胸中惝恍不可捉摸之意境，一旦表诸文字、绘画、雕刻之上，此固彼天赋之能力之发展，而此时之快乐，决非南面王之所能易者也。"②把艺术创造中获得的审美快感与政治上南面而王的快感相对峙，以为前者非后者"所能易"，这其实是一种反"启蒙的文学"的理论，而成为"文学的启蒙"的先河。

这两种意义的启蒙在性质、宗旨、任务上都有很大的差别。启蒙的文学是传播新思想的载体，它的旨意在于为新文化运动的思想启蒙服务，因此它承担的是一种非文学的任务：如把时代的主题演化成创作的思想主题，教育民众，唤醒民众，把倡导或反对社会上某种现象

---

① 　王国维：《论近年之学术界》，见周锡山编校《王国维文学美学论著集》，北岳文艺出版社1987年版，第108页。
② 　王国维：《论哲学家与美术家之天职》，见周锡山编校《王国维文学美学论著集》，北岳文艺出版社1987年版，第36页。

作为创作的目的，通过艺术形象为社会问题寻找答案，以起到"揭出病苦，引起疗救的注意"①的功用，等等。这些多半是思想领域、哲学领域或者社会学方面的课题，本该通过教育以及其他一些社会科学研究来完成，但在百废待兴、民众尚处在昏睡之时，文学家义不容辞地担起这一使命，为新文化运动的思想启蒙作出了独特的贡献。而文学的启蒙，则是以新文体的面目出现在人们面前，它的旨意在于建设20世纪的美感形式与审美精神，启发读者对美的敏感与重新发现，进而提高和更新民族的审美素质。一个人如果失去了对美的敏感，很难说他的生命还有什么活力，差不多是行尸走肉了；同样，一个民族的审美精神如果普遍处于麻木状态，民族的生命力也会因此枯萎。文学的启蒙正是从这一角度来充实新文化的启蒙意义。

但这两种启蒙意识又不是截然分开的。事实上，它们不但是新文化的启蒙运动的两个侧面，也是新文学本身的两个侧面。启蒙的文学确有优秀与不优秀之分，优秀的作品借助不朽的艺术形象，向社会发出振聋发聩的呐喊，帮助人们在震撼中认清自身的处境与社会的真相。它的价值虽然在于思想的力量、见识的深刻以及对人生的关怀，但所有这些只能是通过完美的艺术形式和饱满的艺术激情来完成的，使读者在阅读中受到思想启迪的同时，审美情感上经历了一场新的经验。前者往往是在后者的领悟中获得的。说到底，它依然没有脱离文学的启蒙。文学固然离不开思想内容，但它是依靠一种转换成审美形态的语言艺术来完成的。文学是语言艺术，这使它有别于绘画、音乐、舞蹈、雕塑等其他艺术类种；文学又是一种转化成审美形态的语言艺术，

① 　　鲁迅：《南腔北调集·我怎么做起小说来》，见《鲁迅全集》第4卷，人民文学出版社2005年版，第526页。

这使它有别于哲学、历史、宗教等其他用语言文字构成的理论种类。文学作品的思想、历史内涵以及社会现实性，也许可以成为文学作品的一种判断标准，但不是文学之为文学的基本构成；新文学首先从文体革命着手，以白话带来崭新的审美经验，不仅仅是为了顾及启蒙的需要，更重要的是，它唤起了文学的自觉、审美的自觉，使文学从根本上摆脱传统的"文以载道"的局限。

陈独秀在《文学革命论》中提出"三大主义"①，每一条都以冗长的修饰词界定，这些修饰词相当能说明陈独秀的文学观。他所说的"国民文学"应理解为新文学的性质，但他使用的修饰词是"平易的抒情的"，都是指文体的特征，而不是思想启蒙；他所说的"写实文学"应理解为新文学的创作方法，但这与后来定义的"现实主义"并不同，他用的修饰词是"新鲜的立诚的"，同样是指文体的特征；唯"社会文学"被冠以"明了的通俗的"，才带有启蒙的含义，在另一处，他批评"社会文学"的对立面"山林文学""深晦艰涩，自以为名山著述，于其群之大多数无所裨益"②，可证"社会文学"确含有启蒙的意思。因此"三大主义"的前两项，指的是"文学的启蒙"，唯后一项，才是指"启蒙的文学"。陈独秀是新文化的倡导者，是这场思想启蒙运动的急先锋和指导者，他何尝不知以文学作启蒙工具的道理？但在发起文学革命时，他又有着另外一种考虑。胡适提出"八不主义"，有一条为"须言之有物"，胡适对"物"的解释是"思想"与

---

①　陈独秀在《文学革命论》中提出的"三大主义"："曰，推倒雕琢的阿谀的贵族文学，建设平易的抒情的国民文学；曰，推倒陈腐的铺张的古典文学，建设新鲜的立诚的写实文学；曰，推倒迂晦的艰涩的山林文学，建设明了的通俗的社会文学。"（《新青年》2卷6号，1917年2月1日）

②　陈独秀：《文学革命论》，《新青年》2卷6号，1917年2月1日。

"感情"，思想如文学之头脑，感情如文学之灵魂。[①]而陈独秀不以为然，他致信胡适表示了质疑："鄙意欲救国文浮夸空泛之弊，只第六项'不作无病之呻吟'一语足矣。若专求'言之有物'，其流弊将毋同于'文以载道'之说？以文学为手段为器械，必附他物以生存。窃以为文学之作品与应用文字作用不同。其美感与伎俩，所谓文学美术自身独立存在之价值，是否可以轻轻抹杀，岂无研究之余地？"[②]这一思想显然与康、梁的启蒙主义文学观相异，倒与王国维同调。陈独秀提倡写实主义也不同于后人，他解释"写实主义"流派是"其目光惟在实写自然现象，绝无美丑善恶邪正惩劝之念存于胸中，彼所描写之自然现象，即道即物，去自然现象外，无道无物"[③]。这明显否认了文学具有独立于审美以外的社会教育功能，所谓"即道即物"，也就是唯有通过艺术细节描写，才能使人从美感形式中领悟到思想的意义。他把写实主义与理想主义对立起来，提倡写实主义是因为它"如实描写社会，不许别有寄托，自堕理障"[④]；而理想主义在他看来，多少有一点"文以载道"的味道。

鲁迅当时也抱这种二元的文学观念。他在《儗播布美术意见书》中有一段对美术的论述颇有意思，他说："美术诚谛，固在发扬真美，以娱人情，比其见利致用，乃不期之成果。"这分明是从美学意义上来确定"文学的启蒙"的任务；但他又考虑到社会上确有将美术致用

---

① 参见胡适《文学改良刍议》，《新青年》2卷5号，1917年1月1日。
② 陈独秀：《答胡适之（文学革命）》，《新青年》2卷2号，"通信"栏目，1916年10月1日。
③ 陈独秀：《答曾毅（文学革命）》，《新青年》3卷2号，"通信"栏目，1917年4月1日。
④ 陈独秀：《答胡适之（文学革命）》，《新青年》2卷2号，"通信"栏目，1916年10月1日。

的需要，而这种需要又"颇合于今日国人之公意"，故"从而略述之"。口气原本有些勉强，从他对美术致用性所论及的内容看：其一是"美术可以表见文化　凡有美术，皆足以征表一时及一族之思惟，故亦即国魂之现象；若精神递变，美术辄从之以转移"，其二是"美术可以辅翼道德　美术之目的，虽与道德不尽符，然其力足以渊邃人之性情，崇高人之好尚，亦可辅道德以为治"。[①]两条均是从提高民族文化素质与审美情趣着眼的，也兼顾到美术的致用性，即"启蒙的文学"的任务。但即使如此，鲁迅仍然是以一种极为小心的态度，努力从美术的特殊功能（"渊邃人之性情"）出发来立论，没有把它当作一种简单的思想工具。

在鲁迅的创作实践中，这种文学观念也表现得异常鲜明。奉了先驱者的将令，鲁迅在五四初期的小说具有鲜明的启蒙色彩，挖掘国民劣根性、揭露封建礼教的吃人本质、鞭挞社会上形形色色的复辟势力等，履行了一个文化战士的战斗使命。但鲁迅最优秀的作品从来没有放弃过在美感形式上的探求，也从来没有脱离过生动饱满的艺术形象。就说《狂人日记》，如果它的意义仅仅在于喊出"礼教吃人"，那么它充其量只是一种理念的产物。然而现在我们阅读这部小说，获得的感受首先是来自这部小说的语言：看似零乱无章的叙事形态，似狂非狂的独白式议论，凄凉而充满意味的象征，以及从字缝行间透出的恐怖、激情、寂寞、孤独的心境，甚至它的警句、它的描写、它的信息都给人整体性的艺术感受，在这种艺术氛围中，逼使人对自身的罪恶和礼

---

① 　　鲁迅：《儗播布美术意见书》，见《鲁迅全集》第8卷，人民文学出版社2005年版，第52页。

教的虚伪性进行思考。"表现的深切和格式的特别"①，是这部小说之所以成功的两个不可或缺的因素，前者是思想的，后者是审美的，也正是"启蒙的文学"与"文学的启蒙"高度结合的典范。

二、"为人生"与"为艺术"

要描绘启蒙意识的演变过程，不能不重新认识20世纪20年代两个最重要的文学社团——文学研究会与创造社——的论争，也不能不先搞清文学研究会是在怎样一种意义上继承了《新青年》的使命。文学研究会是中国新文学史上第一个纯文学社团，它的成立标志着新文学开始摆脱新文化运动中的"偏师"地位，不再依附思想文化的力量。文学研究会仗着实力雄厚的商务印书馆，出版众多的文艺刊物与丛书，继续了《新青年》在文学上的使命。它成立的最初旨意，一是"联络感情"，二是"增进知识"，三是"建立著作工会的基础"。②十四年后，沈雁冰明确指出，文学研究会的性质是属于"著作同业公会"。"公会"的性质决定了文学研究会与其他文学社团的相异：它"从来不会有过对于某种文学理论的团体的行为"，而且"对它的会员也从来不加以团体的约束"③，只是在成立之初提出过一个相当含糊的文学观念，

---

① 鲁迅：《〈中国新文学大系·小说二集〉导言》，见鲁迅编选《中国新文学大系·小说二集》，上海良友图书印刷公司1935年版，第1页。
② 《文学研究会宣言》，《小说月报》12卷1号，"附录"，1921年1月10日。
③ 茅盾：《〈中国新文学大系·小说一集〉导言》，见茅盾编选《中国新文学大系·小说一集》，上海良友图书印刷公司1935年版，第4页。

即文学是"于人生很切要的一种工作"①。

确实，20世纪20年代以来，人们很少再谈《新青年》时代的"三大主义""八不主义""人的文学"这类口号了，开始具体探讨起文学与人生的关系。这个话题最初是从"人的文学"主张中继承过来的，但在当时，它并不带明确的社会功利目的，由沈雁冰起草的《〈小说月报〉改革宣言》甚至说："对于为艺术的艺术与为人生的艺术，两无所袒。"②20年代初，文学研究会的主要批评家周作人、郑振铎和沈雁冰对这个问题都持不同看法。周作人认为，文学"为人生"与"为艺术"的看法都有偏颇，因为"为艺术的艺术"将艺术与人生分离，并且将人生附属于艺术，而"为人生的艺术"以艺术附属于人生，未免将艺术当成了改造生活的工具。他主张"人生的艺术"，即"以个人为主人，表现情思而成艺术，即为其生活之一部，初不为福利他人而作，而他人接触这艺术，得到一种共鸣与感兴，使其精神生活充实而丰富，又即以为实生活的基本"，因此，既有"独立的艺术美"又有"无形的功利"。③这一思想，包含了"启蒙的文学"与"文学的启蒙"相结合的意思，基本上是"三大主义""人的文学"的发展。郑振铎的观点与周作人有相似之处，他的新文学观是："文学是人生的自然的呼声。人类情绪的流泄于文字中的，不是以传道为目的，更不是以娱乐为目的，而是以真挚的情感来引起读者的同情的。"所以他提出了"作者无所为而作，读者也无所为而读"的观点。④如推敲起

① 　《文学研究会宣言》，《小说月报》12卷1号，"附录"，1921年1月10日。
② 　沈雁冰：《〈小说月报〉改革宣言》，《小说月报》12卷1号，1921年1月10日。
③ 　《自己的园地》，见周作人《自己的园地》，止庵校订，河北教育出版社2002年版，第7页。
④ 　西谛（郑振铎）：《新文学观的建设》，《文学旬刊》第37期，1922年5月11日。

来，这些文学主张与创造社早期的文艺观没有太大的不同，唯有沈雁冰，当时表现出比较明显的功利倾向。沈雁冰作为文学研究会的首席批评家、《小说月报》革新后的首任主编，他的文学理论当然有一定的代表性。他在当时已经参加了政党的活动，原非一个纯粹的文学编辑和文学批评家，他的真正使命是为一个具体的政治集团的利益服务。这双重的身份使他在强调文学的启蒙意义时，更多地偏重文学的政治倾向和理性因素。他为新文学规定了三个基本要素："一是普遍的性质，二是有表现人生、指导人生的能力，三是为平民的非为一般特殊阶级的人的。"[1] 唯其有普遍性，必须在形式上提倡白话文；唯其有表现人生、指导人生的能力，必须重视文学的思想教化作用；唯其有平民性，所以必须接近民众，反映民众的愿望与要求。这三个要素未能脱离五四初期的人道主义精神，又包孕了以后向阶级观点转化的萌芽。也因为如此，沈雁冰的理论重点在于阐述文学是如何"表现人生、指导人生"的。他所理解的"人生"，不是周作人认为的"个人的人生"，也非郑振铎认为的"感情生活"，而是"一社会一民族的人生"[2]。所以文学家在表现人生时，应该不带个人的主观色彩，他们只有用文学表现"一社会一民族的人生"的权利，文学作品的思想情感也只能是"属于民众的，属于全人类的，而不是作者个人的"[3]。他进而认为，作家用文学表现人生时，必须用一个或几个人物作代表，但"描写的虽只是一二人一二家，而他们在描写之前所研究的一定是全社会全民

[1]　沈雁冰：《新旧文学平议之评议》，《小说月报》11卷1号，1920年1月25日。
[2]　佩韦（沈雁冰）：《现在文学家的责任是什么？》，《东方杂志》17卷1号，"读者论坛"，1920年1月10日。
[3]　沈雁冰：《文学和人的关系及中国古来对于文学者身份的误认》，《小说月报》12卷1号，1921年1月10日。

族"①。沈雁冰的这些思想包含了以后文学发展中逐渐占主导地位的文学理论的某些特征:(1)文学是改造社会的某种新思潮的代表,用以表现人生与指导人生的,因此文学应含有教化的作用;(2)文学是通过一两个艺术形象来反映全社会、全民族的,艺术形象必须通过个性来表现共性,因此,文学还具有典型化的意义;(3)作家只有实践文学表现人生与表现社会的义务,却无利用文学宣泄个人情感的权利,因此,文学又带有舆论的功能。

当时,周、郑、沈同为文学研究会三大批评家,其中周作人名分最高,影响最大;郑与沈同属后起之秀,不相伯仲,不过郑偏重理论体系与文学史研究,沈偏重创作现状与批评实践,他们对文学与人生的理解各不相同。周、郑的理论是一种宽泛的"人生派"理论,可以视作五四初期"人的文学"与20世纪20年代"为人生的文学"之间的过渡。这是从一个相当宽泛的人生意义上来理解文学,即周作人所说的:"艺术当然是人生的,因为他本是我们感情生活的表现,叫他怎能与人生分离?"②泛泛而论,任何作家都是社会的成员,其所爱所憎的感情生活都反映了人生的一部分内容,因而文学注定于人生是很切要的。这宽泛的"人生派"文学的旗帜,包容了文学研究会的各种文学主张与创作实践,比沈雁冰所概括的"表现人生、指导人生"的理论更贴近当时文学研究会的实际创作状况。如许地山的作品,描写一个个面对苦难的命运,即使孤立无援也能以坚忍、沉静的态度勇敢承受一切打击,默默地凭借自己的信念坚强生活的女性;如王统照

① 佩韦(沈雁冰):《现在文学家的责任是什么?》,《东方杂志》17卷1号,"读者论坛"栏目,1920年1月10日。
② 《自己的园地》,见周作人《自己的园地》,止庵校订,河北教育出版社2002年版,第6页。

的小说，以清丽的文笔，一边对人生理想作梦幻般的寻求，一边又哀恸着"爱与美"的破灭，由此生出人生的幻灭感与神秘感；再如朱自清，用白话的美文写作，透过月下荷塘、绿色古潭映现了那个时代的知识分子清高狷介、落落寡合的人格……这些最主要的文学研究会作家的创作，都是人生的，但还没有明确"为人生"的目的，离"指导人生"相距更远。著名的"人生派"作家叶绍钧（叶圣陶）曾这样表述过文学的功能，说文学是一种改造人的"内心"的合适工具，使"作者与读者之心，读者与读者之心，俱因此而融合"①。这个说法很贴合实际。这一段时期，正是文学研究会创作最丰盛的时期，不但"启蒙的文学"通过一部分问题小说和乡土小说得到加强，"文学的启蒙"意识也在更宽泛的意义上得到发展。

从周作人到郑振铎再到沈雁冰的理论演变，正反映了"人的文学"通过"人生派"文学的过渡向着"为人生的文学"转化。沈雁冰代表着这种转化的结果，不仅他的理论日后成为"为人生的文学"的代表，而且这种理论本身就成为一种文学史的出发点。他在1935年为《中国新文学大系·小说一集》作的"导言"中，这样来描述文学研究会诸作家的创作特点："文学研究会集团名下有关系的人们的共通的基本的态度"，在当时是"被理解作'文学应该反映社会的现象，表现并且讨论一些有关人生一般的问题'。这个态度，在冰心、庐隐、王统照、叶绍钧、落华生，以及其他许多被目为文学研究会派的作家的作品里，很明显地可以看出来"②。这里所说的"共通的基本的态

---

① 叶绍钧：《文艺谈·二十六》，见《叶圣陶论创作》，上海文艺出版社1982年版，第50页。
② 茅盾：《〈中国新文学大系·小说一集〉导言》，见茅盾编选《中国新文学大系·小说一集》，上海良友图书印刷公司1935年版，第4页。

度",即文学研究会宣言中指出的文学是"于人生很切要的一种工作"这一条。沈雁冰以这样的解释来概括十四年前"为人生"的理论主张以及"人生派"作家的创作特点,实际上也是以他本人在20年代的理论主张来概括这一段历史。"导言"的叙述角度兼有回忆者和描述者两种身份。作者把自己当时的理论观点转换成描述者的语言,依循着叙述者的思路重新去整合文学史材料,这样他的理论观点不知不觉地就成了暗示人们认识历史的一个前提。文学史著作与一般理论著作不同,其奇特性就在于它有一个叙述者(这一点与文学创作倒有某种相似),通过叙述者对文学史材料的特殊处理,把读者引入某种确定性的结论。当以后的文学史家据此再去接触原始材料时,往往容易按叙述者的理论观点去寻找例证。因此,当我们现在经过了许多文学史的循环论证以后,再去认识文学研究会的文学主张时,首先就确认了它的前提是"为人生",接着再从沈雁冰的理论著作中寻找对"为人生"的解释,把本属于个人的理论观点与整个社团的理论主张视为一体了。

应该指出的是,沈雁冰对文学史的整合本身也反映了"历史所发展到了的结果"。20世纪30年代,这些理论主张已经相当普遍,为一般人所接受了。这也可以从郑振铎为《中国新文学大系》第2集撰写的"导言"中得到证明。郑负责编选的是《文学论争集》,其中包括了文学研究会与创造社的论争。虽然郑在编选中也选入了自己早期的理论文章,但在"导言"里只字不提自己的观点,而是反复介绍沈雁冰的理论观点。郑振铎把自己当时的理论观点只是作为一种材料,而他所用的描绘语言则与沈雁冰相同。当他们用30年代左翼文化环境下所认同的观点去描述与解释文学研究会的"为人生"主张,并使之成为《新青年》"三大主义"的合法继承者时，对这之间的过渡过程却略而不谈。以后的文学史家，再依据"为人生"的口号去描述《新青年》时代的"三大主义"时，自然就倾向于发扬"启蒙的文学"这一面。

我在这里想说明的是，五四初期两种启蒙并存的局面是如何为文学史叙事所修正，以至我们今天对此感到了陌生。同时想说明，不但五四初期这两种启蒙意识同时存在，在20世纪20年代的文学研究会开创"人生派"时期，这种局面依然存在着。只有认识到这一点，我们接下去探讨文学研究会与创造社之间的论争才会不落窠臼。

人们通常都以为文学研究会与创造社的论争是出于文学观念的不同，即"为人生"与"为艺术"的冲突。此说传布已久，郭沫若在《创造十年》中回忆说："《创造季刊》出版之后更蒙沈雁冰用郎损的笔名加了一次酷评，所谓文学研究会是人生派，创造社是艺术派、颓废派，便一时甚嚣尘上起来。"也就是说，1922年5月起就有此说。但郭沫若又接着说："文学研究会和创造社并没有什么根本的不同，所谓人生派与艺术派都只是斗争上使用的幌子……现在看来，那时候的无聊的对立只是在封建社会中培养成的旧式的文人相轻，更具体地说，便是行帮意识的表现而已。"① 从当时双方论争的原始材料看，这个说法是有根据的，双方的攻击文字基本都纠缠于个人意气，即使沈雁冰的《〈创造〉给我的印象》一文，也不过是嘲笑了创造社人自称"天才"的话②；而郁达夫、郭沫若诸人攻击沈雁冰的，也只是说他"假批

---

① 《创造十年》，见郭沫若《学生时代》，人民文学出版社1979年版，第126、127页。
② 参见损（沈雁冰）《〈创造〉给我的印象》，《文学旬刊》第37～39期，1922年5月11日、21日、6月1日。

评家"等①；互相之间都没有涉及"为人生"与"为艺术"的理论问题。

这也许是因为，双方都未曾把理论主张推向极端。正如文学研究会的"人生派"观点在空间上出现多元的解释，其中也包容了"文学的启蒙"因素一样，创造社诸成员的"为艺术的艺术"的倡导，也没有排除文学所包含的社会内容。他们把人生与艺术视作二元，把反社会、反传统看作人生观而不是艺术观。郭沫若曾认为文学对人生的作用只是文学的客观效果，并且宣称要"反抗资本主义的毒龙"，"反抗不以个性为根底的既成道德"②，等等。成仿吾也宣称："我们的时代，他的生活，他的思想，我们要用强有力的方法表现出来，使一般的人对于自己的生活有一种回想的机会与评判的可能。"③这都说明创造社同样有为人生而战斗的态度。但问题是创造社成员在艺术上都是唯美主义者，认为"文艺也如春日的花草，乃艺术家内心之智慧的表现"，认为艺术是"他们天才的自然流露：如一阵春风吹过池面所生的微波，是没有所谓目的"。④成仿吾甚至说："除去一切功利的打算，专求文学的全Perfection与美Beauty有值得我们终身从事的价值之可能性。而且一种美的文学，纵或他没有什么可以教我们，而他所给我们的美的快感与慰安，这些美的快感与慰安对于我们日常生活的更新的效果，我们是不能不承认的。"由此认定新文学的使命，对文学自身来说就是要追求文学的"全"和实现文学的"美"。⑤创造社的成员大都有在

① 参见郁达夫《艺文私见》，《创造季刊》创刊号，1922年3月15日。
② 郭沫若：《我们的文学新运动》，《创造周报》第3号，1923年5月27日。
③ 成仿吾：《新文学之使命》，《创造周报》第2号，1923年5月20日。
④ 郭沫若：《文艺之社会的使命》，上海《民国日报》副刊《文学》第3期，第2页，1925年5月18日。
⑤ 成仿吾：《新文学之使命》，《创造周报》第2号，1923年5月20日。

国外留过学的背景，当他们刚刚踏上故土时，对旧文明的敏感与反叛之心愈加急切，然而隔膜的客观状态又使他们无力将这种急切的战斗心理从容铸进文艺形象中，不得不直接用文字倾吐出来。他们的创作所取材料以古典或异域浪漫的居多，对现实总是回避着。他们对现实是失望的，以至绝望的，但无法由此上升到审美的境界。这种矛盾的状况，投射在他们身上，就具体演化成战斗的人生观念与唯美的艺术观念并存的态度。

在文学理论上，创造社初期的唯美主义乃是发展了五四时期"文学的启蒙"意识。他们的理论大致可归纳成这样几点：（1）文艺是出自内心的要求，是天才的创作；（2）文艺本身无所谓目的，它是超功利的；（3）文学的价值是作用于人类的精神生活与审美要求，"美"本身就是一种价值。他们把内心情感特别丰富而且强烈的人视作"天才"，以为优秀的文艺创作只有在强烈的情感作用下才能实现。与周作人、郑振铎等人的文学观一样，创造社的作家一致认为，文学本身具有独立的价值，文学出自人的内心要求，它表现人生的效果，是借助于作家的内心要求来实现的，因此它对人生、对社会都不是作简单的再现，而是表现；不是客观的反映，而是主观的反应。这种文学观跟沈雁冰的功利主义观点确实有着很大的差距，但在当时，它符合五四新文化运动兴起后知识分子个性意识觉醒的要求，也反映了年轻的文学家们对文学自身价值的初步认识。事实上，文学研究会与创造社之间除了人事纠缠，文学观点并不是对立的。文学研究会的大多数成员，基本取向仍然是两种启蒙意识并存的态度，创造社虽然强调"文学的启蒙"，但他们并没有因此排斥文学为人生战斗的意义，而且其创作实践也表明了他们在"文学的启蒙"，即纯美的意义上，确无太新的贡献。相反的，倒是郁达夫的小说，在性与个性意识的启蒙上，产生过较大的影响——尽管这是他们自己所不愿意、也不屑去承认的。

不过，当"为人生"与"为艺术"两个口号被抽象出来作为对峙的文学观念以后，五四时期两种启蒙意识并存的局面便不可避免地被撕裂了。口号有其自身的符号价值，有时与它实际的内涵并不完全同一，后人对口号的理解，更可能是一种望文生义，被简单化、抽象化了的结果。何况"为人生"的内容毕竟是以沈雁冰的理论为界定的，沈雁冰应该说是早期"革命文学"论者中最注重艺术特点的人，但他眼中的艺术因素，仅仅是技巧，只有在帮助完成作品思想主题上才具备价值。同样，"为艺术而艺术"的理论阐释者也没能讲透人生观与艺术观二元并存的关系。这就不仅使文学研究会的人不理解为什么提倡"唯美"的创造社成员摇身一变都会去鼓吹"革命文学"，就连创造社成员自己也没有自觉参透其中的奥秘，他们无论在人生的行动选择上，还是在艺术的唯美追求上，都缺乏坚定性和持久性，浮躁与易变后来也成为他们的一种标志。但尽管如此，文学研究会与创造社对艺术自身价值以及文学与情感关系的探究，较之陈独秀时代要细致得多，也丰富得多。

三、《语丝》的分化

我们今天讨论新文学的两种启蒙传统，就认识"启蒙的文学"来说没有什么困难，令人困惑的是对"文学的启蒙"的界定，它究竟是一种唯美主义，还是一种形式主义？五四初期这一主张只是流行在文学观念层面上，并没有创造出足以供人在审美意识上获得享受的艺术精品。创造社提倡唯美的年代里，其主要成员创作的诗和小说还相当粗糙，今人很难把它们与"文学的启蒙"产生联想。20世纪20年代新文学刚刚起步，幼稚自然难免，白话文操练得不够纯熟，浮躁的性情急着要宣泄，再加上过于沉重的社会责任感使人生社会的种种惨象严重牵制了艺术画面，这都决定了当时文学唯美不兴之必然。在诗，粗暴较纯静更受欢迎；在小说，故事内容与抒情性较之叙述方法更吸引人。大约真正能在纯美意义上做些努力的是散文，待到朱自清的抒情散文出现，似乎才打破了"美文不能用白话"的偏见。

　　在尝试白话文的初期，人们能够接受白话文作为交流思想感情的工具，但没有认识其自身还具有审美价值。最初意识到这个问题的是周作人，这位曾宣布"文字改革是第一步，思想改革是第二步"①的批评家忽然提倡"美文"与"个性的文学"，这自然是他把"为人生"与"为艺术"两种主张相调和而生的一种主张。所谓"美文"，指的是英国式的随笔，早已有爱默生、兰姆等人树立了榜样，"读好的论文，如读散文诗，因为他实在是诗与散文中间的桥。中国古文里的序，记和说等，也可以说是美文的一类"②。那时还没有流行"小品散文"这个概念，周作人的美文大约如斯，不过他提出了一个介于"诗和散文中间"的"散文诗"的界定，这与以后的散文诗的概念似也不同，倒与梁遇春的《春醪集》之类的文体切近，或与废名的《桥》《枣》一类的文体相似。所谓"个性的文学"，周作人界定为："（1）创作不宜完全没煞自己去模仿别人，（2）个性的表现是

① 　　《思想革命》，见周作人《谈虎集》，止庵校订，河北教育出版社2002年版，第9页。
② 　　《美文》，见周作人《谈虎集》，止庵校订，河北教育出版社2002年版，第29页。

自然的,(3)个性是个人唯一的所有,而又与人类有根本上的共通点,(4)个性就是在可以保存范围内的国粹,有个性的新文学便是这国民所有的真的国粹的文学。"①这与他之前鼓吹平民文学、模仿文学又有很大的不同。②这两篇短文——《美文》《个性的文学》——发表时间贴近,唯视其为一体,有些问题才能解释清楚:"美文"不是形式主义的文体,而是体现个性极为自由的文体;美文不单单是英国随笔的舶来品,它还将借着"国粹"的外衣还魂,那就形成了以后的"小品文"。我们读周作人本人醉心的小品文,并不会觉得它是唯美的,或是形式的,它只是一种自由的、个性的、随心所欲又弥散着灵气的文体。

假如再细细地研究起来,也许说美文属"文体"也不尽合适。周作人提倡的毕竟是一种境界或写作的状态,这是与中国文化传统中始终占正宗地位的载道文学相对立的。他在为沈启无编的《近代散文抄》作的序言中谈及小品文的来历,竟冒出这样一段话:"小品文是文学发达的极致,它的兴盛必须在王纲解纽的时代。"他分析原因:"在朝廷强盛,政教统一的时代,载道主义一定占势力,文学大盛,统是平伯所谓'大的高的正的',可是又就'差不多总是一堆垃圾,读之昏昏欲睡'的东西,一到了颓废时代,皇帝祖师等等要人没有多大力量了,处士横议,百家争鸣,正统家大叹其人心不古,可是我们觉得有许多新思想好文章都在这个时代发生,这自然因为

---

① 　《个性的文学》,见周作人《谈龙集》,止庵校订,河北教育出版社2002年版,第147页。
② 　参见周作人《人的文学》《平民文学》《日本近三十年小说之发达》等早期文章,收入胡适编选《中国新文学大系·建设理论集》,上海良友图书印刷公司1935年版。

我们是诗言志派的。"①把理论追溯到历史上的"载道派"和"言志派"的纠葛未免复杂了一些，有故弄玄虚之嫌，但道理是明白的。周作人由"思想革命"转向"美文"，由"平民文学"转向"个性文学"，由鸿篇大论转向小品散文，从新文学的启蒙传统看，也正是由"启蒙的文学"转向"文学的启蒙"。启蒙的文学不能不是载道的文学，差别只在于所启所载的内容不同。强烈的思想启蒙意识来源于国体的兴盛。辛亥起，清廷灭，民主兴，共和立，尽管有一时黑暗曲折，终究是百废待兴，救国图强，恭恭敬敬请来德先生与赛先生，接着又是欧战结束，公理胜于强权。五四运动正体现了如是的乐观。但转眼间五四退潮，新文化阵营瓦解，白话胜利而黑暗照旧，北洋军阀的统治依然坚如磐石，南方革命优劣一时难见分晓，一部分清醒的知识分子正如鲁迅在《失掉的好地狱》中所感受到的，深刻的虚无比盲目的理想更加令人难堪，抽象的思想启蒙似乎难以为继，再走出一步就是具体的政治行动，这样的时候，启蒙的文学与文学的启蒙的分道是必然的。

因此说，五四新文学虽然同时并存了"启蒙的文学"与"文学的启蒙"两种观念，但到了20世纪20年代，它们不能不离析了。本来陈独秀、周作人也好，前期创造社也好，他们将战斗的人生与唯美的艺术区分开来，意味着启蒙是思想的启蒙，是思想文化的任务，而不是文学的主要任务；"文学的启蒙"本身包含了强烈的思想内容，既然文学是人性极致的产物，既然人性的美与坦诚帮助了文学特殊形式的表达，它自然也包含了文学的思想性。但它又是用审美的方

---

① 《近代散文抄序》，见周作人《苦雨斋序跋文》，止庵校订，河北教育出版社2002年版，第126、127页。

式表达出来的对自我的认识与发现，在较高层次的精神沟通中唤起人们的向上意识，而不应该是教化的。鲁迅的《野草》显然是"文学的启蒙"的典范之作。《野草》与《狂人日记》等小说不一样，后者两种启蒙的使命并重，在形式的奇异和叙述的新颖中，显然包含着对五四主题的高度艺术概括，"吃人""救救孩子""辫子问题""沉默的魂灵"等都震撼了读者的心灵，但它们既是鲁迅的语言也是五四时代的语言。而《野草》不同，如果那秋夜星空下的两棵枣树还被人穿凿附会什么含义，那么《失掉的好地狱》中的人鬼大战呢？《影的告别》中不愿去黄金世界，只在黑暗中踽踽独行的影子又该作何解？它们含有启蒙的意义吗？再读那《好的故事》，作者从梦幻中一一看见了青天上面无数美的人和美的事，就仿佛一道天机，启迪着读者乌云密布的心灵；在《死火》里造型美丽的"红珊瑚"意象使人仿佛身临其境，欣赏着一幕生机勃勃的现代舞蹈……读这些作品，自然也可明白语言背后有深刻的社会内容，但如作启蒙解，理性就会割裂真正的艺术内涵。因为它是属于鲁迅个人的内心隐秘，不仅仅属于时代，也不仅仅属于五四。鲁迅首先从个性的极致中创造了散文诗的艺术美，即使我们不能够清晰地把握《野草》中令人目不暇接的意象的具体含义，仅仅从这些意象本身，不同样感受着一种绝不亚于《狂人日记》的精神震撼吗？我以为新文学真正的"文学的启蒙"，应该是从《野草》开始的。

《野草》的多数篇什是发表在《语丝》周刊上的。从20世纪20年代三大文学社团的创作状况看，《语丝》前期基本上是一个缩小了的《新青年》，在思想文化方面，它继续了《新青年》"随感录"的风格，批评锋芒指向旧文化及其在政治、思想上的代表人物。它与《现代评论》战，与段祺瑞的执政府战，以后又批评国民党屠杀革命者，等等，坚持了新思想、新文化的阵地。其掌斗争之旗者，正是鲁迅。同时，《语丝》又刊登了大量的"美文"，如鲁迅的《野草》和周作人的小品，清晰地分出两道脉络。周作人在20年代发表的抒情小品（大部分收入《泽泻集》）不是逃避现实之作，因为其时他还有《谈龙》《谈虎》二集，还有《语丝》上大量战斗性的杂文，已经表明了他对现实的态度，不能要求一个作家每篇文章都是战斗的诗篇。周作人严格区分出战斗与闲适的差别，正是视人生与艺术为二元的具体表现。他在散文中刻意营造一种闲适的情调，以和缓被现实战斗磨砺得粗糙了的性情。在他之后的废名，也是《语丝》社的一位重要作家，又将周作人的风格融进小说创作，营造出一种小说散文化的境界，在"美文"的意义上把20年代"文学的启蒙"工作推进了一步。周氏兄弟在20年代的创作实践相得益彰，证明了"美文"既不会因失却了思想的力量而使作品有不能承受之轻，也证明了"文学的启蒙"对于战斗的人生观并无妨碍。

直到20世纪30年代中期，这两种启蒙意识仍然对峙并存着，启蒙与文学的天平没有产生倾斜。但问题是，30年代以后政治气氛日益紧张，两种启蒙意识的文学都发生了内在的蜕变。"启蒙的文学"自文学研究会后，沿着问题小说、乡土小说一路发展。问题小说，大都以探索人生意义为小说的着眼点。大革命以后，问题小说探讨起革命中知识分子的地位与作用、革命与恋爱的关系等，时代的主题已经从对个性解放的呼吁转向了个人主义批判，启蒙的内容中，政治因素明显增强。乡土小说，以鲁迅的作品为代表，除以抒情笔调生动描绘江南农村的生活风俗与浓郁的人情外，又以冷峻的写实笔法表现出农村自然经济遭受破坏，以及农民的悲惨命运。动荡不安的时代氛围与相对恒定的乡土特色结合为一，成为当时乡土小说完整的艺术特色。但20世纪20年代的乡土小说，大抵是发展了鲁迅作品的前一种时代特点，而在乡土特色方面，至多"隐现着乡愁，很难有异域情调来开拓读者的心胸"①，达不到鲁迅的境界。大革命后，乡土小说从反映农村经济破产转向农村阶级斗争，政治因素同样加强了，从王任叔、许杰到彭家煌、叶紫等，均表明了这种演变。此外，20年代还有另外一种不自觉的启蒙，那就是站在个性解放立场上的启蒙，如郁达夫、丁玲等人的小说。这一类知识分子探索的题材，到了大革命以后也与"革命浪漫蒂克"走到一块，成为"革命文学"的先声。如果说20年代"为人生"的文学中，沈雁冰的理论主张尚未产生根本的影响，那么到了30年代初，"表现人生、指导人生"的文学观有了更大的号召力。沈雁冰本人身体力行，写出了一系列小说，以解释当时的社会问题论争，或者给人指点前进的道路。在左翼文学中，沈雁冰的理论主张没有完全脱离启蒙任务，他只是小心翼翼地在启蒙意识与政治宣传意识之间走钢丝，然而另外一些文学团体如太阳社、后期创造社的批评主张，就更为极端，已经从启蒙文学升格为"政治的留声机"，鼓吹一种"宣传文学"了。30年代，依然独立地坚持五四新文化的启蒙精神的重要作家是巴金。他的庞大的创作系列，恪守五四反封建传统和大革命后青年探索人生意义的主题，显示了启蒙文学的实绩。巴金自称："自从我知道执笔以来我就没有停止过对我底敌人的攻击。我底敌人是什么？一切旧的传

①　　鲁迅:《〈中国新文学大系·小说二集〉导言》，见鲁迅编选《中国新文学大系·小说二集》，上海良友图书印刷公司1935年版，第9页。

统观念，一切阻碍社会的进化和人性的发展的人为制度，一切摧残爱的势力，它们都是我底最大的敌人。"①这种功利的战斗态度与五四战斗传统一脉相承，但他又始终是个自由主义的战斗者，在"启蒙的文学"的意义上，巴金，还有他周围的一些文学圈子（如文化生活出版社），可以看作文学研究会的真正继承者。

　　"文学的启蒙"到了20世纪30年代也在发生变化。1927年以后的中国虽然依旧是军阀混战，内忧外患，但形式上统一了全国的国民党政府并没有放弃政治上实行大一统的努力。五四以来已经形成了的自由思想的局面，也开始面临官方的压力，不但左翼文学在当时受到压迫，凡坚持五四新文化传统的思想运动和文学创作，也一概受禁，甚至连《新月》这样坚持西方民主理想的刊物也受到国民党的查禁。启蒙的文章一天天受到禁止，知识分子在政治行动上的反叛也一天天加深，这种锐利的冲突导致启蒙文学向具体的政治转向。这种冲突也使五四以后刚刚觉醒了的"文学的启蒙"运动陷入两难的困境：有一部分人，如鲁迅、郭沫若等，都转向了实际的反叛，走上了前卫的道路；还有一部分人，即以周作人为代表的京派人士，他们仍然坚持个性自由的"美文"创作，一边要抵制"王纲"的恢复，保护自由的权利，一边又要阻止使文学成为政治斗争或政治理想的工具，保持文学的纯美力量。这就使他们一天天地缩小了文学的思想力量，更多地追求趣味上的纯美。北方文学圈子从《骆驼草》《明珠》扩大到北大、清华两个校园，波及天津、山东等地，形成一股声势不凡的"京派文学"。京派文学的主心骨是周作人，又有朱光

① 　　巴金:《写作生活底回顾》，见李存光编《巴金研究资料》上卷，海峡文艺出版社1985年版，第143页。

潜、朱自清等人搞起的读诗会，林徽因、梁思成的沙龙，以及在舆论上反映他们具体成果的《大公报·文艺》副刊等，培养并影响了一批才华出众的年轻诗人、戏剧家、小说家以及文艺理论家。在这些文艺圈子里，人们恪守相近的文艺主张：艺术第一，个性至上，但并不因此排斥思想性。我们现在每谈及京派文学，总误以为那是个唯美的或形式主义的圈子。其实不然，在京派出现过许多思想性颇强的作品，如芦焚（师陀）、萧乾的小说，曹禺、李健吾的戏剧等。如果以急功近利的要求看，京派文人的作品难免会招来远离现实之讥，因而长期以来不得入文学史的正册；但它们保持了艺术上的纯美趣味，在"文学的启蒙"意义上继承了新文学的传统，使文学终于没有在激烈的政治冲突中完全丧失自身的地位。周作人所期望的那种王纲解纽的颓废时代在中国真是昙花一现，个性的自由只能以偏废思想力量的代价勉以为生，能在20世纪30年代恶劣环境下扶植起如此的成果，也实在是不简单的。

因为形势的日益严峻，"启蒙的文学"与"文学的启蒙"之间的分歧不可避免地严重起来。不但左翼文学圈子与京派文学圈子之间互相讥刺攻讦，即便启蒙文学的继承者巴金，也因为文艺观的不同，常与京派文学发生争论。巴金对周作人、朱光潜，甚至对编《世界文库》的郑振铎的不满与批评，都反映了这一倾向。前些年巴金撰写《怀念从文》一篇，回忆了这两位文坛泰斗早年的分歧，情现乎辞，可以看出当年两种启蒙意识对峙的情形。巴、沈的分歧在于文艺观念，很难判断孰是孰非，但两人并未因此影响友情，这与20世纪20年代两大社团的论争中人事宗派因素大于文艺观点的情况正成对照，也说明了30年代的对峙才是真正的文学意义上的对峙。"启蒙的文学"与

"文学的启蒙"，这两种启蒙意识从五四初期的并存到30年代的对峙，终于走到了各自历程的尽头。

四、两种启蒙意识的衰落

抗战全面爆发不仅终止了"文学的启蒙"的发展——这是容易理解的，本来就日益缩小着自身思想力量而趋向纯美的文学启蒙，无法适应被战争磨砺得粗放了的感情需要——而且使人始料不及的是，"启蒙的文学"在战争中也遭到了遗弃。当然，这两种启蒙意识被否定的方式是很不相同的。

"文学的启蒙"是由于在战争中丧失了存在的土壤而自行瓦解的——我所指的存在土壤，不完全是指社会环境，还包括了知识分子在当时的心理环境。中国知识分子的哲学是行动的哲学，他们很难把自己的行动与心灵追求截然区分开来。从文化传统的方面说，中国文人一向以兼济天下为己任，习惯将文学视作政治抱负的表现手段或宣泄手段，重的是气节，轻的是性灵，尤其是在国运衰微之际。从现实环境的方面说，20世纪30年代的纯美观念本身为抵抗社会政治因素侵袭文艺本体价值而采取的极端态度，自有其不得不然的苦衷，待战争炮声一响，不仅是社会上不容纯美的文艺生存，更主要的是知识分子的良心不容许纯美意识生存。何其芳的唯美主义文风的转变就是最为典型的例子。这位以《画梦录》赢得读者的诗人，抗战全面爆发以后一度返回四川从事教育工作，他惊诧于社会现实的麻木，大声疾呼："让我打开你的窗子，你的门，/成都，让我把你摇醒，/在这阳光灿烂的早晨！"①这时他作为诗人的角色已从幻想"扇上的烟云"②的唯美立场，不知不觉地转到启蒙者的立场了。抗战现实使启蒙的社会意义无可置疑地压倒了文学的纯美意识。何其芳原来是相当重视文学的独立价值的，尤其在散文创作方面，他曾这样说自己的创作追求："我愿意以微薄的努力来证明每篇散文应该是一种独立的创作。""我企图以很少的文字制造出一种情调：有时叙述着一个可以引起许多想象的小故事，有时是一阵伴着深思的情感的波动。"③然而再回顾这些创作时，他却真诚地说，那"不过是一个寂寞的孩子为他自己制造的一些玩具"④。他毕竟是带着轻蔑的口吻称它们为"玩具"的。但这还不是最重要的变化，接着何其芳又经历了另一个变化，他在一篇散文中这样记叙自己到延安前后的心理活动："我是想经过它到华北战场去。我还不知道我自己需要从它受教育。我那时是那样狂妄，当我坐着川陕公路上的汽车向这个年轻人的圣城进发，我竟想到了倍纳德·萧离开苏维埃联邦时的一句话：'请你们容许我仍然保留批评的自由。'但到了这里，我却充满了感动，充满了印象。我想到应该接受批评的是我自己而不是这个进行着艰苦的伟大的改革的地方。我举起我的手致敬。我写了《我歌唱延安》。"⑤这段冗长的话似乎无法断章摘句，它

① 何其芳：《成都，让我把你摇醒》，收入《夜歌和白天的歌》，转引自本书编辑委员会编《中国新文学大系1937—1949·第十四集 诗卷》，上海文艺出版社1990年版，第457页。
② 何其芳：《扇上的烟云》（《画梦录》代序），见《何其芳文集》第2卷，人民文学出版社1982年版，第56~58页。
③ 何其芳：《〈还乡杂记〉代序》，见《何其芳文集》第2卷，人民文学出版社1982年版，第125、127页。
④ 何其芳：《一个平常的故事》，见《何其芳文集》第2卷，人民文学出版社1982年版。第213页。
⑤ 何其芳：《一个平常的故事》，见《何其芳文集》第2卷，人民文学出版社1982年版。第223页。

中国新文学整体观

中国新文学发展中的两种启蒙传统

以一气呵成的抒情语言表达了一个知识分子复杂的心理变化。

这种"文学的启蒙"心境的丧失，除了现实环境限制，知识分子对文学艺术的本体价值缺乏严肃的认识也是原因之一。前文论述过五四初期创造社关于人生观与艺术观二元并存的现象，这本该是强调"文学的启蒙"最有力的哲学基础。这种观念明确要求知识分子将社会责任感与学术责任感（艺术良心）区分开来。社会责任建筑在作为一个国家公民的道德观念之上：关心祖国命运，维护社会正义，以社会主人的态度加入社会建设之中；学术责任更多的是体现为一种职业道德，作为一个文学艺术工作者，他必须坚持自己的艺术良心，保持自己对世界的审美感觉，以最精致的作品来实现自己的价值。公民的身份与艺术家的身份既不是互相矛盾的，又不可互相替代。在文学艺术上也是这样，"战士"与"诗人"的统一不在于诗人用诗去战斗，而在于他既能写出真正有美学价值的诗，在人格上又是一个推动社会进步的战士。可是在中国，知识分子总习惯把这两种标准混淆，人们首先确立一个"为人"的标准，又以"为人"的标准来要求"为文"。即使在20世纪20年代，前期创造社成员对这种二元并存的现象也完全是不自觉的，以后更没有人对此作过认真的论述。因此当炮火声起，再唱小夜曲，再画白日梦，就连作者自己也心虚起来。他们只想到在战争中，人们不需要小夜曲、画梦录，没想到小夜曲和画梦录本不是为抗战才生的，它们的对象应是超越具体时空的人类本身。

至于"启蒙的文学"，在抗战全面爆发初期非但没有不合时宜，反而还被大大地利用了一阵子。本来，知识分子到民间去宣传抗日救亡，对精神麻木的中国国民来说，正是一种启蒙。它既包含了救亡的主张，又与五四时代的启蒙主题紧密联系着，当时许多作家都把抗战的中国视作火中涅槃的凤凰，希望通过抗战来达到蜕变或更新中国文化的远大目标。可是这样一个以知识分子为中心的启蒙与救亡的文化蜜月过程非常短暂，随着战时文化规范的形成，启蒙与救亡的内在冲突愈来愈尖锐。抗战时期左翼批评家胡风曾经谈过这个问题。胡风的文学观念从未脱离"启蒙"范畴，他总是强调民族战争中的新文学必须为民族进步作贡献，在揭露侵略者的罪恶的同时，毋忘批评本民族的阴暗面。他提出了著名的"精神奴役创伤"的观点，在理论上发展了鲁迅对国民劣根性的批判。显然胡风是把自己的启蒙工作视为鲁迅传统的继承。但他在1941年写的一篇散文中提出了一个很严峻的问题，他问道：如果鲁迅现在还活着，他会怎样做？他很悲观地自答："如果真的他还活着，恐怕有人要把他当作汉奸看待的。"胡风为什么这样说？因为鲁迅始终是揭露民族落后性和阴暗面的不懈斗士，他不会随着战争文化的更迭而改变批判目标，不会为着救亡而忘记启蒙。胡风已经意识到，在落后的中国，战争过快地改变了文化的进程，使"启蒙的思想斗争总是在一种'赶路'的过程上面，刚刚负起先锋的任务，同时也就引出了进一步新的道路"。①这所谓"新的道路"，正是指战争促使五四启蒙文化内在构成发生颠覆。新的战时文化规范中，原来的启蒙者成为接受教育者，原来的被启蒙者成了文化主体的力量，这种新的文化规范在军事环境下树立起不容置疑的权威性，知识分子的启蒙失败了。战争的强制性质使知识分子不得不放弃启蒙的任务。因为启蒙只能对思想负责，不能为直接的政治斗争甚至政权所左右，

---

① 胡风：《如果现在他还活着——纪念鲁迅先生逝世五周年》，见《胡风评论集》中，人民文学出版社1984年版，第164～173页，引文见第167、165页。

它只能成为知识分子自由思想的工具，却永远不能成为政治集团的宣传工具。在这个时候，新文学的启蒙意识才遇到了它真正的对手：战争的文化规范。

对启蒙意识的否定早在全面抗战初期就发生了。当时的国民党政府在抗战中始终想以民族的名义来压倒知识分子的自由批评，容不得有异己的声音存在。这种政策同样反映了战时文化规范对文学的制约，胡风关于"假如鲁迅还活着"的说法，正是针对这种舆论一律而言的。在有些文化现象面前，政治党派的观点反而变得很不重要，譬如围绕着《华威先生》出国"的风波引起的争论，当时官方办的《文艺月刊》刊登了一系列文章，强调文艺创作必须遵守"国策"，指责过多的"暴露黑暗"会被敌国作为宣传而利用，等等，其理由与后来在延安发生的批判王实味、丁玲事件几乎没有什么太大的不同。再如曹禺的《北京人》，表现的是五四反封建的启蒙主题，这在一些"左"的观点看来是"陈旧的题材"①而加以非难，但奇怪的是当时主管文艺的张道藩也认为这个作品"意识不正确"。《北京人》非左翼作品，所谓的"意识不正确"只能指"与抗战无关"的启蒙意识了。《北京人》尚且如此，更不要说一般的启蒙意识了。

但是，尽管战争促使了中国现代文化背景的改变，但文学自身的力量远没有到完全涣散的地步。战争毕竟是短暂的，文学的两种启蒙传统在抗战文学中仍然作着艰难的挣扎和自卫。在文学的启蒙刚被抑压之初，就有沈从文、施蛰存等作家站出来反对"抗战八股"的潮流，提出了文学必须有自身的艺术价值的问题。沈从文的《一般或特殊》

---

① 　　胡风：《论〈北京人〉》，见《胡风评论集》中，人民文学出版社1984年版，第386～398页，引文见第391页。

《文学运动的重造》等对宣传工具论的批评，至今看来还是颇有胆识的文章。在启蒙的文学被威胁的时候，又有胡风等批评家挺身而出，在阐释作家的"主观战斗精神"和捍卫现实主义的纯洁性的论争中，尽了一个新文学传统下的文化战士的责任。从当时争论的文献上看，双方并无胜负，不过是通过论争表明了两种文化意识的同时存在。

就创作实践来看也是这样，有一批作家正是在抗战后期创作出相当优秀的作品，显示出他们个人创作道路上的进步。譬如巴金后期创作的《憩园》《寒夜》等小说在人物心理刻画的深刻性方面，都超过了他早期的《家》；曹禺、夏衍在这一时期的戏剧创作，艺术上和人性的挖掘上也都超出了其早期的作品。此外，如年轻作家路翎、汪曾祺的小说，七月诗派与九叶诗派，以及沦陷区的钱锺书、杨绛、张爱玲、师陀等人的创作，都是新文学传统在战争的特殊环境里的继续与发扬，同样反映了两种启蒙意识的生命力。它们的存在证明，到20世纪40年代为止，战争的硝烟仍没有能够完全弥盖住五四新文学两种启蒙的呼声。

中国新文学发展中的圆形轨迹

未来或许不是这样，但是当我们回眸以往中国新文学所走过的路程时，不能不承认：近七十年的中国新文学发展史，不是在风平浪静、鸟语花香中度过的，与其说构成这部文学史的是展现着各种艺术风貌的文学作品，毋宁说它充满了尖锐的痛苦的，甚至以生命作代价的牺牲与斗争。如同一位美国批评家所说过的："一种文化，不是一条河流，甚至不是一种合流，它存在的形式是一种斗争，或至少是一种争论——它只能是一种辩证的论证。"[①]这种特征在中国新文学的发展中表现得更为明显。因为中国新文学是与现代中国社会发展中艰难复杂的政治斗争交织在一起的，不用幻想在中国新文学中能找出更多的非政治因素，也不用幻想在中国的现代作家中寻找那种具有但丁、莎士比亚、歌德那样的博大的精神、超凡脱俗的气质与非凡的想象力。中国新文学的历史，只能是现代中国社会的政治斗争投射到文学意识中的倒影。将近大半个世纪动荡不安的政治局面，造成文学上缺乏恢宏刚盛的"治世之音"；它的价值只能在痛苦、在呻吟、在抗争。中国革命性质所包含的复杂的阶级关系以及农业经济生产方式为新文学发展构成了独有的轨迹。从思想斗争的角度看，它不是以两种力量的对峙构成的营垒分明的矛盾冲突，而是以其内在多种因素的辩证斗争形式而构成冲突；从文学创作来看，它们也不是以个性为基础呈现出各

---

① 　　［美］莱昂内尔·特里林：《美国的现实》，转引自丹尼尔·霍夫曼主编《美国当代文学》，中国文联出版公司1984年版，第3页。

样的创作主题，而是有一个基本的时代主题一再重复于不同历史阶段的文学创作之中；从发展形态来看，它不是呈现直线形的否定式前进，而是多向的圆形的否定式。换句话说，中国新文学发展的轨迹，不是一条直线的运动，而是由一系列圈环套结成的圆形结构。

一、新文学的基本轨迹：矛盾的多重性

新文学从诞生的第一天起，就在它的出生地——一所死气沉沉的封闭的封建主义老房子里，为取得挖一个墙洞、开一扇门窗，以至揭开整个屋顶的权利而抗争着。这无疑是辛亥革命推翻帝制与第一次世界大战为中国年轻的资本主义发展提供了某种可能性的产物。但是五四运动的爆发，标志着新民主主义革命取代旧民主主义革命，随着无产阶级登上政治舞台，新民主主义文化的阶级构成也发生了新的质变。无产阶级政党要将新民主主义文化置于它的领导之下，也就是说，反帝反封建的民主主义革命任务与无产阶级解放全人类的革命任务结合在一起，使中国新文学不再成为简单的资产阶级反对封建主义思想文化的武器，而使其成为无产阶级反对封建地主阶级，以及资产阶级、小资产阶级思想文化的武器。这种宗旨既是整个新民主主义革命（包括在以后的社会主义阶段）历史进程中的必然产物，同时与新文学的客观现状形成了尖锐的矛盾。我们不能忽视这个矛盾的存在。正因为如此，现实的情况才不像教科书所划分的那样机械——1921年以后，无产阶级政党在完成这一宗旨的过程中，经历了长期的艰苦的努力。

特定的阶级关系规定了中国新文学的趋向。它以同时展开的形态

呈现出两条思想斗争的轨迹。一条是，无产阶级在思想文化上既联合资产阶级与小资产阶级，领导它们一起去完成反帝反封建的新民主主义革命的任务，同时又必须为自身争得文学领导权而去批判资产阶级和小资产阶级的思想文化。这种批判在五四时期是属于新文学内部之争，随着"革命文学"掀起的对五四新文学运动的批判，渐渐地外向化了。1942年延安文艺整风运动中，小资产阶级文艺家虽然仍作为一支重要的革命力量，但在思想战线上，封建地主阶级、资产阶级与小资产阶级被并列地作为无产阶级的对立面。① 从那时起，资产阶级和小资产阶级的思想文化就成为新文学中无产阶级思想文化的批判对象。从20世纪50年代文学领域的几次运动到十年浩劫，都是以这样的指导思想为出发点的。这是新文学的一条从内部之争向外转移的斗争轨迹。

另一条是，无产阶级向资产阶级展开思想文化领域的斗争的同时，两者还共同肩负着反对封建思想文化的斗争。但在新文学首战告捷，封建思想文化明显处于劣势的情况下，失败者转移了阵地，它对新文学的还击主要不是参与反动政权对新文学的摧残，而是以更卑贱的态度悄悄

---

① 关于这一点，毛泽东在《在延安文艺座谈会上的讲话》中曾一再提到，诸如："用什么东西向他们普及呢？用封建地主阶级所需要、所便于接受的东西吗？用资产阶级所需要、所便于接受的东西吗？用小资产阶级知识分子所需要、所便于接受的东西吗？都不行，只有用工农兵自己所需要、所便于接受的东西。……不是把工农兵提到封建阶级、资产阶级、小资产阶级知识分子的'高度'去，而是沿着工农兵自己前进的方向去提高，沿着无产阶级前进的方向去提高。""你是资产阶级文艺家，你就不歌颂无产阶级而歌颂资产阶级；你是无产阶级文艺家，你就不歌颂资产阶级而歌颂无产阶级和劳动人民：二者必居其一。""小资产阶级出身的人们总是经过种种方法，也经过文学艺术的方法，顽强地表现他们自己，宣传他们自己的主张，要求人们按照小资产阶级知识分子的面貌来改造党，改造世界。……无产阶级是不能迁就你们的，依了你们，实际上就是依了大地主大资产阶级，就有亡党亡国的危险。"（《毛泽东选集》第3卷，人民出版社1991年版，第859～860、873、875～876页）

地把重点转移到通俗文学领域。①这是一块新文学暂时还无法占领的阵地。封建思想文化失去了知识分子的宠爱，却转而向下层民众献媚。中国的无产阶级革命事业，相当一部分力量是借助于接受了无产阶级思想领导的农民阶级，而几千年传统思想文化与小农经济的生产方式又保持着天然的联系。因此，1942年以后抗日民主根据地文学实际上承担着两方面的任务：既要批判资产阶级、小资产阶级思想文化，又要同其自身内部的封建思想文化的影响作斗争。事实证明，这部分潜藏在下层民众内部的封建思想文化对新文学的腐蚀作用是不能低估的，它一度直接渗入革命文学的指导思想与审美意识之中，成为带有封建主义特征的审美心理的逻辑起点，对后来形成的极左的思想路线发生过相当大的影响，这是新文学的一条由外部之争朝内转化的斗争轨迹。

这两条斗争轨迹相互交叉着，互相渗透着，以共时并存的形式构成无产阶级、资产阶级和小资产阶级，以及封建阶级的思想文化之间的复杂关系，它具体表现为新文学七十年来的文艺思想斗争每一步发展都既是进展又似乎是回旋，往往在否定了一种倾向的同时，马上又引出了相对立的新的倾向来否定自身。从胡适对旧文学的批判到李大钊等接受了马克思主义的知识分子对胡适的批判，从"革命文学"倡导者们对五四文学的批判到中国共产党的领导人（如张闻天、刘少奇等）对左翼文学运动中"左"倾关门主义的批判，从胡风在抗战时期对封建文化与资产阶级文化的批判到20世纪50年代主流思想对胡风文艺思想的批判，从周扬在50年代对许多知识分子的批判到十年浩劫中姚文元对周扬的批判，从50年代极左路线对广大文艺工作者的

① 　　　关于这一问题，还保留了当时的思想痕迹，后来我的想法有了改变。

迫害到新时期广大文艺工作者对极左错误的反击和清算，等等，中国的文艺运动似乎走过了一个套一个的圈环。在这一系列的圈环中，有两个环节决定了整个圆形运动的趋向。第一个是抗日战争全面爆发以后形成的抗日民主根据地（包括后来的解放区）文学，第二个是1978年以后的新时期文学。

抗日民主根据地（包括后来的解放区）文学在新文学发展史上是一个承前启后的历史阶段。它直接来源于抗战，把这场战争对文学所提出的要求集中反映出来，同时它以极端形式解决了五四新文学自始就存在的"文学与大众"的关系问题。从"革命文学""大众文学""抗战文学"一路发展而来，到了延安时期的文学才有了一个结果。但是鉴于当时中国落后的状况，这次新文学与大众的结合，是以新文学向通俗文学和民间文学靠拢的形式来完成的。从延安时期到20世纪50年代，新文学中有不少优秀文学作品都带有鲜明的通俗文学的特点。这一类作品具有强烈的人民性倾向，采用朴素的、为人民大众喜闻乐见的民间艺术形式，使新文学获得了为数最多的读者群。再者，通俗文学获得了新文学之精血灌溉，其生命状态也从旧文学胚胎中发生了质的变化，它不再是封建意识的散布载体，成为新文学的一种新形式。但是我们仍然忽视了从旧文学脱胎而来的现代通俗文学中，还是残留着由传统通俗文学而来的消极因素。瞿秋白在30年代已经提出警告的所谓"青天大老爷主义""团圆主义""脸谱主义""武侠主义"以及"民族主义"等①，在这一阶段的文学创作中并没有绝迹。《小二黑结婚》等一批抗日民主根据地最优秀的作品都显

①　参见瞿秋白《普洛大众文艺的现实问题》，见《瞿秋白文集》二，人民文学出版社1953年版。

示出这样的特点：五四初期的个人主义传统开始衰微了，取而代之的是以人民政权的形式出现的"青天大老爷"，重复了旧小说中的一个传统思想。从五四新文学批判旧文学到延安时期的文学中容纳了旧文学的某些因素，中国现代文学似乎完成了一个大圆圈。

随着中国革命的胜利，新文学朝着圆形轨迹逆反的方向继续发展。20世纪50年代以后的文学思想斗争中，很少再提出反对封建意识的斗争（只有在《武训传》的批判中略略提到），而强调的是对资产阶级与小资产阶级思想文化的批判，都是以一种假定的"资产阶级思想"为批判目标的。而且，五六十年代的几次批判运动的对象——从胡适到胡风，以及《早春二月》《林家铺子》等根据30年代左翼作品改编的电影——在五四初期到30年代都是占新文学中主要地位的思想传统与文学传统。这种逆向的批判轨迹超出了极限以后，就引起批判主体与批判对象的倒错与混乱，造成了批判失控。这种批判，十年浩劫中以极端的形式出现，即成为"三十年代文艺黑线论"以及"文学空白论"。另一方面，在这一阶段的文学创作中，也出现了它自身的新的否定因素，这种否定因素是在"双百方针"下出现的，以反映社会主义社会矛盾的"干预生活"的文学与反映社会主义社会中人的心灵世界的"写人的文学"，这两个主题都带有鲜明的社会主义时代特征，又正好与五四新文学初期的"为人生"的文学与"人的文学"的传统相呼应。虽然作为"重放的鲜花"，它们在刚刚冒头就遭到了扼杀，但这类作品无疑是一种新的标志，仿佛是五四传统对它自身的反叛因素的反击。

20世纪70年代末才骤然来临的新时期文学，如果没有五四新文学传统作基础，就无法想象能够在短短几年中得到如此迅速、如此繁荣的发展。新时期文学在最初几年中仿佛又回旋到了五四时期的新气象，但新的时代特征又不容置疑地为它的文学打上独特的烙印，形成了新的特征与新的发展。

回顾这七十多年新文学的发展史，可以看到新文学发展的圆形轨迹特征之一，正如图2所示：由一连串的圈环构成了两个套结在一起的大圆圈。

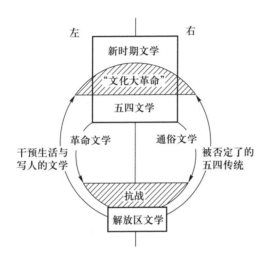

图2　新文学发展的圆形轨迹

在图2中，左边可以看作文学发展中内部产生的新因素，右边可以看作文学发展中所要否定的旧因素。从五四新文学出发，新文学否定的旧因素，通过通俗文学的途径继续发展；它产生的新因素即"革命文学"，则通过左翼文艺运动，朝大众化的方向进步。抗战打乱了原有的文学进程，造成了新文学与通俗文学相汇合的抗日民主根据地的文学，形成了新的文学阶段。第二个文学阶段同样从两个方面出发，它不断否定五四文学的"小资产阶级"因素，同时又产生了新的因素即"重放的鲜花"派文学，其实它所批判的对象与所产生的新因素都是五四传统的某种重复。"文化大革命"又一次打乱了它的原有进程。接着新时期文学又在废墟中接受了五四传统，形成新文学的第三个阶段。

抗战与"文化大革命"无疑成为两个新的文学阶段赖以形成的社会媒介。它们各以巨大的混乱状态打乱了人们的文化心理建构，也打乱了文学进展的原有程序。它们促使文学在接受与继承传统的同时，扭转了原来文学的发展轨迹，并使其发生逆向运动。但是除了这一表面特征，我们还应看到，新文学每一阶段的否定形式中还包含了继承。中国新文学有其自己的传统，就仿佛是这个圆形轨迹的圆心，它不仅没有更变，而且为20世纪的新文学提供了严格的内在的特质。

二、新文学的基本主题：现代文明的呼唤

这种规定着20世纪中国文学自然质的要素，首先来自近现代中国社会斗争性质的一贯性与斗争内涵的延续性。中国自20世纪以来，一直是在政治动荡中度过的，受尽洋枪洋炮之苦的中国革命者深深感受到国家赶上世界先进水平，争取与世界同步的重要性。革命先驱孙中山在推翻了帝制以后，随即就提出了激动人心的《建国大纲》①与

①　　《建国大纲》，全称《国民政府建国大纲》，为孙中山起草的关于建立资产阶级
共和国的纲领，全文共25条，1300余字，陈述了孙中山的建国理念和思想。1924
年1月23日国民党第一次全国代表大会审议通过。同年4月12日孙中山又亲笔
誉写，并对原件稍加修改后正式公布。（参见《辞海（第七版）缩印本纪念版》，
上海辞书出版社2021年版，第1058；百度百科，"国民政府建国大纲"条目）。

《实业计划》①。孙中山的伟大之处就在于，他能够将政治革命的现时目的与政治革命以后的经济革命紧密联系在一起。他早就断言："中国将来矿产开辟，工业繁盛，把国家变成富庶，比较英国、美国、日本，还要驾乎他们之上。"②这无疑是20世纪中国人民梦寐以求的奋斗目的。追随这位伟大先行者，中国人民进行了一系列可歌可泣的政治斗争，诸如推翻封建帝制，反对军阀割据，反抗外来侵略，乃至在1949年以后社会主义革命与建设中的艰辛探索和曲折发展，包括十年浩劫期间反对极左路线的悲壮斗争，实质上都是企图从政治上解决中国落后的经济现状与愚昧的思想观念。这大半个世纪以来的斗争主题反映在文学创作上，即形成了20世纪中国新文学发展的一个基本主题：对现代文明的呼唤以及为实现这个目标而进行的种种改造中国现状的斗争。

与这个基本主题密切相关的是，近现代中国的农业自然经济还占有相当大的比重，与这种经济基础相适应的农民阶级的意识形态还作为一种文化心理的积淀制约着人们。严格地说，近现代中国很少有纯粹意义上的资产阶级。从中国资本主义经济发展的状况来看，除了一部分华侨投资，大部分工业资本是从封建官僚经济与封建地主经济中转化过来的，因此民族资产阶级与封建地主阶级除了矛盾冲突的一面，更重要的是两者之间还存在着极为密切的互补互利的关系；同样，近

---

① 《实业计划》亦名《国际共同发展实业计划》，是孙中山为实现中国资本主义工业化而构想的宏伟蓝图。1918—1919年用英文写成，由朱执信、廖仲恺等译成中文。（参见《辞海（第七版）缩印本纪念版》，上海辞书出版社2021年版，第2039页；百度百科，"实业计划"条目）。
② 《在广东第一女子师范学校校庆纪念会的演说》（1924年4月4日），见《孙中山选集》下，人民出版社2011年版，第922~938页，引文见第927页。

中国新文学整体观

中国新文学发展中的圆形轨迹

现代中国很少有纯粹意义上的无产阶级。中国没有向西方社会那样经历过大规模的残酷的圈地运动，也没有大批失去土地流离失所的流浪农民，农业自然经济的稳定状态使离乡背井、靠出卖劳动力维持生活的进城农民，一方面具备产业工人的许多特质，另一方面仍然与农村自然经济保持着亲密关系。他们常常是自己独身在城市里当工人，家属在农村务农，或者是在城里建立了一个小家庭以后，还必须赡养在农村的父母亲属。雇佣劳动与农业劳动常常是共同维持着工人家庭的生计。中国革命的主要力量，正是农民气质的工人与接受了工人阶级的思想领导的农民，各种农民意识也势必会影响到无产阶级的革命队伍之中。因此，在资产阶级与无产阶级这一对现代社会矛盾冲突中，同样带上了中国半殖民地半封建社会特定的封建色彩与农民意识的烙印。这种狭隘保守的思想意识的长期存在，与现代文明发生尖锐冲突。这场冲突中，知识分子极大部分是自觉站在现代文明的一边，批判着来自各方面的反对现代文明的传统意识。不管这种意识来自封建地主阶级，还是来自农民阶级，甚至是革命化了的农民群众队伍。这就形成了中国新文学的基本主题——把对现代文明的呼唤与对现状的批判结合为一体，提出了改造国民性的极为深刻的命题。

在前一种创作中，我们能够看到作家们如何为实现现代文明而呼唤。这种呼唤，在郁达夫的《沉沦》中，表现为主人公自沉前发出了令人心碎的希望祖国强大的呼喊；在茅盾的《子夜》中，民族资本家的企业活动与孙中山的《建国大纲》自然地联系在一起；在新中国成立以后出版的许多作品里，主人公们常常津津乐道地期望着苏联模式的理想社会图景；在新时期文学中，许多文学主人公把自己的行为自觉地纳入祖国实现四化的轨道之中去。还有那一系列正面描绘近代中国从戊戌变法、辛亥革命到粉碎"四人帮"的伟大斗争的文学作品，都洋溢着强烈的爱国主义精神以及对现代文明的呼唤。

更重要的是后一种创作。改造国民性，批判封建的、落后的思想观念与文化心理是中国新文学最有特色的传统主题。从鲁迅到赵树理到高晓声，从老舍到丁玲到张洁，他们的作品始终拥有大量的读者，被认为是最出色最传神地描绘了中国社会的真实面貌。这些作家所揭发、所批判的是中国社会中种种与现代文明不相适应的部分，在无情批判的背后，仍然是对现代文明最热切最炽热的呼唤。

在中国新文学的圆形轨迹中，现代文明的主题就包含着这样两个方面。尽管轨迹的表面运动发生着逆向变化，但圆心始终如一，以不同形态贯穿着整个新文学的创作。我们不妨将后一种创作主题，在新文学的三个历史阶段中作一个抽样的考察。

在新文学的第一个阶段，即五四时期，作家们大多是归国留学生，他们在异国亲身感受到西方现代文明与中国的距离，他们感到切肤之痛的，是洋枪洋炮的入侵与打拳扶乩的盛行同时并存的可笑局面。世界科学已经从牛顿物理学说走向爱因斯坦的相对论，而中国的统治者还在热衷祭孔和颂扬国粹。《新青年》中"随感录"以及鲁迅的《热风》，大部分是有感于此而发的。这些文章的锋芒所向，是迷信守旧、繁文缛节、愚昧无知等社会陋习与落后意识。这种批判又是与呼唤现代文明联系在一起的，西方的现代文明常常成为中国作家批判旧中国的一个参照系。这就是为什么郭沫若要在《西湖纪游》中将耽于淫乐的中国人与严肃工作的西洋人作对比，为什么老舍要在《二马》中把"老中国人"老马置放在英国社会中去出丑露乖，为什么叶圣陶要在《欢迎》中让实用主义哲学家杜威去参观中国的"清节堂"。在对中国的落后现状及其保守意识的批判中，鲁迅无疑是最伟大的战士。他把中国国民性高度概括成阿Q的精神胜利法，通过这个盲目仇洋，又自轻自贱的艺术典型，深刻地画出了沉默的中国国民的魂灵。不仅如此，我觉得更有意思的是鲁迅在《肥皂》中所揭示的命题：现代工业带来的文明成果——肥皂，在笼罩着封建意识的中国绅士阶级中间竟成为一种发泄淫念的象征。四铭这类卫道士们没有愚蠢到像阿Q那样无端拒绝外来洋货，但是在"咯吱咯吱"声中，文明、卫生、清洁，甚至美，都被肮脏地玷污和糟蹋了。鲁迅在这幅戏谑化了的艺术构思中，严肃提醒人们要注意这样触目惊心的事实：缺乏接受现代文明的心理基础比缺乏现代文明的设备更为可怕。

　　鲁迅小说的主题，成为中国新文学的一个传统主题。这一主题发展到新文学的第二个阶段，它的表现角度变换了。赵树理的《小二黑结婚》同样描写了农村社会中的封建思想残余与落后的生活现象：迷信、淫乱、愚昧，这些消极因素的对立面则是人民政府，代表着一种新的生产关系和上层建筑，新中国成立以后的中国作家们不再把现代文明与中国落后的现状对立起来，更不是在西方文明中寻找参照系。他们把先进的社会制度，以及先进制度下人们相适应的先进觉悟（这在50年代初一度以苏联为参照系）与人民群众中不相适应的、种种落后守旧的思想观念对立起来。这种矛盾不再是采取知识分子与群众相对立的形式，而是通过人民群众中的先进与落后的对立来体现。以柳青的《创业史》为代表的一大批描写农业合作化运动的作品，都是着重批判了农民的小生产方式所造成的狭隘、保守、愚昧、迷信等落后意识。先进的社会制度作为现代文明由理想转化为现实的一种可能性，它与中国落后的现状（包括落后的生产力）之间的矛盾，比五四初期作家们所展开的矛盾更为深刻，也更为实在。因此，在新文学的第二个阶段，现代文明冲击中国封建残余势力的主题，不但没有被否定，反而进一步深化了。

值得注意的是，在20世纪50年代以后中国作家们在文学作品中强调先进的社会制度的力量时，他们并没有把先进社会制度的确立看作现代文明的本身。《三里湾》《在和平的日子里》等一些比较优秀的小说里，作家们仍然把建设现代文明的主要力量放在信任科学之上，塑造出一批有知识、有文化的年轻人。他们用现代科学作为改造农村或改造自然的武器，成为社会主义建设中的主力军。这种倾向直到60年代政治上把"阶级斗争"夸大成"一抓就灵"的灵丹妙药以后才受到阻止，进而在一大批描写"以阶级斗争为纲"的文学作品中，现代文明的主题遭到了践踏而一度中断，那是众所周知的。

当文学进入新时期，开始了第三阶段之时，20世纪自然科学成果又一次排闼而入，现代科学与现代文明恢复了一元性。随着中国社会对现代化的追求，现代文明的主题重新获得阐扬。我同意评论家季红真所作的结论——把文明与愚昧的冲突看作新时期小说的基本主题。这一基本主题是整个20世纪中国新文学的基本主题的一个部分。1978年开始的文学创作上的拨乱反正，把一大批引人注目的科学家、知识分子描写成文学的英雄，当作社会主义建设的中坚力量。这一批作品在当时曾受到广泛欢迎，客观上反映了社会上一般读者对知识的渴求以及对现代文明的呼唤。知识又成为一种力量，象征着现代文明向愚昧落后的社会现象或思想观念宣战。作家们把呼唤现代文明的使命感与建设四化的使命感结合在一起，恢复了同愚昧宣战的信心。很显然，新时期文学中的现代文明的主题表现角度全然一新，批判的锋芒也从单指向转为多指向。官僚主义、社会不正之风、小生产习惯势力、封建残余的意识形态以及种种社会陋习，凡是与现代文明不适应的消极因素都进入了作家的艺术批判范围。

在这一层次中，冲突依然是社会性的，与近时的社会现实紧密相联。批判性的文学主题仍然延续了五四新文学以及社会主义文学的传统，譬如路遥的《人生》中描写的巧珍刷牙的细节，一件微乎其微的小事在农村引起如此大的反响，不能不使人想到《阿Q正传》与《肥皂》里曾经出现的主题（在《创业史》里，梁生宝对改霞脸上搽雪花膏的反感，多少也反映了同样的心理）。作家还是抓住日常生活的细节，揭示现代文明的普及工作在中国这块土地上的艰难。也有些批判性主题，在过去的文学中从未出现过。诸如陆文婷与秦波在个人价值上的对比，陈奂生在"转业"与"包产"中遇到的种种新问题，张洁小说中对梁倩、荆华、柳泉等离婚妇女的遭遇的深刻分析，都带有鲜明的时代特征与文学的普遍性。我们由此可以看到，不管新时期文学中这一基本主题的具体内容是否在以前文学传统中出现过，它的性质都没有变，与五四新文学的传统仍然是一脉相承的。

从整体观出发来看新文学的轨迹，发现它的每一阶段都似乎是对前一阶段的否定，但这种否定对新文学的基本主题深化来说都是表面性的、外在形式的以及表现角度方面的。五四新文学最初在表现文明与愚昧冲突时，着眼于西方文明与东方愚昧的对比，这种对比还往往以接受过西方文明熏陶的知识分子对封闭、落后的中国社会环境的冲突来体现，知识分子——作家的自我形象是这场冲突的主角。这种表现角度在1942年以后的延安时期的文学中就变得不合时宜。丁玲的《在医院里》不过是重复了鲁迅等小说的传统主题，但表现空间与时间的差异导致这部作品的悲惨命运。在抗日民主根据地，社会陋习与落后思想观念的主要体现者是觉悟了的或政治化了的农民，在强调知识分子必须向人民群众学习，改造小资产阶级思想立场的当时，知识分子继续对农民（特别是革命队伍中的农民）抱有挑剔态度，是难以被接受的。可是这只是表面现象，其基本主题仍然变换了角度被保存下来。同样，新时期文学中一般较少反映先进的社会制度与群众中落后意识的矛盾冲突，经过一场浩劫，人们不再用盲目的乐观态度看待制度的先进性。相反，他们倒是更主动地警惕那些利用今天社会制度的某些不够完善，危害国家的党内不正之风，警惕在四化建设进程中新出现的阻力与消极力量。角度变换了，主题却同样在深化。由此可见，**新文学的圆形轨迹的特征之二：它有一个基本不变的圆心点，从表面上看，每一个阶段的否定形式，使基本主题离原来起点远了一步，但实际上只是变换了一个角度，反而更深入更展开——也就更加靠拢了原来的圆心。**

可是，我注意到近年来一批年轻作家们的创作，不能不惊诧地承认，这个基本主题的深化已经突破原有的表现层次，发生了急剧变化。而且，这种变化是对新文学迄今以来整个表现传统的反叛。依然是现代文明的呼唤，但是它已经不再是以文明与愚昧的冲突为主要表现手段。现代文明不再具有某种文学载体——诸如陌生的外来者、西方文明的参照系、先进的社会制度、假定的理想目标以及一些知识分子或知识化的人物形象——的功能。现代文明成为文化心理要素，融化在作品里的具体描绘之中，它表现为人所要寻找的一种平衡：人与社会，人与自然，人与自我之间的平衡、协调、和谐。对于造成不平衡、不协调、不和谐的盲目力量的否定，取代了原来对种种愚昧现象的批判。

中国新文学整体观

中国新文学发展中的圆形轨迹

由于现代文明的含义被抽象化了，超越了对具体生活现象的指代性，作家的表现也自由了。李杭育的《最后一个渔佬儿》看上去似乎对一个现代工业发展中的牺牲者抱有同情，但从更高层次上看，作家所反感的，是历史进步过程中带来的人与自然、人与人的和谐关系被破坏，主题仍然是对现代文明的呼唤。孔捷生、阿城、赵本夫等作家在作品中对于自然原始性充满感情的描绘，张承志、郑万隆、韩少功、贾平凹等作家对于民族文化与民族历史的原始力量的执着寻求，张辛欣、刘索拉、徐星、莫言等作家对于个人价值、个人感受的异常珍爱，都可以从这样一个更高层次上对现代文明的要求去理解。由于现代文明被理解为一种抽象的心的要求，所以文明与愚昧的正面冲突也不见了，甚至两者之间不再存在着一条泾渭分明的鸿沟。在这些作品中，不再出现愚昧落后的芸芸众生，高与低、贵与贱、美与丑、智与愚，一切精神界限都泯灭了，卑贱者的品质中存在着真正的美，愚拙者的行为里体现着真正的智，普通农民、翻砂工、市民、傻孩子、丑陋者、发育不全者……向来只配被俯视的角色，在今天的作家笔底下放出了艺术的光彩和美学上的魅力。现代文明不再属于少数人，也不是属于某种人类的异化物，它的力量来自民族生命的内核之中，产生在许许多多、普普通通、浑浑噩噩的人们之中。

在五四迄今的新文学传统的表现层次中，由于圆形轨迹的性质规定了基本主题的一贯性，它的开端即包含和潜藏了以后发展中的一系列基本的创作主题。现代文明的呼唤，表现文明与愚昧的冲突，无疑最本质地制约着文学创作的基本构思。围绕这个总的主题，还派生出一系列副主题，诸如人的觉醒意识的主题、文学为人生的主题、探索民族文化构成的主题等，在以后各阶段的文学发展中同样是以相应的复杂多样的外形一再重复、延伸、发展，并得到深化。但如上分析，近年来出现的新的表现层次，预示着向来的文学传统将面临新的变异，这种变异对新文学基本主题将会发生冲击，不止在表现方式上，极有可能是导致对这一主题的理解上产生根本性变化，由此促动对新文学的一系列传统主题的理解发生根本变化。这种超越传统的迹象从这几年的创作中已经隐约可见了。

三、新文学发展的形态：继承与超越

我们从前文所示的图2中可见，新文学发展的圆形轨迹，是由两个圆圈套结在一起形成动态轨迹，解放区文学以后，新文学是朝着五四新文学起点进行逆向的运动，由此基础上产生的新时期文学，这似乎是回到了五四新文学的原点上。我们从本文第二部分里对一种文学主题的抽样分析中所见，新文学圆形轨迹的特征之二，是它尽管外在形式上经过了反复和自我否定，但基本主题没有变，直到新时期文学的前一阶段，仿佛仍然在重复五四初期的文明与愚昧冲突的主题。但以上的分析并不能导致研究者得出这样的结论：认为我们今天仍然是坐在鲁迅当年坐过的书桌前，虽然时间已相隔大半个世纪，面对的却还是同一个现象。历史不可能作简单的重复，当我们平面地剖析了新文学的发展轨迹以后，最终还须对它作一番立体的观察，即新文学发展的形态变化。由此推出新文学圆形轨迹的特征之三：**新文学的每一阶段的发展，都包含了前阶段的成果，它在继承中走向超越**。因此，新文学的发展形态不是平面的圆圈，而是螺旋形地不断上升和发展。

以1942年文艺座谈会召开开始的延安时期文学以及1949年以后的中国文学，都继承了五四新文学的基本内核。毛泽东的高明之处就在于他不像以前的党内“革命文学”倡导者那样，把五四新文学简单归结为资产阶级领导的文学革命而给予扬弃与批判。毛泽东对文学史理论的贡献之一，就是指出了“五四文学”的新民主主义性质及其领导权问题，把无产阶级对新文学的指导意义，从理论上提前到了五四时代。从新文学发展的角度看，这样的理论预设无疑是符合历史发展的。这不是策略，而是在文学史理论建设上揭示了中国新文学的第一个阶段（“五四文学”）与第二个阶段（“延安文学”）之间的继承与发展关系。虽然新文学第二个阶段的发展轨迹似乎是“五四文学”的逆向运动，实质上是在否定中继承了“五四文学”的核心传统。“五四文学”的“为人生”宗旨及其现实主义的创作方法，在第二个阶段的前期，基本上得到了继承与发扬。“五四文学”最内在的追求之一——文学与大众的同一化运动，到了抗日民主根据地文学中也真正地成为现实。不仅如此，第二阶段的文学创作还弥补了前一阶段文学创作的不足。作为近现代中国社会政治的综合投影，“五四文学”的缺陷之一是文学主要体现者只能够在自身的局限中描绘伟大的社会投影。它出色地描绘了市民生活与知识分子生活，却对表现社会底层的工农群众的生活与精神面貌感到力不从心，对于半个多世纪的伟大军事斗争的描写也感到力不从心。新文学的第二阶段几乎不费气力地弥补了这一遗憾。《小二黑结婚》《太阳照在桑干河上》《创业史》《三里湾》《山乡巨变》等反映农村新生活的小说，与《保卫延安》《红日》《林海雪原》等现代军事小说，无论在描写场景的开拓还是在艺术技巧的成熟方面，都超越了“五四文学”中同类题材的创作。因此，新文学的第二阶段不是文学史上的一段歧路、一个累赘，或者是一个可有可无的阶段，虽然它在发展中受到种种干扰而变得不健全，但从文学的整体上看，它与新文学的第一阶段构成一个互补的局面，一同丰富着新文学的园地，发展着文学的传统。

基于对新文学第二阶段这样的认识，我们再来探讨新文学第三阶段（新时期文学）对传统的继承和超越。新时期文学无论在思想倾向还是在创作技巧上都标志着中国文学的进一步成熟。它以丰富广阔的容量吸取以前的成果，更加呈现为兼收并蓄、包罗万象的宏大气魄。题材上它不仅恢复了前一阶段中很少表现的市民生活与知识分子题材，还进一步提高了工业、农业、军事、历史、青年等各种题材的创作质量。从中我们还可以看到：由于第二阶段的文学主要发生在社会主义时期，它与第三阶段的文学创作有一个共同的社会背景，所以在各方面都更为接近，传承性也更为直接。

有一个有趣的现象是：中国新文学的主要描写对象，从知识分子变为工农大众，经历了几十年的艰苦探索与尝试。然而新时期文学在短短几年中，很快地重演了这一过程。如前面所说的，冲破极左路线的束缚以后，文学创作中涌现出大量表现知识分子题材的作品。在这些作品中，知识分子（或知识青年和知识化了的干部）既是普通人，又是英雄：在他们身上，常常最先反映出现代文明的力量。敏感、尖锐、勇敢，代表着一种新的社会思潮或者思想观念，仍然是社会上受人瞩目的英雄形象。诸如王蒙、张洁、谌容、蒋子龙、张贤亮以及张辛欣、张承志早期小说中的主人公。但随着文学创作的深入，就与近年来一批年轻作家悄悄改变了现代文明主题的表现形态同时，文学的主人公也在悄悄地变化，作家们自觉地挣脱了自身局限，把笔伸向社

中国新文学整体观

中国新文学发展中的圆形轨迹

会下层的普通人：海碰子、渔佬儿、庸常之辈、农民、伐木工人以及被通称为"北京人"的浴室工人、马路博士、万元户兼暴发户、普通女工……这些人物都生活在城市底层、穷乡僻壤、深山老林、海边林区，他们是普普通通的劳动者，是我们民族文化的最基本的创造者。作家们对这些主人公的态度也是很值得注意的：不像五四时期的作家那样带有启蒙者不自觉的俯视视角，也不像延安文艺座谈会以后作家们对劳动者的仰视态度，他们是用平等的心理与社会底层的人民共处，描写他们真实而普通的生活状况与心理状况，并在这些普通人身上发掘着民族文化的生命所在。这种创作态度与创作内容，显然是继承了延安时期文学创作的传统。毛泽东在延安文艺座谈会上提出文艺要表现工农兵的生活，对当时的文学发展具有深刻的意义，在文学创作中也起过良好的作用，遗憾的是后来极左思想路线的侵蚀与破坏，这一传统没有健康地发展下去。可是在近几年的创作中，文艺创作为社会主义服务、为人民服务的领导方针取代了狭隘的政治功利主义文艺观，虽然没有明文规定作家一定要表现哪种人，但是作家们本着严肃的生活态度与创作态度，完全是自觉地、不约而同地实践了前阶段所没有真正实践的创作内容。

在创作形式的探讨上也出现了相似的情况。新时期文学刚开始时，作家们为了彻底摆脱创作八股的束缚，曾一度大量引进西方现代派文学的创作经验，尝试着各种表现形式：意识流、时序颠倒、情节淡化、象征……仿佛又恢复了五四时期作家们那种饥不择食地向西方文学学习的风气。但是近几年，这种模仿和移植的文学现象迅速减少，现代意识渗透到作品的内在精神之中，较有创作个性的作家在学习、吸取西方文学营养的同时，把精力高度地集中在对中国文学传统的学习与借鉴方面。他们对民俗与民间文化着迷地追求，有的熔中国古典笔记体小说、外国随笔体散文、现代小品等创作样式于一炉，创造出新的笔记体小说；也有的深入社会，用"口述实录"的方式，创造出真正的现代民间口头语言……这些令人注目的新成就，无一例外都是在对中国传统的民族文化的重新认识基础上进行的。从历史的角度来审视这一现象，它的起源也可以追溯到抗战时期关于民族形式和民族风格的自觉追求。延安时期的文学创作曾经实践了这一追求，虽然当时的尝试还相当幼稚，仅仅靠发掘和吸收一部分民间文艺的形式来丰富文学表现领域，而且对民族形式的理解也失之于狭隘与肤浅，成果甚小。但是这个开端很有意义，近几年文学创作中的探索性成果，正是在这个起点上发展、成熟起来的。

近年来，文学创作中所出现的变化，与整个文化思潮、哲学思潮的变化发展都有密切的关系，至于它与延安时期文学中曾出现过的某些特征的暗合，在那些作家的主观上来说可能完全是一种意外。但这无关紧要，正是在这种看上去纯属偶然的历史巧合中，才能寻求出文学发展中的一部分不以人的主观意志为转移的客观规律，才能引导人们从历史的整体框架中去认识当前新出现的一些文学现象的意义与价值。需要强调指出的是，近年来作家们对民族文化精神与民族文化心理建构方面所作的艺术探索，其成就远远超过了以前任何时代的文学创作。这种超越成为新时期文学摆脱原来的传统轨迹，走向新的起飞的准备。

继承中的超越，构成了螺旋形发展的基本形态。它使中国新文学每完成一个圆形的轨迹时，总是高于原来的起点，而不是封闭住自身。有超越就有发展，新文学的每一个阶段的形成都是在与外部世界的互相作用之下，自我协调着内部各种因素之间的关系，使自己重新达到与外界社会政治、社会心理等各种关系的平衡。文学每前进一步，都是这种平衡的破坏与重构。20世纪中国文学的螺旋形发展形态，就是这种不断破坏与建构的过程。

平面地看，矛盾的多重性组成一连串圈环，并套结为两个甚至更多的逆向发展的大圆圈；立体地看，继承与超越构成了螺旋形的发展形态；从圆心看，一个受到近现代中国社会政治制约的基本主题始终贯穿其中。三方面构成了中国20世纪新文学的基本轨迹。这七十多年的文学史在整个历史长河中不过是一瞬间，也许在未来人们撰写的文学史中只占极其简单的一个章节，但它以自身的圆形轨迹完成了一个新的时代的开端。它是一个短暂的开篇，一道悲壮的序幕，它有声有色，深刻地记录了中国社会走向现代化之前的一个过渡时期的伟大历史风俗。

中国新文学发展中的现实主义

一、现实主义思潮在中国

（一）第一阶段：现实主义与自然主义的分袂

中国的五四新文学正发生在西方文学观念蜕旧变新的年代。它一开始便面对西方自文艺复兴以来已经积累了几百年的文学遗产，同时受到20世纪西方现代思潮的横向影响。于是它不得不采用兼收并蓄主义，将西欧文坛上纵向演变的多种文学思潮全部推倒在一个平面上，以拿来主义的原则，任意地进行选择与吸取。在接受外来文学的影响方面，五四初期真正呈现出一派前无古人的恢宏气象，现代主义、现实主义、浪漫主义成为三大主要流派，鼎足似的左右着五四新文学发展的总趋势。它们在中国五四新文学中各有所依：现代主义因为与中国现代文学同步而发生直接的横向影响；现实主义因为与中国本土的务实传统以及迫在眉睫的现实局势紧密相关而产生功利的效益；而浪漫主义，则与中国知识分子处于新旧时代交替更新之际所特有的感伤、孤独或亢奋的情绪形成共鸣。它们各成其果，在20世纪20年代的文学创作中，都留下了一批成果。

从三派并峙的状态中要争取一条独特的发展道路，中国的现实主义从20世纪初到20年代末至少经历了两个方面的斗争：对外，它必须与以浪漫主义为代表的主要对手竞争；对内，它必须肃清自身概念上的混乱，把自己从"自然派""写实派"等模糊概念中区分出来。

作为一种竞争力量，现实主义对中国的影响远远落后于浪漫主义。20世纪最初十年中，拜伦、雪莱、雨果、歌德等西方浪漫派作家的作品大量被介绍到中国，鲁迅的《摩罗诗力说》、苏曼殊的《〈潮音集〉自序》等研究西方浪漫派的作品都已发表，而现实主义最初没有得到中国知识分子的足够重视。或许林纾对狄更斯的评介是介绍西方现实主义的最初文献。林纾介绍狄更斯时说："迭更司，古之伤心人也。按其本传，盖出身贫贱，故能于下流社会之人品，刻画无复遗漏。"他认为，"左、马、班、韩能写庄容而不能描蠢状，迭更司盖于此四子外，别开生面矣"[1]；"若迭更司此书，种种描摹下等社会，虽可啰可鄙之事，一运以佳妙之笔，皆足供人喷饭。"[2]林纾虽然对西方现实主义创作毫无研究，但凭着丰厚的中国文学修养，立刻找到了评价狄更斯的参照系，以"写庄容"和"描蠢状"之区别，道出了西方现实主义的一大特征。但是，这种介绍既非内行，又无自觉意识，与鲁迅在《摩罗诗力说》中洋洋洒洒地评价西方浪漫派相比是望尘莫及。同样，1904年中国第一次对西方写实派作家左拉的介绍亦犯有此病。介绍者既不注重左拉的鸿篇巨制，又不关心他那些惊世骇俗的文学主张，强调的只是左拉"毕生遭遇经无量数之磨折而弗馁其志终成为文学大家"[3]的奋斗经历。在弥漫着英雄与英雄

---

[1]　林纾：《滑稽外史·短评数则》，转引自内田道夫《林琴南的文学翻译》，夏洪秋译，见薛绥之、张俊才编《林纾研究资料》，福建人民出版社1983年版，第257页。"左、马、班、韩"指的是左丘明、司马迁、班固、韩愈。

[2]　林纾：《块肉余生述·序》，转引自内田道夫《林琴南的文学翻译》，夏洪秋译，见薛绥之、张俊才编《林纾研究资料》，福建人民出版社1983年版，第260页。

[3]　《文学勇将阿密昭拉传》，《大陆》第2年第1号，1904年3月6日，无署名。

崇拜精神的晚清时代，在寥寥的中国介绍者眼里，左拉与浪漫派英雄拜伦、雨果完全是一类。这种浮相的介绍，与苏曼殊对拜伦、雪莱的深刻研究也无法相提并论。

正式提倡现实主义的口号，并企图把这一创作方法与中国新文学的指导方针结合起来的是陈独秀。他在1915年发表的《现代欧洲文艺史谭》中，以欧洲文学思潮的进化历史为依据，正式介绍西欧的写实主义和自然主义。① 陈独秀提出这一口号带有极大的功利目的，如他在另一篇通信中提出："今后当趋向写实主义……庶足挽今日浮华颓败之恶风。"② 陈独秀的主张得到了《新青年》同事们的赞同。胡适也强调文学应该描写"工厂之男女工人，人力车夫，内地农家，各处大负贩及小店铺，一切痛苦情形"，以及"一切家庭惨变，婚姻苦痛，女子之位置，教育之不适宜"等各种社会问题，并指出作家在写作时应"注重实地的观察和个人的经验"以及"周密的理想"。③ 这些理论，都属西方现实主义的文学主张。胡适在思想上是实用主义的信奉者，他对文学的选择同样不离其实用功利之宗。但他对现实主义的提倡以

---

①　陈独秀在《现代欧洲文艺史谭》中这样介绍欧洲文艺思潮："欧洲文艺思想之变迁：由古典主义（Classicalism）一变而为理想主义（Romanticism），此在十八十九世纪之交，文学者反对模拟希腊罗马古典文体，所取材者，中世之传奇，以抒其理想耳，此盖影响于十八世纪政治社会之革新，黜古以崇今也。十九世纪之末，科学大兴，宇宙人生之真相，日益暴露。所谓赤裸时代，所谓揭开假面时代，喧传欧土，自古相传之旧道德旧思想旧制度，一切破坏。文学艺术亦顺此潮流，由理想主义再变而为写实主义（Realism），更进而为自然主义（Naturalism）。"（《青年杂志》1卷3号，1915年11月15日）这一文学进化观念，陈独秀得自于法国文学史学家乔治·裴里西（Georges Pellisier，1852—1918）所著《现代文学之运动》一书.

②　陈独秀《答张永言》，《青年杂志》1卷4号，"通信"栏目，1915年12月15日。

③　胡适：《建设的文学革命论》，《新青年》4卷4号，1918年4月15日。胡适在文中标注他所说的"理想"是指imagination，即想象。

及对莫泊桑、都德、契诃夫等人作品的翻译，在新文学初期都产生了一定的积极影响。

尽管陈、胡等人对西方现实主义文学思潮与创作作了郑重的推荐和倡导，但从五四初期的文学总趋势看，现实主义还是没有能够成为主流。事实上，即使陈独秀本人，对现实主义在世界文学中的地位的认识还是模糊的。就在《现代欧洲文艺史谭》里，他时而称左拉、易卜生、托尔斯泰为世界"三大文豪"，时而又称易卜生、屠格涅夫、王尔德、梅特林克为近代"四大代表作家"[①]，可王尔德、梅特林克显然是非现实主义作家。当时《新青年》所刊登的外国作品中重要的有屠格涅夫、王尔德、易卜生、莫泊桑、龚古尔兄弟、托尔斯泰、显克微支、索洛古勃、契诃夫、库普林、斯特林堡、安德烈耶夫等人的作品，包容了各派代表作家，并没有对现实主义文学特别青睐。比《新青年》略晚创刊、在五四初期同样有相当影响的另两家刊物《新潮》和《少年中国》，除了重复的不计，还翻译介绍了萧伯纳、法朗士、梅特林克、尼采、惠特曼、杰克·伦敦、普希金、泰戈尔、莎士比亚、波德莱尔、歌德等。在这串长长的名单中，我们不难看到，纯粹的西方现实主义作家并不算多，较多的倒是自然主义、唯美主义和象征主义等各派作家。这种多元的外来影响，使中国新文学的第一批作品也包含了多元的创作因素，如鲁迅的《狂人日记》《药》，郭沫若的《女神的再生》《凤凰涅槃》，郁达夫的小说，周作人的诗歌，田汉的早期话剧，在创作手法上都有一种兼收并蓄的特点，几乎很难用具体的某种主义来归纳。

① 　　陈独秀：《现代欧洲文艺史谭》，《青年杂志》1卷3号，1915年11月15日。

20世纪20年代，现实主义的影响渐盛，其重要标志是文学研究会"为人生的文学"的提倡。这一口号的中心是确立文学与人生社会的密切关系，以及文学所主动承担的批判社会的使命。为了在理论上阐述这一文学主张，文学研究会的作家们不得不借助西方文学史上的现实主义思潮，对这一流派作了比较系统、全面的介绍，如谢六逸的《自然派小说》与胡愈之的《近代文学上的写实主义》。但是，这两篇文章都没有科学地区别现实主义与自然主义的不同特征，它们所介绍的"写实主义"理论，实际上只是一般的自然主义的文学主张。沈雁冰早年曾在现实主义与现代主义之间摇摆不定，从1921年下半年起，他在胡适的规劝下才突然坚定地转向现实主义。[①]但是沈雁冰对现实主义的理论阐述依然没有把自然主义与现实主义区分开来，他的文学主张主要受了左拉的自然主义理论和泰纳的实证主义文学理论的影响，同时他并没有忘记，现实主义的缺点在于它对社会"能抨击矣，而不能解决"，以及缺乏"健全之人生观以指导读者"，因而需要现代主义来补救。[②]

20世纪20年代前期的文学创作，与其认为是受了西方现实主义文学思潮与创作方法的影响，毋宁说是受了"为人生的文学"这一口

[①] 胡适在1921年7月22日的日记中记载了一段与沈雁冰的谈话："我昨日读《小说月报》第七期的论创作诸文，颇有点意见，故与振铎及雁冰谈此事。我劝他们要慎重，不可滥收。创作不是空泛的滥作，须有经验作底子。我又劝雁冰不可滥唱什么'新浪漫主义'。现代西洋的新浪漫主义的文学所以能立脚，全靠经过一番写实主义的洗礼。有写实主义作手段，故不致堕落到空虚的坏处。"（《胡适日记全编》3，曹伯言整理，安徽教育出版社2001年版，第394页）可见胡适对提倡写实主义是作过实用的考虑。我估计这一劝告对沈雁冰从新浪漫主义改宗现实主义是有密切关系的。

[②] 雁冰：《〈欧美新文学最近之趋势〉书后》，《东方杂志》17卷18号，1920年9月25日。

中国新文学整体观

中国新文学发展中的现实主义

号的影响。前者仅仅是对后者的一种声援，一种补充，而后者所包括的现实主义的含义，实际上指的是现代中国作家对现实生活的主观态度，并不是具体的创作方法。从文学研究会前期比较出色的作家看，冰心、庐隐、王统照、许地山、叶圣陶等人的作品都能在一定程度上反映比较宽泛的"人生派"的文学主张，即面对生活，如实反映现实生活对他们心灵的冲击，以及由此产生的种种困扰。但从创作方法看，除叶圣陶外，其他人都不曾使用过纯粹的现实主义创作方法，他们的作品也很难从流派的意义上去断定是否是现实主义作品。

而且，即使在"为人生的文学"这一口号风行文坛的时候，它也没有成为能左右当时文坛的主流力量。因为几乎在同时，创造社提出了与它完全对立，并在文坛上产生相当大影响的口号——"为艺术的文学"。这是一个综合了浪漫主义、唯美主义、象征主义而提出的文学主张，它与文学研究会的主张的对立并没有给新文学带来什么消极影响，而正相反，有赖于这种对立与互补，新文学才没有立时被各种非文学因素完全淹没，保持了艺术审美的独立价值。可以这么说，"为人生的文学"体现了作家对文学的社会功能的认识，"为艺术的文学"则体现了作家对文学的审美功能的认识，只有两者合二而一，才能构成艺术与现实生活的完整的辩证关系。而且有意思的是，现实主义在内部划清与自然主义的界限的工作，最初正是由反对现实主义的创造社诸作家进行的。这里不能不提到创造社作家的两篇文章：一篇是成仿吾在1923年发表的《写实主义与庸俗主义》，他借助法国哲学家居友的理论，第一次将写实主义文学区分为"真实主义"与"庸俗主义"两个概念，指出真实主义在观察现实时，要"捉住内部的生命"，而庸俗主义则是"观察不出乎外面的色彩，表现不出乎部分的形骸"。① 另一篇是穆木天在1926年发表的《写实文学论》，他继续发挥了成仿吾的观点，首次把巴尔扎克与左拉进行比较，结论是巴尔扎克的《人间喜剧》体现了现实主义的真精神，而左拉的小说"简直不是文学，是科学的记录，于是宣告了写实主义的灭亡"②。穆木天对左拉的评价欠公正，对两者的区分与褒贬却有意义。它标志着中国作家对西方现实主义文学开始有了切实的理解与认识，同时标志着中国理论界对现实主义与自然主义两种文学创作方法的区别有所认识。

但是，直到穆木天的文章发表后将近六年，这种区别才真正受到理论界的重视。1932年初，苏联共产主义（公谟）学院编的《文学遗产》杂志上第一次公布了恩格斯分别致玛·哈克奈斯与保·恩斯特的信，这是马克思主义经典作家对现实主义文学的基本原则所作的理论阐述。不到半年，瞿秋白把这两封信翻译成中文，同时翻译了列宁、普列汉诺夫、拉法格等马克思主义者的文艺论著以及苏联理论界的一些解释材料，对于现实主义与浪漫主义的区别、典型环境和典型性格、真实性、倾向性等问题都作了系统的论述。③ 这是马克思主义的现实主义文艺理论在中国取得决定性地位的标志。西欧现实主义文学思潮与马克思主义文艺理论结合在一起，受到了中国左翼作家的真诚欢迎。浪漫主义在竞争中失败了，左翼作家中虽然有一大部分是从创造社、太阳社等浪漫主义文学团体中分化出来的，他们身上还带着浪漫主义的胎记，就匆匆忙忙吮吸起现实主义的乳汁。蒋光慈最后一部小说

---

① 仿吾：《写实主义与庸俗主义》，《创造周报》第5号，1923年6月10日。
② 木天：《写实文学论》，《创造月刊》第1卷第4期，1926年6月1日。
③ 参见瞿秋白《现实——马克思主义文艺论文集》，见《瞿秋白文集》二，人民文学出版社1953年版，第1015～1216页。

《田野的风》最明显地反映了这种变化与作家的自觉。自然主义也被甄别出来，左拉一下子声名狼藉，连早期以提倡左拉著称的沈雁冰，也否认自己的《子夜》受过左拉的《金钱》的影响。① 对外取得了对浪漫主义竞争的胜利，对内克服了与自然主义的概念混同，现实主义的发展在20世纪30年代才开始以其独立的思想面貌与美学价值对中国新文学产生影响。

（二）第二阶段：现实主义与马克思主义的同步

20世纪30年代是马克思主义文艺理论与中国现实主义文学同时兴盛发展的时代。当时出现了这样一种依存关系：现实主义文学依附于马克思主义的政治力量，对中国新文学创作产生重大影响；马克思主义也通过现实主义的文学来实行它对文学的指导。现实主义要求文学能够反映社会发展的历史趋向，又可以说，唯有马克思主义才给作家提供了认识社会历史趋向的正确方法。

马克思主义文艺理论在中国的发展历史也是复杂的。众所周知，马克思主义文艺思想直到20世纪20年代末才逐渐受到学术界的重视。长期以来，人们都是把拉法格、普列汉诺夫的文艺批评当作马克思主义文艺学的经典。十月革命以后，人们又把注意力转向新生的苏

---

① 参见茅盾《〈子夜〉写作的前前后后》，文章说到瞿秋白的《子夜与国货年》时说："文章认为：'这是中国第一部写实主义的成功的长篇小说，带着很明显的左拉的影响。……'按：左拉的《卢贡·马卡尔家族》第十八卷《金钱》写交易所投机事业的发达，以及小有产者的储蓄怎样被吸取而至于破产。但我在这里要说明，我虽然喜爱左拉，却没有读完他的《卢贡·马卡尔家族》全部二十卷，那时我只读过五六卷，其中没有《金钱》。"（唐金海等编：《茅盾专集》第1卷上册，福建人民出版社1983年版，第717页）

俄文学。当时一些俄国苏维埃领导人在文艺政策方面的指示以及文艺界的内部斗争文件，都被当作马克思主义的东西，在中国新文学中发生过深刻的影响。在1927年以前，中国只翻译过两篇列宁的文艺论著①，而马克思、恩格斯的原著几乎没有涉及。当时中国作家主要信奉的，一是苏俄的"拉普"与日本的普罗文艺（如后期的创造社成员、太阳社诸人），二是普列汉诺夫、托洛茨基、卢那察尔斯基等人的学说（如鲁迅、冯雪峰以及未名社诸人）。严格地说，他们信奉的都不是真正的马克思主义。②而且这些理论大多是俄国十月革命以后围绕着如何建设新文学而作的探索性文件，急功近利地满足于应付具体问题、制定政策，甚至有些是以执行政策来代替对马克思主义本身的学术研究。再者，初期的苏维埃文学界内部派别复杂，学术之争掺杂着政治之争，各派在互相攻击中都把对马克思主义的主观理解夸大成马克思主义本身，以唯我独尊的面目出现，欲置对方于死地。这些复杂现象对我国理论界初步接触和学习马克思主义文艺思想都不能不说是一种严重的干扰。1928年爆发的"革命文学"论争，典型地反映了这一局限。

① 这两篇列宁文论是《托尔斯泰与当代工人运动》（超麟译，《民国日报·觉悟》，1925年2月13日）和《论党的出版物与文学》（一声译，《中国青年》第144期，1926年12月6日）。此外，任弼时在《列宁与青年》（《新青年》1925年不定期刊第1号"列宁号"，1925年4月22日）中首次介绍了列宁关于两种文化的思想，但这些文章除了关于评价托尔斯泰的观点引起中国文坛上的一些争论，其他思想的影响不是很大。

② 美国学者皮柯维茨（Paul G. Pickwicz）在《瞿秋白对"五四"一代的评论——中国早期的马克思主义文学批评》一文中，把中国早期的马克思主义文艺理论流派分作"浪漫主义的马克思主义"和"现实主义的马克思主义"，并指出了它们各自的来源、特点与局限。本文参考了皮柯维茨的观点。皮柯维茨的文章收入贾植芳主编《中国现代文学的主潮》，陈思和译，复旦大学出版社1990年版，第184~207页。

对马克思主义理解的肤浅与研究的薄弱,必然会影响现实主义文学创作的深度与力度。20世纪30年代现实主义创作的里程碑《子夜》,就深深地带上了这种时代铸成的烙印。《子夜》是一部试图把马克思主义与现实主义综合在一起的产物,它给以后的文学创作带来的影响是复杂的。一方面作者凭借西方现实主义文学的深厚修养,在现实主义创作方法的许多基本特征的确立方面——如揭示社会发展的历史趋向和真实刻画生活细节相结合、在典型环境中塑造典型性格、丰富的人物个性与宏大的历史内容相结合等,都进行了独到的探索。吴荪甫的典型意义,不仅在于其所载负的社会内容(民族资本家),更重要的是其形象拓展了中国新文学艺术典型的表现手段。《子夜》之前的艺术典型,绝大多数是以人物性格的社会概括力(如鲁迅的小说)或人物情绪在读者中的共鸣程度(如郁达夫的小说)为标准的,《子夜》则第一次强调了从人物的关系中揭示宏大的社会内容,这些社会内容又都在典型人物的阶级意义上被集中反映出来,给人以理性的启示。之后,人们习惯于把这样一种揭示人物的阶级含义的表现手段理解为现实主义的典型化原则,将这种诉诸读者理性认识的艺术效果理解为现实主义的深刻性。但是由于作者的马克思主义文艺理论修养不足,急于把现成的思想结论灌输到作品中去,而造成了现实主义的不彻底,概念图解的弊病也暴露无遗。《子夜》给古典的浪漫主义留下了宽敞的余地,这除了表现在作者塑造出一个充满法兰西冒险家、王子与骑士精神的英雄,更主要地是反映在作品整体构思中的先验因素。虽然这种先验因素都被统一在"现实主义"的概念中,但与真正的现实主义创作方法,即由福楼拜等人所开创的、坚持按生活的本来面目来描写生活真实的创作传统,与中国新文学的奠基者鲁迅所倡导的"敢于如实描写，并无讳饰"①的彻底的战斗精神，是有一定距离的。

如果从创作方法来考察的话，同样不容忽视的是一群非左翼作家的创作。他们几乎出自本能地依循着中国传统文化中关于和谐的理想模式，用人与社会、人与自然的整体审美把握来观照世间人事，因此土生土长地形成这样一种现实主义的创作形态：许多作品都描绘出一个完整的社会生活的自然态，着力表现构成这种生活方式的各种人和事。人物的个性意识淹没在强大的社会原生态之中，其性格和自身价值都是通过人物的对立关系来表现的。这种现实主义的审美方式不是以创作个别艺术典型（如吴荪甫）为荣，而是强调生活的自然状态。老舍偏重于表现人的社会生活状态，沈从文偏重于表现人的自然生活状态，他们各自构造了一个浑然完整的艺术世界。这里有山川，有人物，也有世俗生活，人物与他们所处的环境浑然一体，成为故事的一个有机构成（老舍在《骆驼祥子》中描写的"个人主义的末路鬼"——祥子可算是很少的例外之一）。他们或许没有塑造出光彩照人的"典型性格"，但他们仍然写出了栩栩如生的人和事，富有人情味和现实生活意味。这种创作方法到20世纪40年代有了很大的发展。巴金、沙汀、路翎、钱锺书、师陀、汪曾祺等人的小说，都是从这一路发展而来的，逐渐地形成了富有中国特色的现实主义审美风格。

但这种创作风格并没有在理论上产生什么影响。在现实主义创作理论的建设方面，理论家们孜孜不倦所追求的，仍然是马克思主义文艺理论与现实主义创作理论的融合。三四十年代，可以说是现实主义

---

① 鲁迅：《中国小说的历史的变迁》，见《鲁迅全集》第9卷，人民文学出版社2005年版，第348页。

创作理论最为繁荣的年代。鲁迅、冯雪峰等在文艺论战中对马克思主义文学思想的开掘，瞿秋白对马克思主义文艺理论的翻译与解释，周扬对社会主义现实主义概念的引进……都从各个侧面促进了现实主义理论的发展。

值得重视的是胡风的文学理论，虽然站在今天的认识水平上看，它难免有所偏执，但在中国现实主义理论的发展史上，胡风是作出过重要贡献的。其一，他没有把丰富的辩证唯物主义和历史唯物主义理解成机械唯物论的反映论，照搬到文学理论中去硬套，从而弥补了中国现实主义理论发展中的一个主要缺陷。他对文学创作主体意识的重视，从根本上改变了20世纪20年代现实主义理论家把人生与文学解释作"杯子"与"镜子"的自然主义反映论。[①]他在表述现实主义创作的过程时，创造了两个精彩的词："自我扩张"与"自我斗争"，以描绘作家的主体意识对艺术表现对象的能动作用，这就把现实主义创作方法的原来意义，即"按生活的本来面貌描绘生活"的理论向前推进了一步。它指出作家不是被动地反映客观世界，而是在艺术创作过程中，由作家的主体意识面对客观世界的反应（即胡风所说的"或迎合或选择或抵抗"的过程），以及客观世界对作家主体意识的进一步制约（即胡风所说的"促成、修改，甚至推翻"的过程）的相互作用

---

① 参见沈雁冰《文学与人生》："西洋研究文学者有一句最普通的标语：是'文学是人生的反映（Reflection）'。人们怎样生活，社会怎样情形，文学就把那种种反映出来。譬如人生是个杯子，文学就是杯子在镜子里的影子。"该文初刊于松江暑期演讲会《学术演讲录》第1期，1927年7月，现引自《茅盾文艺杂论集》上，上海文艺出版社1981年版，第110页。

下，来获得历史要求的真实性。①胡风的这一理论探求，着眼于把新文学的现实战斗精神与现实主义相融合的努力，集中表现了中国知识分子对社会、对人生所抱的积极态度。从20世纪50年代作家提出"干预生活"的思想到80年代关于文学主体意识的讨论，实际上都是这一理论探求的不自觉的继续；其二，胡风把现实主义理论牢牢地建筑在"真实"的基础之上，并把这种"真实"的要素置于创作者的经验之下。他指出，只有当生活的客观真实经过作者的经验的融化，才能成为作家用"肉体和心灵把握到了的真实"②。基于对现实主义较为深刻的把握，胡风站在自己独立的理论基点上，不妥协地同各种伪现实主义——带有浪漫因素的主观主义与带有自然主义色彩的客观主义——展开斗争。尤其是他对于主观主义的批判，击中了中国现实主义理论发展中最有害的思想倾向。在胡风的文学理论体系遭到全盘否定以后，"真实"论成为一个不祥之物，使许多理论工作者遭到灾劫，但它又确实像现实主义理论皇冠上的一颗明珠，吸引了一代又一代的

①   胡风关于现实主义文学创作方法的理论表述如下："在对于血肉的现实人生的搏斗里面，被体现者被克服者既然是活的感性的存在，那体现者克服者的作家本人底思维活动就不能够超脱感性的机能。从这里看，对于对象的体现过程或克服过程，在作为主体的作家这一面同时也就是不断的自我扩张过程，不断的自我斗争过程。在体现过程或克服过程里面，对象底生命被作家底精神世界所拥入，使作家扩张了自己；但在这'拥入'的当中，作家底主观一定要主动地表现出或迎合或选择或抵抗的作用，而对象也要主动地用它底真实性来促成、修改，甚至推翻作家底或迎合或选择或抵抗的作用，这就引起了深刻的自我斗争。经过了这样的自我斗争，作家才能够在历史要求底真实性上得到自我扩张，这艺术创造底源泉。"（胡风《置身在为民主的斗争里面》，见《胡风评论集》下，人民文学出版社1985年版，第20页）

②   这句引文的原文如下："一个诚实的作家所爱的是活的人生真实，他所追求的也正是这个。用他自己的五官和思考认真地体识了的，成了他自己的东西的东西，才能够使作家在描写过程上和他的对象融合，才能够使作家所表现的是他用自己的肉体和心灵把握到了的真实。"（《〈七年忌〉》，见《胡风评论集》上，人民文学出版社1984年版，第164页）

文艺工作者为捍卫它的纯洁性而奋斗，直到"文化大革命"后"伤痕文学"的崛起，人们又体会到这一理论的顽强生命力。

（三）第三阶段：现实主义与伪现实主义的抗衡

在这样一个历史背景下去把握现实主义创作理论在中国的命运，就不难认识为什么在50年代中期以后，现实主义理论就丧失了它应有的洞察生活的力度；也不难认识所谓"两结合"①的创作口号的提出是一种"左"倾政治路线与现实主义创作方法的矛盾尖锐冲突的产物。现实主义本来具有这样一种能力：既然它力图把握社会生活的历史趋向，而历史又包含了人民的实践以及从实践中产生的生活理想（作家应该算作这个"人民"群中的一分子，这种理想也包括了作家本人的理想），那么，彻底的无畏的现实主义者，总是能从自己的经验感受中领悟历史的趋向与人民的愿望，现实主义的进步性是体现在作家对生活的深刻认识之上的，所以，"左"倾政治路线违背了中国人民的根本意愿，在物质上与精神上都把中国拖入绝境后，不能不和真正的现实主义发生强烈冲突。"两结合"中，"革命浪漫主义"的提出是作为现实主义的灵魂即真实性的对立力量来修正现实主义的。它实际上宣告了，马克思主义经典作家所倡导的现实主义已经不能满足"左"倾路线的政治需要，必须强调一种不属于现实主义的"理想因素"。文学的理想不再是从历史发展的真实趋向中获得——因为凡历

---

①　　　即所谓"革命现实主义和革命浪漫主义相结合"。最初出自郭沫若《答〈文艺报〉问》和张光年《给郭沫若同志的信》，均载《文艺报》1958年第7期。此语最初用于解释毛泽东的诗词《蝶恋花·答李淑一》，后被一些政治家和理论家上升到无产阶级文学艺术应采用的创作方法。

史趋向中能够获得的理想因素，现实主义创作通过对生活发展趋向的深刻认识已经囊括在内了，只有人为的理想，才能被人任意发挥。与这种理论相适应的，是对现实主义的另一种修正，即打着现实主义的招牌，把生活本质和生活现象分离开来。按照这种理论解释，"生活本质"似乎不是存在于真实的生活现象之中，也不是存在于人的经验世界与感觉世界能够触及的范围之内，而是完全独立于生活真实，存在于人们在现实生活中所无法感知的虚妄世界里。这样的"生活本质"是可以由人们来任意决定的。譬如说，某一个时期把假想的阶级斗争作为社会生活的本质，又有一个时期把路线斗争作为社会生活的本质。按照人为的"生活本质"去写生活，现实主义的生命内核被阉割了。如果说当时人们在口头上还挂着一块"现实主义"的招牌的话，那只是一种"虚伪"的"现实主义"。"伪现实主义"比"反现实主义"要糟糕得多，反现实主义可能导致作家走出现实主义的体系而获得新的感知生活的方式，而伪现实主义只是空顶着一个现实主义的躯壳，却失去了现实主义的灵魂。

今天再回顾五六十年代的创作，尤其是50年代中期以后，就可看出真正的现实主义作品几乎广陵散绝。千首万首"大跃进"民歌，抵不过彭德怀元帅采集的一首真正的诗歌："壳撒地，薯叶枯，青壮炼钢去，收禾童与姑，来年日子怎么过？我为人民鼓与呼……"[1]如果说，时代的真实只能是一种的话，我宁可相信，只有这首真正表达了人民心声的诗歌，才是那个时代的现实。唯有它的存在，才使许许多多伪造的"民歌"黯然失色。但令人奇怪的是，这首诗所描绘的真实生活

---

[1]　关于这首诗歌的作者问题，一说是彭德怀，另一种说法是湖南地区的民歌，由彭德怀采集而来，本文从后说。

中国新文学整体观

中国新文学发展中的现实主义

图画，为什么为同时期生活于农村、并以描写农村为己任的作家们视而不见呢？这些作家连篇累牍地发表那些歌颂"大跃进"浮夸风的小说、诗歌、散文……作家的才华就这样被浪费，热情就这样被虚掷，良知就这样被埋没，这不是个别人的不幸，而是一代作家的悲剧，整整的一代。这就是一个伪现实主义战胜了真正的现实主义的时代。

但不是没有人觉醒的。现实主义在中国文学中有着历史的传统，它的顽强的生命力不会轻易地销声匿迹。就在极左路线与现实主义的尖锐冲突中，一批批作家为捍卫它而作出了崇高的牺牲。《在桥梁工地上》《组织部新来的青年人》被批判了，又涌现出用历史题材来观照现实的千古绝唱《关汉卿》；"现实主义道路广阔论"遭批判了，又出现了以邵荃麟为代表的关于"写中间人物"的现实主义创作理论。这里有必要谈谈赵树理，他是在极左路线摧残农村经济也摧残文艺的年代里始终坚持现实主义创作原则的少数作家之一。《锻炼锻炼》《实干家潘永福》《套不住的手》等小说也许因其冗长、琐碎与平淡的叙事方式使今天的读者失去兴趣，而在当时，这种来自民间的表现技巧则是凭借其浑然本色的生活真实与艺术力量来作为与"假大空"理论相抗衡的有效武器。

二、从现实主义创作论到作家的现实战斗精神

在前文中，我如实地描述现实主义在中国的历史命运，描述本身似乎揭示出这样一个事实：现实主义作为一种创作理论和创作实践，在中国新文学发展过程中的历史性沉浮并不见得比现代主义幸运。从

五四新文学起到"文化大革命"结束为止，它大致经历了三个阶段：从五四到20世纪20年代末是与自然主义混合不分的时期；从20世纪30年代到50年代，是与马克思主义共同发展的时期；从20世纪50年代起到"文化大革命"结束，是逐渐被伪现实主义所否定的时期。它在中国新文学的发展中仅仅有过一个短暂的黄金时代，大部分时间并不走运。

但不容忽视的是，不管其步履如何艰难，现实主义总是一往情深地与中国文学固有的务实传统紧紧胶合在一起，积极地参与了新文学精神传统的构成。什么是新文学的精神传统？它至少包含一种大胆针砭现实、热忱干预当代生活的战斗态度。这种态度既是现代作家对人生对社会竭忠尽智的内心渴望，又体现了中国社会特定历史环境对作家的要求。在这种文学精神的构成中，现实主义创作理论无疑起了重要的作用。中国新文学发展史上，现实主义创作思潮与现代作家的现实战斗精神曾同经风雨、共历荣衰，成为五四新文化运动所开创的新文学的主要精神传统。这种现实战斗精神，是中国知识分子经世济民的传统心理建构与西方现实主义创作理论的某种契合，也是中国传统文化在文学创作中所体现出来的积极的阳刚本质。

在这基本精神的制约下，中国新文学与欧洲文学之间呈现出一个基本区别：在西方，反对传统思想束缚的文艺运动曾给文学创作带来了人文主义与浪漫主义，无论文艺复兴时期的《神曲》《十日谈》《巨人传》以及稍后的无论莎士比亚戏剧，还是德国狂飙运动时代席勒、歌德的华美诗剧与法国反古典主义时代的雨果、大仲马的英雄戏剧，无不充溢着歌颂人性伟大的浪漫激情，彰显着与这种激情相适应的夸张的表现手法。他们很少拥有以后的现实主义所常备的纪实风格，却醉心于梦幻、神游、历史故事、民间传说等，把现实的画面上升为抽象的精神，其支撑点不是描述现实生活的真实状态，而是探求情绪的夸张力和想象力。而中国新文学正相反，虽然五四时代也是一个扫荡千年封建传统束缚、思想空前解放的伟大时代，虽然人的颂歌、浪漫精神也一度引起中国知识分子情绪上的共鸣，成为时代的普遍心态，但从文学创作的实际情况来看，具有非凡想象力的浪漫主义作品实在是寥寥无几。唯一的一部《女神》，如流星般挟着风雷掠过文坛，却很快为《星空》的静寂与《瓶》的感伤所替代，所能产生的只是对现实生活中人性泯灭的愤怒、喟叹以及悲泣。人们在揭露社会现实的黑暗与弊害，总结中国革命的历史经验教训、抒发对病态生活的不满与牢骚方面，较之正面追求人性解放、歌颂人的力量以及对远大理想和人类未来命运乃至至善至美的憧憬，更富有激情。这在五四新文学初期，则明显地表现为缺乏充分张扬的浪漫精神，也缺乏充分发展的个性意识。

新文学的现实战斗精神为中国大多数现代作家所奉行，同时制约着他们的文学实践。鲁迅的创作反映了这一精神发展的极致。尽管这位新文学开创者的作品里具备了时代熔铸在他身上的各种气质，但关注现实无疑是最基本的倾向。他以自身对社会生活独具的洞察力，把犀利的解剖刀伸入生活的里层，予以率直的描绘与无情的揭露。"论时事不留面子，砭锢弊常取类型"[1]乃是鲁迅作品艺术特征的高度概括。前一句是把对现实生活的毫无讳饰的如实描述，作为中国现代作家根本的创作信条，为了捍卫这一信条，整部新文学史始终充满了血泪与生命的搏击；后一句作为艺术表现手法的基本特征，要求对社会

---

[1]　鲁迅：《伪自由书·前记》，见《鲁迅全集》第5卷，人民文学出版社2005年版，第4页。

现象进行本质的提取和概括。鲁迅的一生，大部分时间是在与旧社会恶势力的激烈战斗中度过的，所以他这一艺术特征，更加具有现实的战斗意义。在鲁迅的全部作品中，仿佛交替着两种鲜明的主体形象：一个是产生在现实土壤中的鲁迅，始终关注着现实生活，以厚重朴实的纪实风格，抨击生活中的魑魅魍魉，为社会进步大声呐喊；另一个则是《摩罗诗力说》时代的鲁迅，有一股来自遥远天际的伟力牵拽他的神思，吸引他超越现实的羁绊去把握人在整个宇宙中的命运。事实上，鲁迅早年在中国文化与宗教中探求人生意义的成果，在《斯巴达之魂》与《摩罗诗力说》中表现出的神思飞扬的浪漫精神，以及在《人之历史》《文化偏至论》中对人的精神的高扬，都没有在其后期著作中获得精深的发挥与体现。鲁迅根据中国社会的特征铸造了新文学的现实战斗传统，同时中国社会的现实特征也按它的面目铸成了鲁迅。[①]这种文学精神在20世纪20年代被熔铸为文学研究会提出的"人生派"文学，"为人生的文学"这一口号之所以能被当时公众普遍接受，正表明人们自觉地把新文学当作推动社会进步的有力武器。抗日战争全面爆发以后，它又成为所有爱国作家共同遵循的创作原则；20世纪50年代以后，虽然在伪现实主义的淫威下，它一度无法成为作家创作的标帜，但事实上它依然以顽强的生命力同现实抗争着，履行着中

[①] 鲁迅的《不周山》创作就说明了这一点。原先作家企图攫取古老神话故事为素材，探索人类与文学创作的缘起。这是一个既有趣又十分宏大的题目。可是现实的力量始终制约着作家的创作，于是作品里出现了一个古衣冠的小丈夫，站在女娲的两腿中间。鲁迅本人对这种现实干扰不大满意，自认为是"从认真陷入了油滑的开端"（鲁迅：《故事新编·序言》，见《鲁迅全集》第2卷，人民文学出版社2005年版，第353页）。然而他毕竟不能脱离急剧变动的社会现实，像逢蒙射大羿，大禹是条虫，墨子被募捐，老子赶出关，形而下的拉力终于战胜形而上的引力，把鲁迅的创作牢牢地束缚在现实的土地上。

中国新文学整体观

中国新文学发展中的现实主义

国知识分子的神圣使命。从1956年"干预生活"的文学到1976年天安门广场上的诗歌运动，以及以"伤痕文学"为起步的新时期文学，都是这种现实战斗精神生生不息的有力佐证。

现代知识分子对于当代社会生活的关注与热忱，最集中地体现为对现代政治的关注，以及时时唤起他们内心深处意欲投入其间的欲望的战斗精神。新文学的现实战斗精神最强烈地体现出中国作家的政治激情，请不要轻率地指责他们过于急功近利了。在中国，历史的苦难给知识分子带来的负载实在太沉重，他们无暇把自己的个性价值通过非政治途径来体现。正因为在这种战斗精神的驱使下，他们的个性并没有消极地听命于现成的政治摆布，而是在强烈的政治意识中高扬起自己的战斗个性。这种文学精神在每个时代都根据自己的需要熔铸出辉煌的人格，这就是为什么鲁迅在开创了新文学大业以后，放着安安稳稳的教授学者不做，用他的战斗之笔来宣告，他不仅是旧传统文化的贰臣，还是现存社会制度的伟大叛逆；这就是为什么胡风已经身处达摩克利斯的剑下危如累卵，还会去写洋洋三十万言书，以耿耿忠心直面惨淡之人生；这也就是为什么"文化大革命"后许多作家在遭遇了二十多年的坎坷之后，反而变得更加尖锐、更加无畏，在与形形色色的社会阴影面的龃龉进行斗争中履行了中国知识分子的崇高使命。也许，他们的作品都有些偏激，会使人感到缺乏"费厄泼赖"精神，在现代中国，文学事业的建设中民主精神是绝对需要的；然而对一个作家的个性形成来说，偏激也是不可避免的。作家应该偏激。偏，是偏向人民一边，偏向正义一边，富贵不能淫，威武不能屈；激，是作家对当代社会生活的激情，对人民的激情，爱之弥深，憎之弥切，赤子之心，跃然可见。这种偏激，正是中国新文学赖以支撑的现实战斗精神发展中的一种基本心态。

以鲁迅为代表的现实战斗精神与现实主义创作理论有着极为密切的关系。鲁迅曾把这种精神定义为一个作家对待现实生活的根本性的态度问题。从文学思想到具体写法，鲁迅都坚决地、不妥协地排斥一切企图粉饰、逃避以及掩盖现实真相的做法，他狠狠地揭露"瞒"与"骗"的文艺，明确提出要"真诚地，深入地，大胆地看取人生并且写出他的血和肉来"①。在对中国古典小说的评价中，他又进一步总结出"敢于如实描写，并无讳饰"的美学原则，这些创作理论当然包含了现实主义创作理论的精华部分；为了更好地达到这种直面人生的战斗效果，鲁迅在丰富的艺术表现手法中选取了纪实风格与白描艺术，这也是同现实主义艺术观点与表现手法相呼应的。

但是，如果把鲁迅所开创的这种文学传统简单等同于现实主义则显得太轻率了。中国现代作家的现实战斗精神是现实主义在中国现实土壤上被接受并升华了的结果，它已经从一般的创作理论意义中脱颖而出，被提升到作家的人格气质、生活态度和创作精神的意义。文学的现实战斗精神自身包含着极其强烈的主观战斗精神。鲁迅要求作家"真诚地，深入地，大胆地看取人生并且写出他的血和肉来"，最清楚不过地表达了这种倾向，这是现实主义一般强调的"按生活的本来面貌反映生活"的艺术观所无法容纳的。无须否认，西方现实主义作家在强调"按生活的本来面貌反映生活"的同时，并不否认其包含的另一种倾向：即作家可以纯客观地描写生活真实。库尔贝曾经这样说过："只要美的东西是真实的和可视的，它就具有它自己的艺术表现。

① 　　　鲁迅：《坟·论睁了眼看》，见《鲁迅全集》第1卷，人民文学出版社2005年版，第255页。

而艺术家无权对这种表现增添些东西。"①这一流派的最后一位大师左拉曾公开宣布："请看我们当代的伟大小说家吧，居斯达夫·福楼拜、龚古尔兄弟、阿尔封斯·都德，他们的才华不在于他们有想象，而在于他们强有力地表现了自然。"②左拉在这里没有提巴尔扎克是明智的，因为唯有巴尔扎克在自任法国历史书记的同时，刻薄地把那些没有想象力的写实小说家嘲笑为"法国法院的录事"③，但同样不能否认，巴尔扎克的主观想象力与他笔下出现的现实生活场景有时是矛盾的。由于西方现实主义创作存在这种倾向，所以在他们的作品中，现实主义往往不是借助作家的世界观而是直接通过不依赖于作家主观世界的历史真实性表现出来的。巴尔扎克尽可以同情心爱的贵族阶级，但是他仍然违反自己的阶级同情与政治偏见，写出了贵族灭亡的必然性。恩格斯称这种矛盾为现实主义的伟大胜利；而在中国，则不存在这种情况。过去有不少批评者在论述中国现代作家时，也喜欢套用这个所谓"世界观与创作方法"的不一致性，其实两者是不同的。巴尔扎克在政治上是正统派，当时"代表人民群众"的共和党左翼倒是他政治上的"死敌"。托尔斯泰是站在俄国农民的立场上反对新起的资本主义，他对待革命的态度，基本上是倾向保守的。因此在这些现实主义大师的作品里，政治激情往往与现实主义力量是对立的和矛盾的。在中国

---

① 　［法］库尔贝：《给学生的公开信》，俞永康译，见中国社会科学院外国文学研究所外国文学研究资料丛刊编辑委员会编《欧美古典作家论现实主义和浪漫主义》二，中国社会科学出版社1981年版，第176页。

② 　［法］左拉：《论小说》，辛滨译，鲍文蔚校，见中国社会科学院外国文学研究所外国文学研究资料丛刊编辑委员会编《欧美古典作家论现实主义和浪漫主义》二，中国社会科学出版社1981年版，第215～216页。

③ 　［法］巴尔扎克：《〈古物陈列室〉、〈钢巴拉〉初版序言》，程代熙译，见中国社会科学院外国文学研究所外国文学研究资料丛刊编辑委员会编《欧美古典作家论现实主义和浪漫主义》二，中国社会科学出版社1981年版，第111页。

一般不存在这种矛盾。我可以举两个作家为例：巴金与闻一多。他们的世界观都是非马克思主义的，可是在中国五四时代的特殊情况下，巴金作品中的无政府主义因素主要体现为反对封建专制与封建强权的思想，闻一多诗歌里的国家主义也带有偏执地颂扬民族文化，以致有与爱国主义情绪混为一体的倾向，他们的政治激情与反帝反封建的革命历史要求仍然相一致。这种政治激情渗透在现实战斗精神之中，同样能达到"真诚、深入和大胆"的标准。鲁迅曾把这种文学精神叫作"为人生"的文学，这自然是沿用了文学研究会的口号，却也不无道理。现实主义作为一种创作方法，它多少含着某种客观的、消极的意思，而"为人生"则鲜明地突出了主观的、积极的人生态度。

再者，现实主义作为一种创作理论，它必然有相对稳定的艺术观与表现手法的统一。既然是以"按生活的本来面貌反映生活"为其艺术观，那么，选择朴素的写实手法是很自然的。这种手法有利于作家如实地描绘客观世界，对于深入开掘人的情绪天地和感觉世界却不那么自如，于是就产生了后来的象征主义、表现主义、意识流等属于现代主义的表现手法来补其不足。但表现手法绝不是孤立产生的，伴随而来的必定是艺术观的改变。如法国象征主义诗人瓦莱里（又译瓦雷里、瓦莱利）就说过："他（即诗人——引者）的任务是创造与实际事物无关的一个世界或一种秩序、一种体制。"① 瓦莱里的这一创作原则，是与现实主义"按生活的本来面貌反映生活"的创作原则相对立的。艺术观不同，表现手法也不相同。这么说，当然不是否定现实主义作家在保持了基本纪实风格的前提下吸取其他艺术技巧的可能性。

① 　　　［法］瓦莱利:《纯诗》，见伍蠡甫主编《现代西方文论选》，上海译文出版社1983年版，第28页。

中国新文学整体观

中国新文学发展中的现实主义

大约到了20世纪以后，"纯粹"的现实主义作家也未必能找到，大多是吸取了新的艺术手法。但这种吸取应该是有限的，其限度是"按生活的本来面貌"，没有人会把卡夫卡、普鲁斯特、福克纳、乔伊斯的小说说成现实主义的经典，尽管它们也写出了现实生活的某些本质方面。中国新文学却不同，正因为现实战斗精神不仅仅要求复制表面真实，而且要求表现出作家面对现实的反应与心绪，因此，传统的写实手法没有被所有的作家采纳。中国现代文学大师几乎每个人都围绕同一个主题具备几套笔墨。我们在鲁迅《野草》的一些篇什里可以读出浓郁的现代意识，但这些作品恰恰也最具有现实的战斗性。巴金也是如此。按风格说，巴金前期应该是个典型的浪漫派作家，可是他即使在最骚动不安的时期写下的抒情小说，内容上仍然被人视为"现实主义"。抗日民主根据地作家中以文笔优美抒情而著称的孙犁，也把自己的早期作品都称作是"现实主义"的。这些作品之所以被作者或读者认作现实主义，并不完全因为"现实主义"是一个好听而安全的词，更主要的是他们对于这个术语的宽泛理解。这样的理解，显然已经超出了现实主义作为一种创作方法的范围，而成为一种作家的人生态度和艺术态度。在20世纪20年代，团结在文学研究会的"为人生"口号周围的作者，除极个别外，大多是博采众花，以酿己蜜；创造社的成员们奉行的是浪漫主义和唯美主义，可是在实际创作中，他们又是何等热切地关注现实的战斗。因此，新文学的现实战斗精神并不限于某一种艺术表现手法，它允许采纳各种各样的表现手段来反映作家对现实生活的关注与批判。由于这种战斗精神是带有现代意识成分的，所以采用现代主义的某些观念技巧，有时较之采用传统的写实手法更能传达出这种战斗精神的内在意义。

新文学的现实战斗精神不等同于欧洲文学史上作为一个文艺思潮的现实主义，甚至也不完全等同于这种文学思潮在中国的影响。在中国，现实战斗精神最优秀的体现者，除个别的以外，其外国文学修养基本上都并非来自西欧的现实主义思潮，而是来自俄国19世纪文学和东欧的被压迫民族以及犹太等弱小民族的文学。把俄罗斯伟大的文学传统笼统地称为"现实主义"也是欠妥帖的。果戈理小说中的怪诞手法，主要来自俄罗斯民族自身的民间文化特点，很难归为"按生活的本来面貌反映生活"的现实主义流派。屠格涅夫的作品如在西欧，似乎称作浪漫主义更合适一些（事实上他对中国的影响，也多发生在一些浪漫气质较重的作家身上）。陀思妥耶夫斯基、安德烈耶夫、阿尔志跋绥夫、索洛古勃等，恐怕更多地带有现代主义、象征主义、颓废主义、唯美主义的特点。俄国文学的这种特色，在五四初期就被敏感的中国作家意识到了。鲁迅把它称作"人生派"，并认为它可以容纳各种主义的艺术观与表现手法。[①]同样，周作人称这种特色为"无派别的人生的文学"[②]。应该说，这样的理解至少是符合当时俄国文学传入中国以后给人的直感的。俄国文学以俄罗斯的文化传统与民族的博大精神主体，融合了西欧近代各种文学流派的特长，形成自己独特的文学精神。从"为人生"这一点上说，它保持了与生活的高度一致性，但从创作方法上说，则包含了各种各样的艺术流派。俄国文学对

[①] 鲁迅的原话是："俄国的文学，从尼古拉斯二世时候以来，就是'为人生'的，无论它的主意是在探究，或在解决，或者堕入神秘，沦于颓唐，而其主流还是一个：为人生。"（鲁迅：《南腔北调集·〈竖琴〉前记》，见《鲁迅全集》第4卷，人民文学出版社2005年版，第443页）

[②] 周作人：《文学上的俄国与中国》（1920年11月在北京师范学校及协和医学校所讲），《小说月报》12卷号外"俄国文学研究"，1921年9月。该文曾载于《新青年》8卷5号，1921年1月1日，也曾载于《民国日报·觉悟》，1920年11月9日。

中国文学的影响，最初不是文学理论和文学流派，而是具体的创作。它以具体作品的艺术感染力，帮助中国作家认识到文学只有与现实生活保持密切的关系才有意义，所以它较之西欧文学中的现实主义文学流派对中国的影响更深刻、更具体。瞿秋白在《俄罗斯名家短篇小说集》序中所言，代表了当时人们对这种外来影响的基本看法："我们决不愿意空标一个写实主义或象征主义、新理想主义来提倡外国文学，只有中国社会所要求我们的文学才介绍——使中国社会一般人都能感受都能懂得的文学才介绍。"[①] 由此可见，俄国文学与欧洲现实主义流派对中国文学所产生的实际影响是不一样的，后者促进了中国现实主义创作理论的发展，而前者，则直接对形成中国新文学中的现实战斗精神有意义。

也许有的读者会提出这样的问题：中国新文学的现实战斗精神既然不等同于作为反映论、作为创作论，甚至作为文学思潮的现实主义，那么，它属于什么主义？其实，它就是一种文学精神——现实战斗精神，而不是主义，也不需要用任何一种主义规范它和限制它。它除了有西方现实主义作为它内在的理论构成，还体现了中国知识分子对文化传统中最积极的精神内核的继承。中国历史上的门第制度一向不是特别严格，自孔子兴办私学，提倡"有教无类"以来，平民知识分子可以通过自己的学识才干，从"布衣"挤入朝廷之列，为君王所信任，并通过施展自己的政治抱负来实现对自我价值的确认。不论春秋战国流行游说之风，还是隋唐以后采用科举制度，都从政治上诱发了知识分子生气勃勃的入世精神与务实作风。即是说，中国的知识分子除了

---

①   瞿秋白：《〈俄罗斯名家短篇小说集〉序》，见《瞿秋白文集》二，人民文学出版社1953年版，第544页。

仕途无以实现和证明自己的存在价值。"学而优则仕"这句话，高度概括了中国知识分子的求知目的与衡量自我价值的标准。求知并非为了解释个人对自然奥秘的好奇，也不是为了寻求人们对形而上学领域的疑虑的答案，求知就是为了经国济世，为了实际致用，大则为国，小则为己，带来实际的功利效益。这种赖以谋生的政治生活方式，成为中国知识分子实现自我价值的必经之途。所以，出世与入世，隐逸与出仕，山林与庙堂，在野与在朝，老庄与儒教，许多对立的范畴都可以在知识分子强大的政治意识内获得最高统一。文学是一种工具，它在知识分子得意时，可以作为一种风雅的装饰、表达政治意识与社会责任感的工具；在知识分子失意时，它又可以作为一种维持内心平衡、转移并释放政治热情和社会责任感的工具。但是，当中国的知识分子自觉地将个人价值与政治价值结合为一体，并通过后者来实现前者时，其个性又不是被动地消融在政治价值里，而是通过以积极的态度去创造政治价值来得以弘扬。中国知识分子所发扬的埋头苦干、拼命硬干、为民请命、舍身求法的精神①，除最后一项外，大多是指政治上的战斗精神。当它转化为审美形态出现时，即诞生了屈原的《离骚》，司马迁的《史记》，李白、杜甫、白居易的诗歌，陆游、辛弃疾的词曲，关汉卿的戏剧，施耐庵、曹雪芹的小说，等等。这些文学作品无一不迸发出强烈的关注现实的精神，或热切地关心王权的安危，或同情人民的苦难，或表达对政治上邪恶势力的极大憎厌与批判，以及抒发崇高的自我牺牲精神。作家孙犁曾经精辟地指出：司马迁、班固在政治方面是何等的天才，对历史得失的见解是何等的高超与有见

① 参见鲁迅《且介亭杂文·中国人失掉自信力了吗？》，见《鲁迅全集》第6卷，人民文学出版社2005年版，第122页。

中国新文学整体观

中国新文学发展中的现实主义

识，可是一个身受腐刑，一个瘐死狱中，难道他们都没有从历史上吸取点可用之于自身的经验吗？当然不是。但文学事业的特性决定他们这样的知识分子只能像飞蛾扑火一样，一代一代地为正义、为人生而斗争。[①]这体现了中国知识分子个性高扬的特殊方式。这种精神传统，是不能用西方文学上的现实主义与浪漫主义概念来概括的，它就是这样一种综合了人生的、心理的、历史与现实的诸多原因而形成的人格气质，在现代社会，这种知识分子的高贵人格气质，就是现实战斗精神。

现实战斗精神允许包含多种创作方法，但它应该区别于前几年学术界提出的"以多样的创作方法统一于现实主义精神的新体系"的说法。因为后者所理解的"现实主义精神"，是从反映论的角度解释现实主义的。它强调文学对生活的依存关系，所谓"现实是孕育艺术之花的土壤"。这种解释当然是正确的。尽管文学是人们通过审美把握来表现对客观世界的各种认识，离不开创作者的主观意识，但归根结底，现实生活是人的认识对象或文学现象的生存依据。文学是精神发展历程的投影，而精神本身则是由社会存在所决定的。但问题是，作为反映论的现实主义与文学精神不是一回事。现实主义的反映论能够解释文学精神的产生原因并提供其生存依据，但无法代替文学精神本身。五四新文学的基本精神来自现实生活，中国社会在20世纪发生的种种突变，仿佛是凝固剂，不时渗入流动着的文学现象之中，使其向一个中心点凝聚。现代作家的现实战斗精神，正是文学向凝聚点聚拢过程中的必然产物。现实战斗精神是一种文学精神，它可以包容多

---

① 　　参见孙犁《文字生涯》，见《孙犁文集》第3卷，百花文艺出版社1982年版，第220页。

122

种创作方法；而现实主义的反映论仅仅是对文学与现实关系的一种解释，它本身无法去统一创作方法。

除了不同于这种理论所提出的"现实主义精神"，现实战斗精神还有其自身严密的内在规定性，并不是无限开放的。作为五四新文学的精神传统，它反映了新文学对广大作家最根本、最内在的制约力量，同时反映了新文学作家最大多数的行动趋向与心理趋向。它既有政治社会意识的特定内容，又是审美把握的特定方式，两者的共同点是创作主体对现实的关注，以及为改造现实投入的战斗激情。以审美把握来说，用什么创作手法无关紧要，关键在于这种审美把握是否恰到好处地反映了作者对现实的战斗心态。鲁迅的散文诗与小说，虽然运用了显然不同的创作手法，但在表达现实战斗精神的审美把握上是相一致的；周作人的散文虽然在创作手法上运用了同样的写实手法，但由于其后期散文在对待现实的态度上放弃了严肃的战斗态度，就不能再作为具有现实战斗精神的作品。与作为反映论的"现实主义精神"可以"无边地"解释一切文艺创作现象相反，现实战斗精神仅仅是作为五四新文学的精神传统之一而存在于文学史上，它既不是新文学主流的唯一代表，也不能囊括新文学的所有创作。

而且，现实战斗精神本身也不是一成不变的，在五四初期，它主要表现为知识分子对封建制度以及精神枷锁的抗争，对人们在这灰色世界中的价值的寻求，对现代文明在这块土地遇到的重重阻力的沉重批判；20世纪30年代以后，马克思主义的指导与现实主义风格的形成都使作家把这种批判性由空泛的抽象的目标转为具体的指向，强烈的政治情绪与知识分子潜在的个性欲望结合为一，构成了现实战斗精神最有特色、最有生气的阶段。50年代以后，现实战斗精神面临了更为复杂的局面，捍卫这一五四精神传统的作家依然把满腔政治热情与审视现实的批判目光结合起来，他们勇敢地把批判锋芒投向社会上种种与先进社会制度所不相容的阴暗面。在某种意义上说，1956年出现又很快地被扼杀了的"重放的鲜花"中的许多作品，是社会主义文艺的真正标志。正是这批作品的出现，开始改变了当时的文艺作品只写民主革命的历史题材，有意无意地回避当代社会冲突的倾向。这些年轻的作家以敏锐的目光注意到，在社会主义社会中，上层建筑与生产力的解放之间存在着不和谐的冲突。他们尖锐地挑开这个冲突的真相，表达了自己对现实的干预态度。这批作品是50年代文艺的精华，也是五四现实战斗精神的最好发扬。当历史出现曲折，现实战斗精神遭到否定以后，这种精神作为中国知识分子内在的制约力量，仍然通过各种途径顽强地表现出来。邓拓等人的杂文，田汉、吴晗等人的历史剧，赵树理等人的小说，就是这种重压下曲折生长的正义之声，显示出中国知识分子敢于批判现实的精神。这些作家在极左路线的残酷迫害下都含冤去世了，但正是他们，用生命沟通了五四文学传统与当代文学的精神联系。

区别了作为反映论的现实主义和作为创作方法的现实主义，有利于我们把现实主义作为新文学的一种创作现象给以界定；区别了文学创作的现实主义思潮和作为新文学的精神传统之一的现实战斗精神，有利于我们更清楚地把握当前文学创作中现实主义的地位和意义。"文化大革命"后，现代作家的现实战斗精神与现实主义的创作方法又一度携手承担起清除伪现实主义的任务，伤痕文学思潮的出现，正是现实战斗精神和现实主义再度高扬的标志。

在七八十年代，文学创作依然凸现了作家的现实战斗精神，并且自觉地将其与五四以来的新文学传统联系起来。许多作家都意识到：我国文学有一个很值得自豪的五四传统和一条同样值得自豪的鲁迅道路。这个传统和这条道路，归结为一点，就是：同劳苦大众血肉相连，倾听群众的呼声，走在时代的前列和敏锐地感受生活的需要，探索真理，以极大的革命热忱投身于火热的战斗。强调五四传统和鲁迅道路，实际上就是强调五四新文学的现实战斗精神。但是，如果我们从五四新文学的两种启蒙传统的背景来看，就不难看到，被认作五四传统的现实战斗精神在"文化大革命"后所处的两难处境：一方面是现实主义和现实战斗精神一如既往地结盟战斗，与社会上种种阴暗势力的压力抗衡；但另一方面，它也遇到了另一种五四传统的挑战，即对文学本身的、审美的追求。现代作家的现实战斗精神来自五四一代知识分子强烈的广场意识，它基本上是一种对庙堂持批判态度、对民众持启蒙态度的知识分子行为，文学只是知识分子代民众立言、为民众争得生存权利的工具（一说武器），而文学自身作为语言艺术的载体，其特征、其规律并不为作家们所关注。这种偏向的缺陷在一个多灾多难的社会环境里并不突出，但一旦进入多元格局的文学环境就暴露出来。这在文学史意义上就产生了作家的现实战斗精神与现实主义传统创作方法的分离。80年代逐渐形成了一个更年轻的作家群，他们愤世嫉俗、特立独行，一面坚持文学对社会的批判监督功能，一面又使这种现实战斗精神更加个人化，在表达方法上也更具有开放性，如张承志、张辛欣、残雪等小说家和"朦胧诗"的一代诗人。毫无疑问，这些作家实际所表达的创作意图和创作精神都与五四新文学的传统有关，只是他们的现实战斗精神都被严严密密地包裹在更能被年轻读者接受的现代主义的艺术精神之中，通过他们这一代作家特有的现代观念来表达。

中国新文学整体观

中国新文学发展中的现实主义

比如残雪，她的每部作品都充满了现代人要求精神突围的渴望，从表现手法到意识形态，都带有很深的现代主义烙印，但因为五四新文学的现实战斗精神自身就带有开放性，我们还是可以从残雪的创作里看到鲁迅文学精神的影子。在残雪的小说里，许多意象都似乎是"狂人"的延伸扩大，从中我们方能领悟以鲁迅为首开创的现实战斗精神传统拥有多么顽强的生命力。而固守现实主义创作手法的文学创作，因坚持"按生活的本来面貌反映生活"的传统观念就逐渐衰弱，到80年代中叶以后，遂流入纪实文学和通俗小说的道路，并未能产生震撼时代的力作。

当然这不全是现实主义创作方法本身的问题，一般来说，现实主义文学揭示生活真实的深刻程度，与社会环境所允许的自由度是成正比的，现实主义文学之不兴，本身就说明了"文化大革命"后文学创作依然多艰的不争事实。但从另一角度看，作家们并未因现实主义创作受阻而放弃现实战斗精神，他们不过是把这种战斗精神表现得更加隐蔽和个人化。同时，知识分子开始反思其自身的战斗传统所包含的局限和偏颇。于是到了90年代初，知识分子的现实战斗精神又一次面临分野：一部分知识分子转移了个人的批判立场，转向更为阔大的民间，在新的民间天地里寻求依托，但这并非放弃作家独立的战斗人格，反之，皈依了民间的知识分子反而具有更加坚定的对世俗社会的批判立场，如张承志、张炜等人近年来的文学主张正是最典型的一例。当然也有不少作家依然继续着知识分子原有的精英立场，在社会矛盾冲突中履行一个知识分子的神圣使命。

如前所言，作家的现实战斗精神与五四新文学传统并不能完全等同起来，因为除了"启蒙的文学"传统，还有着"文学的启蒙"传统，允许作家对文学艺术的各个领域、各种功能进行尝试。曾经几代知识分子为之付出过沉重代价的现实战斗精神，在当代社会的转型过程中并不能涵盖五四以来全部的知识分子传统和特征，但是，即使在所谓的"后现代"社会，我仍然觉得这种现实战斗精神和知识分子入世的态度是知识分子最宝贵的品质和传统，尤其是走入了民间的知识分子的现实战斗精神，将有可能使知识分子摆脱原来"广场意识"的局限，使他们摆正在现代社会转型时期安身立命的岗位，使五四知识分子的传统展现出新的更富有生命力的战斗风貌。

三、当代文学创作中的现代反抗意识

如前所说，现实战斗精神是中国新文学发展中贯穿始终的基本精神。它表现为中国现代作家紧张地批判现状、干预当代社会的一种战斗精神，也是中国知识分子传统文化心理建构与西方现实主义创作理论的某种契合，体现了中国文化传统在文学中所表现出来的积极阳刚的本质。历史证明，这种精神传统不管经历多少曲折坎坷，它总是顽强地扎根于中国知识分子的心灵深处，成为他们冲破黑暗、追求光明的根本动力，也成为中国现代文学与人民的事业同呼吸共命运的重要保障。

今天所面对的文学，是以鲁迅为代表的一代五四知识分子所奠定的中国新文学在新的历史条件下的逻辑发展。它的基本精神依然是现实战斗精神。从声势浩大的"伤痕文学"到深受群众欢迎的改革题材的文学创作，都显示出这一文学精神的勃勃生命力。但是我们不能忽视，时代的发展也会促成文学精神传统的变异，这不仅仅是其内容的变化，也包括精神自身的更新。这个更新的迹象，在近几年已经初露端倪了。新的一代作家在成长，他们带着自己特有的生活经验与精神面貌跃入文坛，新的文学精神——现代反抗意识——正在悄悄地发生影响，逐渐地成为新文学现实战斗精神的一种变体。这一节的旨意，就是想探讨文学的现代反抗意识的形成及其意义。

当代文学的主体是由两代作家建构起来的。这种建构到了1985年已经完成。这一年涌现出一批文学新人，也有一批早先已经成名的作家在这一年写出了让人耳目一新的作品。这些新人新作的诞生，已经成为当代文学史上的一个重要标志。它标志着随一代新人而生的新的文学精神与审美原则的崛起。这一年起，两代作家的阵容齐全了：以"重放的鲜花"为主力的中年作家与更年轻的一代作家并立于文坛，经历和素质各不相同、风貌也迥然相异的两代人是那么友善、那么顽强地互相支持，又各自探索着文学的未来。现代反抗意识是属于年轻一代的，这也许不是出于他们的自愿，是历史老人在塑造这一代人的同时，塑造了这样的意识。所以我们在探究这种文学意识的形成之前，有必要先认识这两代作家所处的中国新文学发展中的不同的现实主义历史境遇。

中年一代作家的文学生涯，大抵是与中华人民共和国同步发展起来的。当他们刚刚握笔写作时，国家政权变更带来的乐观理想主义和革命传统教育形成的理性主义信念已经深深地融入他们的意识之中。这种乐观与信念成了他们观察世界、认识社会的出发点。虽然1957年掀起的那场政治运动不公正地把他们打入了生活底层，但早期自我改造的虔诚动机与后期苦尽甘来的成就正果，都不但没有摧毁反而加强了这种乐观与信念。生活经验使他们本能地趋向理性主义：历史是公正的，善恶是有报的，世界循着一种合理的逻辑在发展；人们的责任，就在于完善它，使它更加符合理性与秩序。理性的同一趋向也使这一代作家风貌各异的作品之间产生了严格的内在一致性：它们总是面向现实，以强健的自信来批判现状中不尽如人意的缺陷；它们中间最精彩的部分，也就是现实战斗精神最高扬之处——诸如尖锐、冷峻、深刻、讽刺等艺术风格都与社会的某些公众话题和焦点联系在一起。中年一代作家也自信能够胜任民众导师和政府诤友的社会角色。

而这种乐观与自信正是年轻一代的作家所欠缺的。历史的巨手用完全不同的方式塑造了这代人。这一代人要比上一代人不幸得多。在他们最需要信仰和确立信仰的时候，狂热、幼稚、盲目把他们推上了历史浩劫的第一步。他们苦苦煎熬，并且经历了"九一三"事件与粉碎"四人帮"这两次政治巨变。这一代年轻人在真实面前感到了心灵的颤抖，他们像突然被抛入旷野，无所依凭，心中无物无神。孤独与怀疑的产生是免不了的，不这样不足以前进。孤独使他们紧紧地抓住自身，作为唯一的依赖，于是就出现了面对自我的认真探索；怀疑是他们牺牲了十年最宝贵的时光作为代价换来的重要收获，怀疑使人反思，他们怀疑更长远以来的人类精神历程，不仅仅是中国的，也包括世界的。"文化大革命"结束时，他们确实变得一无所有，然而"无"为他们生成了新的"有"。

从这样一个出发点来理解这一代年轻作家的文学追求，我们就会宽容他们的种种偏颇与放纵。起点不一样了，他们不会学上一代人那样，像失散多年的孩子重新扑入母亲怀抱似的就范于传统理性。上一代人感到亲切的东西对他们来说是陌生的，他们需要站在自己的立场上对眼前种种传统（包括理性的传统）认真选择一下。我们不能不看到，这一代人反思的起点要高得多，他们一下子就超越了20世纪50年代，并向新文学的起点——五四文学复归。当然，复归也是超越。从80年代起，文学就是追求与五四文学站在同一条起跑线上作新的腾飞。

那么，这条起跑线又在哪里呢？

我以为，重新审视这两种相隔了六十年的时代精神中的某种相似性是很有意思的。五四文学与新时期文学都是在一种传统价值观念发生根本变异时发轫的，一方面是对外开放精神给民族文化带来了新的血液，另一方面是文化传统的式微刺激中国知识界向外来文化寻求武器。中西文化撞击的猛烈程度，与这两个时期文学创作的深刻程度恰成正比。但是，从知识分子的文化心理建构的演变来看，这两个时期之间存在着一道长长的演变轨迹。20世纪之初，自严复翻译《天演论》和林纾翻译西洋小说起，中国知识分子就不但从声光电化、船坚炮利中，而且还从意识形态中接受了评价中国文化传统的新参照系，它使他们感到既兴奋又沮丧。兴奋来自他们面对文化大更新感受到的刺激，而沮丧则反映了他们在这种背景下面对自身处境的情绪天地。欧风美雨破坏了中国知识分子千百年来形成的心理平衡，由此产生出王国维式的悲观与胡适之式的乐观。一大批知识分子立在两者之间，无所适从，困惑地寻找着自己的心理依凭。中国的知识分子没有这样一种精神习惯，即能够把自身看作一种依凭，在诸如困惑、苦闷、忧郁、焦虑等自身的心理情绪中发现人生的价值。他们需要有精神支撑，或者说，需要有偶像。失去了孔孟、程朱、桐城诸贤以后，他们又急急忙忙地寻来了一大批西方哲学、社会科学的领袖。这既显示了民族文化心理造成的历史积淀的力量，也显示了中西文化第一次大交流带给中国知识界的成果。后者似乎对中国作家以后所作的政治选择有至关重要的影响。30年代左翼力量的崛起与广大作家走上革命的道路，都体现出一种主观的个人选择与必然的历史趋向的同一性。鲁迅去世前在口授的一封信中有这样的名言："中国目前的革命的政党向全国人民所提出的抗日统一战线的政策，我是看见的，我是拥护的，我无条件地加入这战线。"①这段由冯雪峰执笔而又为鲁迅认可的话，既表明了鲁迅，也表明了冯雪峰这样的一批知识分子的政治选择特点：他们是把个人的良知与选择对象相吻合当作选择的前提。这种选择方式与封建时代知识分子从开蒙起就无选择地接受全部封建伦常道德与封建政治教育的被动处境是不一样的。

但是，这种个人良知与依凭对象的自觉吻合，到了20世纪50年代中期以后，便逐渐出现了裂缝。首先是极左路线在文化界发动的一次次政治运动，严重地挫伤了知识分子的积极性，使知识分子越来越无法把自己的良知与被认为是"革命"的政策方针吻合起来。50年代开始的各种"左"的政策，也迫使很多知识分子痛苦地封闭了自己的良知。我们从茹志鹃、刘真、张一弓等人对"大跃进"时期农村生活的真实写照中，可以看到50年代的作家并不全是一味歌功颂德的庸人，他们亦有良知，只是在那个无法自由表达思想的时代弄哑了自己的歌喉。

只要真正坚持历史主义与人民的观点去回顾历史，我们即可发现，20世纪50年代并不是一个田园牧歌式的时代。正是在这个时期，肤

---

① 　鲁迅：《且介亭杂文末编·答徐懋庸并关于抗日统一战线问题》，见《鲁迅全集》第6卷，人民文学出版社2005年版，第549页。

浅的理想主义与盲目的乐观主义掩盖了时代潜藏着的真正危机：人们对极左路线的警惕太少，也太迟了。这就决定了60年代的政治风暴必然会引起全国性的惊慌失措，人们无力像当年反日本法西斯那样挺身而出，来抵制极左路线。他们只能盲从，只能牺牲自己，直到整整十年以后，才在天安门广场上以周恩来去世为机缘发出觉悟的吼声。而且50年代留下的后果甚至也影响到1976年后的十年，由于错误的东西曾经以"革命"的名义骗人骗得那么深，这导致人们在人生选择上的虚无态度。人们已经无法恢复50年代的天真，一个现成而空洞的理想方案不会再使人激动。有相当数量的年轻人，他们自觉地抗衡一切貌似"正确"的传统压力，以虚无主义的态度表现出积极的探索精神。他们不轻信也不盲从，在灾难的岁月里对一切感到失望以后，就牢牢地守住自身，把它当作最后一片净土，以此为出发点，在社会改革中作出个人的选择与贡献。我们不难找出80年代年轻知识分子与20世纪初的年轻知识分子的差别。中西文化的第二次大交流又打开了中国知识分子的眼界，但他们再也不像前辈那样，为自己失去了旧的精神依藉而惶惶不安，也绝不急急忙忙地搬来西方的现成答案作为自己新的行为指南。他们立足现实、立足自身，依靠自己对生活的独特认知（哪怕这种认知是肤浅的）进行独立的战斗。这里所探讨的当代文学中的现代反抗意识，正是在这样的背景下产生的。

当代文学中的现代反抗意识是文学的现实战斗精神的逻辑发展，但又并不取代它，不过是作为现实战斗精神在当代文学中的一个分支，展示着自己独特的风貌。

现实战斗精神，是中国作家对待现实的一种主观态度，鲁迅曾把这种态度描绘为"取下假面，真诚地，深入地，大胆地看取人生并且写出他的血和肉来",并且预言:"早就应该有一片崭新的文场,早就应该有几个凶猛的闯将!"①鲁迅认为这种文学精神是与封建文人的"瞒"与"骗"的传统文艺所不相容的,并把它视作照亮人生、引导国民精神的灯火。首先,中国现代作家正是在这种文学精神的鼓舞下,一代一代地为国家、为人民、为真理而勇敢地战斗着。在新时期文学中,这种现实战斗精神依然支配着文学的发展趋向,受到广大人民的真诚欢迎。

现代反抗意识是这种文学精神的一种变体。它在对现实的态度上与现实战斗精神完全一致,显示着朝气蓬勃的、入世批判的战斗风貌,不但继承了鲁迅对于世俗的不妥协的批判传统,也与西方现代思潮中反资本主义世界的战斗思想相共鸣。他们不同于同代人中的另一批提倡"文化寻根"的作家,深厚的历史感不再为他们提供身处乱世的精神支柱。换句话说,他们没有昨天,也不需要昨天,"昨天,像黑色的蛇……"(顾城),他们愤愤地诅咒。这还不够,从昨天逆向延伸到任何极限都为他们所不屑一顾,于是又唱出了"盘古的手大禹的手,如今只剩下一只手,我被埋葬……"这是杨炼的《石斧》。石斧可以使人联想到远古时代人类的生存形态,最终也作为一种历史记忆被埋葬了,这种向历史的大胆宣战,使人想起鲁迅在《狂人日记》中关于"吃人"的寓言。

《狂人日记》之所以被称为中国新文学第一部彻底反封建的作品,正是因为它具有以往任何现实主义文学所无法企及的战斗精神。无论欧洲的传统现实主义创作还是清末谴责小说,在否定现状的同时又何

①　鲁迅:《坟·论睁了眼看》,见《鲁迅全集》第1卷,人民文学出版社2005年版,第255页。

曾忘却为现状留一条改良的出路？唯有进入20世纪以后的文学，才出现了把整个西方世界视为一片"荒原"的诅咒，产生了令人"作呕"的感觉。《狂人日记》被称为一部现代作品不是没有来由的，它的反社会的倾向以前辈不可能具备的彻底性，显示了现代意识的一个重要特征。

本来，当代文学创作中的现代反抗意识即使与鲁迅的时代相通，如果不是一场把千家万户卷入灾难的浩劫降临中国，也不会引起中国人的共鸣。乐天知命的传统道德教诲中国人应该如何过知足、安定的体面生活，但是"文化大革命"无情地粉碎了这样的生活信念，"触及每一个人的灵魂"，不管你愿不愿意，都被逼上了选择的道路岔口：要么做帮凶，要么做牺牲。浩劫过后的一代年轻人，身上留下了内乱带来的创痛，一无所有，也一无所长，你让他们怎么办？《本次列车终点》《我们这个年纪的梦》，女作家们以特有的细腻表达了这一代人的痛苦，别人无法代替这种痛苦，既然是自己走到了这一步，那么，要挣扎和摆脱这样的困境，也别无选择，唯有靠自己。正如女诗人舒婷在《一代人的呼声》中所吟咏的："我推翻了一道道定义；/我砸碎了一层层枷锁；/心中只剩下一片触目的废墟……/但是，我站起来了，/站在广阔的地平线上，/再没有人，没有任何手段/能把我重新推下去。"

苦难中生存，生存得坚强。不公正的命运使"他"①带着病态的情绪步入这个似乎又恢复了理性的世界，但"他"已经不再尊重世俗所信奉的传统价值，因为刚刚平息下去的那一场政治风暴曾经证明了

①　　　这个"他"是借指张辛欣小说《在同一地平线上》的男主人公，但也象征了这一代人的现代反抗意识的主体，所以只能是单数，因为"他"是以个体的力量存在于世界。

传统价值的脆弱和虚伪。在心中只剩下一片废墟时站立起来的"他"应该是充实的,"他"可以在心中的废墟上建立起自己认为是最美好的纪念碑。于是,《在同一地平线上》跃出了"孟加拉虎":

> 它在大自然中有强劲的对手,为了应付对手,孟加拉虎
> 不能不变得更加机警,更灵活,更勇敢和更残忍……①

这似乎不是写虎,也不是写人,而是写出了一种年轻人的畸形心态。男主人公所有的行为,说悲壮也行,卑劣也行,他所追求的是什么呢?仅仅是增加一些收入,添置一台电冰箱吗?仅仅是赚得几分名声,来填补内心的空虚吗?都不是。他在行动时,是充实的;他操之过急,是因为失之太多。更何况他所追求的生活理想是极为正常的:要求施展自己的才干,让自己的劳动获得社会的承认。如果在一个健全的社会里,这样的生活理想是应该受到保护的。可是现在呢?他只能堕落成一个"庸俗商人",连妻子都这么认为。

人们在指责男主人公的行为时,总是自觉与不自觉地为"他"所处的社会辩护。用"生存竞争"的理论来解说社会的发展虽然是主人公的偏见,但"他"终究也不失一种堂堂正正的竞争风度,而"他"所面对的社会实际上连"竞争"的体面都没有:徐飞利用父亲的声望到处钻营,楚风之的庸俗与不负责任,同事的敷衍与嫉妒,都会使你想竞争都找不到对手。若战士进入无物之阵的悲哀,是所有努力上进者的悲哀。所以,在孟加拉虎狩猎"一直居于世界狩猎运动中的王

---

① 张辛欣:《在同一地平线上》,《收获》1981年第6期。

座"时代,你能指责孟加拉虎的"更机警、更顽强"吗?

或许,有些评论家对张辛欣这篇小说的批评不无道理。主人公这种竞争态度在我们所生活的这块土地上算不得怎样的真实。如前所说,它只是反映出一种畸形的心态,事实上我们的生活还远远未达到如此紧张的节奏。相反,颟顸、平庸、守旧以及僵化而造成的社会停滞状态,倒是社会生活中青年人感受到的最大压力。而这一切,正成为年轻一代作家批判的主要目标。从《北方的河》起,张承志的作品里出现了一种日益明显的分裂:都市文明与原始自然之间的紧张对立。(在此以前,作者总是通过现代都市人的眼光去审视自然,《黑骏马》这支忧伤的歌,可说是两者达到了最优美的古典式的和谐。而从《北方的河》起,小说叙事人的视角反了个方向,往往是自然之子带着原始的目光来审视现代都市社会,于是分裂就开始了。)其主人公总是一个野气十足的男子汉,又是谦虚多情的大自然的孩子。绿色的草原,红色的沙漠,奔腾的大河,晶莹的雪峰,都会引起主人公皈依宗教般的肃穆感情。这时候,他是充实的、顽强的、男子气的。然而,当他进入另一种社会——现代都市社会之中,他马上就变得不安、烦躁,处处碰壁,动辄得咎,最终不能不用最强的噪音——Graffiti(胡涂乱抹)来发泄那左冲右突的情绪。自然之子的烦躁也是当代年轻人的烦躁,正因为如此,Graffiti才会成为年轻人"最后的特权"。张承志毕竟是幸福的,他的烦躁使他在都市以外找到了精神的依藉,这就使他的作品多少带有"寻根文学"的特质。而另一位同样也不断用噪声来对付现代都市生活的女作家,自然却没有赐予她这样的眷宠。她的歌王也许压根儿就不存在,寻找歌王的人也在蚂蟥、热病、风雨中消失了。因此对她来说,"你别无选择"——唯一依藉的,只有自己。

刘索拉的《你别无选择》可以说是现代反抗意识很强的一部作品。如果以生活真实的标准来衡量，贾教授无疑是过于漫画化了，但正因为夸张的虚假，使这一群音乐学院的学生对"贾氏规范"的反抗成为一种象征。他们每一个人对现状的一种反抗，都从主观的角度展示出个人对生存环境的批判。"虚无"是这一群学生全部人生行为的出发点：蔑视传统音乐美学观念使森森焕发出新的创造力，终于以现代精神获得了国际作曲比赛奖；对现存教育体制的绝望使李鸣整天躺在床上，但这种奥勃洛摩夫式的反抗带有与奥勃洛摩夫这类"多余人"完全不相干的虚无态度，与孟野的倒着走路一样，暗示出年轻一代积极的反传统心理。老年人眼中的胡闹也许对年轻人来说是一件极其严肃的事情。从这个意义上说，这部小说反抗现实的情绪与传统的现实战斗精神也是一致的。

　　但是，张辛欣也罢，张承志也罢，刘索拉也罢，他们笔下的反抗意识毕竟不同于传统的现实战斗精神。新时期文学中的现实战斗精神同样表现出强烈的批判意识，但批判者的目标是非常具体的，锋芒所指几乎都是现实生活中的具体单位。而现代反抗意识所批判的对象则大都是抽象的、虚拟的和模糊的，它着重展示的是人对自己存在于世而保持的一种警诫，或是正在发生着的烦躁不安的心理。其次，现实战斗精神总是使作家在创作中自信十足，精神有所依藉。这一点，我们可以从当前一系列引起轰动的改革题材的小说中得到证明。而反映现代反抗意识的作品则缺少这样一种依藉，它们在否定、批判旧世界的同时，多少流露出带有虚无色彩的孤独感。

　　当我指出这类作品中含有一种虚无色彩时，我个人的心情是极为复杂的。我无法猜测"虚无"一词在今天的特殊环境下会引起怎样的反应。诚如尼采所说的，虚无主义有两种含义：作为精神权力提高的象征的虚无主义和作为精神权力下降和没落的虚无主义；前者被称为积极的虚无主义，后者则是消极的、被动的虚无主义。[①]19世纪中叶产生于俄国平民知识分子中间的最早形成的"虚无"一词，是明显意指前者，它通过否定传统观念的一切价值，来确定虚无主义的真正意义。虚无主义者以战斗的姿态面对过去，又以强大的信念和充沛的创造力面对未来。"虚无"的对立面不是"实有"，而是"肯定"，即对以往陈旧事物的形形色色的肯定。当代青年对过去极左路线所造成的恶果持这样的态度是可以理解的，我们要彻底否定"文化大革命"，也需要有这样的虚无态度作为思想斗争中的一支偏师。但是当"虚无"不仅面对以往，还面对未来时，就呈现出复杂的意蕴。从表面看，虚无很容易与颓废、堕落等概念混淆起来，其实两者是不一样的。人如果对未来采取彻底的虚无态度，那就只能导致生命终止；除此以外，生活态度的无信仰、自我放纵，都不过是表现出年轻人对自己生命价值的偏爱、珍视与放纵，他们所缺少的只是生活的既定信仰与目的，这仍然是面对生活以往的"虚无"，并不能说明他们对未来的态度。就如《无主题变奏》中主人公的自我评价："我认为我看起来是在轻飘飘、慢吞吞地下坠，可我的灵魂中有一种什么东西升华了。"[②]这种升华的东西，正是在对传统价值观念的彻底否定中感受到的。

　　与生活的无信仰状相联系的，是孤独。语义的复杂性也常常给这个词带来麻烦。作为哲学范畴的"孤独"，并不是个人主义的同义词

----

①　　［德］弗里德里希·尼采：《权力意志——重估一切价值的尝试》，张念东、凌素心译，商务印书馆1991年版，第280页。
②　　徐星：《无主题变奏》，作家出版社1989年版，第23页。初载《人民文学》1985年第7期。

或集体主义的反义词，它的对立面应该是对神的信仰。人只有在失去神的保护时，才会感到孤独。当一个人不再与神同在了，没有什么先验的力量去指示他如何生活了，他就只好依靠自己的力量。因此，孤独能够产生力量，产生创造力。值得我们注意的是，造成这种孤独状的，不是来自西方的哪一家主义，而是产生于社会现实，是"文化大革命"把年轻一代的精神历程引入了两个阶段：现代政治迷狂的阶段与失去这种迷狂的保护以后在旷野中对自身力量的再发现与再认识阶段。既然历史已经造成了这一种现实，我们除了承认它的合理性，别无他法。

反抗、虚无、孤独，成了当代文学中现代反抗意识的主要特征。反抗是面对昨天世界的态度，虚无是反抗的起点，孤独则是反抗者的心理特征。这种反抗意识出现在当代年轻人中间是很可以理解的，反映了他们对根深蒂固的社会习俗与传统观念的厌恶与唾弃；而虚无与孤独，又划清了他们的反抗心态与以往的战斗意识之间的区别，清晰地打上现代的烙印。

当代小说作为开放性文学的一翼，它自然会受到西方文学的影响，现在已有许多研究者注意到张辛欣的小说与西方荒诞派的戏剧、与美国"口述文学"的关系，也有人研究刘索拉小说中的黑色幽默以及塞林格的影响。但我以为，张辛欣、刘索拉等人的小说之所以一发表即轰动文坛，在许多年轻读者中间引起感情上的共鸣，最重要的原因还在于这些作品所反映的心态，在今天的社会生活中存在着某种合理性。它们对传统价值观念的否定批判，与新文学自五四以来的战斗精神基本是相一致的，但它们所取的主观态度又明显地打上了时代的烙印。虚无与孤独，仿佛是为这一代的年轻人与他们的五四前辈的差异所作的标记：他们再也不会因为失去了传统文化的精神依藉而去沉入昆明湖，他们也不会急急忙忙地跪倒在西方社会价值标准面前，发出"月亮也是外国的圆"的哀鸣。他们开始意识到自身的力量，不管"孟加拉虎"的拼搏对与不对，也不管音乐学院那些学生是奋斗还是胡闹，他们都不欺骗生活也不欺骗自己，都独立地思考着自己的生活道路，以自己的积极选择走向未来。我把这种意识称为现代反抗意识。也许，人们从20世纪20年代的一些作品（如散文《野草》）中也看到过它的前身，但在我们这个时代，它会生成得更加典型，也更加合理。

当然也不应忽视，依凭自身的力量来选择生活绝非易事，它比跟从既定的信条去随波逐流地生活要艰难得多，也危险得多。《无主题变奏》的主人公说过这么一段颇有意思的话："我真正喜欢的是我的工作，也就是说我喜欢在我谋生的那家饭店里紧紧张张地干活儿，我愿意让那帮来自世界各地的男男女女们吩咐我干这干那。那时我感觉到这世界还有点儿需要我，人们也还有点儿需要我，由此我感觉到自己或许还有点儿价值。同时我把自己交给别人觉得真是轻松，我不必想我该干什么，我不必决定什么。每周一天的休息对我来说会比工作还沉重……"①沉重感不仅是对生活也是对自己的，试想一下，像《在同一地平线上》的男主人公那样紧张地生活和《我们这个年纪的梦》的男主人公大为那样轻松地生活，哪个更可怕，哪个更安全呢？何况，对自我力量的认识总是有两种可能：要么发现自己是强者，要么发现自己是弱者。一旦发现自己是弱者的话，他是否会比盲目无知时更充满自信呢？这是一道阴影，它总是笼罩着这一类作品。刘索拉

---

① 　　徐星：《无主题变奏》，作家出版社1989年版，第12页。

在《你别无选择》以后创作的《蓝天绿海》与《寻找歌王》都没有摆脱这道阴影，虽然作者大胆地宣告"蛮子死了"，"歌王"也许根本不存在，可是失去了精神依藉也就是失去了追求，这两篇小说的主人公陷入某种尴尬的处境：既是世俗观念的批判者，又是世俗观念的获益者，失去了世俗的环境她们无法生活，但这样生活下去又终究使她们清醒得难受。强者也不见了，孟野、森森，甚至李鸣也不见了，留下的全是董客。张辛欣似乎也是这样，《北京人》无疑是一种新的艺术样式的尝试，但她以后的游记、散文（我无法接受"纪实体小说"这一类似是而非的概念）中，内心的骚乱显然为更深刻的寂寞所取代了，那是一种缺乏对手的寂寞，尽管她表面上写得热热闹闹，但是，"孟加拉虎"的威猛长啸已经离得很远很远了。

为了掩盖对自身力量的怀疑，现代反抗意识往往选择"嘲讽"作为战斗的武器。近年来，嘲讽手法不但流行在小说创作中，而且在戏剧创作中也被广泛运用，戏剧《WM》（我们）（王培公编剧，王贵导演）、《天才与疯子》（赵耀民编剧）可以说是最为典型的作品。作为一种艺术手法，嘲讽的特点在于它不需要正正经经的宣战，而以嬉怒笑骂的态度对着传统权威耍无赖，有时颇使人产生一种滑稽感觉。《WM》中第一场的几个嘲讽片段是相当精彩的。但是，嘲讽终究不能取代充满自信的反抗与批判，它虽然包含了一些喜剧的因素，却容易变得油滑与轻薄，也为某些人提供了口实：似乎现代派文艺中不该有严肃的文学。主体意识的觉醒很可能会让人清醒地看到自身的软弱，由此反而放弃了严肃的追求，转向玩世和颓废的倾向。

由此给我带来的怀疑是，当代文学中的现代反抗意识能否成为现实战斗精神在新时期的基本变体而发展下去？现存的资料是无法使人作出肯定的判断的。虽然有王蒙用"饱食文学"来解释这一类文学现象，并说"吃得饱的人会愈益多起来"①，但我由此联想，如果用"饥食文学"来解释当代文学中现实主义、问题小说创作与愈益关注文学审美意义（如"寻根派"的某些小说）的创作之趋向，也许更恰切一些。体现着现代反抗意识的文学作品，所关注的依然是社会的生存问题，所要否定的也依然是威胁着我们的经济改革、羁绊社会发展的腐败势力。假使一定要在两者中归类的话，它们也应属于"饥食文学"一边，宣泄着人们（主要是年轻人）在艰难生存中的不满与牢骚。

但是它注定会存在下去。这首先是因为，现代反抗意识作为现代意识的一个有机部分，已经渗透到我们的社会生活之中，由于生活之粮已经酿成了现代意识之酒（无须过问其是甜是苦），文学作品不过是把这种社会现实转化为审美形态而已。这一类作品将会在年轻一代读者中获得更多的共鸣——我这儿所指的年轻一代，不仅仅是指三十多岁的一代人，还包括更年轻的二十多岁的一代。刚刚告别童年时代的少年人，几乎天然地生成无政府主义式的反抗心理，在以往的几代人中，这种反抗心理被散发在革命热潮、战争风云或者政治运动之中，可这代年轻人生活在和平建设时期，这种生理变化带来的反抗心理无法借助社会运动来表现，只能转为内心的苦闷，对社会问题的敏感反应只能借助变态的方式发泄出来。这种社会心理，正是现代反抗意识在文学中获得成功的生存基础。

在当代文学发展前景中，中国新文学的基本精神传统——现实战斗精神会继续存在，并发挥影响，这是由中国特定的历史环境所决定

---

① 　　　参见王蒙为刘索拉的《你别无选择》（作家出版社1986年版）写的序。

的，现代反抗意识作为其一翼，同样会继续存在下去。社会的改革带来社会的竞争，竞争在促使"大锅饭"体制瓦解的同时，必然带来传统生活方式与传统道德观念的瓦解。在我们这个封建意识浓厚的国土里，精神依藉的丧失未必是件坏事，改革者在破坏的同时肩负起创造新的任务。但未来的生活怎样——中国式的社会主义现代化谁也不曾经验过，谁也无法事先给出一幅蓝图为人们引路。这就是说，在未来的生活道路中，人的主体因素会越来越得到重视。在民主生活制度健全的社会里，人们会越来越习惯从自身的独立思考出发去认知社会与认知生活。如果说，这是我们当代社会生活发展趋向的话，那么，文学的现代反抗意识也将会有一个比较乐观的前景。这是需要未来验证的。

中国新文学整体观

中国新文学发展中的现实主义

中国新文学发展中的浪漫主义

一、个人抒情小说与田园抒情小说

浪漫主义思潮在欧洲各国文学中表现不一，但具有共同社会历史背景和哲学背景的基础，以及大致相近的两大特征：其一，是强烈的个人主义色彩；其二，是对自然的新的审美态度。浪漫主义的这两大特征，都能够在中国新文学中找到对应者。中国20世纪20年代浪漫风格的小说中，存在着两种不同的流派：个人抒情小说与田园抒情小说。它们从不同的侧面发扬了浪漫主义文学中的抒情传统。个人抒情小说又被称为"自我小说""私小说"或"身边小说"等。这些提法都不尽妥当，因为只是强调了这一流派的"自我"特征，而没能概括它作为浪漫主义风格的最主要的艺术特征，即抒情性。我称它为"个人抒情小说"，是因为作为一个创作流派，它主要的特征在于抒情性，而且往往是借助个人的各种心理活动表述出来的。它抒的是个人之情，是个人面对社会的种种迫害、不义与罪恶，由衷地发出愤怒、哀怨、牢骚乃至颓废之情。它的主题，主要是围绕着追求个性的解放和自由而展开的。在五四初期，它的杰出代表作家是郁达夫。由于当时个人主义受到时代的鼓励，大多数知识分子都真诚地追求最直接也是最具体的目标：婚姻和恋爱的统一，个性在追求自身幸福的活动中得以伸张。郁达夫的创作正是体现了这种理想的追求。田园抒情小说大约是从20世纪20年代下半期开始逐渐形成的，通常研究者把它看作鲁迅为代表的乡土文学的一个分支，但真正追根溯源的话，应该是周作人在20年代初写作的一些以故乡习俗为题材的小品。它在20年代的代表作家是废名，废名把周作人的散文意境推广到小说创作的领域。他的小说社会性不强，至多是在淡淡的哀愁下写出农村宗法社会的式微。他把主要的精力投放到田园山水和纯朴民风之上，在自然世界的描绘中，寓寄了人生的理想与情感的扩张。田园抒情小说不以表现人事关系为目的，它以审美的态度，描绘出一幅幅自然画面（包括风俗画面），人物只是这些画中的点缀，或者说是自然的一部分。自然不是人格化的自然，人物却带有"自然"的色彩。以此为标记，田园抒情小说在气质上是浪漫主义的、非现实的，与20年代现实主义的乡土文学有着根本的区别。

个人抒情小说与西方浪漫主义关系比较密切，卢梭的孤独与其追求真理的勇气、维特的感伤、拜伦的反叛精神，以及华兹华斯、雪莱等人对大自然和爱情的咏叹，都成为这一派作家模仿的榜样。田园抒情小说则相反，它更多的是继承了中国古典美学的审美传统，在废名的创作中，虽也能领略到哈代、艾略特等人作品中颓伤的田园乡土风味，但更为本质的，是来自陶潜、王维的影响。他以山水诗、田园诗的意境入小说，绘山写水、描竹画桃，创造出古风陶然的现代"桃花源"，以及居住于斯的儿女翁妪。废名所开创的创作流派，绝不似个人抒情小说那样偏重于宣泄青年的内心骚动。可令人奇怪的是，在中国现代文学流派的发展中，这两种抒情小说的流变消长正好形成了一个显著的对照。

个人抒情小说在五四初期风靡一时，但随着不久后掀起的大革命风暴，郁达夫式的感伤就难以吻合广大青年知识分子实现自我价值的新标准。大革命时期，在济世救国中伸张个性的传统文化心理使知识分子看到有可能通过政治革命来实现自我价值。这种想法固然未脱浪漫气质，但它毕竟让知识分子走出个人主义，由精神上的个人反叛者转变为实践中的反叛者。投入大革命的实践本身已经打破了个人反叛者的孤独与傲慢，他们选择并认同了某种原则作为行动的纲领，于是，新文学中的个人主义英雄绝大多数都向集体主义靠拢。这一时期同样在小说中带有"自叙传"色彩的蒋光慈，不失时机地以一种新型的创作模式取代了郁达夫的感伤模式，所谓蒋光慈式的"革命加恋爱"，正是迎合了当时一般知识分子的心理欲求。蒋光慈在中国新文学的浪漫主义变迁史上有着重要的地位。正如他在新诗发展中承担了由浪漫主义向现实主义过渡的中介一样，在现代个人抒情小说的变迁方面，他的独特贡献在于把五四时期所流行的郁达夫式的个人感伤情绪和大革命前后的政治情绪结合起来。郁达夫的小说里弥散着抽象的对社会的不满，而蒋光慈则让这种抽象的不满转化为具体的明确的政治斗争，并通过他笔下人物的活动，系列化地反映了追求革命的知识分子在大革命前后若干年中的思想轨迹与感情轨迹：由个人主义向集体主义的自觉转化。

这一趋向在抗日战争时期的文学创作中得到进一步的证实。抗日战争是一场全民族的抗战，民族群体意识绝对地压倒个人意识，知识分子的个人积极性只能融入集体之中，才有可能得到健全的发挥，这就制约了文学中浪漫主义的放纵。纵观这一时期的创作，即使是表现知识分子主题的作品，也失去了20世纪20年代风行的那种个人主义的热情。巴金是30年代最优秀的个人抒情小说作家，他的创作风格一直是变化不定的，摇摆在浪漫主义与现实主义之间，但在1937年之后，就渐趋稳定了。从《灭亡》到《火》，最为典型地反映了这一点。这一转变实际上也暗示了巴金本人创作风格的转变：由生气勃勃的浪漫抒情风格转向了沉重朴实的现实主义风格。这也是时代风尚的转变。

除了在重庆一度轰动的历史剧创作里，浪漫主义在借古讽今与抒情方面起过一些积极作用，整个抗战文学中浪漫主义影响甚微。它与新文学的关系明显地疏远了，带有个人主义基调的浪漫传奇色彩在当时如火如荼的民族革命战争现状面前是不合时宜的，"抗战加恋爱"的浪漫蒂克小说一出现，就受到了严肃文学界的自觉抵制。在这种背景下，浪漫主义文学与五四前夕的言情派小说一样，不能不转移到新文学的边缘。这里也许应该回顾一下卜乃夫（笔名是无名氏）的创作。从流派的变迁角度说，他的作品最有资格被列为浪漫主义在中国现代文学史上最后的余波。卜乃夫早期的小说《北极风情画》《塔里的女人》等格调不高、感情浮露，却能够吸引不少习惯言情派口味的读者；从其思想情趣来看，很易使人联想到夏多勃里昂的《阿达拉》和《勒内》。在这些小说里，作者制造出远离人世的蛮荒环境：西伯利亚、华山古刹，让带有惨痛人生经验的主人公在那儿叙述一幕幕浪漫的爱情故事。与夏多勃里昂一样，卜乃夫毫不隐讳地反对当时的政治思潮，也将宗教力量推至很高的人生境界。在他稍后创作的《无名氏丛书》中，耶稣与佛陀作为人生两大意象，时隐时显地穿插在主人公的人生探索历程中，其探索的终点——创世纪大菩提，象征了东西文化相融会的大圆满。卜乃夫在创作中隐藏着很高的境界，但是他描写中所表现的那种浓艳富丽的辞藻铺陈、那种极度夸大的感情宣泄，以及在爱情场面中配以月光下的大海怒涛（如《海艳》）、或狼嗥声里的峭壁险山（如《金色的蛇夜》）的艺术效果，都流露出夏多勃里昂式的艺术韵味。所不同的只是：夏多勃里昂的感伤小说能够开启19世纪浪漫主义的先河，而他在中国20世纪40年代的追随者，却只能成为西方浪漫主义在现代中国的回光返照。可以说，从郁达夫到卜乃夫，体现了西方浪漫主义在中国由盛到衰的过程。

与个人抒情小说相反，田园抒情小说着重表现的是文学的审美意义与个人的美学趣味。这在它形成的初期已经初露端倪。从废名到沈从文，田园抒情小说在20世纪30年代获得了一次重大的飞跃。自称是"乡下人"的沈从文对都市文明本能地感到厌恶。他尽情地讴歌了湘西山水的纯洁不污、人际的善良朴素。在西方，"返回自然"的口号下深深隐藏着一部分知识分子对历史发展进程的严酷性的疑虑。而在中国，这种疑虑并没有多少经验的成分，多半是一种潜在于意识深处的民族屈辱感。沈从文的小说正是曲折地反映了这种情绪。苏雪林的《沈从文论》中主观发挥虽多，但有一点说得是有道理的。她说沈从文的理想是"想借文字的力量，把野蛮人的血液注射到老迈龙钟、颓废腐败的中华民族身体里去，使他兴奋起来，年青起来，好在廿世纪舞台上与别个民族争生存权利"[1]。沈从文把人的原始蛮力与纯朴性当作民族的健康力量，期望以此来激励人们去从事民族复兴大业。这从具体的社会意义上看，未免不切实际，但正因为它于实践方面的空疏，作为一种文学思潮，田园抒情小说与时代的主潮的冲突不显得那么直接，反而促使它在美学理想的意义上作更高的追求，进而使文学避开了历史发展进程中严酷性的一面，

[1] 苏雪林：《沈从文论》，《文学》3卷3号，第712～720页，引文见第717页，1934年9月。

在审美意义上得到更为积极的发挥。沈从文对大自然是充满感激的，他也是以一颗识美、爱美之心缓缓地滋润着他所描绘的艺术天地，将山水美与人情美融化为一体。这种审美理想，正体现了中国传统的自然观念与美学观念。

在中国文学的悠久传统中，现代田园抒情小说较之个人抒情小说更容易找到它的生存土壤。几乎可以不受一点外来影响，田园牧歌式的农业自然经济与东方文化中人与自然在生理上、心理上互为感应的习惯，都使中国文学倾向于一种纯朴的自然主义美学态度。我们完全有理由把现代田园抒情小说看作传统自然审美观念的产物，它是一种土生土长的中国式的浪漫主义，与西方的卢梭、华兹华斯等人的浪漫主义没有直接的因果联系。

正因为田园抒情小说是一种浪漫主义的创作流派，作家笔下所描绘的是他们认定生活中应该有的美好的现象。无论宗法农村中的纯朴人情，还是蛮荒地区的原始精神，都不是现实生活的写照。这一派作家的浪漫主义特征，在于他们对于当时的生活现状都持否定的态度。就同西欧的浪漫主义者一样，他们对现实的不妥协态度过分地表现在对非现实境界的美化、虚构和自我陶醉之中，值得我们同情的是，这些作家在污秽现实中虚构一个理想净土的真诚感情与求索精神。他们没有粉饰现实，没有歪曲地表现现实，而只是以轻蔑或厌憎的神态回避了现实的丑恶面。他们通过虚构的理想，向人们展示他们的反叛精神。在这种情况下，追求艺术的美也会成为一种对丑恶现实宣战的武器。

在思想上，否定现实生活的丑恶面；在艺术上，运用传统自然观念去追求自然美与人情美。这两种特征使田园抒情小说在各个历史阶段都得到了自由的发展。艺术上的追求使它总是回避社会发展中最残酷的题材，从而也避免了个人抒情小说的遭遇：个人主义追求与时代趋向之间的矛盾冲突。而且它因较为符合民族审美习惯的美学追求，在任何时期都会获得一批相对稳定的读者，与他们深层心理结构中的审美趋向发生沟通。它的现实态度，又可以不时地糅化进历史赋予的新内容，使它在各个历史阶段都产生出一批比较有代表性的作家作品。在"左联"文学中，对僻远地区的自然景色和人世百相的传神描摹，触及下层人民的善良心地与悲惨命运，构成了艾芜抒情小说的浪漫特色；在抗战文学中，对荷花淀、芦花荡等秀丽湖色的描写，糅入了农家妇女在民族革命战争中爆发出来的人性美的极致，成为孙犁抒情小说的主要风格；在国统区文学中，真挚地爱着自己故乡的土地，以自然无碍的态度描绘着"中国'人'——'人'与他背负着的感情的传统、思想的传统"①，则是汪曾祺早期小说的美学追求……这一流派源远流长，在后来的五六十年代和"文化大革命"后的文学中，其生命之流始终没有中断过。

　　个人抒情小说与田园抒情小说的盛衰与消长究竟说明了什么？我对这样的发问一时感到无言以对。在回顾这两个流派的变迁过程时，我惊叹于文化传统与现实环境对文学的制约。可是在惊叹之余，又一种难于言状的惋惜之情向我袭来。个人的感情、理想、审美趣味，只有在寓寄自然山水时才能舒缓自如地得以发展，然而在中国知识分子的文学传统中，身寄江海却往往是心存魏阙的曲折表达形式，中国古代知识分子并不像我们今天想象的那么超脱。同样是歌咏自然景色的

---

① 　　唐湜：《虔诚的纳蕤思——谈汪曾祺的小说》，见唐湜《新意度集》，生活·读书·新知三联书店1990年版，第121～141页，引文见第141页。

诗，"采菊东篱下，悠然见南山"为诗之别趣，却还有"感时花溅泪，恨别鸟惊心"来作诗歌的正宗。现代文学流派发展中，郁达夫、巴金到卜乃夫的个人抒情小说因不合时代主潮而渐趋极端固在必然，而废名、沈从文到汪曾祺的田园抒情小说又何尝得到过正统文学史的宽容与尊重？如果说，在这两种抒情小说流派之间的消长中，文化传统尚能以审美的力量作出某种倾向性的选择，那么，在整个现代文学发展中，浪漫主义与时代文学主潮之间的流变消长，文化传统又是以何种标准、何种力量来对它们作出选择的呢？

二、从浪漫到抒情

以上对两种轨道的勾勒中，我尽可能地避开了"浪漫"的概念，而取用"抒情"的概念来代替。我的意图正是要通过对这两个不同概念的区分来表明，无论郁达夫还是废名等作家，用"浪漫主义"来概括他们的创作风格都是不适当的。他们各自从一个侧面表现了浪漫主义文学中的抒情性特征，而其他对浪漫主义创作来说同样是不可缺少的特征，如法国浪漫主义文学中常见的奇特的想象力、宏伟的艺术构思以及返古情趣，英国浪漫主义文学中纯情的自然主义、唐璜式的恶魔性格与雪莱式的政治理想，德国浪漫主义文学中的玄想与怪异色彩，在中国新文学初期几乎都没有得到相应的反响。中国作家对西方浪漫主义的崇尚，多半是出于人文主义批判现实以及社会革命等各种需要。他们最崇拜的浪漫派大师是卢梭与歌德，这两人在西方虽然被公认为浪漫文学的先驱者，但他们的思想体系本身，仍然是属于启蒙主义的——追求人性的自由、反对传统的束缚等。正是这些思想与五四初期的中国知识分子某种心态相吻又相鸣。

从这一点我似乎可以推测中国人当时的基本思想倾向与文化趋向。但在20世纪初，人们从中文词汇里寻找出"浪漫"一词来翻译"Romanticism"，他们对这一新的文学思潮的理解，一定要比单纯的抒情文学丰富得多，也浓艳得多。与"romance"的音相符合的"浪漫""烂漫"（20年代也有把浪漫派译作烂漫派）等词，都不约而同地表示某种放纵无度、恣肆汪洋、生命焕发之态，能够比较传神地表达出这一欧洲文学思潮的原意。而"抒情"一词仅作个人表达情思解。虽然主情性（sentimental）是浪漫主义文学的基本特征之一，但从浪漫到抒情，这一文学思潮的内涵显然是缩小了许多。由此可以看到浪漫主义在中国新文学中的局限。

西方浪漫主义作为一种文学思潮在中国的引进，是在20世纪初的头十年。那一时期的鲁迅、苏曼殊、马君武、包天笑、曾朴等人，先后介绍翻译过欧洲浪漫派的作家作品，并在他们自己创作的小说、诗歌里也多少留下过一些痕迹。民国初期泛滥文坛的言情小说，在艳丽的骈体文辞下曲折地表达对人性自由的追求，似乎成为浪漫派文学思潮的滥觞。1921年，创造社成立，郭沫若的《女神》与郁达夫的《沉沦》相继发表，浪漫主义在中国才找到了最高亢的回声。但是，随着中国革命的实践对文学的制约，注定了中国的知识分子难以重演一番法国浪漫派的旧剧。理想主义的呼喊很快就变得孤寂而微弱，奇特而宏伟的想象力也逐渐为沉重的现实图景所取代。浪漫主义刚刚攀上高山峻岭，还来不及"振臂一呼"，随即被冲入了低谷。20年代"人生派"的理论家继承《新青年》的战斗传统，先是批判游戏态度的言情派文学，后又反击唯美态度的创造社，理论武器是相同的。他们在对文学思潮的认识方面，受到了文学进化论的影响，自然而然地把眼光转向世界文坛的今天与明天——贴近现状的写实主义与方兴未艾的现代主义。因此，当时浪漫派的作家如卢梭、歌德、拜伦、雪莱、济慈、裴多菲等在中国多有翻译介绍，但作为一种思潮流派，影响则很有限。20年代末的中国创作主潮，正在加快步伐从个人抒情小说向左翼现实主义转化。

浪漫主义思潮在中国的这种遭遇，也影响到对一些西方浪漫派作家的形象塑造。拜伦是最为典型的一个。拜伦对中国新文学作家产生过普遍的影响，但是他在中国的形象是被歪曲与改造了的。李欧梵先生曾经对此做过生动而详细的描述，他指出，拜伦在西方的形象是几乎包含了所有欧洲浪漫主义的特征：孩子般的天真，维特型的感伤，浮士德式的叛逆，该隐那样的伦理流氓以及普罗米修斯一类的反上帝、反宇宙的英雄，而中国的知识分子都仅仅对一个作为社会反抗者的拜伦感兴趣，他们忽略了拜伦身上混杂着的唐璜与该隐的"恶魔派"的因素，甚至对他的浪漫的生活作风也无动于衷。唯有拜伦帮助希腊人民争取独立的英雄壮举，才使他们感到心荡神怡。[①]拜伦的诗《哀希腊》，20世纪初就流传过三个以上的中译本，而且采用了不同的文体。类似的情况在雨果的中国形象塑造中也发生过。他的《悲惨世界》在苏曼殊的改造下，竟然成了一本鼓吹民族

[①]　参见Leo Ou-fan Lee, *The Romantic Generation of Modern Chinese Writers*, Cambridge, MA: Harvard University Press 1973, pp. 290–291。原文为：This Chinese reading of Byron yields some interesting contrasts with the Byronic images in the West. The Chinese adulators make little differentiation between Byron and his works; therefore, the Byronic hero is mainly represented by Byron himself. （转下页）

革命的小说。这也许反映了自晚清以来的人们迫切需要有一种反抗现存社会的英雄主义来作为他们的精神支柱。当时的知识界急切地介绍过许多敢于与社会对峙、桀骜不驯的人物，如左拉、尼采、叔本华、托尔斯泰、易卜生等，并且都将他们浪漫化，改造成为自己心目中的英雄。以这种心态去认识浪漫主义，其结果必然严重地限制了浪漫主义原型所包含的丰富内涵。

在这种接受外来文化的背景下，浪漫主义由浪漫发展到抒情是必然的。这涉及本土文化如何以自身的条件来改造外来文学思潮的问题，

（接上页）The Western image of the Byronic hero, however, presents a composite picture—a blending of Byron and the heroes in his works—which encompasses all the major hero-types of European romanticism: the child of nature, the hero of sensibility, the Gothic villain, the intellectual rebel like Faust, the moral outcast like Cain, or simply the rebel against society and even God, like Prometheus and Satan. The Chinese writers paint their Byronic images in more positive colors. Thus they have overlooked both Don Juan and Cain, and stripped Prometheus of his Satanic aspects. In short, they have not observed the more devilish side of the Western image of Byron which presents him as an erotic, sadistic, and satanic dandy. Moreover, in glorifying Byron's "rebellious spirit", the Chinese Byronians also neglect the more Wertherian aspects: Byron as a tender lover and a man of sensitivity and sentimentality. Nor does the Chinese epithet of "rebellion" refer as much to the spiritual or cosmic rebellion of Faust or Prometheus as to the personal, social, and political rebellion of Byron himself, especially in his last years in Greece. This less intellectual but more emotional and positive interpretation of the Byronic image reveals the influence of the socio-political context of the May Fourth era. The growing nationalism which culminated in the student and worker demonstrations against foreign imperialism in the twenties and thirties prompted the Chinese men of letters to compare the plight of their homeland with that of Greece. Byron's last heroic act to help the Greek people regain their independence was regarded not only as an act of romantic rebellion but also a nationalistic act. The fact that Byron became an outcast from English society was received by his Chinese followers as another indication of Byron's rebellious heroism—a defiance of social conventions which fitted well into the iconoclastic and emancipation temper of the May Fourth generation.

中国新文学整体观

中国新文学发展中的浪漫主义

从文化传播学的角度来看，这种改造是正常的，但改造的性质各有不同。如果接受主体灿烂博大，外来文化有可能得到新的创造，更加光大弘扬其积极的生命内核，同时会促进本土文化自身的进步。中国古代文化于印度佛学的改造正是如此。但如果对主体的接受过于贫瘠、封闭，那它对外来文化的改造很可能是消极性的，造成一种削足适履的后果，使之本土化、简单化、实用化，不但于外来文化的原型是消极性的歪曲，于本土文化的更新也无大的促进。我觉得五四以来对西方浪漫主义思潮的引进，大致是处于这一种处境。关于这一点，我们在五四初期最杰出的浪漫主义诗人郭沫若的诗篇中，即可略见一斑。以个性的高扬、理想色彩的强烈、想象力的奇伟来衡量，五四初期的郭沫若是最具有浪漫气质的诗人。郭沫若的思想，多半是产生于一种"世界一体化"的起点之上，在宇宙观、人生观、自然观等方面几乎包含了浪漫主义的所有特征。他认为东西方文化在时间与空间上的差异不能掩盖它们在最高精华上的一致性，这种文化思想导致他哲学上的泛神论与艺术上的浪漫风格。《女神》正是这两者的综合。浪漫主义在这部诗集中不仅是一种艺术表现手法，而且显示了诗人的精神气度、艺术魄力以及创作思维空间的开拓。他的一些诗篇突破了以往白话诗只写身边琐事的局限，任凭艺术想象力在历史、哲学、现实三大空间中纵横驰骋，从上古神话到近代科学文明，从外国的历史到中国的现状，他任意采撷，织成诗的锦缎。我认为不能把《女神》中所迸发的想象力看作诗人个人的才华所致，在这本诗集里，预告积压了数千年的民族个性将有一次大爆破、大解放。在浪漫主义精神的体现上，无论力度还是广度，后人少有达到《女神》境界的。徐志摩、闻一多诸人的浪漫诗歌是在局部上完善了《女神》的艺术追求，并未能在

《女神》所奠下的浪漫主义总格上再发展一步。徐志摩有一组诗写得极好，那就是《毒药》《白旗》《婴儿》三部曲，气度之恢宏与感情之强烈，犹如一部缩小的《神曲》。可惜这类作品在徐志摩诗歌里出现纯属偶然，他的绝大多数优美的爱情诗，却只是由"浪漫"到"抒情"轨迹的一个注脚。

令人奇怪的是，在20世纪20年代初的新诗坛上形成的几种风格——胡适的白话诗体、新月派的现代格律诗体、李金发的象征诗体，在二三十年代都曾有过许多追随者与后继者，使每一种诗体风格都有向前发展的趋势。而作为五四时代的最强音符《女神》，虽然它轰动一时，以浪漫主义的宏大气魄开一代诗风，虽然它以浪漫的火种点燃过许多青年人的青春烈焰，可是在新诗流派的发展上，实事求是地说，这个体现出强烈浪漫主义精神的诗歌流派并没有真正的后继者。《女神》是孤独的。创造社后起的诗人都走上了浪漫加颓伤的象征主义道路；太阳社的革命诗人们在浪漫主义的热烈感情与英雄主义的个人抒情方面继承了《女神》的传统，但在思想倾向与表现方式上都更加趋向于贴近现实。太阳社的诗人们缺乏郭沫若的想象能力，以及熔古今中外知识于一炉的表现能力。他们的作品，只能是郭沫若开创的浪漫主义诗风向30年代左翼现实主义诗风转变的中介和过渡。即便郭沫若本人后来的诗歌创作，实际上也是完成这样的过渡。浪漫主义在《女神》中被高扬到极致以后，像一颗明亮晶莹的流星那样短时期划过诗坛，很快就在孤寂中消失了。这是早期郭沫若的孤寂与悲哀，也是浪漫主义精神在中国的孤寂与悲哀。

《女神》的孤寂并不是《女神》的过错。《女神》的浪漫主义，包括了强烈的个性主义、高度的理想色彩以及瑰丽博大的想象力。它不是一般的抒情文学，而是对传统天地宇宙的束缚构成毁灭性的打击力量。郭沫若早期的艺术构思得益于他所推崇的两位先驱：屈原与歌德。也可以说他是在中西两种浪漫文化的高峰之间发展着新时代的浪漫主义。他自比天狗，称颂凤凰，在否定客体强加于人的各种束缚的同时，否定主体对自身的各种束缚，以求达到真正意义上的"我"的自由。这种精神已经不再是纯粹西方浪漫主义与泛神论的简单翻版了，它包含着一种更为深刻的"无我"境界，来自东方的古代哲学。事实上，郭沫若所追索的文化复兴的理想，在时空上已经远远超越了中国封建儒家文化的范畴，因此能够在比较高的文化圈外来探求世界文化一体化的思想。这种思想与尧舜禹三代以后的封建儒家文化和唐宋以后佛教文化深刻地对立着。在这种文化立场上，郭沫若融会西方的浪漫主义与泛神论思想，自然有可能弘扬浪漫主义积极的生命内核，然而他的这种追求不见容于封建文化传统的审美习惯，也势所必然。

这种障碍的阴影很快即在20世纪20年代以后的新文学发展中显现出来。几十年以来，新文学创作一缺乏具有个性的理想色彩，二缺乏无边无涯的想象能力，这就等于折了浪漫主义的两个翅膀，使文学只能贴近地面作沉重的滑翔。在这两种浪漫因素缺乏的背后，是最本质性的缺乏，即封建文化传统长期压抑了人的个性的自由发展。儒家文化的最高理想，是尧舜禹三代的境界，这本来也可以在使之高度抽象化以后成为一种改造现状的精神动力（郭沫若正是从这一点上重新解释了孔子）。可是儒家文化的阐释者并没有能够这样做。他们一方面以"不语怪力乱神"的现实主义态度限制了人们的想象力，另一方面又把三代以上的理想境界简化为某种政治伦理模式，如所谓"礼"即是一种。理学兴起以后，又过分地强调节制情欲、修身养性的作用，使知识分子精神上所追求的理想境界与具体的政治模式统一起来，这就很难想象，当时的知识分子如何越过这种具体化的政治模式去建构新的理想境界。而失去了高远飘逸的神思与理想，就不可能产生出神奇非凡的想象力。中国古代文学创作，除极少数的不朽名作能冲破这一道传统思维的罗网以外，大多数的作品都在"载道"与"言志"之间徘徊，而其所谓言志者，最高境界也无非"浴乎沂，风乎舞雩，咏而归"，仍然是一种"身寄江湖"的翻版，根本容不得山洪爆发式的个人感情的大宣泄。因此，在"载道"文学的笼罩下，言志言情，不过是在三尺冰冻下做瑟瑟摆尾的游鱼，小补之哉而已。这样的文化制约力量，远较皇权专制更能够束缚人性的创造本能。如果是一个有着玄想传统与抽象思维习惯的民族，即使在失去行为自由的环境里，也会产生出思想自由的成果。可是在中国，注重实际，讲究人伦，述而不作，把知识者的价值统一在政治仕途价值之中（即所谓"学而优则仕"的原则）的文化心理建构，同皇权中心的政治制度构成了双重制约，使浪漫主义精神难以勃兴。

浪漫主义不应该是对现实的补充或者粉饰，它与现实中的作伪、污秽、丑陋尖锐地对立着，以真善美的境界，实现对现实的根本性超越。它有着独特的审美原则。浪漫主义的理想境界，从某种意义上看总是非历史、非现实的，这与现实主义的理想境界不同。现实主义的理想境界是从历史发展规律中寻求未来生活的图景，这种理想境界与现实的差异体现在时间意义上，预示着历史发展的必然性；浪漫主义的理想境界与现实的差异则是体现在空间意义上，而与历史发展规律无必然关联，其生命内核是人的个性的灿烂焕发，个人的要求经过充分升华以后，转而成为超现实的境界，反过来光被人间，影响着人世的生活。它既是个人的要求，又是人性的。"在绝对正确的革命之上，还有一个绝对正确的人道主义"①。雨果的这种思考典型地表达了浪漫主义者的理想原则。在雨果看来，人道的原则就是人性的原则，它与现实的革命原则不能在同一个等级上论是非，这属于两个不同的空间范畴。屈原是浪漫主义者，他的理想境界，细细推敲起来不过是狭隘的忠君爱国，常为时贤所鄙。可是他在表述自己理想的过程中，敢于把人间肮脏的政治迫害置于一边，穷溯天体宇宙，交游自然诸神，让自己在神话世界里尽情翱翔。这种境界的浩瀚无涯、瑰丽奇诡是一个执着于实际功利的人连做梦也梦不到的。这就是浪漫主义的理想。可是我辈凡人，平常的梦境总不脱白日场景的重现，犹如老舍先生所言，"贫人的空想大概离不开肉馅馒头"②。极少有人梦到天马行空、龙吟虎啸、星外来客，这是为什么？就是因为我们太缺乏那种浪漫主义气质了，我们无法像庄子那样梦见自己化作蝴蝶，无法像曹雪芹那样梦见太虚幻境、梦见大荒山无稽崖，甚至也无法像鲁迅那样梦见死火、梦见复仇、梦见好的故事。我们太实际，我们的想象力都被世俗的计较紧紧缠住，我们的心灵无法驰骋。

这当然是从历史与现实的阴负面来说的。从另一面看，现代中国文学中浪漫精神之不兴，反映了现代中国的革命实践与现代知识分子的共命运。严酷的实际斗争，一方面由于它的残酷性而不允许人们作罗曼蒂克的遐想，另一方面也由于它的正义性与可能性给人们带来了国家、民族、个人的希望。现实的追求取代了虚幻的理想。在法国，

---

① ［法］雨果：《九三年》，郑永慧译，人民文学出版社1957年版，第397页。
② 老舍：《我怎样写〈赵子曰〉》，见《老舍论创作》，上海文艺出版社1980年版，第10页。

162

浪漫主义思潮起始于对革命的失望与对恐怖专制的厌憎，浪漫派作家对革命的态度是复杂的，大革命的精神与拿破仑的赫赫武功高扬了人性中的英雄主义，生命的瞬间辉煌照见了死气沉沉的理性束缚下的生命渐渐枯萎的可悲，这一切有利于他们对人的自然性的肯定与对自由的渴望；可是他们在精神上、感情上的渴望无法在流血与专制的新秩序下得以实践，于是，失望给他们带来了忧愁与感伤。他们在艺术领域反对乏味的理性主义与僵化的古典主义的传统，正是在精神领域对大革命实践中已经丧失了的个性自由的另种形式的追求。在中国，现代知识分子与革命的关系要密切得多，这主要是取决于中国现代革命性质的变化。与法国浪漫主义思潮一样，中国新文学运动的前夕，中国刚刚发生了一场推翻几千年封建帝制的大革命，中国的知识分子同样对这场革命的后果深感失望。但是对20世纪初的中国人来说，这场资产阶级革命并不是一个晴天霹雳，也不是唯一的革命模式，人们只能以超前性的眼光来表示对这场革命的软弱与不彻底的不满。当时流行于世界的，除了资产阶级民主革命，还有弱小民族的独立战争与各种各样的社会主义思潮——后者不久即在俄国引导了一场革命的榜样，这就给以救国救民为己任的知识分子提供了多种探索的可能性，他们不必跑到蛮荒丛林中去喘息不止，也不必在虚幻的境界中去作浪漫的梦寻。

总之，浪漫主义精神在五四新文学中没有得到张扬是有多种原因的。1921年，创造社出版了两部创作集《女神》和《沉沦》，以理想色彩与抒情色彩构成了浪漫主义在中国的第一次分界。20年代末，个人抒情小说与田园抒情小说的衰盛又构成了浪漫主义在中国的第二次分界。这两次分界的过程，储存了现代中国社会政治、文化、民族审

中国新文学整体观

中国新文学发展中的浪漫主义

163

美心理与文学之间的关系的巨大信息量。今天要评论这种中国式的浪漫主义特点的功过得失似乎很困难，现实的与传统的民族因素在外来文化面前骄傲地显示了它的力量。但是当这种力量被高扬之时，又不自觉地暴露出自身的局限。浪漫主义的个性力量、理想力量与想象能力，都远远地超出了文学本身的意义，它多少揭示出一个时代和民族的精神状态。而文学在这里的遭遇，不过是时代、民族遭遇的一个见证而已。

我不知道本文写到这儿究竟是否应该结束，因为中国新文学尚不足百年，还无法为它作出如此悲观的结论。况且谁都知道，一个民族在挣脱了种种灾难与桎梏之际，或者说正在努力从事挣脱文化束缚的艰苦斗争之际，随时随地都可能在历史废墟之上推衍出新的激动人心的精神腾飞。祈望后羿射九日的神话迅速被人遗忘[①]，人类的精神将是青春似火、灿烂绚丽、自由奔放。也许作为一个文学思潮的浪漫主义已经过时，这早在五四时期的新文学中就迹象彰明了——当时最杰出的浪漫主义者，总是将浪漫主义和世界现代精神紧紧地熔铸为一体。但它所代表的一种精神——浪漫的、个性的、充满生命力的精神，是人类青春常驻的象征，永远也不应该衰竭，否则人类就会变得老迈。

20世纪的中国现代史充满了苦难与追求、黑暗与光明的斗争，

[①] 羿是尧帝时期的一个神话人物。相传尧帝时期，十个太阳同时出现在天空，土地庄稼被烤焦枯死，各种野兽出没，尧派羿去为民除害，羿射掉了九个太阳，留下一个。这就是著名的羿射九日的神话故事。本文主要谈浪漫主义在中国缺乏理想与激情，羿射九日在本文的用意，是暗示历史上象征理想的太阳被君主专制射掉了，所以中国文化让人都唯唯诺诺地生活，没有理想和激情。于是需要"祈望"那个神话被遗忘。

古老的历史在慢慢地褪去，希望的心声正徐徐地涌上歌喉。听吧，我们已经出现了这样的歌手——

> 我走遍了这片大陆的北方。我今天和今后仍要在这片大陆的北方奔走。我的双眼已被它的风沙尘土打得浑浊，但我的双眼已经能锐利地看见本质。辽阔又壮丽的景画使我目不暇接，此伏彼起的各种歌声源源地流来，滋润着我的心底。我总是感动不已，我又感到难言。一股巨大的无形的亲近强烈地吸引着我，使我一天天和同样巨大但有形的环境分离。为什么呢？我不知道。我只知道前方的贫瘠中闪烁着高贵，枯焦的黄土中埋藏着瑰宝。[①]

我希望这一个序曲能激发文学重新生起熊熊的理想之火，闪耀弥散在大地上，又与大地深处——民族的灵魂秘密地扣紧在一起，渗入诗歌、小说和散文之中，粉碎伪浪漫主义精心编造出来欺骗人民的漂亮神话。现实主义的理想应该渗透到现实生活中去，鼓舞你为创造新生活而奋斗；现代主义的理想应该深深地埋藏到个人的内心深处，使你把一切力量都凝聚在自己的肢体之中；而浪漫主义的理想，则是遥遥天际的一道金光、一个太阳、一曲旋律，它会呼唤你、启迪你、激励你永远不要满足地去追求那至高无上的境界。在人类的精神世界里，应该拥有亿万万个红太阳。

---

① 　　张承志：《金牧场》，作家出版社1987年版，第92页。

中国新文学整体观

中国新文学发展中的浪漫主义

中国新文学发展中的现代主义

一、同步与错位：中西现代文学比较

在中西现代文学关系史的研究中，"现代"（modern）一词不完全是时间性的概念。在西方，有的研究者把一般用传统方法写作的欧洲作家，如威尔斯、萧伯纳、高尔斯华绥等，称为"当代作家"，而"现代"的称谓通常是指20世纪以来逐渐形成的现代主义文学。[①]它不但在时间上是属于现代的，在文学观念、表现手法等方面，也反映或者传达出20世纪现代人的审美把握。同样，在中国现代文学史上，"现代"一词从本义上说也不单单指时间意义，它也是在文学性质及其艺术形式等方面表示了20世纪文学与传统文学之间的本质区别。

中西现代文学是两个不同性质的文学思潮，双方在各自的发展过程中，彼此间充满了同步与错位关系的不断交替。这首先起于概念上的歧义，西方现代主义文学与中国现代文学在刚刚起步时就存在着分歧与错位，而它们之间的相同处，则是时间上的同步性——都是起于19世纪末，盛于20世纪，和形式表面的相似性：以强烈的反传统的姿态登上文坛。

李欧梵在《中国现代文学中的现代主义——文学史的研究兼比

① 参见袁可嘉《关于西方现代主义文学的三个问题》，《外国文学》1983年第12期。袁可嘉引用的是史班特《现代人的斗争》（*The Struggle of the Modern* by Stephen Spender, 1963年）里的观点，他认为此书是西方研究现代主义文学的第一部重要著作。

较》一文中，引用"现代"一词的定义"a temporal consciousness of present in reaction against the past"，把它译为"自现代以排斥过去的现时意识"。[①]他用"排斥"一词来翻译 in reaction against 是很恰切的，突出了"现代"一词在字义上所含的与过去相对抗的意思。从西方文论中看，"现代性"（modernity）一词在浪漫主义运动中已被人运用，尤其在19世纪唯美主义文学家如戈蒂埃、波德莱尔等人的文论里。它本身也含有复杂的意向：既指现代文明给都市生活带来的萎缩和无聊，给现代人精神上造成的空虚与贫乏，也包含现代工业社会中的丑恶在艺术上转化成审美现象。波德莱尔认为，"现代性就是过渡、短暂、偶然，就是艺术的一半，另一半是永恒和不变"，但他认为在艺术创作中艺术家没有权力蔑视和忽略这种现代性，一个好的艺术家应该"从流行的东西中提取出它可能包含着的在历史中富有诗意的东西，从过渡中抽出永恒"[②]。从浪漫主义到唯美主义，"现代"一词似乎都包含了这样的内在的自相矛盾，如卡林内斯库所解释的，自19世纪前半叶，"在西方文明的舞台上，现代风便发生无法改变的分裂——一方面的结果是科技跃进、工业革命和资本主义带来势如破竹的经济和社会变迁；另一方面则是现代风成为美学观念"[③]。这种现代美学观

---

① 李欧梵：《中国现代文学中的现代主义——文学史的研究兼比较》，见李欧梵《中西文学的徊想》，三联书店香港分店1986年版，第22～45页，此处引文见第23页。

② ［法］波德莱尔：《现代生活的画家》，见《波德莱尔美学论文选》，郭宏安译，人民文学出版社1987年版，第485、484页。

③ 转引自李欧梵《中国现代文学中的现代主义——文学史的研究兼比较》，见李欧梵《中西文学的徊想》，香港三联书店1986年版，第23页。李欧梵引用的是卡林内斯库在《现代性的五副面孔》里关于"两种现代性"（The Two Modernities）的观点，此书已有中译，见［美］马泰·卡林内斯库《现代性的五副面孔：现代主义、先锋派、颓废、媚俗艺术、后现代主义》，顾爱彬、李瑞华译，商务印书馆2002年版，第47～53页。

念渐渐产生了象征主义文学，以及稍后的立体主义、未来主义、意象主义、表现主义、达达主义和超现实主义等诸种先锋派文学，这种审美观念又正是对前一种现代性（即现代工业带来的意识形态）的反动，把前一种现代性视作中产阶级的功利主义、庸俗粗鄙以及低级趣味。可见，所谓"现代性"本身就包含着内在的分裂性，与古代田园风味和小农经济生产方式孕育的那种和谐关系完全不同，它是以内部尖锐冲突的不和谐性构成它的时代特点的。

所以"现代"一词在我们文论中应用时，已经超出了一般的时间意义，它是指与一定时代的生产方式、一定的时代精神联系的具体的时间意识。也许21世纪的时候，将把我们今天的事情均视作"古代"，可"现代"这一概念即使到了那时，依然会与我们这个时代联系在一起而被印入史册，它不仅表现了时间，更重要的是表现了一个特定时代的精神内容，即对一个时代内部发展起来的不可调和的矛盾冲突的概括。

这种内在分裂的时代精神，我们在浪漫主义与传统现实主义文学中也屡有领悟。我们在浪漫派作家的著作中感受到现代人强烈的反社会情绪与自我放逐情绪，在现实主义大师作品中看到小人物在现代社会中无法操纵自己命运的悲哀以及对现代社会的无情揭露，但由于时代的限制，即使最优秀的作家，都不可能对西方正在走向繁荣的资本主义社会有真正的绝望感，因而他们的社会观大都是乐观的或是改良的；但是到了19世纪末（有的西方学者把现代主义产生的上限定于巴黎公社起义爆发的1871年），一部分敏锐的知识分子才真正感受到了"现代性"所含的分裂意义，是由现代社会与生俱来的内在矛盾所致，是难以克服的。他们不再像他们的前辈那样幻想有一种外在的救赎力量，也不相信自己（作为人的个体）能够解除这些危机，他们在精神上表示了对现代社会的种种绝望。于是他们把兴趣转向了主观世界，以反社会的态度去从事艺术活动，用艺术来构筑起一个"艺术的真实"。这是现代主义文学的第一个特征。19世纪末的颓废主义文学、唯美主义文学、象征主义文学大抵是这种思潮的产物。第一次世界大战以后的先锋派文学，也都是这种思潮的产物。当然，现代主义这种反社会的特征本身也有一个发展过程。在20世纪20年代以前基本上处于感性的阶段，艺术上也表现出很幼稚的状态，这期间最成熟的现代作家是卡夫卡和艾略特。这两位作家的作品里，对外部世界的绝望感已经上升到哲学的境界，远非其他浮躁的先锋作家可比。他们的作品很少直接表现这种理性观念，多是通过生动的艺术画面来展示这种反社会的思想观点。

现代主义文学的第二特征，是在对外部世界绝望之时逐渐地形成了对人自身的失望。他们清楚地看到，人在资本主义社会中创造了高度的物质文明，但又无可避免地带来了战争、异化与精神危机，于是便识破了人文主义时代的神话。他们再也不把人当作神，而是恢复了人本来的真实面目。这种把人对自我的盲目崇拜彻底推翻，绝不是轻而易举能获得的，早期的现代主义者在失望于外部世界以后，也曾非常强调主观力量。美国著名评论家、欧洲现代主义文学研究者欧文·豪曾经指出，现代主义对于人的自我的看法，经历过三个时期：在初期阶段，现代主义犹未隐藏其浪漫主义原貌，"它自称乃是自我的扩张，是个人的生命力使其本质与实体产生超越性和狂欢性的增大"；"在中期阶段，自我又自外界回转，仿佛它本身便是世界的躯体，而精细地去探究自我内在的动因：自由、压抑、善

172

变";"到晚期阶段，由于个人的厌倦和心理的觉悟发生剧变，乃演变成自我的完全消失"。[①] 从这三个阶段的划分来看，西方现代主义对人自身的看法，也有个变化的过程，从感性的、焦虑的、痛苦的感受逐渐走向完善化、系统化与哲理化。在这一变化过程中间，弗洛伊德的理论起了很大的作用，而到存在主义和荒诞哲学时期才最终完成这个转变。

现代主义的这两大特征，起因均来自资本主义工业化过程中与生俱来的不可克服的内在矛盾。19世纪末20世纪初始，一系列现代科学的新发现与新成果——主要的是相对论、量子论以及弗洛伊德的心理学等方面——也有力地促使了这些现代意识形态的成熟。现代主义既是现代社会的产物，又是现代社会的叛徒。随着现代工业发展，人在自我异化中寻求解脱，寻求精神上的新归宿，在精神上出现了漂泊不定、自我放逐、孤独虚无、痛苦绝望等特点。在哲学上，就出现了上一个世纪之交的尼采、柏格森、倭铿、海德格尔等强调生命冲动、强调意志力的思想家；在科学上，出现了爱因斯坦、波尔、弗洛伊德等对20世纪人类产生重要影响的探索者；在文学上，出现了卡夫卡、艾略特、乔伊斯等一批卓越的艺术家，努力从审美的体验中去把握与传达现代意识。现代主义文学正是将现代意识的两大基本特征转化为审美形态，在艺术实践上作了一系列的新探索。

现代主义文学在艺术上的探索不是孤立的技巧问题，它是与现代意识紧紧联系在一起的。象征主义为什么要强调寻找内心的对应物？并不是他们心中有话故意不说，而是他们面对社会的深刻矛盾，确实

[①] 　　转引自李欧梵《中国现代文学中的现代主义——文学史的研究兼比较》，见李欧梵《中西文学的徊想》，香港三联书店1986年版，第25页。

中国新文学整体观

中国新文学发展中的现代主义

产生了无以言状的复杂情绪，是痛苦？是迷惘？是绝望？他们无法用一种清晰的语言把它说出来并且说清楚，于是只能无可奈何地去寻找一种客观的对应物，通过对一个具体意象的描绘，来发泄内心的复杂情绪。这是象征与比喻之间最根本的区别，其他如意识流与传统心理描写之间的区别，关键也在此。

西方现代主义文学不能涵盖20世纪整个西方文学，它是一次敏锐、痛苦地体验现代社会无法克服的内在矛盾的西方知识分子的文学实践。中国现代文学通常也不是概括所有的20世纪中国文学——譬如，它排斥20世纪以来的鸳鸯蝴蝶派文学与其他各种旧派文学，起先也确实代表了一部分真诚地忧国忧民、把个人的创作与时代精神紧紧联系在一起的中国知识分子的文学实践。但是，中国现代文学在起步时，就包含着与西方截然不同的"现代"概念。

在中国，"现代"一词正式地被当作旗号来标榜文学观点，大约要到20世纪30年代初《现代》杂志创刊的时期，而在五四前后，中国的知识分子多用"新"字来代替"现代"的含义，一般指19世纪末戊戌维新以来逐渐形成的文学思潮；"现代"就意味着"求新"，当时称新文学、新诗、新小说、新剧，等等。李欧梵指出："自晚清以降，'现代取向'的意识形态（相对于一般古典的儒家思想的传统取向），在字义和涵义上都充满'新'内涵，从1898年的'维新'运动，梁启超的'新民'思想，到五四呈现的'新青年'，'新文化'和'新文学'，'新'字几乎和一切社会性与知识性的运动息息相连，欲求中国解脱传统的桎梏而成为'现代'国家。"[1]对当时的知识分子来说，

① 　　李欧梵：《中国现代文学中的现代主义——文学史的研究兼比较》，见李欧梵《中西文学的徊想》，香港三联书店1986年版，第24页。

174

"维新"的"新"的内容，主要是指政治上社会上的富国强民、振兴中华思想。梁启超的"欲新民，必自新小说始"的"新"，是更新的意思。五四时期陈独秀创办《新青年》，对青年提出六条标准①：自主的而非奴隶的、进步的而非保守的、进取的而非退隐的、世界的而非锁国的、实利的而非虚文的、科学的而非想象的，分明都是西方资本主义刚刚兴起时的理想道德标准，也是人文主义的理想道德标准。随后新文化又举起了两大旗帜——"民主"与"科学"。民主是反对政治上的专制，科学是反对思想上的迷信；民主是思想原则，科学是思想方法；这两大旗帜作为新文化运动的思想纲领，也决定了中国新文学运动的基本趋向。

由此可见，中国20世纪初期的思想文化运动中，"新"的概念里不具备西方"现代"的含义。严格地说，中国20世纪文学不具备真正的西方现代主义的内容，也没有与西方相对应的现代主义文学思潮，至多是中国知识分子从个体的角度对西方现代意识的感受与模仿。厘清"现代"一词在中西文学中的歧义，并不是为了证明中国知识分子不具备现代人对世界的感受内容。中国新文学与西方现代主义文学之间仍然有着千丝万缕的关系。同步与错位，是贯穿整个20世纪两种现代文学思潮之间的基本关系标记。中西现代文学在时间上都起于19世纪末，盛于20世纪初，在内容上都是以反传统的姿态出现于文坛。更不能回避的是，西方现代主义文学确实对中国新文学产生过三次重要的冲击：第一次是在五四前后到20世纪30年代，第二次是五六十年代的台湾、香港地区文学，第三次是80年代初开始的当代

① 　　　陈独秀:《敬告青年》,《青年杂志》1卷1号，1915年9月15日。

中国新文学整体观

中国新文学发展中的现代主义

文学，这三次冲击都推动了中国文学及时而迅速地汲取外来文化营养，丰富与完善自身的有利时机，使其在一定程度上摆脱传统的"文以载道"阴影，产生新的活力。

二、现代主义对五四新文学的影响

五四初期，新文学的开创者们明显地汲取了当时弥漫于西方文坛的现代主义文学的营养——与一般研究的结论相反，不是中国作家用现实主义精神去吸取西方现代主义技巧，而是现代主义思潮所体现的思想意识吸引了中国作家们的注意。

首先是现代西方哲学思潮的冲击。中国知识分子在20世纪初所面对的，首先是保守封闭的农业经济及其上层建筑窒息了年轻的资本主义的生命力的现状，他们自然而然地把西方现代反社会、反传统的精神力量当作了自己的战斗武器。这就产生了一种奇怪的现象，在20世纪初，在中国思想界影响最大的西方非马克思主义的哲学思潮不是亚里士多德和柏拉图，不是狄德罗和伏尔泰，也不是黑格尔和费尔巴哈，而是尼采、叔本华、柏格森、詹姆斯、杜威、倭铿、达尔文、康德、罗素……这些包括康德在内的哲学思潮中，有许多学说构成了西方现代主义文学的哲学基础。譬如尼采的个人主义的权力意志崇拜和建立在批判传统道德与市侩主义基础上的超人哲学，柏格森的反理性的直觉主义与生命哲学，等等，它们对中国知识分子的现代意识的形成产生了相当大的影响。这种影响进而也给新文学带来了现代主义的因素。1921年，中国《民铎》杂志在介绍柏格森的哲学时，第一次引进了意识流的概念，而当时，这个概念在西方也才刚刚兴起。①同一年，朱光潜在《东方杂志》也第一次较全面地介绍了弗洛伊德学说在文学上的应用。潜意识、性欲、俄狄浦斯情结、兄妹恋等理论都正式传到中国。②这些理论在当时对新文学中提倡"人的文学"、提倡个性、反对封建主义的伦理道德，无疑都起了积极的影响。

现代思潮不仅以反社会、反传统的特点支持了中国知识分子的反封建斗争，它们还以自身所具有的反资本主义社会的倾向，帮助了中国知识分子对西方资本主义民主政权的认识。中国新文学初期有个有趣的现象：一般留学英美的知识分子所受的西方文学影响，主要是启蒙主义、理性主义、人文主义以及比较高雅的现实主义，他们对资本主义民主政治抱有好感，喜欢讲究理性、讲究秩序，一般都瞧不起正在崛起的现代主义哲学与艺术。如梅光迪在反对新文学运动时，就攻击胡适的白话诗是拾西方现代主义文学的"唾余"，对包括实用主义在内的现代思潮和意象派、自由诗等现代派文艺，他一概斥之谓"堕

① 参见柯一岑《柏格森精神能力说》："柏格森则以为意识并非如此，并非如此简单。他以为意识不是固定的，乃是一种流动的东西。他说：'意识这样一种亲切的东西，似无定义之必要。因为这是川流不息的呈现于我们经验中的东西。'所以哲姆士（即詹姆斯——引者）把他叫做意识流（Conscious stream）。"（《民铎》3卷1号，"柏格森号"，1921年12月1日）
② 参见朱光潜《福鲁德的隐意识说与心理分析》，内分九个部分：一、隐意识说；二、隐意识与梦的心理；三、隐意识与神话；四、隐意识与神经病；五、隐意识与文艺宗教；六、隐意识与教育；七、心理分析；八、心理分析与神经病治疗学；九、结论。在介绍之前，作者说："我国各杂志偶尔有一两次说到福鲁德学说的，都语焉不详，恐怕不能生甚么效力。我所以用简明的方法把他的大要来述一遍。"（《东方杂志》18卷14号，1921年7月25日）以此可推断该文是中国第一次较全面介绍弗洛伊德学说的文章。

中国新文学整体观

中国新文学发展中的现代主义

落派"。①同样，胡适及其他一些新月派的文人对现代主义也抱很深的成见，胡适本人就始终否认他受过美国意象派的影响并坚持用欧洲文

① 参见梅光迪《评提倡新文化者》："言文学，则袭晚近之堕落派。(The Decadent Movement，如印象神秘未来诸主义，皆属此派，所谓白话诗者，纯拾自由诗 Vers libre 及美国近年来形象主义 Imagism 之唾余。而自由诗与形象主义亦堕落派之两支，乃倡之者数典忘祖，亦矜创造，亦太欺国人矣。)"(郑振铎编选：《中国新文学大系·文学论争集》，上海良友图书印刷公司1935年版，第129页。初载《学衡》创刊号，1922年1月) 梅光迪这里所指的"堕落派"即今天通译的"颓废派"，但从其意义上看，亦泛指20世纪初的现代主义文学。他所指的形象主义，即今天通译的"意象派"。梅光迪这一指责不是没有缘故的。1915年，美国意象诗人洛威尔发表《意象派宣言》，提出"六条标准"，内容是：一、用寻常说话的字句，不用死的、僻的、古文中的字句；二、创造新的韵律以表新的情感，不死守规定的韵律；三、选择题目有绝对的自由；四、求表现出一个意象，不用抽象的词；五、求作明切了当的诗，不作模糊不明的诗；六、诗的意思应当集中。(参见艾米·洛威尔《〈意象主义诗人 (1915)〉序》，见彼德·琼斯编《意象派诗选》，裘小龙译，漓江出版社1986年版，第157~159页) 意象派的这六条标准的基本内容确与胡适"八不主义"的核心内容非常相似。关于这一点，后来梁实秋、朱自清、刘延陵等许多人都这么认为，但近人也有持不同意见的，如卞之琳。

Amy Lowell, Preface to *Some Imagist Poets*,

1. To use the language of common speech, but to employ always the exact word, not the nearly-exact, nor the merely decorative word.

2. To create new rhythms—as the expression of new moods—and not to copy old rhythms, which merely echo old moods. We do not insist on "free-verse" as the only method of writing poetry. We fight for it as for a principle of liberty. We believe that the individuality of a poet may often be better expressed in free-verse than in conventional forms. In poetry, a new cadence means a new idea.

3. To allow absolute freedom in the choice of subject.

4. To present an image (hence the name: "Imagist"). We are not a school of painters, but we believe that poetry should render particulars exactly and not deal in vague generalities, however magnificent and sonorous.

5. To produce poetry that is hard and clear, never blurred nor indefinite.

6. Finally, most of us believe that concentration is of the very essence of poetry.

以上英文参见《胡适留学日记》第4册，商务印书馆1947年版，第1071~1073页。

艺复兴来比附五四初期的新文学运动。①相反，处于动荡生活之中的留日、留法学生，由于对中国的封建传统与西方的资本主义抱有"双重的失望"，他们对现代主义一般都比较容易接受。鲁迅、周作人是如此，创造社成员更是如此。过去一些研究现代文学史的人常常感到奇怪，为什么创造社早先狂热地提倡浪漫主义、唯美主义与各种现代主义，后来一受到革命的刺激，就立即转而鼓吹起革命文学了。如果我们联系现代世界的文化背景来解释就不会感到奇怪，现代主义的意识形态本身就包括了反资本主义的倾向，它与五四期间的马克思主义观点之间有一种内在的机缘。这与西方现代主义文学家的政治态度一般较之批判现实主义文学家的政治态度更为激进的现象也是一致的。

　　哲学上的反传统，必然导致文学上的反传统。胡适的"八不主义"显然不仅仅对文学样式的改革有意义。近年来海外许多学者都撰

①　新月派文人对现代派文艺态度不一，梁实秋最为保守，他服膺美国学者白璧德的人文主义，在艺术上倾向于古典主义趣味。闻一多与徐志摩在创作中倾向于浪漫主义，但多少受到西方现代艺术的影响。胡适在理论上是反对现代派、提倡现实主义的，他不承认"八不主义"曾受过意象派诗歌的影响。在他的《留学日记》中的1916年12月底，记载了一则来自《纽约时报》的意象派宣言的六大信条（即上一个注释里引用的洛威尔提出的那六条标准），胡适在下面注说："此派所主张，与我所主张多相似之处。"（参见《胡适留学日记》第4册，商务印书馆1947年版，第1071~1073页："二〇：印像派诗人的六条原理"。这个版本的《胡适留学日记》现已由上海科学文献技术出版社在2014年出复制版。胡适在《逼上梁山》一文中明确说他的白话诗集《尝试集》只是受了实验主义的影响。[参见胡适《逼上梁山》，《东方杂志》31卷1号（30周年纪念号），1934年1月1号] 胡适在《建设的文学革命论》中又把白话运动与意大利、英国的文艺复兴运动相并提。

中国新文学整体观

中国新文学发展中的现代主义

文考证了胡适的"八不主义"与意象派的"六大信条"的关系[①]，证明我国的新文学革命在一开始就受到了现代主义文学的鼓舞。除意象派之外，作为西方现代主义文学源头的唯美主义、象征主义文学，以及稍后的神秘派、表现派、未来派等，都不同程度地促进过中国新文学的发展。在《新青年》杂志上，王尔德、安德烈耶夫、斯特林堡、陀思妥耶夫斯基的作品与托尔斯泰、屠格涅夫、易卜生的作品并驾齐驱；在20世纪20年代初，中国作家介绍梅特林克、豪普特曼、勃洛克、波德莱尔的热情并不低于介绍左拉、巴尔扎克、福楼拜的热情，这显然并不是仅仅出于对现代主义技巧的兴趣，因为当时的中国作家对所有西方文学技巧都是新奇的。他们倾心于同时代西方文学的更主要原因还在于，这些现代主义文学反映了现代社会的意识。如周作人在介绍波德莱尔的时候，首先就强调了波氏写"他幻灭的灵魂的真实经验，这便足以代表现代人的新的心情"[②]。他们对梅特林克的最早介绍，也不是关于他的剧本，而是关于他的生死观念，其内容是译解梅氏的哲学论文《死》。[③]另一篇易家钺写的《诗人梅德林》也是介绍梅特林克的神秘主义和宿命论。[④]

[①] 尽管胡适本人不承认，但海外许多学者对这两者的关系还是作了颇为详细的考证和论述。方志彤、周策纵、夏志清等人都有过肯定的结论。我主要参考了王润华《从"新潮"的内涵看中国新诗革命的起源》一文的材料，该文收入王润华《中西文学关系研究》一书（东大图书有限公司1978年版，第227~245页）。王文认为胡适之所以不承认自己受过意象派诗歌的影响，是因为意象派诗歌在当时作为一种新起的诗派，还未被世界文坛的传统势力接受。如果贸然引进，会影响国内一般保守人士对白话文学的承认。

[②] 仲密（周作人）译波德莱尔《散文小诗》六首之译者小引，《晨报副刊》1921年11月20日。

[③] 参见鲍国宝《梅德林克之人生观》，初刊《清华学报》，后载《东方杂志》15卷5号，"内外时报"栏目，1918年5月。

[④] 易家钺：《诗人梅德林》，《少年中国》1卷10期，1920年4月15日。

对现代社会意识的理解，沈雁冰谈的最多。虽然沈雁冰后来以提倡写实主义而著称，在新文学初期，他却是个现代主义文学的热心倡导者与自然主义文学的强烈反对者。1920年，他在《改造》杂志上发表了一篇文章，谈了新文学与新思潮的关系。他认为："新文学要拿新思潮做泉源，新思潮要借新文学做宣传。然观之我国的出版界，觉得新文学追不上新思想，换句话说，就是年来介绍创作的文学，倒有一大半只可说是在中国为新，而不是文学进化中的新文学。""现在中国提倡新思潮的，当然不想把唯物主义科学万能主义在中国提倡，则新文学一面也当然要和他步伐一致，要尽力提倡非自然主义的文学，便是新浪漫主义了（Neo-Romanticism）。"[1]这段话很明白，在沈雁冰看来，五四时期倡导的新思潮，是属于20世纪的现代意识，这种现代意识在文学上的反映，只能是现代主义的文学（当时称作新浪漫主义文学），而现实主义（即自然主义）已经是过了时的文学，不宜在中国提倡，否则，新文学和新思潮就显得不一致。这种观点不一定正确，但对于我们今天理解西方现代主义文学对中国新文学产生的作用与影响，是十分重要的。当时的中国作家都受着一种文学进化论的影响，他们从国外一些文学史著作中知道，西欧自文艺复兴以后，经历过古典主义、浪漫主义、现实主义（亦即自然主义，当时是把两者视为一体的）等文学阶段，而现代主义（当时的新浪漫主义文学主要是指象征主义、唯美主义、神秘主义等）是取代现实主义的新的文学阶段，所以，他们介绍现代主义文学，不是把它当成世界文学的一种流派，而是把它看作文学发展的最高阶段和必然趋势，是一种较之浪漫

---

[1]　雁冰：《为新文学研究者进一解》,《改造（上海1919）》3卷1号，1920年9月15日。

主义与现实主义更能深刻表现人生的文学，并且断定："能帮助新思潮的文学该是新浪漫的文学，能引我们到真确人生观的文学该是新浪漫的文学，不是自然主义的文学，所以今后的新文学运动该是新浪漫主义的文学。"[①]因此，文学研究会与创造社在成立之始，都曾把现代主义文学作为文学发展的最终目标，更不必说沉钟、浅草、狂飙等小社团受到的影响了。

20世纪的现代意识，不但在文学观念和理论上给中国文坛带来了新的气息，还直接推动了新文学开创之初的文学创作。鲁迅的《狂人日记》中体现出来的高度象征意义、《野草》中一些充满着波德莱尔精神气息的散文诗，郭沫若在《女神》中将泛神论与东方哲学相融汇的象征精神，郁达夫对性欲的自我暴露，周作人将《小河》喻作生命的诗唱，都体现出一般传统的浪漫主义和批判现实主义表现手法所无法达到的思想深度，闪耀着现代意识的光彩。这些作品在今天读来，仍然具有强烈的感人的魅力。以鲁迅的名作《阿Q正传》为例。这部作品无疑是最有民族特色的，但在当时的文学创作中，反映和刻画中国国民性弱点的文学作品并不少见，为什么独独《阿Q正传》能产生如此深刻的效果与感人的力量呢？我以为重要的原因之一是：鲁迅在作品中超越了一般现实形态，他把阿Q的性格及其社会关系上升到哲学的高度来加以表现。他在阿Q身上蒙上了一层荒诞的色彩。这种荒诞的效果，体现在阿Q每一次企图证实自身价值的行为总是归于失败，

---

①   雁冰：《为新文学研究者进一解》，《改造（上海1919）》3卷1号，1920年9月15日。沈雁冰同类型的文章还有《表象主义的戏曲》（《时事新报·学灯》1920年1月5—7日），《我们现在可以提倡表象主义的文学么？》（《小说月报》11卷2号，1920年2月25日）等。这些文章与沈雁冰在1921年下半年开始陆续写成的鼓吹写实主义的文章对照来读，就仿佛是两个人写的。

一个人内心的自我崇拜与客观上的卑小地位构成了一连串可笑的悲剧，从而反映了人与人之间的冷漠、隔阂、孤独以及彼此间的无法理解。这种描绘，正是现代主义的重要特征之一。它使人联想起十几年以后产生于欧洲的存在主义哲学，尤其是加缪的荒诞理论与他的代表作《局外人》。

我们从新文学初期的作品中能够看到新文学的开创者为我们留下了一笔丰富的现代主义遗产，证明中国新文学一开始就有一个兼收并蓄、有容乃大的好传统。

三、现代主义在中国的历史命运

现代主义因素在中国新文学史上虽然时断时续地延续下来，作为一种实在的影响冲击波，却没有持续多久。20世纪20年代是现代主义影响逐渐衰弱、人道主义与现实主义的文学思潮逐渐稳固的时代，到30年代，左翼文艺思潮又迅速发展起来。

从世界文学发展来看，这一时期中外现代文学还是同步的。西欧、日本，也都经历过从现代主义文学转向"红色30年代"的轨迹。但是中国新文学发展史上现代主义的渐衰，既有政治、社会、外来影响，以及经济落后等方面的原因，还有东西方文化背景方面的原因。这就是说，中外现代文学除了同步发展中的互相影响，还存在着不可忽视的对逆现象，这种对逆性也制约着中国新文学的发展。

在20世纪以前，东西方文化在宇宙观上的差异是显而易见的。西方从古希腊所肇始的文化传统，基本上都偏向于将自我与非我划分成二元，强调以自我来解释非我世界中的一切现象，他们力图制造各种概念、命题及各种人为秩序的结构形式来给客观世界分类。这，在柏拉图创造了"理念"，在亚里士多德则创造出"普遍的逻辑结构"。在西方，哲学、科学、文学都建立在对人的力量的信赖基础之上，西方知识分子始终坚信，人是能够主宰宇宙和穷尽宇宙的。这种精神导致科学上的勇敢探索，也孕育了文学上以个人主义、人道主义为基础的人文主义、启蒙主义、浪漫主义和批判现实主义等创作思潮的繁荣。可是，随着20世纪科学家对现代物理学的新发现，传统的西方人文主义观念的基础被动摇了：人，对于穷尽整个宇宙还远远达不到自信的地步。在科学上，对经典物理学的怀疑产生了，正如爱因斯坦在自传中写道："当我竭尽全力想使物理学的基础与这种知识相适应时，我完全失败了。"波尔也说到这一点："近年来我们经验的大大扩展显示了我们简单的机械观概念的不足之处，其结果是动摇了观察的习惯解释所依赖的基础。"[①]这种彷徨感不仅出现在自然科学领域，也反映在人文科学中，人文主义时代把人视作"神"的迷信破灭了。人，还能用什么样的模式来规范这个瞬息万变的客观世界呢？心理学家威廉·詹姆斯感叹："此刻客观地呈现的真实世界是此刻所有存在物和事件的总和，但这样一个总和，我们可以思考吗？我们可以体现一个特定的时间里的全部存在的面貌吗？当我现在说话的同时间，有一只苍蝇在飞，阿玛逊河口一只海鸥正啄获一条鱼，亚德隆达荒原上一棵树正倒下，一个人正在法国打嚏，一匹马正在鞑靼尼死去，法国有一对双胞胎正在诞生。这告诉了我们什么？这些事件，和成千成万其他

---

① 　　　转引自《现代物理学与东方神秘主义》，灌耕编译，四川人民出版社1983年版，第40页。

的事件，各不相连地同时发生，……但事实上，这个'并行的同时性'正是世界的真秩序，对于这个秩序，我们不知如何是好，而尽量与之疏远。"① 从这段话中，我们似乎可以看出西方现代主义的最初胎气，正是这种对自己文化深感失望和悲观的情绪，导致怀疑主义、神秘主义、颓废主义以及意识流的萌生。

詹姆斯本人并没有摆脱西方文化传统给予他的局限，他力图清晰、定量地对世界作出分析，但面对着一个"并行的同时性"的世界真秩序时，传统的时空概念显得那么无能为力，于是他只能"尽量与之疏远"。也有比詹姆斯更勇敢的人在做新的努力，他们从东方文化中看出了摆脱自己局限的可能性。在东方文化中，古代哲学家天生缺乏形式逻辑的思辨能力，他们不追求严密的演绎推理系统，也不把人的因素从宇宙整体中抽象出来，因此他们总是以多元求一元。对于人伦，他们强调人与社会的合作；对于自然，他们强调不带主观色彩的"无言独化"；当面对宇宙之谜，他们更多地强调"天人合一"，即破除人为概念上的种种魔障，以求整个心灵肉体与浑一自然同化同在，以应和宇宙万物的规律。东方文化缺乏对自然界的探索精神，导致它在自然科学上的不发达，但它在更高的层次上为发展自然科学打开一条通道。所以当科学思维方式一接触到东方哲学，立刻就产生了意想不到的效果。近人对现代物理学与东方神秘主义的关系作过深入的探讨，业已证明现代主义的产生与这股哲学上的东方热之间有着某种有机的联系。

在这一文化背景下，文学上的东西方因素融汇也出现了。西方现

① 转引自叶维廉《饮之太和——叶维廉文学论文二集》，时报文化出版公司1980年版，第240页，文字略有改动。

代主义文学的重要特征之一，是对西方传统语言的革新。他们认为，那种逻辑性很强的语言体系显然无法描述世界，在意象派兴起之前，西方就有人对传统的文学表述方式提出过异议。如休谟、马拉美都尝试过语法上的革新。但只有当这种改革同东方文化结合起来以后，才得到了飞跃。意象派诗人洛威尔和庞德是中国文学和日本文学的爱好者，他们孜孜不倦地研究、翻译中国古典诗词和日本俳句，将之作为意象派的创作源泉。[①] 这样的借鉴不是没有道理的，因为中国汉字的方块字体包含了一种象形意义，古代汉语在诗歌中几乎不讲逻辑，少用虚词，往往一首诗中突出几个意象的描绘，而不加作者外在的解释与造境。同时，古典诗词很少应用时态，这就使语言可能摆脱时空的人为限制，比较完整地呈现客观世界。这种东方特有的美学境界，正是西方现代诗人所梦寐以求的。从这一点上看，我们就能理解为什么西方现代诗人如庞德、洛威尔、艾略特、乔伊斯等都执着地进行语言上的各种尝试。

西方人不可能完全摆脱西方文化背景，全面地、整体地获得东方文化的精神，所以现代派文学在反理性、反传统的同时，采用的语言形式往往给人一种支离破碎的印象。但是他们毕竟使原有的西方语言传统发生了变化，向东方语言传统靠近了一步。

文化反叛现象同样出现在东方。中国五四新文化运动的主要特征之一，就是学习了西方的实证精神与理性主义，提倡者们提倡民主与科学，都是针对人生而言的：政治上要求体现民主精神，学术上要求体现科学精神。与此相应，文学上也流行起西方文学传统中的人文主

[①] 参见卡茨《艾米·洛威尔与东方》，见张隆溪选编《比较文学译文集》，北京大学出版社1982年版，第178～203页。

186

义、启蒙主义、浪漫主义和现实主义。甚至在语言上，他们所提倡的白话形式在相当程度上也是引进了西方逻辑的语言系统。

胡适最为典型：在思想方法上，他提倡实验精神与实证方法，力图用实证的科学思维方法来重新检验中国传统文化；在文学上，他不承认与现代主义的关系，热心翻译都德、莫泊桑、契诃夫，介绍易卜生的社会剧，提倡写实主义与个性主义；在语言上，他力陈古代汉语的不严密、不科学之弊，提倡白话文与欧化语法；等等。胡适的学术活动完整地表明了当时中国学术发展的动向：抛弃中国的文化传统，吸取西方的文化传统。因此当他面对西方反传统的现代主义的崛起时不能不感到迷惘，或者说，他只能接受它的反传统的态度，而无法接受它的反传统的具体内容和审美精神。

所以说，20世纪初东西方文化正处于大交流之中，双方都在抛弃传统，又都在向被对方抛弃的传统靠拢。这种文化的对逆现象在历史上是空前绝后的。中国人获得了西方科学精神与理性主义，促使自己从传统文化的玄虚中挣扎出来，在旧文化的废墟中谋求新生。西方人获得了东方的神秘与物我合一的思想，这有助于他们克服传统文化的局限，进一步推动现代科学的发展。中国人当时经受西方科学文化的洗礼是必须的，唯其如此，方能以现代精神来重新审定传统文化，使古老文化获得新生。

由于东西方文化的对逆流向，由于中国五四时代接受了西方的传统文化，所以对于同步发展的反映着现代意识的现代主义文学，作家们尽管以热忱的态度接受了它的影响，却未能使这种影响在中国找到坚实的土壤，不能较长时期地维持下去。同时，由于中国作家在当时都义无反顾地抛弃了传统的民族文化，过于片面地追求西方的传统文化，这就使他们即使获得了现代世界的思想意识，也无法把它有机地融化到自己的创作中去。因为成熟的文学创作是不能没有本民族的文化背景做基础的，否则，创作只能是一种机械的模仿。五四初期的创作证实了这一点。我们不能设想，鲁迅对中华民族没有透彻的理解就会写出《狂人日记》和《阿Q正传》，也不能设想，郭沫若对中国儒、道两家文化以及印度《奥义书》没有精湛了解就能写出《女神》。像鲁迅、郭沫若、郁达夫等既能从整体上把握现代世界的意识形态精华、又能对民族文化作科学的扬弃与继承的作家，在五四时期为数很少，但他们的创作向我们揭示了这样一个趋向：中国的新文学创作，完全有可能出现现代意识与民族文化的融汇，这也许能成为我国文学成熟的标志之一。

四、现代意识与民族文化相融汇的前景

从五四文学中现代主义因素的消长历史可见，任何外来思潮都必须与本土的民族文化相融汇，才有可能得到成熟的发展。这一规律，已经从20世纪三四十年代起逐步地为人所认识、所探索、所实践了，但由于种种人为的障碍，直到近几年的文学发展中，才出现真正实现这种融汇的可能性。回顾20世纪70年代末以来的文学，首先经过了一个短暂的"伤痕文学"浪潮，以恢复现实主义的传统地位，紧接着，现代主义因素随着中国社会生活所发生的巨大变化、人们对生活的理解的日益复杂，而形成了对中国文学的冲击波。近年来，它给小说、诗歌、话剧、电影、绘画、音乐等各种文艺样式都带来了新的变化，

对文学理论、文学观念也悄悄地发生着影响。西方现代派文学被热心地介绍，并受到欢迎，随之而来的就是文学创作中出现了模仿与借鉴。再后——再后会怎样呢？历史不可能重蹈五四初期的前辙，现代意识与民族文化的融汇的要求是否能成为当代文学创作的前景呢？

我以为这是很可能的。现代意识不是一个固定的概念，它泛指20世纪以来现代社会各个时代中科学技术发展所导致的人们对世界认识的最新水平，在总体上反映了现代生活中人们思想观念的最新信息。在不同的时空范围内，现代意识的具体内涵表现为不同的特征。从世界现代文学的发展趋势看，第二次世界大战前后，现代主义文学进入衰竭时期，但涉及面又确实更加广泛了。当它传入世界其他国家和地区后，同本土的文学传统发生了杂交。在美国，它与本土文化的结合导致南方文学与犹太文学的崛起；在拉美，它与印第安文化的结合产生了风靡一时的魔幻现实主义；在日本，它与东方文化精神结合而造就了川端康成的优美创作。东西文化的融合与交流，在相激相荡中产生出新的文化因素，已经成为世界现代文学的主潮。中国的新文学在排除了种种人为障碍、恢复与世界文学的正常交往以后，又一次面临着与世界文学同步的水平，共时性的横向影响会比纵向影响具有更大的力量。这作为一种成熟了的客观条件，能够刺激当代文学朝融汇的方向发展。

中华民族几千年来形成的独特的东方文化，在任何时候都最本质地制约着中国的知识分子。回顾20世纪以来现代文学与中国传统的民族文化的关系是有益的。五四初期，新文学的开创者们为了再造中国文化，毅然决然地剪断了自己的脐带，全盘否定传统的民族文化，以求在废墟中获得新生。但是，即使是主张全盘的否定传统，中国知

中国新文学整体观

中国新文学发展中的现代主义

识分子也无法掩盖对再生本民族文化的热切的使命感，它竟成了他们在吸收西方文化时不自觉的参照系。20世纪30年代起，尤其是全民族抗战的爆发，一方面民族主义精神重新高涨，另一方面广大民众参与了政治文化的再造运动，他们以土生土长的审美价值观念证明了传统的民族文化中毕竟还有健康、活泼、富有生命力的因素。这一时期开始，现代作家们对民族文化开始关注了，他们从民族文化的一个局部，即民间文化艺术上看到了新文学的出路，企图将从西方获得的意识与传统民族文化的民间形式结合起来，开创"民族形式"的新局面。但是，从历史的发展看，这一步没有走好，其结果是以片面提倡民间形式而排斥西方文化的其他合理因素、以一种形式主义拒绝另一种形式主义的方式影响了当代文坛二三十年之久。经过十年浩劫之后，对民族文化的片面认识与对西方文化的片面认识同时引起了人们的反思。我们毕竟是站在中华本土上起飞的，通过五四时期的批判旧文化与吸收外来文化，通过40年代对民间文化的发掘和发扬，通过近几年来现代意识与现代信息的传播，为人们在更深刻的层次上重新认识民族文化提供了一个较高的基点。

当然，更重要的迹象还不止于这些外在的因素。在近几年的文学创作中，这样的融汇已经隐隐地出现了——只是还没有引起作家和批评家的足够重视。

以近几年来文学中的现代主义因素的发展来看，它共走了两步。第一步是以这样一种理论为基础的：它提倡现实主义的开放精神，允许包容艺术表现方法的多样化，其中也包括现代主义的表现技巧。这种理论有自相矛盾的地方。因为作为一种创作思潮，无论现实主义还是现代主义，都不能将认识世界的方法与其表现手段分裂开来。现实主义只有自身限定，方可成为一种主义。如果它的表现方法无限制地多样化，那就意味着它的既定界限会被取消，"现实主义"将成为一个有名无实的空概念。同样，现代主义的意识与技巧是一个有机整体，一边引进现代主义的表现技巧，一边又用现实主义精神加以限制，现代主义艺术也不能得到健全的发展。当然，这种理论的出现还是必要的，在现代主义艺术尚未被理解和接受的时候，它至少为现代主义的引进打开了一道虽嫌狭窄却很有弹性的门。第二步：自1979年始，与这种理论相应的文学创作逐渐显示出新的美学特征：以打乱了的时空顺序来叙述一个相当完整的故事，一方面是意识深处的挖掘，一方面又是典型性格的塑造。这些作品在主题上并未摆脱50年代成熟于中国文坛的理性主义影响，意识与技巧的不协调还时时可见。

这些作品和理论都承担了一个过渡性的任务：它们以传统的意识维护着刚刚恢复地位的现实主义的审美趣味，同时以比较生疏却很有意义的技巧探索向人们悄悄传出了新的文学信息。虽然这些创作并没有发挥出更多的现代主义艺术的长处，虽然它们没有消除对西方现代主义文学技巧模仿的痕迹，但毕竟是一种筚路蓝缕的工作，为现代主义因素更成熟地发展创造了条件。

经过这样一个短暂的阶段以后，现代主义的创作因素很快就出现了新的追求：它体现了现代意识与表现技巧的努力一致，体现了现代意识与民族文化的努力一致。作品不再给人一种支离破碎的拼凑之感。主题的广义象征与对人物深层心理的开掘，使作品不必在技巧上过于追求人为的时空颠倒和为意识流而意识流。正如王蒙在《杂色》中表达的美学境界：一个饱经风霜的中年人，骑着一匹杂色的老马，悠悠地走在莽莽的草原上。没有故事，没有情节，只有一个人的独白与神游，却反映出十年浩劫中人所感到的压抑、孤寂和追求。它不同于"伤痕文学"，只着眼于对某些具体社会问题的揭露，也不同于王蒙其他一些探索性的小说，基本上仍是表现某一类人的历史性生活遭遇，它描写了变态社会中一个多少带点变态的灵魂的挣扎与追求。从表面上看，它超脱了现实，离时代远了，但它在更高的层次上把握了时代的荒诞。一个用传统手法很难表现的思想主题，在独白与神游的交叉运用下显得游刃有余。

如同乔伊斯、艾略特、福克纳等现代作家沉迷在古希腊神话与基督教文化中寻求现代意识的合适表现形式那样，我们文坛上一批比较年轻的作家在探求现代意识时，没有走向纯粹的抽象，而是扎入了更深的民族文化的岩层之中。张承志、钟阿城、贾平凹、李杭育、张辛欣等新人的作品，均不同程度地反映了这种端倪。他们不炫耀知识分子所熟悉的一套知识话语，却研究社会底层的普通人的生活风俗与习惯，他们不追求现代西方文坛上光怪陆离的外表，却在朴素的、富有民族气质的形式下表现着现代社会的生活主题与人生观念。这种新的信息是值得批评界注意的。

也许，现代主义因素到了消融的时候了——不是消灭，也不是消失。也许我们以后会难以找到纯粹的象征主义、意识流、荒诞派等西方现代派形式的作品，但又能够在一些最富有民族化的作品中处处感受到这些因素的魅力。从这个意义上说：消融，意味着永恒。

不断发展更新的现代意识与相对稳定的民族文化所构成的新时期文学的两个坐标（两种标准），为当代作家们展示了广阔的创作天地。唯其发展更新，才能使文学时时走在时代的前列，显示出无穷无尽的生命力；唯其相对稳定，才能使文学的美感作用得以真正地实现，呈现出东方文化艺术的独特之美。两者不可缺一。如果说，在五四时期的现代主义第一次冲击波中，鲁迅、郭沫若等作家融汇这两方面的因素而铸成艺术瑰宝的经验还是初步的，那么，在20世纪80年代的第二次冲击波所造成的新局面中，自觉的现代主义创作与现代主义理论探索，都显示出一种必要性，因为这种自觉的创作与理论探索，对中国文学发展的明天，多少表示了一个预兆和指向，其意义在于未来。

中国新文学发展中的忏悔意识

一、忏悔意识在西方文学中的演变

在中国文化传统中，忏悔意识向来不甚强烈。"天行健，君子以自强不息"，表明了中国知识分子的命运观与人生观。他们出于某种道德需要，也喜欢提倡"三省吾身"之类的"反省"。但反省不同于忏悔，这是两种不同心理建构的思维形态。反省是对以往行为的重新审视与甄别，带有浓厚的理性色彩。反省者对自身的向善力量的自信始终是确定的，认识错误本身即证明了人的自信。这种靠理性来调节自身行为、平衡内心情绪的思维形态，长期以来成为中国知识分子的一种思维定式，在个性意识处于蒙昧状态的时代里，它与时代的精神特征相吻合，以致使中国知识分子"至人无梦"地昏昏沉睡了两千年。忏悔是一种对以往铸成的错误甚至罪恶的深刻认识，常带有强烈的情绪因素。因为忏悔者所面对的是无可挽回的既成错误，忏悔必然伴随着感情上的痛苦和灵魂的内在折磨。它是对自身恶行之顽劣性的无可奈何的认可，因此又更多地带有主观上的自我谴责，它不像反省那样，可以心安理得地寻找造成这种错误的客观原因。

不是说中国文化传统中没有从形而上的角度来探讨人的本质问题的意识，荀子的性恶说正是这种意识的源头。但是在以伦理道德为哲学中心的中国文化中，荀子的思想显然没有得到学术上的回响。这也许是因为，中国知识分子比较注重社会政治与社会道德，这种关注帮助了中国社会政治与社会道德在文化发展中逐渐成为占绝对优势的支配力量，但这种关注反过来又限制了知识分子的自我认知。中国古代文人喜欢讲究修身养性，反省只是达到这种目的的手段。至于对待错误，只要主观上认识，即成好事，"闻过则喜"作为一种风尚，是无须为此痛心疾首的。更何况强大的社会存在可以代人受咎，元稹的《莺莺传》里虽有反省，责任却推向"女祸"，对自己只消说一句"予之德不足以胜妖孽"便可了事。陆游的《钗头凤》虽然感情真挚，然而对于酿成悲剧的原因，也只消一句"东风恶"，即可把自身洗刷得干干净净。这是中国文人的心理习惯，自我意识的缺乏不仅表现为缺乏对自我的肯定，也表现为缺乏对自我的否定。

也不是说中国文化传统中没有深刻的宗教意识与宗教感情。魏晋以后，印度佛教渐入，对中国文化建构的改变起过相当大的作用。汉语"忏悔"一词，最初来自梵语。[①] 在中国，这些梵语逐渐本土化，印度佛教也逐渐渗透到中国知识分子的日常生活中。打坐参禅成为一种人世生活的调剂，佛家空门也成了逃避现实的心灵安置地。中国古典小说中的宗教意识历来不是作为哲学上的人生观，而是或者被当作道德力量，或者被当作人生失意者的精神慰藉。杀人如麻也罢，情场孽种也罢，只消一遁空门，便可万念俱灰，心安理得。这就不像西方的基督教徒，虽也把得救希望置于来世，但教徒面对的始终是现世，

[①] 《辞源》"忏悔"条释："'忏'是梵语Kṣama的音译'忏摩'的略称，'悔'是它的意译，合称'忏悔'，原为向人发露自己的过错，求容忍宽恕之义。"（《辞海（第七版）缩印本纪念版》，上海辞书出版社2021年版，第228页）《弘明集》十三晋郗超《奉法要》："每礼拜忏悔，皆当至心归命，并慈念一切众生。"《法苑珠林》一零一《忏悔篇》："积罪尤多，今既觉悟，尽诚忏悔。"自陈改悔之文叫忏悔文。

他真诚地受苦、真诚地忏悔，并在忏悔中净化自己的心灵。

所以说，中国新文学发展中的忏悔意识，一开始更多的还是来自西方，而且，它与西方文化发展中各个阶段的忏悔意识都保持着密切的血缘关系。我们只有粗略地勾勒一下西方文化发展中的忏悔意识以后，才有可能对本文的研究课题树立起一个必要的参照系。

在欧洲，忏悔意识来自基督教文化。一部《圣经·旧约》无非是神与人的契约，不管内容如何，契约本身说明了神（上帝）对人的眷宠与爱抚。这就是说，人与上帝的其他创造物是不平等的，人应当有自身的价值。但这种价值又必须通过人对神的服从来实现，人性必须借助神性之光才能被照亮。这种矛盾构成了忏悔意识的原始状态，奥古斯丁的《忏悔录》可以说是这一时期的代表作。基督教文化虽然产生了忏悔意识，却又窒息了这种意识潜在的更为深刻的内容。只有当欧洲人文主义对宗教扼杀人性的一面进行了彻底的否定与批判之后，人对自身价值的认识才达到了一个崭新的阶段。但是人文主义为了充分肯定人性的权威，却从人性的盲目夸大进入对人性的盲目乐观。这一时期，忏悔意识不再是通过颂扬神性来肯定自我的方式，而是借以肯定人性、宣泄人的自然本性的一种名义。卢梭虽然把他的自传体著作取名为《忏悔录》，实际上他却从根本上否定了忏悔的意义，他把公开自己的缺点看作一种乐趣，一种炫耀勇气的手段。他为他的女庇护人华伦夫人的放荡生活辩护，甚至认为她的放纵行为并非出于情欲，所以即使每天和二十个男人睡觉也可以坦然无愧。这种对人性的盲目自信造成了人们对自身认识方面的浅薄，他们无法真正领会"忏悔"的深刻含义。直到19世纪的新科学革命的成果为人类自身研究开拓了广阔的领域之后，这种忏悔意识才真正被赋予科学生命力，显示出实在的意义。在对人的价值的认识方面，从19世纪下半叶开始逐渐形成的西方现代思潮与西方文艺复兴以来的人文主义传统是不一样的，其中差别之一，具体表现为对于无限制地夸大人的美德与人的力量所持的怀疑态度。科学总是向前发展的，但是科学愈发展，人对自身的盲目崇拜就愈趋减弱。马克思主义关于历史唯物论的确立，首先就打破了人在社会创造方面的盲目自信。它揭示出人改造社会的能力不能超越时空条件而随心所欲，必须受到社会生产力的制约，受到客观历史规律的制约。马克思第一个从社会学层面打破了人们关于卡冈都亚和庞大固埃（法国作家拉伯雷的小说《巨人传》中的人名）的美梦，还了人的本来面目。到了20世纪初，弗洛伊德与爱因斯坦的学说又以心理学与物理学为突破口，从人与自我、人与宇宙两个侧面打破了人对自身的迷信，使人真正在科学的意义上认识了自己的局限。在这些科学成果的基础上逐渐形成的现代思潮，正是从这样一种更深层次的认识水平出发，来重新寻找与确定人在世界中的地位。

现代社会思潮中的忏悔意识从两个方面发展开去。一种是随着社会科学的发展，尤其是18、19世纪欧洲所发生的一系列革命，使阶级的分野日益明显起来，当人们从阶级的对立中思索着社会上种种不义、贫困、罪恶等社会原因时，这种忏悔意识就打上了鲜明的阶级烙印。其中当然不能忽略基督教教义中原始正义（如耶稣对富人的斥责）的影响，但又被赋予现代社会阶级对立的色彩。这在俄国社会思潮中表现得特别明显，列夫·托尔斯泰的《忏悔录》正是在这种认识基础上产生的。他以巨大的艺术才华创造了不朽的"忏悔的贵族"这一文学形象，把忏悔的意识施加于某一类（或者某一阶级）的人物之中，使忏悔意识社会化和具体化了。也有另一种忏悔意识则以更抽象的形态出现，这在俄国作家陀思妥耶夫斯基的作品中表现得更为出色。陀氏从来就把社会的污秽与人性的沦丧联系在一起。他强调的是人欲横流，面对这种人欲所发出的忏悔，其意义显然超越了贵族阶级的范围，成为一种对原始的、疯狂的、粗野的人之本性（即所谓"卡拉马佐夫性格"）的深切认识。

托尔斯泰与陀思妥耶夫斯基的作品中所出现的不同的忏悔意识，可以成为现代思潮中的两个分支。陀氏的艺术根植于现代社会的深层意识之中，为后来欧洲现代主义思潮中关于人的自身认识开了先河。现代思潮是与传统的人文主义思潮截然不同的一种文学潮流，从艾略特提出诗歌要"逃避个性"、乔伊斯对人的猥琐心理的开掘，到第二次世界大战前后萨特提出人的行动先于本质，新小说派强调物的力量，以及戈尔丁的《蝇王》对人性恶的表现，都一脉相承地表达了现代思潮中人对自身在世界上的地位与作用的清醒认识。值得注意的是，这种自我认识并没有导致人们对自己的绝望。正相反，现代思潮使人对自己提出了更高的期望。20世纪初，作为现代主义在哲学上的滥觞的伯格森、尼采等人的学说，就是强调了个性的高扬和生命的冲动。他们的学说立足于对人的正常理性的失望，认为只有在"超人"身上才可能体现出真正的生命意义。这种学说的精髓被化解到20世纪的各种现代意识之中，使现代西方人打破了对自身的盲目自信以后，在更符合实际的状况中认识了人的本来面目，由此重新确立了"自我"的地位。这也许就是为什么西方现代社会中，在颓废、荒诞、色情、吸毒、"垮掉的一代"等精神现象的表面泡沫底下，人性的激流依然澎湃奔涌的原因所在。

西方现代思潮中忏悔意识发展的两个分支对新文学初期的中国作家们同时产生过影响，这些影响也可以相应地分为两种"忏悔"："人的忏悔"与"忏悔的人"。

二、五四时期文学中的忏悔意识

中国新文学一开始就是站在反传统的意义上，同时吸取两种西方文化：文艺复兴以来所形成的西方传统文化和19世纪后半叶开始逐渐形成的西方现代文化。在西方由于时间的差异造成的两种文化的对立与冲突，在中国的同一空间里却变得并存不悖。这种背景形成了中国新文学与欧洲文艺复兴的最大区别：即新文学在否定旧文化中的人性桎梏、提倡人性解放与个性自由的同时，提出了对人的至善至美性的深刻怀疑。中国新文学的忏悔意识正是这种怀疑在人们心理上的表现形式。

五四新文化运动无疑是一场伟大的思想启蒙运动，它的主角注定是觉悟了的知识分子。为了确立理性的绝对权威，中国现代思想先驱们在夸大自身力量的同时，极力把他们所获得的自我意识也普及于所有人身上，呼吁人们树立起这样的自信：自我是美好的，个性是天赋的。他们不惜到处树敌，向社会上各种压抑人性的力量宣战：礼教、道德、伦常、先哲、师长，甚至父母，等等。"人道主义""个性主义""博爱主义"构成了三位一体的新人生观，"人的文学""个性的文学""平民的文学"也构成了三位一体的新文学观。

与此同时，随着人性观念的确立，中国知识分子对人的批判也出现了。鲁迅的作品破天荒地表现出对人的自身价值的特别关注，真心实意地描写了人也批判了人。他以嘹亮的呐喊声冲破了中国人在自我认识上的蒙昧状态，使人们看清了自己的面貌与自己的灵魂。他的《狂人日记》之所以令人百读不厌，正是因为小说除了愤怒控诉封建礼教的弊害，还通过狂人的形象，从对中国历史的概括中揭示出中国人尚是"食人民族"[①]。小说里所写到的食人者，不但包括历史上的奸邪之徒、虎狼之兵，还包括当时的狼子村佃户、普通市民、被害者大哥，甚至狂人自己。"四千年来时时吃人的地方，今天才明白，我也在其中混了多年"；"有了四千年吃人履历的我，当初虽然不知道，现在明白，难见真的人！"这才是狂人研究吃人的最终发现。因此，小说结尾的"救救孩子"的呼声，显然不是指拯救孩子的被吃命运，而是因为"没有吃过人的孩子，或者还有？"[②]他要拯救的是孩子所未泯灭的童心与未被玷污的纯洁。这篇小说第一次对人的全部道德价值提出了深刻的怀疑，对于人应该怎样从原始祖先遗留下来的兽性本能中摆脱出来，以适应现代文明的要求，发出了震颤人心的呼喊。"吃人"是一种象征，象征人类进化过程中还保留着野蛮时期的残余（可参见小说第十段中狂人劝大哥的一番话）。这是建立在进化论的科学

[①] 　　鲁迅1918年8月20日致许寿裳信，见《鲁迅全集》第11卷，人民文学出版社2005年版，第365页。

[②] 　　引文的全部内容应是：

不能想了。

四千年来时时吃人的地方，今天才明白，我也在其中混了多年；大哥正管着家务，妹子恰恰死了，他未必不和在饭菜里，暗暗给我们吃。

我未必无意之中，不吃了我妹子的几片肉，现在也轮到我自己，……

有了四千年吃人履历的我，当初虽然不知道，现在明白，难见真的人！

没有吃过人的孩子，或者还有？

救救孩子……

（《鲁迅全集》第1卷，人民文学出版社2005年版，第454~455页）

基础上对"人类原罪"所含的象征意义的一种解释。狂人对于"吃人"现象所感到的深切痛心，正反映了人对自身恶行的一种深刻忏悔。它超越了基督教文化的阶段和人文主义阶段，深深地烙上了现代意识的印记。

从世界文学的发展看，后来问世的戈尔丁的《蝇王》酷似《狂人日记》：同样是一部揭示人的恶行的寓言体故事，"蝇王"与"吃人"的象征达到了高度的相似。狂人是"吃人"传统的叛逆，因为揭穿了满页都是"仁义道德"的历史背后的真相，被众人视作疯子，几遭被吃的噩运；《蝇王》中西蒙敢于反抗"蝇王"的权威，因为窥探到"野兽"的秘密所在地，也被众人狂乱打死。有趣的是，西蒙同样被孩子们认为"疯了"，因为他说过"大概野兽不过是咱们自己"①，他与狂人的悲剧性质是相同的。小说里，拉尔夫在大雷雨中参与了杀害西蒙的狂舞之后的痛苦心理，也与狂人为自己过去曾参与过"吃人"而痛苦万状的心理多有吻合之处，拉尔夫由此认识到人的自身恶行。当岛上的孩子们被文明世界营救而终于结束了野蛮人的生活状况时，拉尔夫以失声痛哭来为"童心的泯灭与人性的黑暗"②悲泣，这正与《狂人日记》的结尾中狂人高呼"救救孩子"的意义相同。《蝇王》的出版较鲁迅的《狂人日记》迟36年，从现有的材料看，它们之间不可能存在任何联系。这种从艺术构思到作品细节的惊人相似，只能归结为一种同源性，即这两位作家从同一类现代意识出发、从对人自身的认识层次中获得了相同的创作灵感。由此正可以体会到鲁迅的《狂人日记》中现代意识的强烈性和深刻性。事实上，鲁迅在20世纪之

---

① 　戈尔丁：《蝇王》，龚志成译，上海译文出版社1985年版，第102页。
② 　戈尔丁：《蝇王》，龚志成译，上海译文出版社1985年版，第243页。

初，对第一次世界大战以后所产生的西方现代主义的理解程度并不低于同时期西方作家的认识水准，从而使作品的丰富内涵一再与两次世界大战前后的欧洲现代作家的作品暗合。当然，认识层次的同源性可以决定这两部作品的相似性，而文化背景的相异性也决定了它们之间的差异。对于第二次世界大战以后开始写《蝇王》的戈尔丁来说，当时支离破碎的欧洲现实投给他心理上的阴影更为浓郁，尽管他忌讳这一点，故意把自己所受的文学影响上溯到古希腊悲剧，但从他的艺术构思（在未来第三次世界大战的一场核战争中，一群男孩在撤退途中因飞机失事而流落荒岛）来看，现代西方战争的影响极为深刻，以致他的作品中流露出某种绝望的色彩。而鲁迅的现代意识中始终掺杂着强烈的人道主义与个性意识，即来自西方文艺复兴以后的伟大的人文主义传统。这种传统使他的小说把揭示人的恶行与反对封建意识形态扼杀人的个性的斗争结合起来，使"吃人"的象征旨意更具有现实的战斗性。这种战斗性随着中国社会日益澎湃的反对封建制度及其伦理观念的运动而益发引人注目。"吃人的礼教"这个名词的出现，正反映了时代的精神主流。

我们可以把鲁迅的《狂人日记》看作一部伟大的忏悔录。他对于人性中恶的因素的深恶痛绝与无情谴责，远远超越了题材、环境以及现实的意义。他以深邃的目光关注着整个国民性的改造，力图刻画沉默的国民的"魂灵"。这种使命感的严肃程度，以及他的狂人从自己曾"吃人"这一恶行中所感受到的痛苦程度，都没有丝毫的浪漫气息，而是充满了一种沉重的现代色彩的忏悔。

在中国新文学中，与鲁迅的忏悔意识同时存在的，还有另一类忏悔意识。这一类作家似乎更多地接受了西方个性主义的思想，但是在沉重的传统文化道德的压抑之下，这种个性主义被扭曲了，以变态的形式表现出来。郁达夫早期的精神世界里几乎充满了由于"灵与肉"的激烈冲突而造成的巨大痛苦。他的作品正是这种精神世界的折射和反映。他渴望心灵的健全发展和理想的社会生活，渴望人与人之间精神上的相通与相知，因此他的作品中所表现的那种镂心刻骨的对女性与爱情的追求，不仅仅是为了肉欲的满足。[①]可是在污浊的现实环境里，当这种精神追求无法实现时，他只好以自暴自弃的方式来放纵肉欲，通过肉欲的放纵来发泄精神上失望的痛苦。郁达夫对于肉欲的放纵并不感到愉悦，这种性的追求中时常伴随着一种难以解脱的犯罪感与忏悔感，使他的灵魂由此感到战栗。这些意识在《沉沦》里成为主人翁自沉的心理基础，在《迷羊》等作品里则以赤裸裸的忏悔形式表现出来。

其实，在五四初期浪漫气质浓厚的知识分子中，这样的忏悔心理并不少见。田汉曾称自己为"不良少年"，郭沫若则自称"罪恶的精髓"，并因为自己在日本的恋爱行为而感到自卑。但这些忏悔意识多少都带有卢梭式的骄傲，他们的忏悔并不深刻，只是想取得一种心理

[①] 参见郁达夫《沉沦》中主人公的日记片段：

知识我也不要，名誉我也不要，我只要一个能安慰我体谅我的"心"。一副白热的心肠！从这一副心肠里生出来的同情！

从同情而来的爱情！

我所要求的就是爱情！

若有一个美人，能理解我的苦楚，她要我死，我也肯的。

若有一个妇人，无论她是美是丑，能真心真意的爱我，我也愿意为她死的。

我所要求的就是异性的爱情！

苍天呀苍天，我并不要知识，我并不要名誉，我也不要那些无用的金钱，你若能赐我一个伊甸园内的"伊扶"，使她的肉体与心灵全归我有，我就心满意足了。

（《郁达夫文集》第1卷，花城出版社1982年版，第24～25页）

的平衡。郁达夫则不同，他的忏悔意识具有鲜明的现代意识特征。同样面对"灵"与"肉"的冲突，他与传统的作家不一样。欧洲文艺复兴时期的艺术大师一般都能够使两者达到某种统一，或如但丁，以精神的崇高境界寄托了肉欲的要求；或如薄伽丘，以提倡肉欲的享受来实现对灵的追求，认为情欲只要顺应人的自然本性就是崇高的。这种自然主义的人生观一反基督教文化中对人性的压抑，为后世的浪漫主义文学开了先河。郭沫若、田汉等人接受的正是这一种思潮的影响，他们都能取得灵与肉的一致。郁达夫的小说反映的是另一种思想，他也沉溺于性苦闷，但在他的作品里，灵与肉两种苦闷是分离的。他一边写性苦闷，一边又从精神上批判那种苦闷，为那种行为感到忏悔。这不是说郁达夫在当时环境下无法像田汉、郭沫若那样寻到自己中意的爱情，他的作品所宣泄的是一种对自身的变态的肉欲追求所无法扼制的精神痛苦。《沉沦》中主人公狎邪嫖妓、窥少女淋浴、偷听旁人幽会等性变态的行为，显然不属于正常情欲的表现，而是一种"向善的焦躁与贪恶的苦闷"[1]。也许正因为如此，郁达夫的忏悔才涉及人所固有的弱点，才变得那样痛苦不堪又难以解脱。在郁达夫的作品里，我们似乎又体尝到卡拉马佐夫兄弟的性格。

无论鲁迅还是郁达夫，他们的忏悔意识都表明了西方现代文化对中国知识分子的渗透，进而促使他们达到更高层次上对人的自身价值的认识。忏悔只是这种认识的外在表现形式。这种以人的缺陷（或所谓恶行）为对象的忏悔，我们姑且称它为"人的忏悔"。

---

[1]　　郁达夫：《茫茫夜》，见《郁达夫文集》第1卷，花城出版社1982年版，第122页。

三、从"人的忏悔"到"忏悔的人"

"人的忏悔"作为现代意识的产物，虽然影响了一部分中国作家，却未能在五四时期的中国文学领域中找到合适的土壤，就像整个现代思潮虽然同其他西方文学传统一起滋养了中国新文学，但终于没有能够深深地扎下根来的结局一样。也许是社会存在决定了人们的局限。在我们所生活的这块土地上，封建意识长期压抑了个性的自由发展，人们对自身价值的认识普遍缺乏深度。当五四反封建的思想稍稍冲破了一些精神束缚，个性刚刚开始施展其魅力的时候，人们是多么珍爱这自觉了的个性，他们颂扬它、维护它，唯恐它稍纵即逝，变成一场美丽的春梦。正如伟大的文艺复兴带来了欧洲人性的大解放一样，五四时代的中国处处洋溢着个性主义与人道主义的热力，充满了英雄与英雄崇拜，《女神》式的自我扩张一下子成为时代的最强音。人们不可能，也无法设想人性还有恶俗的一面，还有其真正意义上的局限以及对人自身局限的忏悔。

《狂人日记》一发表，立刻就引起了社会上的强烈反响，但是鲁迅对人的至善至美性的深刻怀疑并没有引起人们的重视，而小说的另一种意义——对社会弊害的揭发，则受到了热烈的赞同和声援。作为人类进化中野蛮期的残余的象征——"吃人"，成为对封建礼教的罪恶的形象概括（吴虞的《吃人与礼教》一文正是这种时代思潮的产物）。于是，作品的批判锋芒由人的自身转向了客观现实，人的批判变成了社会的批判。同样，郁达夫作品里那种对肉欲放纵的忏悔意识，渐渐

208

地也被理解为对封建道德虚伪性的否定。① 评论界认可了郁达夫对传统道德的反叛，却在他令人战栗的痛苦忏悔面前保持沉寂。在当时强调个性的集体意识的评判下，这些文学作品所含有的内涵或多或少受到了有局限的阐释，"反封建"成为可以归纳一切的主题。

然而忏悔尚在。既然西方现代思潮是一种客观存在，它对中国知识分子所产生的影响就不会轻易消逝。这时期的知识分子处于这样的矛盾之中：一方面他们必须确立对人性的绝对信念，以人文主义来否定封建传统对人性的压抑，另一方面他们又无法回避现代意识中关于人对自身局限的认识。于是他们只能采取折中的方法，把忏悔主体从抽象的人转移到具体的人，或者说转移到作者自身。于是聂赫留朵夫式的忏悔就产生了。这不再是"人的忏悔"，而是"忏悔的人"。这个人总是作者所熟悉、所隶属的那个社会阶层的人物，同时他们让人性的完美原则体现在另一种他们并不熟悉的人物身上，譬如工人、农民或其他劳动阶级。这并不一定出于他们对劳动阶级的深刻理解或者真切感觉，恰恰相反，往往是出于他们对那些社会阶层的生疏和隔膜。鲁迅的《一件小事》，郁达夫的《薄奠》《春风沉醉的晚上》都是属于新文学中最初描写"忏悔的人"的作品，这些作品在后来的评论界获得了一致的声誉。

这种转化过程还深刻地反映了中国知识分子在20世纪初一系列

---

① 　如郭沫若在《论郁达夫》中评论他："他的清新的笔调，在中国的枯槁的社会里面好像吹来了一股春风，立刻吹醒了当时的无数青年的心。他那大胆的自我暴露，对于深藏在千年万年的背甲里面的士大夫的虚伪，完全是一种暴风雨式的闪击，把一些假道学、假才子们震惊得至于狂怒了。为什么？就因为有这样露骨的真率，使他们感受着作假的困难。"（郭沫若：《历史人物》，人民文学出版社1979年版，第221~231页，引文见第223页）

政治大变动中的精神历程。从辛亥革命开始，蕴藏在知识分子心灵深处的巨大政治热情与强烈的社会责任感驱使他们像飞蛾扑火一般投身改造社会的政治活动，但他们在实际斗争中的屡遭失败以及暴露出来的无能为力，又使他们不断地沉湎于自我忏悔之中。五四新文化运动首战告捷，曾经使知识分子一度得到极大的精神满足，但随之而来的新文化进步阵营的分化，一直到大革命失败时，又把知识分子刚刚确立的自信心打得粉碎。从五四初期改造社会的开路先锋到大革命失败时的离群之雁，成为大部分知识分子所走过的道路的缩影。对于白色恐怖的强烈愤怒，以及对于自身无力改变这种状况而产生的失望，无疑成为这种沉重的忏悔意识的社会心理基础。

值得注意的是，20世纪30年代中国知识分子的忏悔意识中，还渗入了来自俄国文学的影响。俄国知识分子也曾经面临一个天翻地覆的大变动时代，他们既为农奴制度下种种违背人道的野蛮现状感到愤怒，又为自己无力根本改变这种不合理的社会制度而深深自谴。这种强烈的社会责任感与软弱的实际能力之间的激烈冲突，同样为俄国知识分子带来了强烈的忏悔意识。他们中有些人把对本阶级的忏悔作为精神支柱，进一步深入民间去接近劳动群众，宣传革命思想，如俄国的民粹派。[1]也有些人把这种忏悔意识当作一条出路，企图唤起人的良知，靠宗教信仰或自我道德完善来解脱自身的罪孽和良心的痛苦，如托尔斯泰等人。这些对中国知识分子都发生过直接的影响，但更重要的，还是来自当时刚刚形成的苏俄文学。在那些作品中，知识分子与工人农民之间的差距被进一步夸大了。民粹派文学中，知识分子是革命的

---

[1]　如拉甫洛夫的《历史书简》中关于知识分子向人民欠债的思想，在俄国青年中产生过广泛的影响。

先驱，是群众革命的鼓动者；描写"忏悔的贵族"文学中，知识分子是群众革命的同情者；而在苏俄初期的文学中，知识分子常常被表现为群众革命的反对者或革命队伍里的动摇者，如阿·托尔斯泰《苦难的历程》中的达莎与卡嘉姐妹、法捷耶夫《毁灭》中的美谛克等。这些形象对中国新文学创作的影响相当深远，由此可以找出一系列的对应者：从萧军《八月的乡村》里的萧明一直到张贤亮《绿化树》里的章永璘。

就这样，中国新文学中的忏悔意识的载体在不知不觉中蜕变了。"人的忏悔"为一种新的忏悔形态所取代，那就是"忏悔的人"。这种从"人的忏悔"到"忏悔的人"的单向型演变，不仅真实地反映了中国知识分子在20世纪前20年政治大变动中的艰难历程及其精神状态，也真实地反映了他们在当时的历史条件下自身认识方面所能够达到的水平。"人的忏悔"说到底是一个形而上的问题，是从哲学的角度来认识人的自身局限性；而"忏悔的人"才是具体的，并产生于阶级斗争异常激烈的社会现实。虽然这两种忏悔意识于五四初期同时出现在中国文学中，以显示西方现代思潮在中国的多种形态，但深受人文主义影响的中国知识分子面对着内乱外患的社会现状，不断增强的政治责任心时时压过对形而上问题的关心，也时时迫使他们采用一种急功近利的态度来接受外来思潮。他们本能地倾向于现代忏悔意识中的后一种形态，而像鲁迅、郁达夫等人在"人的忏悔"方面所能达到的成就，则多半又是不自觉的。所以说，"忏悔的人"的出现，对当时的中国知识分子来说自有其内在的必然，也是他们自愿选择的结果。

四、"忏悔的人"自我认识的退化

中国新文学中的忏悔意识从"人的忏悔"向"忏悔的人"的单向型转化，在20世纪30年代已经初步完成了这个过程。但作为一种文学形象的"忏悔的人"，在以后将近半个世纪的时间里所走过的道路则要艰难得多。如果说，在20世纪20年代大革命失败以后出现的"忏悔的人"的形象中还包含知识分子在当时社会环境中对自身弱点的真切认识，由此保留了忏悔情绪中的真诚因素，那么，随着1930年左翼文艺运动提出要反对"'失掉社会地位'的小资产阶级的倾向"①，以及1942年毛泽东把小资产阶级思想对革命的腐蚀提到了"亡党亡国"②的高度以后，新文学创作中知识分子的自我忏悔就愈来愈成为一种模式。本来，人之所以为人是因为他具备抽象思维的能力，具备一种超乎生存目的之外的活动能力。人应该是浮士德，他不仅需要为自己具体的生存而斗争，还应该有这样的能力和要求：在无限的抽象领域中去探求、认识和确立自身的价值。但是在充满贫困与死亡的国度里，人们首先需要温饱、需要生存，具体的斗争迫在眉睫，使他们无暇关注抽象的形而上问题。客观条件决定了中国知识分子在人的自身认识方面所选择的同一趋向。但这种选择不是没有代价的。随着现实生活的日趋复杂化，尤其是在"左"的思潮袭来、史无前例的十年浩劫猝然降临之时，这时候的忏悔意识出现了倒退，原先所包含的现代因素丧失殆尽，甚至连人文主义的因素也荡然无存，成为一种

---

① 《中国左翼作家联盟的成立》，《拓荒者》第1卷第3期，"国内外文坛消息"栏目，1930年3月10日。
② 毛泽东：《在延安文艺座谈会上的讲话》，见《毛泽东选集》第3卷，人民出版社1991年版，第876页。

充满愚昧与迷信的忏悔：忏悔的人，忏悔的知识分子。

欧洲中世纪基督教的忏悔虽然愚昧，但多少体现了一种"人的忏悔"的原始状态，但是当人们把同类的一部分放置在忏悔台上，而其他人心安理得地旁观时，文学作品中就出现了忏悔的人与不忏悔的人的区分。一部分人——所谓"工农兵英雄形象"，体现了上帝般的至善至美的人性；另一部分人——知识分子，却沉溺于无穷无尽的忏悔之中。忏悔意识首先是以对人的自身价值的确信为前提的，当这个前提被否定，不存在人对自身价值的肯定时，"忏悔"就丧失了它的全部文化价值，成为一种自我作践。

当然，这种自我认识上的退化不是当代知识分子唯一的思想轨迹；另外还有一条思想发展的轨迹，是知识分子日益加深的自我觉醒。如上所说，正因为中国知识分子缺乏忏悔的文化传统，当外界力量迫使他们坠入一种宗教式的忏悔处境时，就会使他们感到不安。传统的反省意识在这时又一次发挥了作用，他们尽力地从理性出发去审视知识分子在现代中国社会发展中的作用。这种反省是力图利用文化力量来客观地勾勒他们所走过的苦难历程，李六如的《六十年的变迁》与杨沫的《青春之歌》可以说是这方面的代表作。尤其是后者，这部作品在发表时之所以引起轰动，多半是它在表现知识分子题材上使人耳目一新。作者既写出了知识分子在寻求真理过程中的种种过失与歧途，又肯定了他们这种寻求本身的价值及其历史功绩。林道静、卢嘉川等人物形象的出现，表明了当代知识分子企图摆脱这种宗教式的忏悔处境的努力。也有些作家公允地肯定知识分子在当代社会生活中的积极意义，如杜鹏程的《在和平的日子里》，不但正面描绘了张总工程师与韦珍等知识分子在经济建设中的重要作用，还描写了他们刚直不阿、疾恶如仇、敢于同各种错误思想（甚至这种错误是来自上级领导）作斗争的可贵品质。这样的知识分子形象在20世纪50年代出现是极其可贵的。但是众所周知，这些本属凤毛麟角的文学作品，即使是以反省的眼光来重新调节知识分子对本阶层的自我认识，结果还是一度遭到了批评界的非议。与1957年"重放的鲜花"中同类型的作品受到批判的遭遇相比，这些作品还算幸运，但以后这种以反省形式出现的对宗教的"忏悔的人"的否定，很快遭到了扼杀。

1957年以后，某些作品中的忏悔意识与忏悔者之间出现了奇怪的分离现象。忏悔不再是出自知识分子的真诚感情，而愈来愈变得虚假与敷衍。文学中"忏悔的人"不断出现，诉说知识分子的罪孽，但成了为忏悔而忏悔，为生存而忏悔。作为一种知识分子的文学自画像，也愈来愈丧失作为独立存在的"人"的价值，最终只剩下"忏悔的"躯壳在独自徘徊。

作为这样一种历史现象的绝唱，"忏悔的人"的文学形象在"文化大革命"以后的张贤亮的小说里得到过深刻的表现。张贤亮所描写的正是50年代以后的知识分子，这些人物在心理上，总是自觉或不自觉地表达着某种忏悔意识，并且经常为自己信奉无神论而失去了忏悔对象感到苦恼。《土牢情话》里表现了两种忏悔：一种是知识分子石在从"资产阶级知识分子"这个概念的理性把握中认识了自己的"原罪"，由此产生忏悔，出卖了情人乔安萍；另一种是贯穿全篇的石在对自己曾有过的那种丧失了人格的忏悔的忏悔。后一种忏悔反映了人的个性的复苏，是有其价值的。可是在《绿化树》中，章永璘比石在大大倒退了一步，他因为写了一首歌颂人道主义的诗而受到天谴般的惩罚的悲剧以及那种宗教狂的自我忏悔与彻底的自我作践，都表明了那个时代只能是从人文主义向中世纪的倒退。章永璘身上充满了中世纪的宗教感情，这不仅表现为章永璘对着一部被他曲解成《圣经》的经典著作发出的无穷忏悔，而且表现在他所经历的整个苦难历程的象征：苦难对他来说仿佛是一座炼狱，是灵魂升入天堂的必经之途。小说尾声中章永璘洋洋得意地踏上红地毯的结局与他在此之前所作的一连串自我忏悔形成一种和谐的对照，正揭示出这种宗教式忏悔作为一种代价而丧失了全部的真诚性："忏悔的人"到此为止已经不再是忏悔的载体，而成为虚假的忏悔仪式了。

张贤亮在"忏悔的人"的各种内涵的表现上达到前所未有的高峰，同时预示这种极端形式的终结。"文化大革命"中，两种不同形态的人性沦丧——人性的摧残与人性的泯灭，同时对文学发生了深刻的影响。人性被摧残，证明人性原来是存在的以及人性的丧亡只是由外界压力造成的，由此作为一种压迫的回力，文学作品中出现了大量肯定人性的正义、呼唤人性复归的内容表明"石在，火种是不会绝的"[①]；而人性泯灭的原因，不但有外界的压力，同时暴露出人自身所包含的非人性的兽性因素，"奴在身者，其人可怜；奴在心者，其人可鄙"[②]。其所以可怜，是因为由外界压力造成的处境，而其所以可鄙，则证明了奴者内在的丑恶。由此它带给新时期文学的则是更深层次上对历史和自身的反思。在这个意义上，我们在"文化大革命"后的文学中又一次看到了新的忏悔因素。

---

① 　鲁迅：《且介亭杂文二集·"题未定"草（六至九）》，见《鲁迅全集》第6卷，人民文学出版社2005年版，第449页。张贤亮小说里主人公的名字叫石在，就暗示了鲁迅这句话的意义。

② 　此句可能出自林纾译《十字军英雄记》，此处转引自巴金《十年一梦》，见巴金《真话集》，人民文学出版社1983年版，第44页。

五、文学中忏悔意识重现的可能性

在"文化大革命"后的文学中，至今没有出现真正意义上的忏悔意识——它至多不过是一种忏悔的因素。但即便是因素，也已经表明了中国知识分子在自身价值认识上的变化。"文化大革命"后的文学仿佛五四初期文学的回复，它再度同时并存着两种互为对立的思潮：一种是对人性一度遭受摧残的愤怒，对人的价值充满人文主义色彩的肯定和颂扬；另一种则是对人性一度陷于泯灭的自谴，带有现代意识成分的忏悔，这正是"伤痕文学"的一大特征。

"伤痕文学"的贡献在于它不仅完成了一个揭批"四人帮"的政治性使命，更重要的是展示了人们经历一场大灾难后的反思。这种反思是对历史也是对自身的重新估价。正因为这种反思对每个劫后余生的人来说都潜藏着某种自觉，所以当一个幼稚而偏激的小姑娘对自己过去的愚昧行为发出真诚的忏悔时①，就触动了广大读者的心。这个不成熟的故事向人们提出了一个相当成熟的问题，它逼着每个人从自身的反省中探讨这场浩劫的成因。固然这场浩劫是由领导者错误发动，被反革命集团利用的，但它本身毕竟是以群众运动的形式出现的，亿万人都卷入进去，并参加它、推动它。那一个接一个的系列政治运动构成了一种周而复始的循环轨迹，历史就是这么走过来的。人们在这场浩劫中扮演了双重角色，既是参与者，又是受害者。从历史的角度看，自50年代中期起一次又一次"左"的思潮的膨胀，造成了这样一种现象：即使是十年浩劫中的无辜者，也难以保证在这以前的历次

①　　参见卢新华的短篇小说《伤痕》,《文汇报》1978年8月11日。

216

政治运动中始终白璧无瑕。时代造就了一种忏悔心理的社会基础，尤其是在灾难过后痛定思痛之际。金河的《重逢》、张弦的《记忆》、王蒙的《蝴蝶》、高晓声的《心狱》以及巴金的《随想录》等一批作品正是从政治、道德、人性等各个侧面反映了人们对这段历史的反思。但这段历程，又毕竟是人自己走过来的。"天作孽，犹可违，自作孽，不可逭。"它使人无法把一场浩劫的责任推给客观而心安理得，每个人都必须对自己以往的选择（哪怕是不自觉的或愚昧的）承担责任。

很显然，"文化大革命"为新的忏悔意识的产生提供了思想资料。当一段异常黑暗的历史横亘在人们面前时，人们无法回避自己在形成这段历史过程中的责任。有一些属于反思性质的文学作品，常常把某些人作为反思主体，这些人曾在中国革命进程中发挥过积极的作用，都自恃有功于人民，但"文化大革命"的冲击使他们的灵魂触及了过去从没意识到的另一面，即在自己身上仍然存在着作为一个人的弱点所在。历史利用了这些弱点，而这些弱点也促成了历史。基于这样的认识，这些主人公的反省中就掺杂着某种忏悔的心理，而且这种忏悔已经不再是自我作践，而是以"忏悔的人"的本来面目出现的，其中带有真诚的心理情绪。如《布礼》中"右派"钟亦成在垂死的老魏面前所自剖的："如果当时换一个地位，如果是让我负责批判宋明同志，我决不会手软，事情也不见得比现在好多少……"①这种忏悔心理正是在这样的历史面前产生的：1957年钟亦成被打成"右派"，而1966年的时候，当初因为"太爱惜乌纱帽"而不敢仗义执言的老魏与一心要把钟亦成踩下去的宋明也统统遭到惩罚，不仅受到同样的揪斗，还

---

① 　　王蒙:《布礼》，见《王蒙小说报告文学选》，北京出版社1981年版，第302页。

都先后被迫害致死。虽然这段自剖似乎也在归咎于历史，但它发人深思的是，为什么这些经过革命斗争考验、曾经举手宣过誓要把生命献给真理的人，在关键时刻连最起码的是非标准都会颠倒呢？如果当时有更多的人正直一些，是否有改变那种疯狂的历史进程的可能性呢？历史的无情使人在自身认识上学会了辩证法，在探究历史原因的同时，看到了自身的局限。

还值得注意的是，有些作品所揭示的种种弱点，并不是属于某一种人的特性，它属于人类，正如古代阿拉伯神话中的那个封闭着魔鬼的瓶子，从远古的人类祖先时代起就深深地埋藏在人的基因之中。20世纪30年代的《子夜》写了一个吴荪甫，这个"二十世纪机械工业时代的英雄骑士和'王子'"，野心勃勃，以复兴民族工业为己任的资本家，当他在商业竞争中一败涂地的时候，作为一个正常人所拥有的理性、责任、荣誉、道德都被压得粉碎，他在狂乱中奸污了老妈子；20世纪80年代又有一部小说《拂晓前的葬礼》（王兆军）写了一个田家祥，这个大苇塘村的支部书记，靠坚韧不拔的干劲与处心积虑的诡计当上了省劳模的"伟人"，在比他更强大的体制弊端面前突然发现自己仍不过是一棵小草。当一切自尊、信用、名誉、爱情都破产的时候，他也强奸了县委副书记的女儿。吴荪甫和田家祥这两个人物的身份、环境、秉性虽然有很大的不同，但作为人的根本性弱点是一致的：都是以兽性的突然爆发来弥补人性的虚亏不足。那么，当我们整个民族都处于那样一个人性沦丧的特殊环境里，时代的黑暗与人心深处的黑暗不能不产生一种感应。兽性可以表现在各种方面：淫荡、残暴、损人、狠毒，或者为求自己生存而出卖他人。我们在迄今为止的"文化大革命"后的文学创作中，还没有能够找到这样一部以人性的

218

黑暗为忏悔内容深刻地表现人在这场浩劫中的迷茫与苦难的作品，但局部的表现则时有所见。这一类作品，已经超越了一般"伤痕文学"的反思水准，达到了表现人性的一个新高度。

高晓声的《心狱》无疑是这一类作品中令人注目的一篇。施阿楚的残暴乃是出于他的天性，"打人越打越惬意"。这属于一种人类进化进程中兽性尚未完全退化的返祖现象。但是处于一个靠"专政"来决定一切的年代里，这种残暴适逢其时，施阿楚兽性极旺，人性却极衰，兽性即是他的理性。一旦助长他兽性的时代改变了面貌时，他的理性随之崩溃，于是他疯了。对他发疯的原因，作者没有往深处开掘，只推测他是出于害怕，但害怕的背后又是什么呢？小说留下的空白耐人寻味，我以为这篇小说的标题已经提供了答案。还有比良心受到审判更可怕的悲剧吗？高晓声没有写主人翁的忏悔，只写了他的恐惧，就像奥尼尔没有写琼斯皇的忏悔，只写了他的恐惧一样。但这种恐惧的背后，包含着一种更为触目惊心的忏悔意义。这不是那种由恶向善的忏悔，而是站在恶的原地发出的对恶的忏悔。

也有从恶走向善的忏悔，如礼平的《晚霞消失的时候》。但作品中大段关于宗教的议论冲淡了原来很有意义的关于暴力、关于文明与野蛮、关于人的自尊的探讨。而且作者企图把宗教视作求取精神满足的捷径，小心翼翼地绕开了本不应回避的现实战斗精神，因而显得肤浅。中国文化传统中一向缺少宗教意识，中国传统文学中的宗教意识不过是逃避现实和保持精神虚假平衡的廉价场所。这样的宗教意识永远也达不到像《牛虻》中主人公所经受的给人心灵震颤的折磨，也无法使人产生如心撕裂的痛苦。在中国新文学作品中，把宗教作为否定性因素用来揭露人的愚昧、迷信和盲目时常常写得十分精彩，可是一

中国新文学整体观

中国新文学发展中的忏悔意识

且把它当作一种正面力量来催人反省、催人自新时，就显得苍白无力。《晚霞消失的时候》不过是重蹈了中国古典文学的旧辙。

所以说，虽然从创作实际状况看，目前中国文学创作中的忏悔因素还只是刚刚从"忏悔的人"的类型中朝外逾越，远未达到鲁迅、郁达夫等五四一代作家所曾达到过的高度。但是朝这个方向发展的信息是存在的。"忏悔"不过是一种外在形式，重要的是它是否能够传达出人对自身认识的新的深度。人文主义让人取代神，现代意识使人恢复为人。人在认识自身方面要完成这个变化过程绝非易事，必须通过对自身错误的彻底反省，才能获得深刻的认识。这种认识是痛苦的，而"忏悔"，正是这种痛苦认识的主要表现形式。

"忏悔"不过是一种思维形态，研究忏悔意识并非鼓励人们沉湎于以往的过错之中，而是透过这种意识来认识人自身，确立起人在这个世界上的真正自信。我们的新文学曾经一度不自觉地达到"人的忏悔"，进而又转向"忏悔的人"，并从这条路走向极端，接着又发生逆向运动，向自觉的"人的忏悔"的方向发展。这也印证了现代中国关于人在自身认识方面所经历的一条曲折道路。

回顾这一历程，不仅是为了对以往历史获得新的认识，更重要的是有助于我们思考：应该怎样面对未来。我们过去曾经有过无数次机会来面对伟大的未来，但只有正确的认识才能确立正确的自信，以克服各种错误造成的障碍。我们无法判断，在许多年后人们将会怎样理解我们这个时代的文学中包含的"忏悔"意识，但我相信，如果文学创作中还会出现"忏悔"意识，那它将表明我们这个时代已经开始起步，正从更高层次的自身认识基础上寻找通达未来的正确途径。

中国新文学对传统文化的态度以及演变

一、问题的提出：五四反传统的背景及其价值

1985年夏天，作家阿城发表了《文化制约着人类》一文。文章认为我国文学尚未建立在一个广泛深厚的文化开掘的基础之上，因而不能达到世界文学的先进水平。他指出："五四运动在社会变革中有着不容否定的进步意义，但它较全面地对民族文化的虚无主义的态度，加上中国社会一直动荡，使民族文化的断裂，延续至今。"①阿城遭到许多人的反驳，他们有的出于维护五四传统的热情，有的出于对封建专制及其道德的义愤，也有的出于对现代化步伐如何迈进的思考，诸说种种，却没有考虑到阿城的文章是在谈文学问题，他所指的"民族文化的断裂"，明显地是指文学创作上的现象。文学与历史领域不同，对传统文化的理解也不同。历史研究者眼中的中西文化比较是纵向的比较，用历史进化观点看，自然把五四时期西方文化对中国传统文化的冲击视作一种历史的进步，因此，他们在旧文化的崩溃中，听到了封建专制大厦吱吱瓦解的声响。而文学是一种审美的感悟，文学研究者从民族传统文化中领会到千百年来积淀在现代人心理中的审美特征与审美习惯，体味到人类精神活动的最高理想境界。面对转化为美学

---

①   阿城：《文化制约着人类》，《文艺报》1985年7月6日。阿城关于"文化断裂"的提法并不确切，但在目前讨论中已被人们接受，本文从俗。但本文所说的"文化断裂"，仅指五四新文学中反传统文化的一种结果。

形态的文化现象，时间是没有意义的。万里长城和霍去病墓石刻，历史学家可能首先想到的是它在时间上的价值，政治社会学家可能关心的是论证奴隶的智慧与血泪，而对一个文学家来说，他惊叹的是长城之雄、石刻之奇，并从雄与奇的美学特征中感悟中国文化的审美价值。他崇拜长城、汉墓，绝非要恢复秦始皇的酷政与大汉帝国的迷梦，这是显而易见的。中国传统文化曾经创造过极其灿烂的精神成果，而这一切在五四以后的新文学中是否得到了发扬光大呢？阿城是从这个角度来反思五四新文化运动的，但一扯到社会学领域，很多问题就变得复杂了。

在文学范围内对民族传统文化的追求，总是要涉及文学以外的世界。特别是五四新文学，产生于新文化运动的激烈战斗之中，不能不带上那个时代的文化烙印。因此，即使从文学的角度去谈文化，我们也不能不联系整个文化史的发展与演变。

我以为，把"传统"与"过去"等同起来是不科学的，其结果是把传统看作一种"已经定型的"、绝对的、固定了的东西，强调这样的传统，就会导致牺牲"现代"。随着近代科学的发展和对遗传之谜的探求，人们越来越认识到自己在时间中的地位，任何人都是当代社会的一个成员，同时是一个古老历史的遗物。历史与当代，仿佛共存于同一躯体之内，构成时间对人的双重意义。人类的血型由遗传基因决定，改变其中一种血清血型约需长达二三百万年的时间。前些年，我国的科研人员运用血清血型的分析技术，首次揭示出中华民族的起源与地域分布状况。他们采用分析的血清中GM血型，正是一种由GM因子构成的人体遗传标志，估计在200万年以前人类祖先从猿人分化出来时就已具备。①这个消息确使人感到震惊：遥远的历史一下子被拉到了眼前，而我们自己也仿佛霎时间增长了无穷的寿命。原来我们的祖先遗留给我们的不仅仅是几块石片，几座废墟，它还存在着，而且就存在于我们的血液里。这不能不给我们一种历史的领悟：一个民族的历史、文化及其精神内核，对现代人来说，并非意味着时间上的过去，它还包括现在与未来。它是一种流动的状态，一种与当代生活息息相通的生命体。我们每个人都承负着历史，又延续着历史，这种承负延续的过程，即谓文化。

就像穿了牛仔裤、跳着迪斯科，不会改变中国人是黄种人一样，文化制约人的本质，表现为每一种文化都赋予人类特殊的精神气质与生活态度。文化对我们来说，不是一件出土文物，它与当代生活保持了密切的关系，但这种关系不仅仅表现为现代生活如何更新，而且表现在中国特有的现代生活该如何更新。同样是资本主义的胜利，在日本，明治维新保留了天皇制，在法国，国王却被送上断头台。同样是签订不平等条约，列宁在《布列斯特和约》以后成功地保证了苏维埃政权的生存，成为国际共运史上的一大胜利，而中国，任何一个不平等条约都会成为丧权辱国的耻辱，即使在当时的历史条件下是不得不采取的措施，也不会得到后人的谅解。文化的不同，决定了人们的生活态度和生活方式的差异，也决定了人们在推动生活走向未来时的不同道路。任何民族都有自己的历史，也有自己推动社会进步的特殊方式。《诗经·大雅》的《文王》篇曰："周虽旧邦，其命维新。"我觉得这两句话能够传达出我们应对文化所持的基本态度。其曰维新，曰

① 参见《上海输血研究所研究血清血型发现：我国以北纬三十五度为界线中华民族分南北两大发源地》，《文汇报》1986年1月3日。

中国新文学整体观

中国新文学对传统文化的态度以及演变

新民，日日新又新，根本生命在于求新，在于变化，离开这一点，文化即无丝毫意义与价值；但它的求新与变化又只能背负着古老的历史与传统的包袱，在"旧邦"中进行。像五四时期人们所理解的那样，把传统视作对抗现代文明的不祥之物，视作黑暗的闸门，以为唯有逃脱它的制约才能获得全新的自由与光明，实际上只是迷人的幻想。我以为"旧邦"不应是维新的惰力，而是求新的本体。唯有在这个意义上，"其命维新"才能具备实在的意义。

中华民族独创而成的文化传统具有自新的能力，能不断地以民族精神与时代精神相调节，对内适应千百年来时代的变迁，对外表现出强大的消化能力与抗衡能力。唯其能消化，中华文明才能不断吸取异域文化的新养料；唯其能抗衡，才不至于像世界上其他几种古文明那样被湮没与断绝。

在世界随着帝国主义的出现而被联成一体以后，东西方的接触日益频繁，各种文化互相撞击与渗透，都给中国文化传统的更新造成一种压力。面对目不暇接的新世界（这个新世界曾用枪炮野蛮地践踏中华礼仪之邦，骄傲地宣告这个文明古国不过是奄奄一息的病夫），求生的本能与自新的本能在突如其来的外力刺激之下发生了激烈的冲突，整个系统的运动被打乱，旧邦与维新的分离也势在必然。五四新文化运动无疑是这种覆巢之下的自救运动。当时先进的知识分子都毫不犹豫地抛弃传统文化如敝屣，他们抓住刚刚接触到的西方文化，称之为"新"。故有新思潮、新学说、新青年、新社会、新国家……一言以蔽之，提倡新文化。的确，在民族危亡之际，求生原则高于一切，不这样做无以救中国，也无以使民族文化更新，这是五四新文化运动的伟大意义。

元清时期，汉民族传统文化两度同化了比自己落后的异族文化。这种胜利，增强了汉文化的保守因素，也放缓了其自新的脚步。18世纪，中国学术上"朴学"兴起，一反理学的空谈，以严密的考据方法治学，掀起一场史学复兴运动。朴学兴，理学衰，从方法论上说，无疑是一次革命。但令人奇怪的是，科学的方法何以没有导致自然科学的勃兴，反而将学术转入了经学考据的死胡同？我至今总感到困惑不解：在康熙时代辑成、雍正时代刊印的《古今图书集成》问世不久，为什么中国学者又要辛辛苦苦穷十年之功去编《四库全书》？前者分历象、方舆、明伦、博物、理学、经济六编，自然科学地位显要，以此为起点本可以作出更高腾飞；而后者则以经史子集为序，经列首位，烦琐的考据代替了创造性思维，许多第一流的学者，如前人所讥，似蚕食叶而不吐丝。乾嘉以来的学者阐扬了中国文化又窒息了中国文化，致使中国学术走上了与西方文艺复兴以后截然相反的道路。

洋务运动、戊戌维新、辛亥革命，应该说都是一部分中国知识分子企图利用西方文化的部分输入来补救中国传统文化，结果都失败了。于是出现了死里求生的五四运动，对传统文化作了最严厉的批判与扬弃。当时许多新文化的倡导者极其真诚地希望传统文化从此消灭，让西方新文化独领风骚。但在事实上，文化是抛弃不了的，五四所扬弃的传统文化，实际上只是已经丧失了生命力的死文化。就连当时一些拥护传统文化的人也承认："其实当知所摧扫之旧制度旧传说而如是之易且速者，正以此等旧物自身本已腐朽，早不适于时代之新要求，即无外来之新思想，亦当归于淘汰者。"[1]正是由于五四运动比较彻底

① 　　陈嘉异：《东方文化与吾人之大任（续）》，《东方杂志》18卷2号，1921年1月25日。

中国新文学整体观
中国新文学对传统文化的态度以及演变

地批判了传统文化，大量地吸取了西方新文化，才使中国文化注入了新鲜的血液，使它的生命力从窒息状态中逐渐复活过来，终于完成了由否塞向泰通的伟大转化，给阿城们提供了重新认识传统文化的客观条件；也正是由于对西方文化的开放精神，使新一代的中国人及时吸收了同步的外来文化，在现代意识的基础上去重新审视传统文化，给阿城们提供了重新认识传统文化的主观条件。以此观之，五四对传统文化的批判和否定，不仅无过，而且有功，我们应正确认识它的价值。

但五四新文化运动的这种价值，仅仅表现为中西文化的交流、融汇、自新的一个良好序幕，还不是融汇的过程本身，更不是结果。五四迄今七十余年，在文化发展史上不过是一瞬间，中西文化的交融在今天才刚刚走上正途，结果仍然是属于未来的事。从这样一个大背景上去认识中西文化的交流，才能真正理解中国新文学发展过程中对传统文化所持的否定态度，也才能更好地理解后来文坛上引人注目的"文化寻根热"现象的出现。

二、新文学对传统文化的批判

中国人是在西方列强用枪炮打开东方大门的危难之际变法图存的，先是声光电化，继是代议立宪，最后想到了思想文化，那一时期的知识分子都抱着极大的功利态度，把物质文明与西方文化联系在一起，把贫困落后与东方文化视作一体。所以他们认为中国人必须斩断自己的文化传统——如火中凤凰，自焚之后，才得复苏。当时新文化的主要阵地《新青年》是采取这个态度的。有读者问陈独秀："贵志之文，似有扬西抑东之意，如此等处，恐尚须斟酌商量也。"陈直认不讳地回答："东西文化，相距尚远，兼程以进，犹属望尘，慎勿以抑扬过当为虑。"[①]把中西文化的不同，视作时序上的差异，而不是种类上的区别，是当时的新文化倡导者们共守的态度。他们几乎都把中国文化与封建文化视作一物，认为拥护中国文化，即拥护封建文化、拥护专制复辟，辜鸿铭、康有为就是代表，反对中国文化，即反封建、反复古，就是革命倡新，陈独秀、胡适之就是代表。政治阵营与文化阵营连成一体，组成了森严的壁垒。五四新文学运动发轫在这样一个大文化背景下，既是文化斗争的分支，也是政治斗争的产物。这就使新文学不能不打上社会政治斗争的烙印：反帝反封建既是新民主主义文化运动的性质与宗旨，也完全等同于新文学运动的性质与宗旨。

因此，五四新文学对传统文化的基本态度，依据的是历史的标准，而不是审美的标准。或者说，文学不是从其自身的角度来选择传统文化，而是借用了社会斗争和历史进化的角度来决定自己对传统文化的态度。正是从这个基本态度出发，吴稚晖要大叫把线装书丢进茅厕里；也正是从这个基本态度出发，鲁迅教育青年人最好不读中国书。我们年轻人对有些历史现象实在难以理解：30年代有的作家劝告青年读《庄子》与《文选》，以丰富作文的词汇，这本无什么大错，鲁迅却如此认真地连续作文加以批判[②]；北平图书馆以1800元的高价购买《金瓶梅词话》的稿本，从搜集善本书的角度说实在

① 陈独秀：《答张永言》，《青年杂志》1卷6号，"通信"栏目，1916年2月15日。
② 参见鲁迅《准风月谈·"感旧"以后（上）（下）》，见《鲁迅全集》第5卷，人民文学出版社2005年版，第346～353页。内收有施蛰存的文章《〈庄子〉与〈文选〉》。

是功德无量，巴金却发表文章，义正词严地责问：这"对于现今在生死关头挣扎着的中国人民会有什么影响"①？这些事放到今天的环境来看，即使鲁迅、巴金本人恐怕也会哑然失笑，而在当时，却是极其严肃地反映了时代对文学提出的要求。我们只有明白了五四新文学对传统文化的基本态度，才能理解到老一辈文化战士这种战斗情绪的必要性与必然性。

作为新文化运动的旗手，鲁迅对传统文化的批判态度最典型地代表了五四精神。鲁迅对中国文化传统最伟大的继承就是：他一生的行为所表现出来的刚强、热烈、勤奋、博爱的人格力量与注重社会改造，极端积极地投身其中，甚至不计成败，"知其不可而为之"的战斗精神。这种充溢着阳刚之气的行动哲学，最完善也最本质地体现出中国文化的传统精神与传统美德。鲁迅在他极其有限的赞美中国传统的语言中，留下了这样的宝贵评语："我们从古以来，就有埋头苦干的人，有拚命硬干的人，有为民请命的人，有舍身求法的人，……虽是等于为帝王将相作家谱的所谓'正史'，也往往掩不住他们的光耀，这就是中国的脊梁。"②但是鲁迅也正是用他继承下来的中国传统文化的阳刚精神对传统本身进行韧性的、置对方于死地的批判。"传统"与"反传统"，存在于鲁迅的同一种行为之中。直到晚年，鲁迅还保持着五四初期自己所倡导的那种无所顾忌的批判精神。锋芒所指不仅有封建礼教、复古思潮、文言文、国民性等重要文化现象，还涉及一系列与文化传统有关的社会现象与学术领域，诸如京剧、中医、武术、汉

---

① 巴金：《点滴》，《文学》4卷2号，1935年2月。
② 鲁迅：《且介亭杂文·中国人失掉自信力了吗》，见《鲁迅全集》第6卷，人民文学出版社2005年版，第122页。

字、毛笔字，等等。今人研究鲁迅，常常用今天看来是最完美的形象来塑造鲁迅，以为鲁迅也与我们现在的认识一样，对传统文化抱着"批判继承"的态度，这是误解。鲁迅固然做过整理古籍、研究佛经、钩沉古小说、研究小说史等工作，就他个人所好，也包括读线装书、作旧体诗、写毛笔字之类。但是如果以个人爱好或专长来代替对新文学使命的履行，那他就不成其为鲁迅了。他早就声明过，他是奉先驱者的"将令"来写作的，这个将令，正是新文化运动的使命——反封建、反传统。当鲁迅在文章中提到传统文化时，他总是以高度的理性批判的态度来履行他的使命，也是新文化的使命。这种理性态度有时过分严厉，甚至给他带来了个人感情上的痛苦。譬如他多次对别人称赞他的古文修养表示厌恶，对自己思想上存在着"古老的鬼魂，摆脱不开"①感到有愧于青年，等等。

这不是鲁迅个人的态度，而是鲁迅服从于新文化运动的总体要求而持的一种集体原则。它的直接后果，导致在五四新空气下成长起来的一代青年对传统文化的否定。事实上，新文学的第二代作家比鲁迅这一代人盲目得多。如果说，鲁迅的"不读中国书"是"用许多苦痛换来的真话"②，那么，第二代作家说出同样的话则毫不费力，因为五四反传统的风气使他们在青年求学时期轻而易举地摆脱了种种古老的鬼气，在西方文化的熏陶和教育下，他们的作品都烙上了极其鲜明的外国印记。在巴金、丁玲、艾青、曹禺、胡风这一代人的创作中，几乎看不到什么传统文化的影响，即使是老舍、沈从文

① 鲁迅：《坟·写在〈坟〉后面》，见《鲁迅全集》第1卷，人民文学出版社2005年版，第301页。
② 鲁迅：《坟·写在〈坟〉后面》，见《鲁迅全集》第1卷，人民文学出版社2005年版，第302页。

这两个通常被认为最富有"民族性"的作家，主要的创造营养还是得益于民间风俗与民间文艺。这种反传统的特征在许多作家身上完全是自觉的。譬如巴金，他的《激流三部曲》描写了典型的中国封建大家庭的故事，但他宁愿说自己创作时接受过托尔斯泰、左拉、托马斯·曼的影响，从来不谈《红楼梦》可能会产生的影响。在20世纪30年代，文言作品的影响、古典诗词的痕迹，只是作为少数作家的个人爱好而存在，并不体现出时代精神。这一代作家献出的五四新文学创作的最精彩的成果，都是以西方文学为榜样，深刻地描绘出五四时期新文化冲击下的一代知识分子的复杂心态，传达出他们真诚的追求、呼号和探索。这一代作品所表现出来的文化，完全不同于"鸳鸯蝴蝶派"半文半白的旧小说，也不同于五四初期"缠过脚的妇人"①式的白话文学，它以一种崭新的文化乳汁注入新文学，形成五四文学的新传统。

但是，这种新传统并未取得对传统文化批判的真正胜利。30年代是它的鼎盛时期，其主要影响范围还是局限在一小部分与这一批作家在同样环境下成长起来的知识分子读者群中，而与真正的民间社会无缘。一种文学在获得民间最大多数的人民喜爱之前，很难成为民族文学的成熟标志。更苛刻地说，这一代作品于读者最激动人心的，还是它所表达的充满时代精神的思想内容。这种文学所体现的新文化质，还没有真正转化为文学的美学力量，没有成为民族审美传统的一个有机部分。所以当一场民族战争掀起时，在更强大的民族自尊意识的压力下，新文学不得不放弃它的批判使命，让"民族文艺"来取代。最

---

① 　　胡适：《〈尝试集〉四版自序》，见欧阳哲生编《胡适文集》9，北京大学出版社1998年版，第91页。

后一个企图捍卫这种批判使命与新文学传统的是胡风，他的悲壮失败，宣告了五四新文化对传统文化批判态度的结束。

三、五四时期的两种思维形态

新文化运动初期，发生过多次中西文化的论争。其中规模、影响较大的共有三次：一次是五四前夕《新青年》与《东方杂志》围绕着物质文明与精神文明的论争；第二次是20年代初"科学"与"玄学"的论争；第三次是20年代中围绕泰戈尔访华引起的评价"东方文化"的论争。这些论战表现出一些值得我们注意的思维形态上的偏颇，主要有两种：

其一，在五四初期，反对传统文化的知识分子大都从历史进化的观点出发，把中西文化看作社会发展的两个不同阶段的文化。他们把中国引进西方物质文明的必然性与中国将实行全盘西化、走西方文化道路等同起来，于是得出西方文化必胜的结论。胡适在批评梁漱溟的《东西文化及其哲学》一书时，就认为："现在全世界大通了，当初鞭策欧洲人的环境和问题现在又来鞭策我们了。将来中国和印度的科学化与民治化，是无可疑的。"[1]提倡民主与科学是进步的，但是把民主与科学混同于西方文化，成为胡适的民族虚无思想的来源之一。早期的陈独秀也同样持这种观点。在他们眼中，文化是社会形态的反映，要改造中国社会，使中国像西方社会那样富强起来，就必须由西方文

---

①   胡适：《读梁漱溟先生的〈东西文化及其哲学〉》，《读书杂志》第8期，1923年4月1日。

化来改造中国文化。这在当时有助于一批新文化运动的激进分子坚决地投入反对封建思想文化的斗争，其缺点是把文化形态与社会形态的关系理解得过于机械，从而忽略了中西文化比较的学术意义。

在五四前夕中国学术界发生的第一次"中西文化"的论战中，陈独秀批判杜亚泉等人的复古言论，使用的就是社会斗争的口号：维护共和原则，反对君主复辟。他在《再质问〈东方杂志〉记者》一文中宣布："记者（独秀自谓——引者）信仰共和政体之人也，见人有鼓吹君政时代不合共和之旧思想，若康有为、辜鸿铭等，尝辞而辟之，虑其谬说流行于社会，使我呱呱堕地之共和，根本摇动也。前以《东方杂志》载有足使共和政体根本摇动之论文，一时情急，遂自忘固陋，意向'东方'记者提出质问。"[①]这很明显是从政治斗争着眼的。《东方杂志》历史悠久，在当时思想文化界具有较大影响，又是中国近代第一家自觉探讨中西文化异同、渊源以及比较的学术刊物。其所载之文，虽确有一些从政治角度出发为复辟制造舆论，也有不少是从学术上探讨中西文化异同的，其学术观点不无可取之处，但是，当它的反对者从实际的现代政治斗争出发，把它与当时政治上的复辟思潮联系起来，指责它是辜鸿铭、张勋的"同志"的时候，它就丧失了全部的学术雄辩能力。

在20世纪20年代初发生的第二次"中西文化"论争中，张君劢等人鉴于第一次世界大战给欧洲人带来的精神幻灭，提出重建"精神文明"的问题，以为科学只能指导物质文明，不能指导"人生观"。张君劢等人的观点不一定正确，但是他们提倡儒家文化，把柏格森、

---

① 　　陈独秀：《再质问〈东方杂志〉记者》，《新青年》6卷2号，1919年2月15日。

倭铿等人的现代哲学与宋明理学侧重内心修养的哲学联系起来进行研究，具有一定的学术价值。胡适之、丁文江们却极不耐烦于学术讨论，只是简单地斥之谓"玄学鬼"。胡适在列举了中国当时遍地是"乩坛道院""仙方鬼照相"等迷信陋习以后，指出："我们当这个时候，正苦科学的提倡不够，正苦科学的教育不发达，正苦科学的势力还不能扫除那迷漫全国的乌烟瘴气，——不料还有名流学者出来高唱'欧洲科学破产'的喊声……信仰科学的人看了这种现状，能不发愁吗？"[①]从特定的历史环境讲，胡适的批判是正确的。但张君劢等人事实上并未一般地反对科学，只是认为科学不能解决精神领域的现象。胡适的思维形态与陈独秀批判《东方杂志》的思维形态显然是一样的：他首先把中国文化同迷信陋习混同起来，然而把对方的学术观点同维护迷信陋习联系起来，其结果当然是西方文化获全胜，可是一个本来可以深入讨论的学术问题又落到了很简单、很现成的结论里去了。

在五四时期以自救为首要原则的时代精神下，人们的思维形态不可能脱离当时的时代要求，学术活动也不可能离开现实斗争而单纯地存在，但这种思维形态毕竟也造成了理论上的某些缺陷，诸如过于轻视本民族文化对中国社会的制约作用，忽视了在引进外来文化改造中国社会的同时，还存在一个中国社会选择外来文化的问题，对民族文化在其长期形成过程中生成的独立于社会经济的客观力量也缺乏正确的认识与重视，等等。

这种机械的思维方式甚至影响到中国学术界对历史唯物论的理解。在"科学"与"人生观"论战时，早期共产党人曾力图站在唯物史观

---

① 胡适：《〈科学与人生观〉序》，见亚东图书馆编《科学与人生观》，亚东图书馆1923年版，第7～8页。

的高度去剖析这场论战，宣传马克思主义，如邓中夏曾作出这样的结论："东方文化派可说代表农业手工业的封建思想（或称宗法思想），科学方法派可说是代表新式工业的资产阶级思想，唯物史观派可说是代表新式工业的无产阶级思想"，可社会是进化的，"封建制度必被资本制打翻，资本制必被共产制打翻，那么我们可以断定，封建思想必被资产阶级思想征服，资产阶级思想必被无产阶级思想征服，这是社会进化与思想进化的铁则"[①]。邓中夏所推论的社会进化原则，如此机械地套用于"科学"与"人生观"的论战，未免太简单化了。文化形态不是社会经济形态的简单反映，它在漫长的形成过程中，特别体现在人类精神财富的继承方面，有其独立的价值。中国文化形成于三代之前，发扬光大于西周秦汉，它以黄河流域与长江流域为文化的两大发源地，并糅合了少数民族和异域文化营养，相激相荡，发展于今。封建社会形态不过占了中国文化发展史的一个阶段。在五四以前，中国文化集中反映出某些封建的意识形态，那是事实，但不能把一切文化因素都同封建性质等同起来，认为它必定要败于资本主义（即西方文化）。同样，西方文化也不等于资产阶级文化。西方文化源于希伯来文化与希腊文化，又融汇了北方各民族（即现今欧洲各国的原始民族）的文化而成，文艺复兴后，它逐渐摆脱中世纪教会的黑暗控制，蓬勃地发展起来。资本主义也不过占了其发展史的一个小阶段，何况欧洲各民族源远流长，演变也很复杂，英、法、德、意各国文化未必相等，各国的民族气质、精神特征都不一样，也不能以"西方文化"这样一个笼统的名词来囊括一切。如果把人类社会发展形态与人类文

[①]　中夏：《中国现在的思想界》，《中国青年（上海1923）》第6期，1923年11月24日。

236

化完全等同起来，那世界上就不存在地域意义上的东西方文化了。

其二，五四时期中西文化论战中表现出来的又一种主要思维形态，是机械的"中西文化优劣比较"，它用一种笼统的方法，去归纳中西文化的不同之处。譬如，有人认为西方文化是"物质文明"，东方文化是"精神文明"；有人认为西方文化是"动的文明"，东方文化是"静的文明"；也有人认为西方文化产生于"意欲向前的精神"，东方文化产生于"意欲自为调和持中的要求"；等等，但所有这些比较的结果，无一不是以为西方文化重物质，中国文化重精神。这种思维方法导致的结果，只能是以己之长，比彼之短，借以达到维护传统文化的目的。梁启超游欧看到了西方社会的某些弊病，便很动情感地向国人诉说："宗教和旧哲学既已被科学打得个旗靡帜乱，这位'科学先生'便自当仁不让起来，要凭他的试验发明个宇宙新大原理。却是那大原理且不消说，敢是各科的小原理也是日新月异，今日认为真理，明日已成谬见。新权威到底树立不来，旧权威却是可不恢复了，所以全社会人心，都陷入怀疑沉闷畏惧之中，好像失了罗针的海船遇着风雾，不知前途怎生是好。"于是总结说："欧洲人做了一场科学万能的大梦，到如今却叫起科学破产来。"[1]不能不佩服梁启超对欧洲学术界的敏锐观察与传神描绘。20世纪初，一系列科学成果打破了欧洲经典科学的传统，由此促使了整个西方现代意识——反传统的文化意识的生成。这是西方学术由"体系的时代"向"分析的时代"转化必然产生的困惑。但是在西方，崩溃的仅仅是工业革命时代建立起来的传统科学信条，科学本身并没有崩溃；反传统的文化意识也是在更高层次

---

[1]　　梁启超：《欧游心影录》，转引自胡适《〈科学与人生观〉序》，见亚东图书馆编《科学与人生观》，亚东图书馆1923年版，第3～4、5页。

上取得了深入的发展。梁启超比只迷信19世纪的西方"民主"与"科学"的胡适敏锐得多，但是他接受这种新信息时的思维形态是错误的：从西方的"科学破产"里看出了中国的"精神优胜"。在西方反传统的文化意识中，曾有一部分人自觉地向东方寻找出路，尤其在德国，20年代的"东方热"十分流行，这也一度使许多中国人沾沾自喜，也陶醉在"精神优胜"的美梦中。其实，任何文化都不可能把物质精神简单地分离开来。那种认为中国物质文明不如人，精神文明却天下第一，甚至提倡用中国的"精神"去补救和调剂西方的"物质"的主张，是极为可笑的。

文化是人类精神的最高结晶，它包括人类创造物质文明的能力，但又不等同于物质文明。在人类文化发展中，物质进步与精神发展是不平衡的，不能把文化简单地理解为物质文明或精神文明。胡适就曾经从中国的物质机械不如人，推导出中国"百事不如人"的结论，而梁启超则从西方"科学破产"中看出了中国的"精神优胜"，他们两人结论虽然相反，思维方式却是相同的。

联系后来关于传统文化的讨论，我们不难发现，这两种思维形态仍然制约着许多人的思考。有不少人从反对中国残存的封建专制主义以及封建意识形态的目的出发，认为中国现在需要的是西方的民主精神，而拒绝对传统文化再评价。实际上把中国传统文化视作封建思想余孽，把西方文化看作民主精神，这又重复了当年陈独秀、胡适的思维形态。有些人对西方现代文化的传入感到不安，就重弹"精神优胜"的老调，以为只要发扬民族传统就可以安然无恙地搞"四化"建设，这实在是比梁启超、张君劢等人还倒退了一大步。

文化的最高形态应是美的形态，中国传统文化的伟大代表者身上，都体现出社会价值与审美价值的高度综合。而五四以后，先进的知识分子把这两种价值互相分割了，很多人在攻击传统文化的社会价值的同时，怀疑其审美价值（只有废名、冯至、沈从文等极个别的作家例外）。最典型的一个例子即是20世纪20年代中期印度诗人泰戈尔来华引起的争论。泰戈尔是个"东方文化"鼓吹者，认为西方物质文明的发展导致精神的毁灭。他的思想学说受到西方世界的欢迎，使他在1913年获得诺贝尔文学奖。20年代初，当时的留美学生冯友兰把泰氏的"东方文化"观点介绍进来[1]，此后一直引起学术界的争论。1924年泰戈尔来华访问前后，陈独秀、瞿秋白、郭沫若、闻一多、沈雁冰等许多新文学运动的中坚分子都著文表示了反对意见。其中陈独秀的观点最为极端，他以为泰戈尔的著作根本不必翻译到中国来，因为说它艺术好吧，艺术是不能翻译的；如果译它的思想内容吧，可中国老庄的昏话已经够多了。[2]一句话，泰戈尔的作品没有翻译的必要。这种态度表明了五四时期一部分知识分子的思想特征：他们从社会学的观点出发，否定整个的传统文化，包括文化的审美价值。这种思维形态在我们今天仍然存在，当文学中出现了对传统文化的热情追寻的时候，许多人就感到困惑不解，以致把作家们的美学追求误认作一种复古的思潮。

[1]　冯友兰：《与印度泰谷尔谈话（东西文明之比较观）》，《新潮》3卷1号，1921年10月1日。
[2]　参见实庵（陈独秀）《我们为什么欢迎泰谷儿》，《中国青年（上海1923）》第2期，1923年10月27日。

中国新文学整体观

中国新文学对传统文化的态度以及演变

四、后继者对五四新文化的反省

五四新文化运动初期，当"东方文化派"与"西方文化派"论战犹酣的时候，新文学中就有人站在更高的理论层次上，对传统文化作出很有意思的阐述，那就是青年时代的郭沫若。由于少年时代受到良好的传统文化教育，青年时代又去日本学医，接受了近代科学的熏陶，因此，郭沫若是继王国维之后能以西方现代意识来重新审视中国传统文化的第一人。他真诚地抱着"文艺复兴"的态度，既不同于胡适、陈独秀那样对传统文化采取虚无主义态度，也不同于梁启超、张君劢那样陶醉在封建意识颇浓的"精神优胜"的迷梦里。他厌恶腐败的封建道德以及佛教的虚无主义，却愿意公开为中国传统文化辩护。在"打倒孔家店"的声浪中，他是新文学中第一个敢于赞颂孔子的作家，他认为中国三代以前的文化中确实包含着自由思想与自然哲学，其精髓正是通过孔子、老子、庄子以及墨子等先哲的著作被保留下来。他以为东西方文化没有根本性的差别，世界文化的最高精华是一致的。[①]这种视"世界为一体"的思想起点，导致他人生观的泛神论。可以说，郭沫若是通过对近代西方文化的学习去理解中国传统文化的，他对传统文化的精彩解释，很长一段时期里无人企及。但是郭沫若的这些成就没有战胜当时中西文化论战中的主要思维形态。他刚刚接受马克思主义理论时，曾一度打算把孔子的学说同马克思主义混合起来，把王阳明的学说同社会主义混合起来，也就是打算让西方文化中的马克思

[①] 　参见郭沫若《中国文化之传统精神》，《创造周报》第2号，1923年5月20日；郭沫若《论中德文化书》，《创造周报》第5号，1923年6月10日。

主义同中国传统文化相结合，使马克思主义中国化。^①可惜，他这条路没有走下去，也没有走通，严酷的阶级斗争迫使他放弃这种学术活动，完全投入了实际的社会政治斗争，以后他又放弃了早期关于传统文化的看法，向当时流行的思维形态让了步。

三四十年代，中国出现了力图应用西方现代文化来重新评价传统文化的潮流。这在建筑学方面有梁思成和中国营造学社运用现代建筑知识改建孔庙；在哲学上有冯友兰的《新理学》等论著，以西方现代哲学同中国传统理学结合；在文学批评上则有李长之的《迎中国的文艺复兴》一书，对五四的文化断裂作了深刻的反省。李长之在批评五四时代精神时指出，五四不是一场文艺复兴，而是启蒙运动。他说："启蒙运动的主要特征，是理智的，实用的，破坏的，清浅的。我们试看五四时代的精神，像陈独秀对于传统的文化之开火，像胡适主张要问一个'为什么'的新生活，像顾颉刚对于古典的怀疑，像鲁迅在经书中所看到的吃人礼教（狂人日记），这都是启蒙的色彩。明白与清楚，也正是五四时代的文化姿态。"接着他又说："对朦胧糊涂说，明白清楚是一种好处，但就另一方面说，明白清楚却就是缺少深度。水至清则无鱼，生命的幽深处，自然有烟有雾。五四时代没有深奥的哲学。柏拉图、黑格儿、康德，谈之者少……大家不惟不谈深奥的哲学而已，而且有着反感。"^②李长之研究过德国哲学与文学，习惯以德国文化的特点来衡量五四时代精神，结论上自有偏颇之处，不过

①　参见郭沫若《伟大的精神生活者王阳明》，见郭沫若《文艺论集》，上海光华书局1925年版；郭沫若《马克斯进文庙》《讨论"马克斯进文庙"》，《洪水》半月刊1卷7号（1925年12月16日）、1卷9号（1926年1月16日）。

②　李长之：《五四运动之文化的意义及其评价》，见《迎中国的文艺复兴》，商务印书馆1946年版，第14～22页，引文见第16页。

他对五四时代精神的分析则是鞭辟入里、命中要害的。五四不是一个文艺复兴运动，而是一个启蒙运动，这可看作对五四新文化运动本质的最科学的说明。从这一立场出发，李长之指出："五四是一个移植的文化运动"，"五四是一个资本主义的文化运动"，"五四运动在文化上是一个未得自然发育的民族主义运动"，"五四这个时代在文化上最大的成就是自然科学"，"五四文化运动可看做是西洋思想演进的一种匆遽的重演"，等等。① 这些结论，有些是有价值的，有些尚有失误，但他站在40年代阐扬中国传统文化的高度来反省五四运动造成的"文化断裂"，即使80年代的阿城等，也是未能企及的。但是，李长之的批评也好，冯友兰的哲学也好，都带有明显的为当时政治服务的倾向。抗战激发起中国人对民族文化复兴的新热情，但他们把这场伟大运动的主体力量——民众的因素排除在外，只是希图利用传统文化的某种影响，来为现实斗争服务。这种努力在客观上迎合了当时政府的需要，而与广大人民的抗战要求和现实相悖，中国历史的进程没有按照他们希望的那样去发展，他们也终究未能改变五四新文学对传统文化的批判态度。

与此同时，五四新文学运动的倡导者中有不少人开始对传统文学中一向不登大雅之堂的小说、戏曲、弹词、歌谣以及各种民间文化作了筚路蓝缕的发掘和研究，这些工作并不表明研究者主观上改变了对传统文化的批判态度，但在客观上为传统文化的合理因素在学术上争得了一席之地。全民族抗战的爆发，使民族精神的呼唤成了文学界的理性需要；民族形式的采用成了文学界的实际需要。一场战争，从根

---

① 李长之：《五四运动之文化的意义及其评价》，见《迎中国的文艺复兴》，商务印书馆1946年版，第19～21页。

本上中止了五四新文学对传统文化的批判态度，也中止了少数作家单从美学价值上对传统文化所抱的"夕阳无限好"的感情。战争把作家推向火线，把新文学推向民众。农民成了这场民族文化复兴的伟大体现者，中国知识分子在这场民族战争中又找到了自我价值的依附对象，对传统文化再也不抱敌对情绪了，从几次关于民族形式问题的讨论到抗日民主根据地文艺运动的掀起，新文学作家们都表示出对民间文化的热情。除胡风等少数几个人还坚持把民族文化与封建性联系在一起外，大多数人则把民间文化与人民性联系在一起。30年代还有瞿秋白等人指出民间文化中存在着封建意识的糟粕；到了40年代，这样的话题就很少再有人提起了，相反，对五四否定民间文化的批评倒日益多见。这种逆向运动的直接后果之一，就是从抗战成长起来的一代作家，西方文化的修养显然不及传统民间文化的熏陶。他们中有许多作家是从搜集民歌开始写诗，从学习评话开始写小说，从研究秧歌剧开始写戏剧的。赵树理，就是一个突出的例子。他在50年代初还曾打算对外国文学补一补课，可是后来越来越执着于鼓词、评书、上党梆子、宋元评话、章回小说等民间形式，一位同时代作家曾说："赵树理对于民间文艺形式，热爱到了近于偏执的程度。对于'五四'以后发展起来的各种新的文学形式，他好象有比一比看的想法。"[1]这当然是一个极端的例子，但从中也可知40年代以后，中国新文学在与传统文化关系上的一个基本趋向。

正如五四初期的新文化运动是从民族自救的需要出发而去断绝传统文化一样，上述逆向运动也是从民族自救的需要出发的，而且是在

---

[1] 孙犁：《谈赵树理》，见《孙犁文集》第3卷，百花文艺出版社1982年版，第316～321页，引文见第320页。

战争环境下形成的，因此其片面性同样在所难免。它对传统文化的肯定只不过局限在民间文艺，即为当时广大农民所能接受的文艺形式。这种局限必然带来不能轻视的后果。其一是维护了农民的传统审美习惯。在封建社会里，农民的意识形态本身包含了许多消极因素，这些因素作为一种文化积淀，自然会转化为农民的审美方式，即使是对艺术形式的选择也反映了农民的审美习惯（如故事的完整性中就包含了因果报应的成分）。新文学在五四初期曾经冲破了传统审美习惯，使小说由故事框架走向情绪流动（如郭沫若的《残春》的发表，就是对当时传统审美习惯的一个有力冲击）。发展到40年代，现代小说已经拥有鲁迅、茅盾、巴金、老舍、沈从文、废名、萧红等优秀作家时，战争却迫使小说创作不得不回过头去，重新驶回旧小说的古老航道。其二是影响了文学创作的进一步提高。由于统治阶级的经济剥削与文化压迫，中国农民的审美层次本来就比较低，为了战争，为了教育民众，新文学不惜降低文化素质，创造出许多普及性的文艺作品，那是可以理解的，但大力发展这种低层次的审美力，必然反过来束缚新文学的发展。

民间文艺（包括古代民间文艺）自然属于传统文化的一部分，但不是传统文化的全部。50年代以后，理论界在对于传统文化的认识与研究方面一再受到"左"的思想路线的干扰，进展不大。而新文学偏重于民间文艺，也同李长之们偏重于传统文化的另一面一样，不能导致对传统文化的正确评价，更无法吸取其营养，以自新民族文化。

可以这样说，从20世纪40年代起，新文学对于传统文化的基本态度发生了改变，由片面的总体批判转为片面的部分肯定，纠偏带来了自偏，文化断裂仍在继续，直至一场毁灭文化的浩劫爆发。

五、重新评价传统文化的意义

在接受了随20世纪科学发展而形成的世界现代意识的基础上，新时期文学对民族文化获得了全新的认识与理解，并且自觉地把它转化为美学形态，容纳到文学创作的基本审美特征之中；而且这种美学追求被当作一种时尚，鼓舞了一大批充满生气的年轻作家，隐隐地制约了近些年的文学创作趋向，这不能不说是自五四以来前所未有的。传统文化作为一种审美特征在文学作品中出现并受人注意，已经不再是20年代个别知识分子有意低回、顾影自怜的小把戏，也不再如30年代初弥漫在少数作家诗文中的一层薄薄的晚唐遗风，寄寓着浪漫文人消极感伤的情愫。在新时期的文学发展中，我们相继看到了废名、沈从文等人的作品突然被人们的现代审美观念所"照亮"而再度被"发现"，看到了汪曾祺、邓友梅、林斤澜、吴若增等相继写出了为人称道的充满民族文化意识的小说，看到了一批更年轻的作家如阿城、张承志、郑义、韩少功、李杭育、贾平凹、何立伟、郑万隆、张辛欣、王安忆等新人的崛起。这些年轻作家的作品如《棋王》《树王》《北方的河》《老井》《小鲍庄》《爸爸爸》《小城无故事》，以及商州系列、葛川江系列、北京人系列、异乡异闻系列，等等，成为近两年文学创作中的奇葩而一再引起批评界的激动和争议。文学创作向理论提出了这样的新课题：面对新时期文学中出现的一大批"寻根"文学或充满着民族文化意识的文学作品，批评界应该作出怎样的反应？如果这种反应是积极的，那么，它与五四新文学对传统文化的批判态度不能不产生某种逆向现象，对此，我们又该怎样解释？

我以为要解释这个现象，关键在搞清新时期是否是五四时代的简

中国新文学整体观

中国新文学对传统文化的态度以及演变

单重复？回答显然是否定的。新时期所面临的时代精神与时代使命毕竟不同于五四时期，那么，我们就不能再停留在五四时代知识分子所达到的思想水平上。这当然不是放弃五四的传统，而是在这个基础上，作更新更高的腾飞，或者说更好地超越五四。

虽然我们的思想文化界从"四人帮"的禁锢下冲突出来时，还是重复了五四时期的口号：民主与科学；虽然至今有些学者在批判传统文化的论争中，还是坚持了五四的思想方法与思想路线——这一切，都可以从十年浩劫造成封建专制主义沉渣泛起的历史背景中找到解释。中国的执政党和人民是靠着自己的力量战胜内部的痼疾的，并深入地肃清极左路线的流毒，这本身就是一种民族自信心的表现。它第一次证明了，中国人不借助外力，能够靠民族自己的力量来战胜内部的封建主义与腐败政治。这种民族自信心导致人们对民族文化力量的再认识。此外，由于十年浩劫把封建专制主义及依附其中的各种封建意识形态的危害性都充分暴露出来，人们很自然地厌恶与抛弃这些思想文化垃圾，也很容易把传统文化中的合理因素与沾染了封建性的消极因素区分开来，无须再像五四时期那样简单地把婴儿与脏水一起倒掉。

我们国家现在所面临的迫切任务，是一个前无古人、又无先例的现代化大业。不能像五四时代的人们所想的那样，只需照搬西方先进国家的现成经验。我们今天所从事的改革事业，相当程度上是带有探索性的，这与五四、抗战时期只能根据时代需要选择唯一的道路也不一样，它允许作多方面的探索。中国要走现代化的道路，实际上是旧邦维新，不能靠幻想去割断旧邦，只能老老实实地研究它，使惰力转化为动力。李泽厚说得好："中国现代化的进程既要求根本改变经济政治文化的传统面貌，又仍然需要保存传统中有生命力的合理东西。

246

没有后者，前者不可能成功；没有前者，后者即成为枷锁。"①

新时期文学的发展趋向只有在思想文化的大背景下才能给以准确的认识，但它又有着自己独特的轨迹。如果放入中国新文学的整体框架中去考察，新时期文学也相应地发生了两次突变：恢复与超越五四文学。第一次突变发生于1978年下半年，至1979年达到高潮。这次突变的标志，是文学突破了极左路线的种种禁锢，向五四文学所奠定的现实主义和人道主义的传统复归，在短短的一两年里，把五四以来新文学所包含的全部积极因素都充分调动起来；第二次突变则始于1982年前后，至1985年达到高潮。特征之一，就是在局部开始超越五四文学传统，向新的高度飞跃。五四以来新文学所不具备的、或者仅仅出现过一些萌芽的积极因素，至此已经有了新的发展。刘索拉作品中深沉的自我意识的觉醒，较之20世纪20年代丁玲作品中瞬息即逝的类似因素前进了一步；阿城、贾平凹等的作品，把废名小说里曾经体现过的意境又重新再现出来，而且扩大了艺术境界。

前一次突变主要发生在文学的社会功能方面，后一次突变主要发生在文学的审美功能方面。1979年以来，各种社会科学学科相继恢复与发展，使文学再也无须承担过重过多的社会职能，它开始给予自身的美学价值以更多的关注。"文化寻根热"的产生，正是这种审美意识的自觉形态。当文学开始摆脱单纯的宣传使命与教育使命，考虑怎样在诉诸人们审美感觉方面起作用时，作家们不能不注意到自己民族所特有的审美特征与审美习惯。提出重新评价传统文化，就是从文学艺术的审美需要出发的。与此同时，电影、美术、音乐等其他艺术样

---

① 　　　李泽厚：《中国古代思想史论》，人民出版社1985年版，第317页。

中国新文学整体观

中国新文学对传统文化的态度以及演变

式中也相应地出现类似的思潮。

有不少批评家为1985年出现的小说高潮感到激动，但是我更不愿忘记在1984年问世的两部中篇小说：《北方的河》与《棋王》。它们像两只报春的燕子，带来了小说美学变化的新信息。这两部小说，从两个不同方面表达了新文学在当时对传统文化的态度。《北方的河》描写了主人公顽强地考察黄河——也就是对民族之源的寻求。汹涌的黄河、破碎的彩陶、关于哈萨克大娘的回忆，等等，都成为民族历史文化的一种生命体的象征。

《北方的河》是新时期小说中最出色的一部表现寻根意识的作品，如作者在引子里所宣称的："这个母体里含有一种血统，一种水土，一种创造的力量使活泼健壮的新生婴儿降生于世。"[①]这已经很清楚地表达出韩少功在第二年才阐述的关于"寻根文学"的基本精神。[②]这里既包含着现代人对传统文化的尊重与重新认识，更偏重于文学审美价值的实现与追寻。《棋王》属另一类作品。它不是直接描写人们的追寻过程，也不是通过作品的描绘反映作家的追寻意图。它完全是表现传统文化给人的一种妙语和启迪。我每读阿城的书，眼前总会出现一幅莽林独行图：一个人、一部书，四周是活泼泼的大自然，举头天字大书，俯首一书天字，在这种环境下他总该有所领悟，于是才写出那些奇人的故事。王一生四处寻找乡间异人，天真里带有几分真理，肖疙瘩的生命与树相通，更有一些古怪。但阿城本人对这些故事并不惊异，他总想通过小说来告诉人们什么，而不是追寻什么。这类作品

---

① 　张承志:《北方的河》，百花文艺出版社1985年版，第1页。初载《十月》1984年第1期。
② 　参见韩少功《文学的"根"》，《作家》1985年第4期。

不能简单地归入"寻根"派，但同样深沉地传达出民族传统文化的厚度与力度。值得注意的是，后一类在创作实践中更注重审美的体现，何立伟、郑义、贾平凹等人的小说，在小说艺术的布局、文字的选择、意境的追求上都看得出费尽匠心，这里固然有成功的，也有不成功的，但在艺术上刻意追求美的境界，是中国新文学发展中出现的新趋向。

从五四到新时期，中国新文学对传统文化的基本态度，经历了片面否定、片面肯定、重新评价这样三个阶段，它既是中国现代社会发展对文化和文学的一种制约，又是新文学与传统文化关系的一个辩证发展。同时，新文学对传统文化提出"重新评价"的认识过程，反映了文学经历半个多世纪的磨难以后开始真正走向成熟。阿城提出，文化制约着人类，直接把文化作为艺术最终表现的实体，这与过去所强调的"社会制约着人类"不同。这种变化，从新时期文学的发展趋向来说，是自然的。文化的涵盖面比社会的涵盖面更广泛，更富有历史的纵深感。它要求文学创作不执着于现实政策的图解，或现代生活问题的解答，而是接近生活的本来状态，写出生活的真实感和历史感，这是新时期这一派小说的主要倾向与主要特征。由于民族传统文化在这一派作品中是被转化为审美形态表现出来的，有些作家偏重于此，引起了批评界的一些非议，但我以为，作为对于新文学传统中一贯缺乏的艺术审美特性的自觉追求，正是标志着我们的文学开始摆脱社会学附庸地位，走向用审美价值来取悦于人、共鸣于人的好兆头。虽然在迈步之初尚不成熟，难免有远离当代生活之弊，但这并不可怕，且不说作为作家个人的艺术追求，完全应给以绝对的尊重，即使作为一种总的趋向，也是可以在以后的发展中不断得到调节而日臻完美。这正是我们对新文学所期待的。

《中国新文学整体观》
再版后记

这本书初版是在1987年，编入上海文艺出版社的"牛犊丛书"出版。全书分8个部分，其实是8篇专题研究的论文。本来还可以写下去，但当时出版社推出这套丛书有体例上的要求，字数不能过多，所以就以近13万字的篇幅出版。第一版的目录如下：

代序：编者与作者的对话

中国新文学史研究中的整体观

中国新文学发展的圆形轨迹

中国新文学发展中的现实主义

中国新文学发展中的现实战斗精神

中国新文学发展中的现代战斗意识

中国新文学发展中的现代主义

中国新文学发展中的忏悔意识

中国新文学对文化传统的认识及其演变

1990年台湾业强出版社出版了这本书的增订本，我作了较大篇幅的文字修订，增加了"中国新文学发展中的启蒙传统"与"中国新文学发展中的浪漫主义"两部分内容，删去了"中国新文学发展中的现代战斗意识"，这主要是为了适应台湾的读者。我写了新版的序"给台湾读者"，并将原代序作为附录保留。比较前一个版本，这本内

中国新文学整体观

《中国新文学整体观》再版后记

253

容比较完整，我也比较喜欢。

1994年初，韩国外国语大学朴宰雨教授来上海访问。朴教授相告，韩国有几位研究中国现代文学的年轻学者，正在合作把这本书译成韩语。我当然很高兴，并自己动手，以业强版为底本，在局部地方作了一些修改。我考虑到韩国读者不了解中国现代文学，由于语境不同，书中人名、书名和专用名词所含的意义可能会给韩国读者带来一定的理解困难，为此，我特意请了两位青年学者把这本书中所提到的现代中国人物、书刊和专用术语分别列出，编写了6万字的注释，并由我的研究生、来自韩国梨花女子大学的鲁贞银根据韩语的阅读习惯进行整理、翻译，现在作为附录收入韩译本。1995年韩译本由韩国青年社出版，我发现译出的内容与业强版不同，译者们仍然以初版本为底本，再补入台湾业强版的两个章节以及一篇书评，加上附录部分，就变成厚厚的一本。内容自然是丰富的，但又显得庞杂了一些。朴宰雨教授为此书写了一篇热情的序，因是用韩文写的，没有在中国发表过，我请鲁贞银译出，收在下面，以供读者参考：

《中国新文学整体观》韩语版译序

朴宰雨

在韩国，中国现代文学研究是一门起步不久的新兴学科，直到1980年前后，我国才有一部分有心的中国文学研究者开始注重这个领域，并着手进行研究与翻译工作，然而它是我国中国文学研究中发展得最快的学问领域。

研究中国现代文学的著作与译作在韩国已经多达20余种，此外还有硕士学位论文170余篇，博士学位论文30余篇。如果说1980年以前的研究还处于开拓阶段的话，其后的15年间研究的活跃可以说是像泉水喷涌一般。当然就既成的著译成果看，大部分是1917年到1949年的中国现代文学史的概观，或者是1949年到改革开放新时期的文学史概说，而且，在研究角度上，多数是用新民主主义的史观来考察文学史。近来也出现了从启蒙主义的视角进行探讨的著作，但是，他们都没有提出总体理解的视角，通常采取的是按历史时期描述文学运动的文坛状况，分析作家作品，也即通史的叙述形式。

综观中国现代文学史的研究观点，大致有以下几种：新民主主义的观点（以王瑶、唐弢等为代表的中国大陆学术界的主流史观）、反共主义的观点（以尹雪曼、刘心皇等为代表的中国台湾学术界的主要史观）、现代主义的观点（以夏志清等为代表的一部分欧美学者的史观）、启蒙主义的观点（以钱理群、陈思和等为代表的中国大陆新一代学者的史观）。其中，所谓启蒙主义的观点，旨在对既存的把新民主主义观点教条地应用于文学史研究提出疑问，而更重视文学史自身的发展规律；与既存的从属于政治的研究态度保持距离，而从思想解放的立场探索中国现代文学史研究的现代化。本书从广义上讲也是在启蒙主义立场上阐述的。

但是，在启蒙主义观点的著作当中，这本书的视角、体制以及成就都很独特。启蒙主义立场的其他论者也是开阔视角、打破了以1917年和1949年为基点分成近代、现代、当代的分期法，而把20世纪文学看成一个整体，但在具体探讨内容上，大多只是把中国现代文学（1917—1949）当成研究对象（比如黄修己的《中国现代文学发展

中国新文学整体观

《中国新文学整体观》再版后记

史》），而本书打破了这种限制，真正把20世纪文学看成一个有机整体，进行了纵横无碍的贯穿探讨。

具体说来，本书是通过整体观照，把中国20世纪文学分成十个研究系列，对每个侧面进行系统的探讨和有机的分析。从这一点看，具有与其他著作不同的独特价值。著者试图把"现代"和"当代"两个部分的骨头、筋脉、神经、血管等作一个联结的大手术。这项"手术"的成功具有卓越价值。

在中国，对这本书的评价也很高。1990年获得了全国第一届比较文学优秀图书一等奖。1994年获得上海第二届哲学社会科学优秀成果二等奖。

本书的原名是《中国新文学整体观》，用韩语直译的话，应该是《对中国新文学整体扫视》。但是，本书是对20世纪中国文学的总体探讨，鉴于此，我把韩语版的题目定为《20世纪中国文学的理解》。

本人第一次接触到这本书，是在1990年为交博士学位论文（《〈史记〉与〈汉书〉比较研究》）而去台湾，在书店里粗翻阅了一下，发现了其中新颖的体例和观点。不过当时我事务缠身，未及深入研究。之后，本人在韩国外国语大学中文研究所讲授中国现代文学并开展研究工作。这个时期我确认这本书其实代表了中国新一代学者的新的研究视角，而且我认为陈思和教授尽管年轻，但学识渊博，善用独到的视角来进行深刻的洞察和分析。

当时我在本校研究所指导几位研究生，他们采用这本书开定期讨论会，我建议他们把这本书翻译出来。于是，包括一位成均馆大学的研究生在内的总共七位研究生（姓名：金顺珍、朴南用、林大根、李静林、李庆珠、徐闰祯、金孝），自定了原则，花了很大工夫分头进行了翻译工作。我对这些年轻研究者的发展前途寄予希望。

1993年本人与陈思和先生开始交往。1994年初，我访问上海，得以多次与他直接交流，并得到陈思和先生同意由我主持翻译韩语版的授权。在上海复旦大学，有些人认为陈思和教授是位继承鲁迅先生的学者。同年5月，从在西安召开的中国现代文学研究会第六届年会回归途中，我又在上海与陈思和先生见了一面。并且之后借助多次的书信、电话联络，就本书的有关翻译事宜进行了紧密协作。书后的附录包括人名、书名、专门用语等共400个条目，是陈思和先生完全为便于韩国读者理解而请两位青年学者（张业松、何清）重新编注，由毕业于梨花女子大学、留学复旦的韩国学生鲁贞银小姐整理翻译的。我对此表示感谢。在本书翻译的过程中，按作者的要求以台湾版作为底本，但台湾版把大陆版中的"中国新文学发展中的现代战斗意识"删去了。为此本人参考了大陆版进行了增补。同时，很多注释参考了大陆版，并在需要的地方增加了翻译者的注释。另外，韩语版还由作者对本书第一部分"中国新文学研究中的整体观"的六层次三阶段的分期法作了部分修改，即扩大了分期法的使用范围，把它推广到台湾地区文学。因此，与大陆版和台湾版比较，韩语版有其独立的价值。

　　此次翻译以研究生们的初译为基础，本人作为监修者一一对校原文，统一了用语和文字方面的差异。如有错误之处，当由监修者负全责。

　　希望这本书在打破图式化的理解，而从总体的视角灵活研究20世纪中国文学方面，对我国学者会有所帮助。

　　另外，在韩国尽管出版纯学术的书比较困难，但青年社还是给予了我们不断的支持。在此特向郑圣铉社长致谢！

1995年8月24日于首尔树人斋

中国新文学整体观

《中国新文学整体观》再版后记

《中国新文学整体观》三个版本的情况大致如此，其实台湾版与韩语版中国大陆读者无法看到。初版本早已绝版，而且也不是一个完整的版本，所以这本书在近十年里几近绝迹。20世纪90年代以后，我沿着"整体观"的思路继续探讨文学史与当代文学创作的关系，尤其是对全面抗战以后文学史的研究，弥补了原书中关于1949年以后的文学史研究的不足，这些专题研究分别收入我的编年体文集《笔走龙蛇》《鸡鸣风雨》和《犬耕集》等，从各个角度对《中国新文学整体观》作了补充。这次上海文艺出版社要重版这本书，给了我一个修订的机会。我将我十多年来的有关文学史研究的主要成果重新作了修订和整理，有些部分作了较大的修改，分作十大专题。有的专题里汇集了同一类型的几篇文章，并按照章节的形式重新编排。原书中的"中国新文学发展的圆形轨迹"删去了，但补充进去的篇幅，大约是原书的一倍，希望能够反映我在近十年里研究中国20世纪文学史的思考成果。

还有两点须说明。一，这本书的写作时间前后12年，又是横跨了80年代和90年代，学术思想和学术观点自有一个发展过程。收在书中的内容虽以书的章节排列，但从叙事方法、语气、文风到具体术语的使用、观点的阐释，都有变化和发展，现在作为一本专著去读，难免会有不相统一的地方。这次我作了部分修改，力图使其互相协调，也只是做到差强人意。二，1997年里，有好几家出版社来找我编自选集，原先我出版编年体文集，每隔一两年出一本书，内容并不重复，我想这样比较有利于读者的选择。但自选集就不能不重复了，我只能做到两种选集之间不相重复。如广西师范大学出版社出版的《陈思和自选集》只收有关文学史论的文章，山东教育出版社出版的《新文学传统与当代立场》则偏重于作家作品研究。但现在修订重版旧著，又发生了这个重复的问题，所以我必须说明：自选集中有一半的篇幅选自初版的《中国新文学整体观》，而这次"整体观"重版修订，也吸收了自选集的若干内容，两本书有相当篇幅的重合，但因为体例不同，局部地方作了修订和重写，也有几章内容是自选集所没有收录的，读者可以慎重选择。

最后，我想对我的博士研究生周伟鸿表示感谢，她攻读硕士学位期间曾受业于陈子善先生，受过良好的校读文稿的训练，我的《新文学传统与当代立场》和本书都经过她的细心校阅，指出不少错误之处。我想这两本书大约是我的错误最少的作品集了。

1998 年 7 月 15 日于黑水斋

中国新文学整体观

《中国新文学整体观》再版后记

附录

方法·激情·材料
——与友人谈《中国新文学整体观》

安庆兄①：

《中国新文学整体观》虽然出版才数月，把它放在我的面前，我只感到像是面对一位几年以前的熟朋友一样，能够模模糊糊地引起一些关于往事的回忆，却失去了拥抱自己的新生儿时应有的喜悦、欢快和骄傲。也许是它出世太快，来得太容易，以致我还没有细细玩味那从孕育到分娩的痛苦；也许是它还没有能够全面、系统地展示我的思路，以致多少有点嫌弃它的冒失、粗率和幼稚；"牛犊丛书"本该是鲜蹦活跳的小牛犊撒野的场所，如今让早过了而立之年的我去扮演老莱子的角色，总感到不太自然。不过我还是挺喜欢它的问世，借助于它，我有了与更多的朋友交流的机会。

我写这本书的目的，与其说是力图沟通中国现代文学与当代文学的鸿沟，还不如说是试图用一种新的研究方法来重新认识新文学史上的某些既定的偏见：诸如现代主义、现实主义和浪漫主义三种思潮在中国的引进、地位和命运问题，民族文化从文学审美意义上的重新评价问题，以及文学史的分期问题。但真正促使我写这本书的，是在1985年北京召开的"现代文学青年学者研究创新座谈会"上，许多同志谈了现代文学史与当代文学史、近代文学史的沟通问题，我也发了言，谈的是现当代文学之间沟通的可能性。这个发言稿发表在《复

---

① 　　　　张安庆，当时是上海文艺出版社的编辑。

中国新文学整体观

附录　方法·激情·材料
——与友人谈《中国新文学整体观》

旦学报》上，就是本书的第一篇《中国新文学研究中的整体观》（收入书中时我又作了较大的补充和删节），你看得出这篇文章中关于六个文学层次的描述，是受了李泽厚先生的《中国近代思想史论》"后记"影响的，这其实已经透露了一个秘密：触动我对这个问题的最初构思，是在1982年左右。那时候读了李泽厚的那篇"后记"时间不长，他的关于几代人的思路启发了我，促使我去对中国新文学从20世纪初到新时期作一个整体的考察。原先我打算把这个题目作为我的毕业论文，结果因准备不足，一时完不成这样的构思，就搁置了。以后几年，我又参加了"20世纪外来思潮流派理论在中国现代文学史上的影响"的资料汇编工作，对当代文学创作也作了一些研究，才使这个题目愈来愈丰富、清晰和完整。直到1985年，为了参加学术会议才动手写了这一篇文章，虽然，它还带着我几年前思考的痕迹，而且有些观点，我到了第二年写"圆形轨迹"那一篇时，才得以补充和修正。这次收入书中时，我没有改动它们之间互相矛盾的说法：即新文学的第二个阶段，究竟始于1942年的解放区整风还是始于1937年的全面抗战。现在我的观点近于后者，正准备就这个问题再作深入一步的探讨。

然而当我打算把这个研究再继续下去时，就诧然发现：把两种不同时期的文学置于一个整体下加以考察，它的意义明显要大于对两个时期文学的分别研究，它可以导致我们对以往许多结论产生怀疑！现代文学史上的许多现象在近三十年的文学发展中检验出各自的生命力；同样，当代文学史上的许多现象由于找到了源流而使它们的生存有了说服力，这不是一个时间的拼接问题，而是需要我们正视历史与现实，去改变一系列的现成观念。我在这一研究过程中，受到过皮亚杰《结构主义》的启发。但我承认，那本小册子里许多专门性的论述我至今也没有真正理解，我只是受到他关于整体性、转换性规律以及自身调整等一些说法的启示，所以我从没有搬用过结构主义的一套术语。我只是用了自己的名词：史的批评，或者说整体观。关于引进新方法的问题，我极羡慕有些学者能够深入各种深奥的专门化的批评领域，翻译介绍各种批评理论流派，使人们能够完整地去把握、理解西方各种批评流派。不过我自己却无力去做完这项工作，我有自己更加感兴趣的东西，那就是对中国本身的历史文化现象的考察。记得王晓明兄在一篇评赵园的文章里说，我们这一代学者对当代生活的激情超过了对纯粹学术性的追求。我是同意这个观点的，至少在我能够被吸引的，只是与当代生活、当代文学发生着密切关联的历史文化现象。正因为如此，我不太喜欢结构主义者把结构视作一种具有形而上意义的存在，而与社会、激情全无关系。可能在若干年以后我们能以完全超然的态度来讨论中国文学的结构审美学，而在现在，这样的学术游戏实在还为时过早。因此我所追求的目标很简单，就是站在今天的理论高度来重新认识、评价以往的文学现象，并在历史的观照下，推进当代文学和文化的进步与发展。

也正因为如此，当你问到我写这本书的最大动力是什么时，我只能回答：热爱当代生活。这似乎离开本题太远，但我以为一个知识分子，如果对当代生活没有激情，没有热望，没有痛苦，没有难言的隐衷，那么，他的知识、他的学问、他的才华，都会成为一些零星而没有生命力的碎片。我想，文学研究虽不同于文学创作，但在冷静的学术研究背后，仍然需要精神上的热情的支持。我的那一组系列论文，几乎都是在这种激情的支配下完成的。当我在《中国新文学发展中的忏悔意识》中写到"忏悔意识首先是以对人的自身价值的确信为前提的，当这个前提被否定，不存在人对自身价值的肯定时，'忏悔'就丧失了它的全部文化价值，成为一种自我作践"时，我的心感到一阵阵发痛。我在最近写《中国新文学中的浪漫主义》（也是属于这组系列论文之一）时，谈到我们今天正缺乏浪漫主义的想象力，我忍不住地写道："我辈凡人，平常的梦境总不脱白日场景的重现，……我们无法像庄子那样梦见自己化作蝴蝶，无法像曹雪芹那样梦见太虚幻境、梦见大荒山无稽崖，甚至也无法像鲁迅那样梦见死火、梦见复仇、梦见好的故事。我们太实际，我们的想象力都被世俗的计较紧紧缠住，我们的心灵无法驰骋。"泪水已经模糊了我的视线，我激动得不得不放下笔来松一口气。这种激情是通篇论文的精魂，有了它，所有的材料、理论、研究才能变得有生气、有光彩。如果失去了这根本的精神，那一篇篇论述过去历史文学的文献又有什么意义呢？

还有一个问题，就是写书时建立理论框架与搜集研究史料的关系。你是赞赏《中国新文学整体观》中的一些理论框架的，这也是许多读者共同感兴趣的地方。但似乎有些朋友忽视了另外一方面，即在建立一些理论框架，提出一些理论见解之前，是需要有艰苦的实在的基础训练。就现代文学研究来说，就是对于原始材料的广泛搜集和综合研究。任何思想都不会凭空产生，即使你能够在一些外来的理论方法触发下产生出新鲜的见解，也不过是你已经熟悉了你所要研究的材料的缘故。在文学研究领域，浮丽的才华与偶来的小聪明是无法有真正的学术建树的，我很明白自己，如果没有在大学期间读了几百种现当代文学作品，没有系统翻阅了《新青年》《晨报副镌》《学灯》《顺天时报》《小说月报》等七十多种报刊，没有在我的导师贾植芳先生的严格指导下搜集、翻译许多国外的研究资料，我绝不可能写出这样的书，也不可能发表这一系列自己的看法。我在这本书中提出西方现代主义思潮对中国文学的第一次冲击不在20世纪30年代而在五四初期，提出五四初期接受现代主义的知识分子同时大多数也是反对现存社会、同情革命的知识分子，提出现实主义在中国的命运并非一帆风顺、永远处于主潮地位，提出新文学发展中对传统文化的认识演变轨迹，等等，都不能空口说白话，都必须有根有据。唯有对大量的材料进行综合的分析研究，给予新的评价和认识，才有可能使材料获得新的生命；反之，也唯有在大量的材料研究的基础上获得新鲜感受，以修正改变自己头脑里所盘踞的学术偏见，补充原先构思时的种种不足，才有可能使自己的见解变得更锐利、更扎实，也更加有说服力。记得我在读书的时候，非常佩服范文澜先生的两句话：板凳要坐十年冷，文章不写一句空。现在此风不倡已久，但我想，年轻的朋友知道中国现代学术界里曾经有这么一个人说过这么一句话，也还是大有好处的。

我能回答你的，大约就是这些。随便说几句，愿能对你的阅读有所帮助。

陈思和

1988 年 1 月于上海飞龙大楼

下编

我们的学科

中国现代文学学科发展概述

在中国高等教育体制内，中国现代文学①是独立的二级学科②，规定开设各种必修课和选修课，设置硕士和博士的研究生学位课程。中国现代文学学科具有较长的学科史和具体的学科内涵。如果我们追溯它的学术研究史，大致可以分为三个阶段：

第一阶段："新文学"的研究阶段（1917—1949）；

第二阶段："现代文学"的研究阶段（1950—1985）；

第三阶段："20世纪中国文学"的研究阶段（1985—　　）。

"新文学""现代文学"和"20世纪中国文学"这三个概念代表了不同历史阶段对这门学科的不同认识。

第一阶段："新文学"的研究阶段（1917—1949）

"新文学"是五四时期陈独秀、胡适、钱玄同、刘半农等同仁参

---

①　现代文学的学科概念，在1950—1979年间主要是指1917年新文学运动开始到1949年中华人民共和国成立这一期间的新文学；以后内涵逐渐扩大，从晚清到当下的中国文学都包括在内。

但是，由于我国教育体制把1949年以后的文学称作"当代文学"，教育部设定的学科全名为"中国现当代文学"。但笔者认为，目前学界流行的"当代文学"概念是一个与实际内涵不相符的概念。Contemporary含有当下的意思，当代文学应该是指当下文学，即在进行中的文学。所以，本教程所讨论的"现代文学"主要内涵是20世纪的文学，新世纪（21世纪）开始的文学作为当下文学，将放在结语部分给予阐述。

②　教育部设定"中国语言文学"为一级学科，下属8个二级学科：文艺学、语言学及应用语言学、汉语言文字学、中国古典文献学、中国古代文学、中国现当代文学、中国少数民族语言文学、比较文学与世界文学。

中国新文学整体观

中国现代文学学科发展概述

与编辑的《新青年》杂志发起的一场强调白话为主要语言、西方文艺复兴以来形成的各类文学样式为主要形式、旨在批判中国传统社会及其文化的落后现象、提倡人的自觉和人性高扬的文学运动。"新文学"的对立面，一是表现传统士大夫阶级没落情绪的贵族文学及其形式（旧体诗、骈体文、桐城派古文等），二是新兴于文化市场的以消遣为主要功能的市民大众文学①（鸳鸯蝴蝶派以及各类通俗文学）。"新文学"的"新"，代表了以世界先进自然科学与先进社会科学为标志的现代人的追求目标（科学与民主），也代表了中国人以世界先进国家为参照系努力发展未来的方向。新文学运动因为紧接着的一场声势浩大的学生爱国运动（1919）而得到普及，产生深远影响；它提倡白话文的主张，最终也获得国家教育部门的认可和采纳（1921）。陈独秀、胡适、鲁迅、周作人、钱玄同、刘半农、郭沫若、郁达夫、成仿吾、沈雁冰、郑振铎等都是这一文学运动的奠基者，他们在五四时期都发表了许多批判旧道德、提倡新文学的激烈主张，这些主张可以看作"新文学"最早的理论。

　　关于"新文学"的研究，可以追溯到20世纪30年代。1935年上海良友图书印刷公司出版赵家璧主编的十卷本《中国新文学大系》②，第一次系统汇编了新文学最初十年（1917—1927）的主要成果，分成建设理论一卷，文学争论一卷，小说三卷，散文两卷，新诗、戏剧、资料各一卷，编选者胡适、郑振铎、茅盾、鲁迅、郑伯奇、周作人、

①　　"市民大众文学"是范伯群先生提出的概念，建议以此取代文学史上"鸳鸯蝴蝶派文学"或"民国通俗文学"的概念。本文采用范先生的观点，参见范伯群《中国市民大众文学百年回眸》"自序"《请为他们戴上"市民大众文学"的桂冠》，江苏教育出版社2014年版。

②　　赵家璧主编：《中国新文学大系》，共10卷，上海良友图书印刷公司1935年初版。

274

郁达夫、朱自清、洪深、阿英各人撰写的长序，总结新文学各个领域的成就，并由蔡元培写总序。这些执笔者大多是新文学运动中的主将，他们的地位和眼光决定了这套书的特殊价值。尤其是各卷导言，从不同分类和不同认识层面总结了新文学的十年历史，合订在一起，形成一部有重要学术价值的新文学史的雏形。同时，20世纪20年代末到30年代初，国内若干高等院校设置了新文学的课程。现在能够找到的两种文献：一种是王哲甫撰写的《中国新文学运动史》[1]，是作者在山西省立教育学院的授课讲义；另一种是朱自清在清华大学的授课讲义，讲的是"中国新文学研究"[2]。这表明了一个信息：在20世纪30年代初，"新文学"的研究已经从一般的文艺批评中脱离出来，研究者有了文学史的研究眼光，并且让"新文学"进入了高等院校课堂，虽然只有少数的高校开设这样的课程，但标示了新文学研究已经含有学科的雏形。[3]

新文学运动早期涌现许多文学批评家，他们都属于一些新文学团体，宣传自己团体的文学主张，攻击别的文学团体，如文学研究会的沈雁冰和郑振铎，创造社的成仿吾，语丝社的周作人，新月社的闻一多和梁实秋，中国左翼作家联盟的瞿秋白、冯雪峰、胡风等，他们的文学批评成为新文学理论的重要遗产。30年代中期，北京大学、清华

---

[1] 王哲甫：《中国新文学运动史》，杰成印书局1933年版。

[2] 朱自清：《中国新文学研究纲要》，《文艺论丛》第14辑，上海文艺出版社1982年版。

[3] 据胡楠发表的《文学教育与知识生产：周作人在燕京大学（1922—1931）》，周作人在1922年由胡适介绍进入燕京大学国文系，建立现代文学组，开设新文学课程。起初是文学通论、习作以及讨论等，后逐渐扩大，添设了近代散文、日本文学、新文学之背景等课程，近代散文课程里包括了新文学作家的散文作品。应该说，这是新文学进入课程的最初雏形。（胡楠：《文学教育与知识生产：周作人在燕京大学（1922—1931）》，《现代中文学刊》2014年第1期）

大学、燕京大学等高校的教授们介入新文学批评，尤其是新诗理论的探讨，朱光潜、梁宗岱、叶公超等文学批评家引进西方文艺理论，形成比较学理化的文艺批评。当时最杰出的书评家李健吾，用刘西渭的笔名对一些著名作家的创作进行精湛而独到的艺术分析。其充满感悟、抒情的文艺批评，不仅摆脱了作家圈子的狭隘意识，也摆脱了意识形态化日益严重的批评阴影，对以后的作家研究产生了良性的影响。1942年5月，毛泽东在延安整风期间召开的文艺座谈会上做了重要讲话，阐释了抗战期间文学艺术与政治、战争以及人民大众生活的关系，提出了文艺为政治服务、为工农兵服务的号召，并对于投入抗日实践的知识分子如何适应这一新的形势提出了具体的途径。毛泽东的文艺思想和理论，是中国共产党在长期对敌斗争的实践中总结了许多经验教训以后获得的集体思想结晶，对以后的现代文学研究产生了重大影响。

第二阶段："现代文学"的研究阶段（1950—1985）

"现代文学"研究阶段是中国政治局势发生根本变化（1949）以后开始的。这里指的"现代"，不是世界意义上的modern（现代的），也不是时间意义上的contemporary（同一时代的，当代的），它是一个特定的政治概念，指1919年到1949年的"新民主主义"革命时期，因此，现代文学也曾经被理解为"新民主主义革命时期的文学"，与1949年以后的"社会主义时期的文学"相衔接。中国现代文学史是中国共产党领导下的中国革命史普及教育的组成部分。从大的文化背景看，全面抗战以来中国意识形态形成了一种特殊的战争文化范式，在抗日战争结束以后，内战阴影和分别以美国、苏联为代表的世界两大阵营之间的冷战思维继续支配了研究者的文化心理。这一点，海峡两岸没有什么差别。不过中国现代文学研究的主流在大陆，其特点更加明显。在大陆，现代文学研究被置放到重要的教育位置，通过高校设置二级学科来保障学科经费、研究队伍以及教育途径。但是，现代文学在学科建设中也表现出许多局限性。在"新民主主义革命"的话语框架以外的，或者在20世纪五六十年代的政治运动中被排斥的作家以及相关文学现象，都无法进入文学史的视域，或者得不到正常的研究。

　　这期间的"现代文学"作为一门学科被纳入了学术体制，主要表现在现代文学史的编写和鲁迅研究队伍的建立。中国现代文学史是配合高校开设课程而编写的教材，代表著作有王瑶、丁易、刘绶松、张毕来、唐弢等学者分别主编的现代文学史，这些著作对现代文学的性质、意义以及作家作品评价的描述基本一致，逐渐形成了固定的文学史模式。第一部作为学科建设而编写的现代文学史，是王瑶撰写的《中国新文学史稿》①，虽然书名还沿用了"新文学"的概念，但已明确地将1919年到1949年划为一个特定的历史范围。王瑶是朱自清的学生，研究中古文学的专家，他在治学方法上延续了朱自清的《中国新文学研究纲要》的传统。《中国新文学史稿》完成于1955年（胡风冤案）之前，受政治干扰还比较少，资料搜集比较齐全，为现代文学研究奠定了一个大致的基础和框架，成为后来几代人学习现代文学的入门书。这部著作放到今天来读自然有许多不足，如作品分析比较粗疏，缺乏理论的深度，对于非左翼作家的文学成就也未能给予应有的

---

① 　　王瑶《中国新文学史稿》，上册于1951年由开明书店出版，下册于1953年由新文艺出版社出版。

评价，但依然代表这一时期现代文学研究的水平。

与现代文学史编写成绩相匹配的，是关于鲁迅的研究。鲁迅作为五四新文学运动和20世纪30年代左翼文艺运动的领袖之一，生前就是一个充满争议的人物。30年代鲁迅加入了左翼作家联盟并成为领军人物，瞿秋白撰写了《〈鲁迅杂感选集〉序言》一文，用马克思主义的观点论述鲁迅的阶级定位、鲁迅思想从进化论到阶级论的转化、鲁迅杂文的意义等问题，体现了鲜明的政治立场，对后来的研究者产生深远影响。鲁迅去世以后，毛泽东对鲁迅的高度评价，使鲁迅的声誉在中国共产党内越来越高。1949年以后，鲁迅亲炙弟子冯雪峰、胡风、李何林等在50年代初期的鲁迅研究中都发挥过重要作用，把鲁迅的精神传播开去；另一批鲁迅生前的朋友许寿裳、台静农、黎烈文等在1945年后迁居台湾，把鲁迅和新文学的精神火种也带到了经历日本五十年殖民统治的台湾。但是在1949年后的白色恐怖下，台湾左翼文化遭到国民党政府的整肃，现代文学也成为一个被禁止的话题。而在大陆，1955年开始的一系列政治运动中，胡风、冯雪峰、萧军、黄源等鲁迅的学生都受到迫害，李何林的学术也遭受批判。但是关于鲁迅的研究仍然在高校里进行，出产了一批以资料文献为主的研究成果（代表性成果是50年代和70年代末两次编辑、注释的《鲁迅全集》）。其次是左翼文艺运动的研究，这一时期最有贡献的学者是丁景唐，他主持修订瞿秋白、左联五烈士等人的传记资料，并且搜集影印了五十多种左联以及其他宣传革命文化的刊物，为学术研究保存了大量的珍贵历史文献。此外，薛绥之曾编撰全国第一套大型现代作家研究资料（1960），奠定了这个学科最初的文献资料基础，后来薛绥之又主编《鲁迅生平资料丛抄》共11册，惠及后学。那一时期其他现代作家的研究成果有曾华鹏、范伯群关于郁达夫的研究，钱谷融关于曹禺的研究，扬风关于巴金的研究，叶子铭关于茅盾的研究，等等。他们在文章里对研究对象抱有同情的理解，比较客观地论述了现代作家的创作道路和创作特点。

在"文化大革命"时期，现代文学研究经历了极左路线的摧残，成为"重灾区"。但在"文化大革命"结束以后，现代文学成为80年代拨乱反正、解放思想的前沿学科，出现了百家争鸣的繁荣局面。中国现代文学学会在王瑶、严家炎、樊骏等学者的领导下，积极推动了全国高校和中国社会科学院的现代文学研究的学科建设工作。中国社会科学院文学所主持两套大型国家社科项目成果的编撰工作：一套是《中国现代文学史资料汇编》，分甲、乙、丙三种，甲种是"中国现代文学运动、论争、社团资料丛书"，乙种是"中国现代作家作品研究资料丛书"，丙种是"中国现代文学书刊资料丛书"，甲种和乙种丛书囊括了新文学史上大部分作家以及文学社团、文学运动等资料汇编；另一套是《中国当代文学研究资料》丛书，着重于1949年以后从事创作的作家创作资料。两套丛书出版数量相加大约有几十种。这是动员全国学术力量参与进行的集体项目，规模巨大，内容繁复，所搜集的资料大多都曾经被封存在政治禁区中，逐渐被人遗忘，重新搜集整理这些资料并公开出版，有力地支持了研究者恢复实事求是的治学精神，大量历史文献资料的出土，为现代文学学科建设奠定了扎实基础。更重要的意义还在于，这两套大型资料集的编撰者，主要来自高校的一大批中青年学术骨干。他们通过翻阅报刊、辨析材料、查访相关人士等，掌握了某一领域的大量第一手资料，成为学有专攻的专家。

第三阶段："20世纪中国文学"的研究阶段（1985—　）

王瑶在《中国新文学史稿》中规定了现代文学作为一个学科的范围和规模，梳理出1919—1949年间的"五四新文学""30年代左翼文学""40年代后的延安解放区文艺"的文学主流。这种以三十年为时间界限的现代文学学科很快出现了内在的局限性。1978年党的十一届三中全会以后，中国逐渐走上了实事求是、解放思想、改革开放的道路，思想文化领域的极左路线遭到清算，被迫害的知识分子得到平反昭雪，现代文学史上的经典著作被允许出版并获得关注，这就打开了现代文学研究的空间，学术研究领域的禁区都被取消了。另外，1949年以后的文学创作已经有了三十多年的历史，尤其是在"文化大革命"结束后，文学创作出现了一个高潮，在社会上产生了重大影响。面对新的文学状况，原来的现代文学学科的定义显得过于狭隘，在时间范围和空间范围都限制了研究的进一步深入。现代文学作为一门学科，是研究中国现代社会的组成部分，所以，它不能被看作孤立的现象。如果把它封闭在三十年的时空范围，上不衔接20世纪初社会转型的文化特征，下不联系当代文学的发展流变，这样等于扼杀了这门学科的生长因素。1985年5月，中国现代文学学会在北京中国现代文学馆（万寿寺）举办青年学者创新座谈会，北京大学黄子平、陈平原、钱理群三位学者联名发表了论文《论"二十世纪中国文学"》，提出"20世纪中国文学"的概念，以取代"现代文学"的概念。他们对于"20世纪中国文学"的定义是这样解释的："所谓'二十世纪中国文学'，就是由上世纪末本世纪初（即指1900年前后——引者注）开始的至今仍在继续的一个文学进程，一个由古代中国文学向现代中国文学转变、过渡并最终完成的进程，一个中国文学走向并汇入'世界文学'总体格局的进程，一个在东西方文化的大撞击、大交流中从文学方面（与政治、道德等诸多方面一道）形成现代民族意识（包括审美意识）的进程，一个通过语言的艺术来折射并表现古老的中华民族及其灵魂在新旧嬗替的大时代中获得新生并崛起的进程。"① "20世纪中国文学"的定义空泛而乐观，体现了80年代中国知识分子的进取心态。1985年距离20世纪的真正结束还有15年，后来事实证明，90年代的中国文学走向完全越过了这三位作者对文学发展所寄予的乐观想象，出现了无法预测的无名状态②。但是"20世纪中国文学"概念的提出，对现代文学研究视域的开拓起了很大的作用。首先，这个概念把清末民初的文学、五四新文学以及当下正在进行的文学联系起来进行整体考察，"20世纪中国文学"是整体的概念，突出了文学内在发展的一致性，淡化了学术界把近代文学③、现代文学和当代文学作为三个不同性质的学科之间的差别，消解了原来意义上的"新文学"和"现代文学"两个概念，从而拓展了研究者的学术视野。其次，它把中国文学的发展与中国社会的现代化进程联系在一起，突出了文学的

---

① 黄子平、陈平原、钱理群：《论"二十世纪中国文学"》，见《二十世纪中国文学三人谈》，人民文学出版社1988年版，第1页。

② 无名状态是笔者对20世纪中国文学某种状态的描绘。无名状态指的是中国社会进入相对稳定、开放、多元的时期，人们的精神生活日益变得丰富，以往那种重大而统一的时代主题再也拢不住民族整体的精神走向，于是出现了价值多元共存的状态。但"无名"不是没有时代主题，而是多元并存，文学创作只是反映了时代主题的一部分，但不能达到统一的状态，如20世纪民国初年、30年代（1937年以前）以及90年代。关于"无名"与"共名"，可参考《共名与无名：百年文学管窥》[初载《上海文学》1996年第10期，收入《新文学整体观续编》，（修订版）高等教育出版社2023年版]。

③ "近代文学"是中国学界的一个概念，指的是1840年鸦片战争以后到1919年五四运动之间的历史阶段的文学。按照官方的提法，也叫作"旧民主主义革命时期的文学"。

中国新文学整体观

中国现代文学学科发展概述

现代性转型而淡化原来把文学依附在新民主主义革命的意识形态，扩大了现代文学的内涵与范围，许多原来因为政治原因不能容纳的文学现象逐步得到客观的评价。最后，这个概念强调了"进程"一词，在提倡者的描绘下，20世纪中国文学成为一个充满动感、包孕强大生命力的开放性的流动体。它与世界文学保持了密集的信息沟通，凝聚了20世纪中国社会变化中不断增长的新的民族意识。它不仅经历了文学自身的变化，也用艺术形式折射出时代与社会发展变化的信息，在当时，20世纪并没有结束，社会发展和文学发展都处于变化之中，这种没有设置下限的文学史运动的叙述，给学科的发展提供了丰富的多种可能性。

《论"二十世纪中国文学"》的作者们说，他们是在各自的研究中不约而同地抓住了这个新的"文学史概念"。事实上，1985年学术创新和学术探索的气氛鼓励了更多的研究者想到这个文学史命题的生长性意义，尤其是把晚清文学与五四文学联系起来、把1949年前后的现代文学和当代文学联系起来并视为一个文学史整体加以考察的方法，在当时许多学者的研究中已经体现出来。当人们把晚清文学、现代文学和当代文学（指1949年以后的文学）视为一个整体加以考察时，就会发现对文学史的整体研究获得的信息要明显大于对各个时期文学的孤立研究，其意义不仅仅在于沟通了各个时期的文学，而是试图用一种新的研究视角来重新认识文学史的某些既定结论，现代文学史的许多现象可以在晚清文学中找到源头，也可以在1949年以后三十多年的发展中检验其生命力；反之，当代文学发展中层出不穷的新现象也可以从历史源流上考察其存在的合理性。这种整体观的方法导致研究者对以往文学史固定模式的质疑，也导致1988年"重写文学史"

的发生。

学术界关于"重写文学史"的提出，不是为了重新写一本反映当今学术水平的文学史著述来取代以往的文学史，而是提倡一种新的理念，提倡一种新的治学风气，即文学史应该如何写法，如何处理作家与文学史的关系，这些问题是可以自由讨论、多元并存的，未必有定于一尊的观念。1988年上海一家理论刊物开辟一个"重写文学史"栏目（1988—1989）[①]，发表了一系列重新评价作家赵树理、柳青、郭小川、何其芳、丁玲等人作品的论文，这些论文并没有跳出作家作品研究的范围，但因为用了"重写文学史"的栏目名称而引起争论，也因此推动了文学史的深入研究。90年代到新世纪最初十年间，文学史研究（包括断代文学史的研究）有了深入的进步，学术界推出了多种有新意的现当代文学史著作，都可以视为"重写文学史"所获得的成果。

这个阶段的学科史研究也注意到海外关于中国现代文学研究的成果，尤其是夏志清的《中国现代小说史》的出版（1961），在海外引起过巨大反响，后来传到我国，也产生过重要的影响。夏志清用西方经典文学的标准来解读中国现代文学作品，梳理出鲁迅、茅盾、张天翼等代表的左翼文艺，沈从文、师陀等代表的乡土民间文艺，张爱玲代表的现代都市文艺，以及钱锺书代表的知识分子的讽刺文艺四大传统，基本上反映了中国现代文学的基本格局，比起国内学者以新民主主义革命的标准独尊左翼文艺传统，显然更加全面和符合历史真实。此外，以李欧梵的《中国现代作家中的浪漫一代》与王德威的《被压

①　《重写文学史》栏目刊于《上海文论》杂志（徐俊西主编）1988年第4期到1989年第6期。主持者陈思和、王晓明，栏目每期都有"主持人的话"，表达了"重写文学史"的主张。每期栏目都发表两到三篇论文，最后一期整本杂志为"重写文学史"专号。

中国新文学整体观

抑的现代性：晚清小说新论》等著作为代表的海外文学研究成果，在不同历史时期对中国现代文学研究也产生过较大的影响。

那么，接下来的问题是：21世纪以来，中国文学发生了很大变化，文学史研究也出现了许多新的元素和新的现象，"20世纪中国文学"是否已经成了一个过时的概念，目前我们的文学史编写以及同时期的相关文学史著作，是否仍然属于这个研究阶段呢？

本文认为，现代文学学科经过90年代的沉稳发展，知识分子人文激情为实实在在的资料发掘和边缘拓荒所取代，原先的研究空白被逐渐填补，学术地图被重新描绘，学术视域进一步得以开拓，所取得的学术成果，已经超越了当年学术界对"20世纪中国文学"的期待和想象。但是，我们在21世纪初期发现并提出讨论的所有文学史问题，都没有离开时间范围的20世纪文学现象，包括：如何看待近代文学（尤其是晚清民初文学）与五四新文学的关系？如何评价民国时期旧体诗词、文言文的创作？如何评价市民大众文学（通俗文学）的价值？如何评价中日战争期间（从甲午战争算起）的日本殖民统治时期台湾文学、伪满文学、沦陷区文学？如何整合大陆文学与台湾文学、内地文学与香港文学？如何处理文学与戏曲、影视文学的关系？等等。这一系列的问题，在学术领域都没有得到充分的讨论，也没有进行更加深入的研究，但如果归结起来，这些问题在学术视域上都已经逸出了新文学的范畴，主要集中在新文学传统的发展与本来不属于新文学范畴的文学现象之间的关系问题，但这些问题都是属于20世纪中国文学范畴内还没有得以解决的问题，也是重写文学史的根本问题。

当然，21世纪的文学已经有了15年的发展，并且产生出许多难以用20世纪文学的概念范畴去概括的新现象，如新媒体视野下的文学创作现象，但是这些问题尚处于萌芽状态，还不足以进入文学史层面的研究。相反，21世纪文学中最令人鼓舞的现象，是80年代崛起的作家群体，经过了近三十年的坚持和努力，取得了骄人的成绩。这一批作家基本上都是在五四新文学传统的影响下成长起来的，他们起步于1985年的文化寻根文学，逐渐在创作中摆脱了文学为时代精神传声筒的局限，克服了新文学传统中某些狭隘的意识观念，恢复了五四新文学传统中关注社会现实、批判社会和历史文化中的种种阴暗面的恢宏气象，以及多方面吸收世界文学中表达现代精神的艺术技巧，在新世纪创作出辉煌的新文学实绩。我们从这些作家的创作中看到的是一个多世纪以来新文学从发生、发展、沉沦而后获得飞跃拓展的完整历程。他们具有个人风格的成熟作品可能是在新世纪最初十年中完成的，但是他们创作的累累硕果体现了20世纪中国文学经过一个世纪的努力的完整意义。

因此，现阶段的现代文学史研究，无论从问题意识的发现，还是从当下文学创作立场而言，都还没有摆脱20世纪中国文学的研究阶段。唯有需要补充的是，对于20世纪中国文学的概念的理解，应该从特定的意义角度改变为常态的时间意义，把它看作中国现代化转型过程中人们精神历程的发展和追求。这种追求必然也是多样性和多元价值的追求，如马克思所呼吁的，要求"每一滴露水在太阳的照耀下都闪现着无穷无尽的色彩"①。从"新文学"到"现代文学"再到"20世纪中国文学"，概念内涵在不断扩大，意义也越来越丰富，不仅使五四新文学传统的核心价值得以坚持和发扬，还将吸收更为宽广的文

① ［德］马克思：《评普鲁士最近的书报检查令》，见《马克思恩格斯全集》第1卷，人民出版社1995年版，第111页。

学力量，多层面地表现和反映社会各阶层的精神状态，即使是新文学运动早期批判过的被视为敌对力量的文学，也要对其进行甄别和研究，发扬其精华，保留及理解其在现代化进程中所反映的复杂的感情世界。

中国现代文学作为一门二级学科，具有一个鲜明的特征，即文学史的时间下限具有无限发展的可能性。这门学科，是中国在社会经济现代化过程中相应发展而来的"现代学"的一个组成部分。中国现代文学是一个漫长的历史过程，而20世纪一百年，仅仅是其启程的第一步，"20世纪中国文学"作为中国现代文学发展历史的一个特定概念，它完整地涵盖了晚清文学、民初文学、五四新文学以及1949年以后海峡两岸文学等所有的文学信息与文学潮流，波澜壮阔，浩浩荡荡，把我们带向新世纪的未来。

修订于 2015 年 9 月 10 日

我们的学科：已经不再年轻，

其实还很年轻

前辈学者樊骏先生写过一篇文章，题目是《我们的学科：已经不再年轻，正在走向成熟》，写于1994年，刊发于1995年，于今已经十多年过去了，最近我读了一遍，深深为樊骏先生对学科的深刻见解所打动。他当年所思考的问题，在十多年后的今天仍然是迫切需要解决的问题并切合学科发展实际的方向。他希望我们"正在走向成熟"，但我们仿佛还在原地踏步，因此，我冒昧模拟一下这篇高论的题目，只是改动一句话。我们的学科，说其"已经不再年轻"，是因为从学科发展的历程来说，它已经经过半个多世纪几代学人的营造，不能说没有一点成绩和积累，但其实它仍然很"年轻"。樊骏先生曾解释说："不再年轻并不是说原先的幼稚以及相应的种种不足，都已经完全克服；走向成熟更不是意味着已经成熟，登上了科学的高峰。比之摆脱幼稚，达到真正的成熟，将是一个更为漫长更为艰难的历程，需要清醒地认识。"[1]我觉得，一个学科如果称得上"成熟"，至少在理论上解决了关于这个学科的基本问题，建立起较为稳定的学科范畴和学科观念，以后新的资料发现可能在局部修正和补充学科观念，但不会引起根本性的变动。而以这样的标准来看我们的学科的现状，它确实"还很年轻"，还处于初级阶段，还有许多涉及学科发展的材料和领域，正在逐渐被发掘和重视，但还没有找到适当的理论方法来做出有说服

---

[1]　　樊骏：《我们的学科：已经不再年轻，正在走向成熟》，见樊骏《中国现代文学论集》上，人民文学出版社2006年版，第502页。

中国新文学整体观

力的解说，奠基性的学科理论还没有完全建立起来，而如果我们不去思考和关注这些问题的话，我们的学科就有可能遭遇到根本性的挑战与困境。

这次我在华中师范大学举办的"现代中国文学学科观念和方法"的研讨会上，听到黄曼君教授的发言，他感慨地用了八个字来形容学科当下的处境：根本颠覆，全面覆没。①这自然有些言重，但是老一辈学者为之焦虑的心情跃然呈现，不容回避。在我看来，所谓"国学热"、儒家热、传统文化复兴、传媒炒作流行快餐等现象，并不足以构成本学科的生存危机，严峻的挑战并非来自学科外的力量，恰恰是来自学科内部的学术研究的深入和学术视野的拓展，学术的发展必然会带来内在的矛盾，其内涵的日益丰富与理论外壳的不相容性又一次到了需要大调整的时机，所以说，这也是机遇，矛盾总是酝酿着新的突破，挑战必然带来新的机遇。会议开了三个半天，发言的人争先恐后，许多有意思的话题都引起我的联想。会后，重读樊骏先生的这篇论文，结合会议研讨的问题，写下一些不成熟的想法，本文权作阅读前辈的心得体会，就教于大方。

有许多话题都在研讨会上引起争论。我以为与我们的学科最有关系的，是关于会议的标题"现代中国文学"所引起的争论。我对概念术语一向不敏感，不知道以前是否也有人这么用过。记得钱基博先生在20世纪30年代出版过一本文学史，名为《现代中国文学史》。那部文学史所谓的"现代"观念，显然与我们后来的新文学史风马牛不相

---

① 华中师范大学中文系举办的"现代中国文学学科观念和方法"研讨会于2007年8月8—11日先后在武汉和九宫山召开。黄曼君教授在大会上的发言题为《世纪相伴话沧桑：现代中国文学学科观念与方法综议》。

及。有的学者在讨论中提出："现代中国文学"的概念是否意味与以前我们使用的"中国现代文学"的概念有了差异？原来的"现代文学"是一个专用名词，不仅仅是指时间上的现代，同时包含了具有"现代性"的文化含义，"现代文学"意味着具有现代性的文学，它必然是尊五四的新文学精神和现实战斗精神，而必不能容忍许多非现代性的文学如通俗文学、旧体诗词、文言文等文学现象侧身其间和平等对话。如果用"现代中国文学"来取代的话，客观的"中国文学"就成了一个主题词，而"现代"仅仅成为一个时间标识，现代中国文学成为古代中国文学顺其时间延伸而来的一个文学阶段，那么，它就与唐宋文学、明清文学置于同等的意义，完全没有必要单独成为二级学科，这样，等于取消了中国现代文学学科存在下去的理由。①

这种观点虽然出于对学科的维护，但是有一点事实不能不面对：近年来现代文学学科在一些领域中开拓的成就是有目共睹的。以现代旧体诗词的发掘与研究为例：近年来相继出版的有陈寅恪先生的《陈寅恪诗集》，钱锺书先生的《槐聚诗存》《石语》等，以及上海古籍出版社推出的"中国近代文学丛书"，整理出版了郑孝胥、樊增祥、陈三立等近代诗人的诗集，胡风、聂绀弩、周作人等新文学家的旧体诗作也都整理出版；相关研究则有刘衍文《〈石语〉题外》等②，日本学

---

① 会议讨论中王彬彬、陈国恩等学者都持这样的观点，因为是即兴发言，只能记录其大概的意思。
② 《〈石语〉题外》系列研究曾在《万象》杂志连载，后收入刘衍文《寄庐茶座》（汉语大词典出版社2004年版）。

者木山英雄对中国新文学作家的旧体诗作也有系统研究[①]。旧体诗词的研究还涉及日本侵占台湾时期的文人诗社团体。相关研究论著也逐渐涌现，如许俊雅的论著《黑暗中的追寻——栎社研究》、校释本《无闷草堂诗余校释》、《梁启超游台作品校释》等，都是研究台湾栎社的重要成果，令人瞩目。本学科的研究生对这些领域的研究也开始涉足。

　　比现代旧体诗词研究更引人关注的是关于现代通俗文学的研究。以范伯群教授为领军的学术团队不仅编撰了《中国近现代通俗作家评传丛书》《中国近现代通俗文学史》《中国现代通俗文学史（插图本）》等大型著作，还在理论上不断提出新的见解，试图整合通俗文学与新文学的关系。范教授多次引用朱自清的"鸳鸯蝴蝶派'倒是中国小说的正宗'"的观点，努力把通俗文学与五四新文学整合为20世纪中国文学史的"两翼"。[②]最近范教授在其新著《中国现代通俗文学史（插图本）》的绪论里明确提出："有必要为中国现代通俗文学史建立独立的研究体系，将它作为一个独立自足的体系进行全面的研究。"并且在此基础上要求再做下一道工序："探讨如何将它整合到中国现代文学史中去。"[③]这已经是一个逻辑相当严密的工作规划，不能不引起我们的重视。

[①] 木山英雄的系列研究论文，一部分是对扬帆、潘汉年、郑超麟的旧体诗的研究，经蔡春华翻译，收入陈思和等编著《无名时代的文学批评》一书，广西师范大学出版社2004年出版；一部分是对聂绀弩、胡风、舒芜、启功等的旧体诗的研究，经赵京华编译，收入《文学复古与文学革命——木山英雄中国现代文学思想论集》一书，北京大学出版社2004年出版。

[②] 参见范伯群、孔庆东主编《通俗文学十五讲》，北京大学出版社2003年版；范伯群《近现代通俗文学漫话之三：鸳鸯蝴蝶派"倒是中国小说的正宗"》，《文汇报》1996年10月31日。

[③] 范伯群：《中国现代通俗文学史（插图本）》，北京大学出版社2007年版，"绪论"第1页。

人文学科之所以是科学，从来就是在新的材料被发掘、新的领域被开拓的前提下经受挑战和检验，而后在理论上提出新的见解来阐释这些新材料和新领域，学科本身也会发生或快或慢的变化，以修正自身的局限。如果学科缺乏这种应对能力，就有可能导致学科自身的作茧自缚、自我萎缩。这些来自新的材料和领域的挑战，是学科自身深入发展的结果而非外界的干扰，其始萌并非今日。樊骏先生回顾本学科在20世纪70年代末和80年代初的时候就遭遇了同样的情况，但是那个时候由于学科自身的束缚，未能给以正确对待。樊骏先生举例说：

> 我们关于"现代文学"、"新文学"的含义与范围，显然存在着不同的理解与界定，不同意见也并非没有交锋过。十多年前两次会议上的争论，我至今记忆犹新。在1979年1月，有来自各地的二十余位现代文学研究者参加的《中国现代文学史参考资料》（北京大学、北京师范大学、北京师范学院中文系编）的审议会上，已经编好的两卷旧体诗词选，由于有些学者坚持"五四"以后写作的旧体诗词不能视为现代文学创作，而被排除于这套资料之外。1983年5月《文艺报》召开的有京、津、宁三地近二十位学者参加的现代文学座谈会上，对"现代文学"是否相当于"新文学"，能否将鸳鸯蝴蝶派之类的作品写入现代文学史，也有针锋相对的分歧意见，有的学者后来还将发言整理成文章发表。但这类讨论，包括口头的和文字的，都没有充分展开过，一般只限于若干具体事例的取舍，而未能根据"五四"以来文学创作与文学运动的全部实践，参照其他艺术门类的实际状况，重新

对"现代文学"、"新文学"的性质、特征、范围等，作出理论的界定与阐释。①

很显然，樊骏先生在现象尚处于萌芽状态的时候，已经敏感地发现了学科内部潜在的矛盾，他不是纠缠在个别的具体的事例取舍上，而是着眼于整个学科的发展。他的倾向性意见，显然是希望我们对"现代文学"与"新文学"两个概念的含义与范围作进一步的厘定与区别。他虽然没有直接表达自己的意见，但依据"参照其他艺术门类的实际状况"的原则，他明确提出："美术界没有将同属传统形式的中国画一概视为旧美术，音乐界没有完全把民族音乐作为旧音乐，书法界更难有这样的新旧之分，而都将它们写入现代美术史、音乐史和书法史之中。如果编一部综合的'中国新文艺史'，写到了齐白石、张大千的画作，梅兰芳、周信芳的剧艺，阿炳的乐曲，罗振玉、郑孝胥的书法等等，却不提鲁迅、郁达夫、柳亚子、毛泽东等人的旧体诗词，张恨水、金庸等人的章回小说，岂不荒诞不经？难道后者比前者缺少'新'的属性吗？"②樊骏先生的这些观点，其实是命中了我们学科所面对困境的要害，只是在90年代初的时候，我们在这些领域的研究成果还不足以引起大多数学者的关注，忽略了樊骏先生的敏锐发现。但是在今天，我们学科所面对的共同的挑战与困境，已经是不容再回避下去了。

会议上下也有不少学者在讨论这些问题，有的学者认为，学科建

---

① 　《我们的学科：已经不再年轻，正在走向成熟》，见樊骏《中国现代文学论集》上，人民文学出版社2006年版，第510～511页。
② 　《我们的学科：已经不再年轻，正在走向成熟》，见樊骏《中国现代文学论集》上，人民文学出版社2006年版，第510页。

设是建立在科学的态度之上的。"现代中国文学"就是研究现代中国的各种文学现象，既要摆脱50年代以来过于狭隘的文学史观，也应该从80年代以后形成的启蒙主义的精英立场中解放出来，让各种文学思潮文学现象都拥有平等对话的条件。也有的学者认为，文学史研究既是一种文学研究，也是一种史学研究，应该重视中国文学研究的史学性。[①] 所谓"史学性"，我的理解是要求学者对文学现象持客观研究的态度。这种观点在受过五四新文学精神熏陶的大陆学者看来，似乎是难以接受的，但在海外学术界看来则是自然而然的。李欧梵教授在为范伯群教授的《中国现代通俗文学史（插图本）》所写的序言里坦率地说："我绝不——也从未——贬低'五四'新文学的价值和贡献，只不过对其中暗含的精英主义和意识形态提出质疑，因为我从来不把新旧对立，也从不服膺任何文化的霸权。在海外研究中国现代文学，不像国内那样被视为重点研究项目，而且一向是挂靠在古典文学之后，直到最近才有所改观。当然，也从没有近—现—当代的分期，更无雅俗之分，近年来在'文化研究'理论冲击之下，似乎更看重通俗文学和视觉文化（如电影），甚至有点矫枉过正。对我个人而言——我本来是学历史出身——文史哲一向不分，而文学史和文化史之间也不必划清界限，在这样的'宏观'视野之下，'文学'本身的定义也更宽泛，遑论新旧文学。"[②] 李欧梵教授说得坦然，但他的看法对我们学科的理论建设有根本性的启迪。李先生强调海外的中国现代文学研究的境遇，也是预兆了如果我们这门学科放弃了五四新文学的

---

① 周晓明在会议上的发言持这个观点，转引自王泽龙、张晋业《现代中国文学学科观念与方法学术研讨会综述》，《光明日报》2007年8月24日。
② 范伯群：《中国现代通俗文学史（插图本）》，北京大学出版社2007年版，第5页。

中国新文学整体观

现实战斗精神，把它恢复到一般的历史阶段性的文学研究，那么，很可能就会像海外的现代文学研究那样，沦落到挂靠在古代文学之后，没有理由成为二级学科了。但是，李教授的话又从另外一个角度描述了一种不分雅俗遑论新旧的文学史观。毫无疑问，这样的文学史观比我们现在死守一家的做法，更有弹性，也更符合文学史的实际。

回顾我们的学科发展。20世纪50年代建立现代文学二级学科，是全盘继承了"新文学"的传统，当时建构这个学科平台的理论基础是新民主主义革命理论，所以不仅确立了从五四到1949年的文学史时间，而且也充分强调了五四—左翼—延安文艺座谈会的三个环节和独尊鲁迅的一个中心点，贯穿文学史的是不断的批判和斗争：有五四新文学运动中对传统文学和通俗文学、保守主义的批判，有左翼文学运动中对国民党政府的文艺政策、资产阶级的文学主张以及内部的小资产阶级倾向的批判，还有就是党内整风运动对小资产阶级知识分子的批判。可以说斗争是文学史的一条主线。20世纪80年代以后，随着"20世纪中国文学"等理论概念的提出，本学科研究开始摆脱狭隘的战争文化心态造成的思维模式，将现代文学与当代文学重新组合，文学史的时间范围上下延伸到百年中国文学，搭建起"中国现当代文学"的学科新平台，并且对以往狭隘的文学史观念进行了反思，建立了以启蒙主义为中心的文学史论述。在这样的理论建构中，原先被否定的作家如周作人、胡适、沈从文、张爱玲等都开始得到正面的评价和专门的研究，鲁迅以及左翼文艺运动的意义也被重新阐释，对当代文学中许多政治性的教条作了认真反思。但是在90年代以后，中国现当代文学学科随着专业博士点的增长、研究队伍的扩大和梯队更新、研究视野逐渐扩大，加上日趋开放的社会风气和海外汉学的学术风向的影响，许多对本学科的颠覆性意见相继出现，新的材料和新的领域不断扩大，这就给本学科的学者又一次提出了艰巨的任务：我们当然要维护自己学科作为二级学科的生存理由，要维护五四新文学精神在本学科所拥有的核心地位，但也不能回避，"现代中国文学"确实包含了许多非"中国现代文学"所能够容忍的文学因素，要承认过去的中国现代文学史观念是从新文学史的观念演变而来，比较狭隘的新旧对立思维模式再加上战争文化心理构成的思维模式所建构起来的一套所谓主流、支流、逆流的文学史叙事模式，不能适应今天学者们宽阔的学术视野和本学科所取得的学术发展。20世纪80年代的"重写文学史"的提出和实践，本来要解决的就是这样一些陈旧迂腐、"左"倾教条、明显过时的文学史观念，以求适应本学科在应对各种社会思潮和流行观念时的理论需要。"不分雅俗，遑论新旧"是当前本学科急需的一种实事求是的学科精神。令人尊敬的是，樊骏先生在十多年前作为我们学科的全国领军人物之一，在其学术思想里已经隐含了这些思考。他质疑我们现在的文学史著作里不能容忍通俗文学、旧体诗词等创作，反过来质问：难道五四新文学果真就是"纯"文学吗？他说："特别是在抗日战争爆发、延安文艺座谈会、新中国成立以后，随着新文学工作者采用、改革传统形式、旧文艺工作者学习新文学，创作出'旧瓶装新酒'的作品，再加上文艺界统一战线的不断扩大，思想上艺术上多有交融与汇合，原先区别'新''旧'的界线有了明显的变化，至少以文体形式划线的区别大大淡化了。"[1]他在另外一篇

---

① 　　　《我们的学科：已经不再年轻，正在走向成熟》，见樊骏《中国现代文学论集》上，人民文学出版社2006年版，第510页。引文中的"抗日战争爆发"指1937年抗战全面爆发。

中国新文学整体观

评论《中国近现代通俗文学史》的文章里指出："新文学就整体而言，难以成为真正意义上的'纯'文学，而必然具有诸多'俗'的因素。从根本精神和性质来看，与其说是'纯'的，还不如说是'俗'的。"① 为了证明新文学创作中的通俗因素，他还举了《雷雨》和《风雪夜归人》的例子来说明最西化的艺术形式话剧作品里仍然具有通俗文学的因素。在对旧文学的评价上，樊骏先生也提出了新的看法，他这样论述鸳鸯蝴蝶派的文学："'五四'之前，'鸳蝴派'应该说是当年文坛上一个最有影响的新的流派。在中国文学现代化的进程中，就文学的写作传播等环节而言，现代报刊出版事业—现代稿酬方式—作为自由职业者的专业作家'三位一体'体制的确立，起了决定性的作用。"② 综其所言，新文学运动随着左翼文学运动、大众文艺运动、延安文艺整风、50年代以后的为工农兵服务和为政治服务的文艺政策，决定了新文学在发展中不断脱离"纯"文学，向着'俗'的方向靠拢；而鸳鸯蝴蝶派文学也不是一开始就是通俗文学，它本身的发展道路还包含了传统精英知识分子向市场经济转换、建立现代出版制度的文学现代化的社会实践。这样的理解自然是消解了新文学史上势不两立的新旧文学之分。

在我的理解中，以鸳蝴派为中心代表的旧文学从精英知识分子立场向通俗文学的真正转型应是在五四新文学兴起以后才最后完成的。正因为五四新文学占领了精英知识分子这一制高点（大学讲堂、权威刊物、大型出版机构以及一部分行政权力），鸳蝴派作家才逐渐退出

① 《能否换个角度来看》，见樊骏《中国现代文学论集》上，人民文学出版社2006年版，第478页。
② 《能否换个角度来看》，见樊骏《中国现代文学论集》上，人民文学出版社2006年版，第481页。

精英的立场，转移到大都市的新的媒介——电影电台、报纸副刊、小报连载、连环画等，开拓了新的领域——都市通俗领域的空间。占领了都市大众传媒的新工具的通俗文学，已经不能够用简单的旧文学来解释和定位。20世纪40年代的张爱玲就是一个典型的例子，她在文坛上崛起时，充分地利用了大众媒体——通俗杂志、小报、电影、话剧、插图，甚至自己设计的奇装异服秀。张爱玲虽然是从通俗杂志《紫罗兰》上发迹的，其创作中也有不少通俗文学的因素，但显然不能把张爱玲的创作简单归为旧文学或者通俗文学。范伯群教授在《中国现代通俗文学史（插图本）》的最后一章，把张爱玲、徐訏、无名氏在40年代的创作都归入通俗文学的"新市民小说"，汤哲声在《中国当代通俗小说史论》里，把当代文学中的许多名篇、"文化大革命"后文学中许多流行的文学现象都归结为通俗文学。由此出发，再联系到20世纪末都市媒体和网络的迅速发展，通俗文学以新的形式占领了文化文学市场，涌现出许多新的文学群体（如"80后"），等等。通俗文学有了一个自我贯通的文学史逻辑。确实，从抗战起，甚至更早些时候，所谓新旧文学、雅俗文学之间已经不存在难以逾越的鸿沟了。那么，是不是可以这样来理解，从文学史的实际出发，广义上的"俗"文学的思潮及其创作，理应占据文学史的大部分篇幅，而真正体现五四新文学的战斗精神和注重艺术形式革命的'纯'文学的传统，反倒是占据了小部分，属于比较尖端的、核心的部分？如果我们容许现代文学史将两者并存的话，那么，它们之间又是一种什么样的关系？我们将如何来把握和阐述？

对于这样一种雅俗混杂、新旧并存的文学史现象，自然可以有不同的叙述方法。简单的拼接是一种比较流行的方法。现在最普遍的情

中国新文学整体观

们的学科：已经不再年轻，其实还很年轻

况就是这样：当文学现象越来越繁多、越来越复杂的情况下，力求全面的文学史就无限膨胀起来，并且陷入了自相矛盾之中。比如，一部当代文学史，在导论里阐述其社会主义文学的性质，但是在具体的内容论述中，除了大陆作家作品，还夹杂了台湾、香港地区的作家作品介绍；同样，在一部现代文学史中，前面是分析新文学如何战胜旧文学，批判通俗文学，但在内容论述里，张恨水被夹在丁玲巴金中间一起论述，其理论上不能自圆是必然的。还有一种方式，就是从理论着手，通过理论创新提出新的文学史观念，来重新整合文学的各种现象，达到新的文学整体观。正是出于上述的文学现象，我在2005年提出了20世纪中国文学史上的"先锋"与"常态"的问题，企图正面回答有关五四新文学的质疑。我把五四新文学的战斗传统界定为一种与世界文学同步的先锋思潮，其特征为彻底地与传统实现断裂、对抗性的社会批判、对唯美主义和颓废思潮的批判、形式与语言的夸张性变革，等等。正是这种先锋文学思潮与启蒙思潮的结合，才使五四新文学产生了那么大的社会影响，它的激进的、革命的以及对现实改革事业的投入，才形成了巨大的新文学传统的力量。由于先锋思潮本身是偏激的、异端的文化思潮，在文学史上，它往往与革命性的政治思潮联系在一起，很快就融汇到政治运动中去，消失了文学自身的先锋性，所以先锋思潮又是短暂的、有冲击力、惊世骇俗的。从五四新文学运动的发端到左翼文艺运动的兴起，形成了一个文学先锋的过程，在中国现代文学史上发挥了积极推动社会进步的作用，它是文学史的核心的力量。同时，在核心以外，大部分的文学现象则是以常态的形式，随着社会的发展而渐渐演变，这是一个多层次的文学常态的过程。文学是社会意识形态的产物，从古代中国到现代中国，文学始终是随着社会的变化而自然而然发生变化，审美领域也逐渐形成大多数老百姓能够接受的主流趣味。当然文学的受众构成是多层次的、复杂的，常态文学也相应是多层次和复杂的，它包括传统文学的古今演变，随市场发展而形成的市民文学、农民文学、小资文学、流行文学，也包括新文学中的时尚文学和各种通俗的文学性读物，综合起来成为一种主流的文学现象。这两种性质不同、形象也不同的文学的综合力，构成了一部复杂的文学史，能够包容雅俗、新旧的文学现象，并在理论上仍然保证了新文学传统在文学史上的核心地位。

关于先锋与常态的理论假设，是根据文学史实际出现的问题而提出来的，要求能够解释这些现象，并解决相关问题。它是否有效还需要经过实践的检验，在此不赘。话题还是回到本文开始时对几个概念的分析。前面提到过，"现代文学"学科是从"新文学"发展而来，它全盘继承了新文学的狭隘的战斗传统，80年代提出的"20世纪中国文学"基本上是打开了原先的狭隘学术视野和研究范围，但由于当时主要着眼点是在包容和整合1949年以后的文学史，确立了启蒙为主要叙述方法。它的不足是对未来十五年的文学完全缺乏预见，没有预见到商品经济大潮的迅猛冲击文化、网络媒体强势进入文化领域、社会道德滑坡带来了国学热以及保守主义的复兴，等等。这些社会现象的出现，对现代文学的学科理念和基本理论都带来致命的伤害。而90年代以来学术界对于通俗文学、旧体诗词、另类文学等领域的史料发掘和过度阐释，也与现实的思潮相关。我以为只有通过理论的创新，调整文学史的观念，重新解释、整合、包容当下的各种社会文化现象，才可能激活我们的学科，使它在现实环境中继续发挥新文学的精神影响。在这个现实意义上，我能够理解有的学者关于"现代中国

中国新文学整体观

文学"的解释，要求客观地解释文学史上各种文学现象，当年钱基博先生编撰的《现代中国文学史》已经为我们构筑了一个文学史的蓝图。但是，学科的危机仍然没有消除——既然我们的学科建立就是与1949年以后新政权的意识形态建设有关，那么在未来的发展道路上，如果现代文学逐渐成了一个阶段性的文学史，它还有必要成为二级学科吗？它与古代文学学科的差异究竟在哪里呢？

其实，这个困扰一直像梦魇一样缠绕着本学科的学者，其表现就是现代文学的外延和内涵的不断变换。樊骏先生也早在十几年前就注意到了。他从学科建设的角度出发，指出现代文学史前后不过三十年，作为一门独立的学科的范围实在是过于狭小了。他归纳了当时学术界的三种见解：（1）主张把现在所说的"近代文学"与"现代文学"合并，统称"近代文学"，与史学界关于通史的分期取得一致；（2）主张把"现代文学"与"当代文学"合并，通称"现代文学"或"新文学"，考虑到当代文学在继续发展中，有的学者还建议可以将其中相对凝固、已经告一个段落的部分，逐步纳入"史"的研究范围；（3）主张从戊戌变法至今的文学作为一个整体，称"20世纪中国文学"，等等。①他当时曾经呼吁过三个领域的学者一起就这个学科问题来共商大计，但很遗憾没有得到响应。他幽然地说："近年来，我一直有这样的想法：如果说前辈学者为创建现代文学这门学科而努力，为奠定目前这样的学科格局作出了贡献，那么今后年轻一代的学者的历史任务，可能是消解现有的格局，把现代文学研究纳入更大的学科之内，或者重新建构新的学科。从学科的发展来看，是迟早得这样做的，并

---

① 《我们的学科：已经不再年轻，正在走向成熟》，见樊骏《中国现代文学论集》上，人民文学出版社2006年版，第517页。

将因此把现代文学研究推向新的阶段。"①樊骏先生的富有远见的学科观点，在今天的学科建设中依然是最前卫的理论假设。从今天的学科建构来看，樊骏先生当年的学科展望在今天已经变成了学科存在的潜在危机，所谓的二级学科本来就是人为设置的，并不能证明什么长久存在的理由。当我们自己在为自己操心的时候，我们发现，"20世纪中国文学"已经成为一个阶段性的文学史概念，完成了其自身的任务；"当代文学"作为一个学科概念也已经基本被消解，因为半个多世纪以前的事情还是被称作"当代"，显然是不合情理的。而我们的学科唯一能够表明自己身份的，还是"中国现代文学"（所谓"现当代文学"的"当代"是可以取消的，因为"当代"理所当然是包容在"现代"的意义里）。当然，这个"现代"的含义应该有所修正，应该更加宽容，更加富有包容性，以更大的空间来显现"现代"的合法存在理由。

"中国现代文学"与"中国古代文学"一样，是分阶段的。"20世纪文学"是作为第一阶段而存在，百年文学本来就不悠久，不必过于琐碎地划分文学史，百年文学不过是现代文学的一道序幕。而"当代文学"应该是指当下文学，即发生在我们身边的文学现象，需要我们去关注它研究它，并通过对当下文学现象的研究，反思历史，促使对现代文学的观念和方法的更新和发展。我一直认为我们的学科尚且年轻，不仅仅是指它不会走向成熟，不会形成稳定的学科理念，而是我们的学科存在下去的理由，就在于它不是依靠历史的久远和观念的凝固不变，它所依凭的恰恰是它永远与当下生活结合在一起，生活的

---

① 《我们的学科：已经不再年轻，正在走向成熟》，见樊骏《中国现代文学论集》上，人民文学出版社2006年版，第521～522页。

未来有多长，我们的学科的生命就有多长，它的特点就是不断对应当下出现的文化现象和文学现象，解释当下文学与生活的关系，推动文学事业的发展。其实，七十多年前朱自清先生在清华开设"新文学研究"的课程，何尝不是当下文学；五十多年前王瑶先生论述的"新文学史"，也不过是刚刚结束的文学现象；当二十多年前"20世纪中国文学"倡导的时候，20世纪还没有结束。所以，我们这门学科的最大特点，就在于它充满现实生活的活力，不断观察当下的生活与文学，不断根据现实中出现的新现象来提出新问题，不断根据新的材料来调整自己的学科观念和研究方法，这样，也许我们可以不辜负前辈学者的期望，让我们的学科在不断消解原有格局的活力中，创造出新的学科格局。

2007 年 8 月 27 日于黑水斋

评『中国现代文学史

多元共生新体系』

范伯群先生在他的治学感言《"过客"：夕阳余晖下的彷徨》中有一段话，诉说了他暮年的学术理想：

> 我期望我这一生能在科研上完成一个"三部曲"。我这大半生的科研途程，第一步是"起家"。我是从研究新文学起家的，研究知识精英作家的生活和创作道路，如鲁迅、郁达夫、冰心、叶圣陶、王鲁彦、蒋光慈等作家。可是由于偶然的机遇，我开始走第二步，那就是将重点"转移"到研究通俗作家身上去。这一"转移"就花去了20年间的主要精力。当我刚着手研究时，也不知其中究竟有多少工作量，就贸然"转移"了阵地。待到进入角色，才知道自己跳进了一个永远也游不到头的海洋。但我一点也不后悔。这20年还是花得值得的。20年的一个总结性成果是集体撰写了一部《中国近现代通俗文学史》。此书的出版应该作为走完第二步的标志，我应该跨入第三步中去了。这第三步我想取名为"回归"。那就是我应该"回归"到整体的现代文学史的研究领域中去，也即应该将雅俗双方合起来加以综合的通盘思考。从"起家"、"转移"到"回归"，我不希望这"三部曲"是在同一"平面上的循环"，但愿是一个"螺旋形的上升"。因为我花了20年时间审视了过去被视为"另类"的文

学，也许我"回归"到新文学研究中去时，能提出一些"另类的观点"，供同行们质疑与批评，和同行们探讨与切磋。我认为，过去那种强求"舆论一律"的文学史编纂模式应该为今天的"多元化"的文学史观所取代。而多元化往往起步于不同观点的互相商兑。这才能真正体现出百家争鸣、百花齐放的宽阔坦荡的胸襟。①

范先生这段话表述于2004年，转眼又是五年过去了，范先生在前年（2007年）出版了他独立撰写的《中国现代通俗文学史（插图本）》②，该书可以说是20世纪中国文学史研究中的一部里程碑式的著作。这部著作的意义不尽在于对通俗文学的史料整理，它是范伯群先生治学生涯中"回归"步骤的第一步。在整整二十年时间的"上穷碧落下黄泉"的搜索、寻找、整理、编辑、研究、出版等一系列大规模的学术活动中，范先生和他亲自培养起来的学术团队已经完成了对中国近现代通俗文学研究的基础性工作，使通俗文学这一被遮蔽被遗忘的黑暗世界整体性地浮出了学术界的海面。在这部文学史著作中，范先生胸怀全局，着眼于通俗文学如何"回归"20世纪中国文学史的整体思路，他不仅从通俗文学的自身特点出发，提出了"中国现代通俗文学在时序的发展上，在源流的承传上，在服务对象的侧重上，在作用与功能上，均与知识精英文学有所差异"的观点，要求现代通俗文学必须以自己特有的风貌进入文学史，与主流的五四新文学传统共同

① 范伯群：《多元共生的中国文学的现代化历程》，复旦大学出版社2009年版，第268页。
② 范伯群《中国现代通俗文学史（插图本）》，为复旦大学中国古代文学研究中心承担的教育部人文社科重点研究基地重大项目成果，北京大学出版社2007年出版。

构成一个多元共生的新文学的全貌；而且，为了把通俗文学融入20世纪中国文学史，恢复它应有的文学史地位，范先生在文学史理论和观点上进行了系统的探索，并具有多方面的突破。就在撰写这部现代通俗文学史的前后数年，范先生陆续写出一批资料丰富、论据扎实、观点新颖的学术论文，计有二十多篇三十多万字，既有文学史理论的创新探索，也有具体作家作品个案的分析；既有对于国外学术界前沿成果的引进和介绍，也有与国内同行的针锋相对的学术争鸣。这些学术上的创新成果，部分被吸收到文学史著作中加以阐述，也有一些尚未完全融入文学史的写作，因此，这些论文比范先生的文学史著作更加集中地体现他的学术创新精神，也比文学史著作更加接近整体性的"回归"20世纪文学史的理论建设。

现在，复旦大学出版社要范伯群先生把这批论文结集为《多元共生的中国文学的现代化历程》出版，范先生嘱我为之写序。我是范先生的晚辈，范先生1955年毕业于复旦大学，是恩师贾植芳先生在复旦大学任教的早期学生，听章培恒教授说过，范先生在他们这一辈师长中最为年长，也就是说，范先生是贾先生门下最为年长的学长，他的嘱托我是一定要做到的。但是又觉得为长者写序，实在是一种冒犯，所以我还是希望读者把这篇文章看作我在认真学习了范先生的论文集后所生的读后感，既不全面也不到位，但于我来说，每一句话都是有刻骨铭心的体会。

记得我在读大学的时候，中文系主任是朱东润先生。老先生当时八十多岁了，身体还是非常健朗，常常拿了手电筒一个人跑到学生宿舍里与学生谈话。有一次说到了编写文学史的问题，朱先生说，有两种编写文学史的方法：一种是书桌上先放着六本别人写的文学史著作，

中国新文学整体观

评"中国现代文学史多元共生新体系"

然后你就着手编写第七本，意思是说，你可以东抄西抄，观点全是别人的；还有一种方法是你要一个朝代一个朝代地研究，写出自己的心得，那就没有这么容易了。老先生说到这里，轻轻地摇摇头。我到现在还记得他说话的神情。编写文学史要有自己独特的体会，用鲁迅的话说，关键要有史识，而不仅仅做一个文学史料长编。这话说起来容易，做起来是何等的困难。我本人就有很深的体会。从1988年发起"重写文学史"、探讨战争文化心理对当代文学的影响，到1999年主编出版《中国当代文学史教程》，前后十年多的时间，虽然还是不圆满，也未必准确，但至少是建立起初步的当代文学的史识。何况范老师所要做的工作，是对五四以来的新旧文学之争的大是大非进行重新评定，是对王哲甫以来的所有现代文学史的基本叙事方法的颠覆。我知道范先生为了做这么一件改变历史的工作，已经做了二十多年的理论准备，耗费了从壮年到老年的全部的生命精力。他从朱自清先生关于"鸳鸯蝴蝶派意在供人们茶余酒后的消遣，倒是中国小说的正宗"的见解出发，及时吸收了艾煊先生的"两个翅膀论"并且运用在文学史理论上加以发挥。在本论文集中，他在《我心目中的中国现代文学史框架》《论中国现代文学史起点的"向前位移"问题》《开拓启蒙·改良生存·中兴融会——中国现代通俗文学历史发展三段论》《1921—1923：中国雅俗文坛的分道扬镳与各得其所》等一批论文里，非常具体地探讨了20世纪以来通俗文学与新文学在各个历史阶段的关系问题，建立起比较成熟的雅俗相融的文学史理论框架，并且对于一系列具体个案（如黑幕书与黑幕小说、《催醒术》与《狂人日记》、新旧文学之争和争夺市场等）都提出了合情合理的解释。在解决了诸多的理论问题之后，他才撰写并完成了《中国现代通俗文学史（插图

本)》，提出"现代文学史的多元共生新体系"的文学史理论新见解。我认为，范先生的工作是极为严肃的，丝毫也没有要故意标新立异的意思，恰恰是他从长期的史料研究出发，碰触到现代文学史理论的基本要害问题，然后从实际出发，发现问题，提出问题，解决问题，都是站在学术立场上不得不为之，也不得不投入他自己近乎大半生的生命。从1988年学术界提出"重写文学史"以来，二十年过去了，我们现代文学史第一次遇到了认真的"重写"的挑战。解决通俗文学与新文学的文学史关系，不是个别人的一时冲动，自从提出"20世纪中国文学"的大文学史概念，贯通了近现代文学的文学史视野以来，它就是一个不得不面对的问题。国外汉学界先走一步，提出了"没有晚清，何来五四"的质问，其实晚清与五四的关系也就是范先生所要着力解决的通俗文学与新文学的关系问题，把原来文学史书写为尖锐的敌我斗争的新旧文学冲突，融化为新旧并存、多元共生的文学格局，实在不是一个局部的文学事件的重写，而是对现代文学史叙述的基本策略的改变，这是一个方面。另一个方面，中国文学发展到20世纪下半叶，尤其是我们把台湾、香港地区文学综合起来考察的话，我们怎么解释台港地区的通俗文学与纯文学构成的文学史关系？随着20世纪90年代以来网络文学的崛起以及中国大陆本土的流行文学、网络文学、影视文化的发展，我们怎么解释这些现象与当代文学史的关系？当代"80后"文学基本上成为一种媒体操控下的娱乐性的文学现象，我们怎么给以准确把握并进行沟通？我以为，从古到今再到未来，从来就不可以排除通俗文学在文学史上的地位和影响，为什么独独现代文学要排除通俗文学，抹杀它在文学史上的影响而造成今天20世纪文学史视界的狭隘、偏颇、贫瘠的局面呢？

中国新文学整体观

评"中国现代文学史多元共生新体系"

当然，这个局面不完全是由于我们不认同通俗文学造成的，我们的现代文学史实际上只是一部不完整的"新文学"史。从20世纪30年代开始，王哲甫到王瑶，他们的文学史都是明确冠上"新文学"史，也就是站在新文学立场上讲新文学历史，文学史观是明确的。但是20世纪50年代以后，"新文学史"易名为"现代文学史"，并且建设成一门与古代文学史相并立的二级学科，研究的对象和范围非但没有摆脱原来的新文学范畴，反而更加狭隘，更加偏颇，以致后来随着政治思想斗争的需要不断减缩文学史内容，在文学史叙事方法上也基本延续了战争文化的心理诉求，强化了五四新文学初期就存在的斗争意识。譬如叙说新文学的产生，重点就是反对复古保守主义逆流的斗争，于是所谓的鸳鸯蝴蝶派、林琴南、学衡派、章士钊（为了危言耸听和夸大战果，故意强调为"甲寅派"）都成了保守复古的代表；叙说左翼文艺运动，又是一场又一场的斗争，新月派、民族主义、"自由人"和"第三种人"、林语堂（同样为了夸大战果，捏造出一个"论语派"），等等，都充当了新文学的敌人；到了抗战时期，为了继续强化斗争叙事，国统区就轮到批判梁实秋、沈从文和《战国策》，延安地区就轮到王实味和丁玲受批判了。这样一种斗争叙事模式建立起来的文学史观念和文学史理论，当然不是说全部都错，但至少会生出许多冤假错案，歪曲文学史事实，把虽然存在过争论（这本来就是思想文化多元共存的特征），但事过以后可以心平气和给以分析、判断是非、吸取来自双方的经验教训的文学史现象，粗暴地解释成为文学史上的几大"斗争"事件，并且无端构成了敌我矛盾，把新文学运动塑造成令人恐怖的唯我独尊的权力文学。这样一种文学史的权力叙事方法，自然不可能体现出丰富的文学内涵。权力叙事长期遮蔽了通俗文学、旧体文学、沦陷区文学、潜在写作，等等，明明是为政治服务的权力叙事在操控文学史写作，阻碍了对文学史丰富性和真实性的认可，但从表面上看，又要把这个责任推到五四新文学的头上，似乎是为了维护新文学传统，才不承认通俗文学的地位。简要地说，新文学运动在发展中允许有极端性和片面性，但文学史叙事不应该没有宽容性和全面性。范先生提出多元共存的文学史体系，我的理解包括了两个方面：一个方面是我们要允许有各式各样的文学史，如中国新文学史、左翼文艺运动史、通俗文学史、旧体文学史，等等，可以并存于学术研究领域，各讲各的文学史；另一方面我们还是需要有学者从文学史理论的角度来探讨什么是真正的中国现代文学史，它应该包括哪些领域哪些方面。即使我们认为现代文学史应该体现现代性，也不能否认新文学以外还有其他种类的文学同时反映了现代性的某些特征；即使我们要确立新文学传统为现代文学的核心价值，也不能狭隘到把新文学以外的其他文学现象统统排除在文学史以外，否则我们至少不能解释台湾在日本殖民统治时期的文学，不能解释香港被殖民统治时期的文学，不能解释大量作家（包括新文学作家）创作的旧体诗词以及民间创作，也不能真正沟通话剧与传统戏曲、新文学与通俗文学、新诗与旧体诗词的关系。按照那种狭隘的文学史观来研究现代文学，我们不仅面对的文学史残缺不全，就连面对的作家整体的创作，也往往残缺不全。这与作为一门学科所需要的科学性全面性连贯性的特征是相违背的。

这些想法，长期盘旋在我的头脑里，思考了大约有十来年。前年我在一篇文章里谈过这个问题，我引用了我们学科的前辈学者樊骏先生的话，他曾经呼吁现代文学应该像其他现代文艺领域尊重传统戏曲、民族音乐、国画书法等艺术门类一样，来认真对待现代文学领域的旧体文学和通俗文学。但是他的呼吁一直没有获得响应。我记得90年代有一次我去福建师大开会，与樊先生不期而遇，在闲聊的时候他突然问我：你的"中国新文学整体观"和黄子平他们提出的"20世纪中国文学"有什么不一样？我没有思想准备，也没有自觉意识到这里有什么两样。樊先生笑笑，接着说，还是不一样的，你是从新文学出发，他们讲的是现代文学，从晚清文学出发的。显然，那个时候樊先生已经在认真思考，新文学与现代文学的关系了。不过，我刚才说樊先生的呼吁没有人响应是不准确的，那时候范伯群先生已经在埋头做大量艰苦的研究工作了，一场悄悄的"重写文学史"的工作已经开始了，十几年以后，范先生才完成了文学史新体系的思考。

接下来，我们似乎可以讨论范先生的文学史理论中，哪些是值得我们重视的见解。这本来是一个丰富博大的领域，我学疏才浅未必能够全部领会，只能结合自己正在进行的文学史研究和写作的实践，来体会范先生的学术思想对现代文学史研究领域的新贡献。

第一，关于现代文学史的起点前移问题。本来，从1985年学术界提出20世纪中国文学史的概念，已经包含了关于现代文学起点"前移"的探讨。过去的现代文学史研究并没有故意排斥20世纪初的文学，但文学史的叙事起点是从新文学运动开始的，清末民初文学只是为新文学做铺垫和准备。这自然也是一种文学史理论的体系，因为从新民主主义革命的角度来叙述文学史，只能是以五四运动（1919年）为文学史的起点。20世纪中国文学史的提出，首先是在现代性的视域来叙述文学史，当时好像有学者把文学史起点置于1894年甲午战争的失败，现代危机就是这么产生的，导致士大夫公车上书，鼓吹变革的热情；也有学者将文学史的起点推向晚清的戊戌变法失败，因为变法失败使士大夫绝望于庙堂，开始脱离朝政，朝着民间的岗位转化。我曾经倾向于这一种起点，依据是戊戌变法失败以后，严复专注于翻译，介绍西方学术思想，为现代启蒙运动之滥觞；张元济、蔡元培等人转向了现代出版、教育等领域，开始确立了知识分子民间岗位的价值取向，开始了古代士大夫向现代知识分子的转型。但是我阅读了范先生的《论中国现代文学史起点的"向前位移"问题》，马上就意识到他的理论非常有说服力。我们都是从士大夫阶级的觉悟或转型的角度来解释文学史，基本上还是着眼于思想决定文学的思路，而同样是着眼于现代性，范先生则不一样，首先他从日本学者樽本照雄《清末小说研究集稿》中的一个发现，分析了晚清作家们的经济收入以及由此产生的身份变化。樽本从李伯元、吴趼人辞朝廷经济特科不赴的材料，推出结论说："对于知识分子来说，当时在上海除了做官以外，还有别的方法、别的世界可以维持生计。李伯元和吴趼人选择了新闻界。他们大概在新闻界已经做了很多事情并且充分体会到生活的价值。不用说他们也是在经济上独立的。事已至此，他们完全不想到北京去投考。李伯元和吴趼人不去投考经济特科这件事，也象征着新闻界在上海已经形成了。"[①]我们有理由进而推论：李伯元等作家在新闻界的立足本身就是现代知识分子形成的证明，因为他们在民间确立了自身的工作岗位以及为社会所能做的贡献，已经不需要通过科举或者庙堂来实现自身的价值了。范先生充分重视樽本提供的新材料，又在这个基础上又分析了包天笑相似的经济收入状况，综合起来考察

① 转引自范伯群《论中国现代文学史起点的"向前位移"问题》，见范伯群《多元共生的中国文学的现代化历程》，复旦大学出版社2009年版，第45页。随后几处引文均出自此文，只在文中引文后标注页码。特此说明。

中国新文学整体观

评"中国现代文学史多元共生新体系"

了晚清作家群体的形成："如此看来，李伯元、吴趼人根本不想去考特科，也不是他们的清高。一方面，他们经济上有较丰厚的收入；另一方面，他们在新闻工作中看到了自己的人生价值。"（第46页）进而，范先生就提出了形成推动晚清文学的现代转型的三种力量：

> 到1898年前后，我国的知识分子对文学的现代化的推进就开始进入自觉状态了。这一初具自觉状态的群体大约由三部分人所组成的：一是早期的海归者，二是戊戌失败后的流亡者，三是中国的早期的自由职业知识分子。（第44页）

这里所指的第一种人的代表就是严复，第二种人的代表是梁启超，第三种人的代表就是李伯元、吴趼人等通俗作家。前两种人的主要贡献于思想文化，这是公认的，但把通俗作家也列入启蒙者的行列作为现代文学的推动力量，那是范先生的独创的见解。他把文学史的主体从一般的知识分子思想启蒙拉回到作家的创作身上，更多地还原了文学史的本来面目，他高度评价了第一批自由职业的通俗作家：

> 我们强调这批自由职业者的重要性是为了说明清末已有一批新型的知识分子正从旧卵中破壳而出。他们所写的小说中已有着明显的现代性。在当时，还没有后来所称谓的"新文学作家"；但是这些后来被称为"旧文学作家"的人已在传统小说的外壳中显示了自己作品的新质，那就是时代的启蒙精神。他们兼报人与作家于一身，以启蒙中下层民众为己任。（第47页）

316

我认为范先生这个见解与他把《海上花列传》列为现代通俗文学的开山之作一样，都是从文学史自身的规律出发的。尤其是他在分析《海上花列传》的现代性时，除了用"六个率先"无可争辩地奠定了小说的开山地位，还特别强调韩邦庆未必有现代转型的自觉，他认为这正好说明了这样一个事实：

> 它还说明了一个重要问题：那就是中国文学的现代化是中国社会推进与文学发展的自身内在要求，是中国文学运行的必然趋势。它证明了中国文学即使没有外来文艺思想的助力，我们中国文学也会走上现代化之路的，尽管当时像韩邦庆等作家对文学现代化的推进尚处于不自觉状态。（第44页）

从《海上花列传》不自觉地成为现代文学之滥觞，到李伯元等通俗作家自觉担当起启蒙的责任，范先生令人信服地叙述了现代文学的起点向前位移，不仅仅依据了思想文化的进步或者外来思想推动，而是强调了文学自身的特征和规律，以及文学史的研究归根结底是对作家作品的研究，只有从文学自身运动中寻找其发展规律，才最贴近文学史本身的真相。我们从范先生的研究中可以看到，一种传统的用思想取代文学的文学史描述思路发生改变了。

范先生这一文学史观点，我是很赞同的，可以说是不谋而合。多年来我一直在断断续续地主持一部《中国现代文学史教程》的编写，体例与《中国当代文学史教程》一样，以作家作品带出文学史知识，但是在目录编写上曾经有过几次反复，原本根据编写组成员的讨论，决定第一章介绍四位近代思想文化大师：章太炎、王国维、梁启超、

中国新文学整体观

评"中国现代文学史多元共生新体系"

严复；然后引申出20世纪初的文学。初稿写出来了，但是我心里一直犹豫着，觉得这样一种文学史的编写思路仍然是由思想带出文学的观念，与原先的文学史理念没有大的变化，于是就想到第一章先介绍文学作品，那么，哪一部作品放在第一篇呢？翻来覆去地掂量推敲，几经商议，最后还是把《海上花列传》列为文学史的第一部作品，从文学史的上限来说，"起点"略微提早几年，但实在是非《海上花列传》莫属。但是，新一稿写出来后，我还是在犹豫着，因为以《海上花列传》为首篇的现代文学史叙事，就是沿着文学自身的现代商业性、现代都市性、传统继承与变革等文学自身因素一路写下来，一部文学史的叙事策略发生了很大的改变，会导致现代文学整体性的叙事发生变化。为了解释这个变化的合理性以及维护五四新文学运动的合法性，我又从理论上阐述了"先锋"与"常态"两个系列并存的文学史发展规律，才把现代文学史的运行重新说通。我举这个例子是要说明，我在文学史写作实践中确实感受到范先生的学术见解是正确的、有生命的，值得我们给以充分的重视。

第二，关于通俗作家与新文学作家的文学史定位问题。要建构多元共生的文学史新体系，势必要采用多元的价值标准来衡量作家和评论作家。这个问题不仅仅适用于通俗小说作家，如果深入讨论下去，可能会贯穿现代文学史的诸多领域。比如，如何对待台湾在日本殖民统治时期的文学创作？殖民地与半殖民地文学的价值标准是绝对不一样的；钱基博先生的《现代中国文学史》是从近代主流文学发展而来，以旧体文学创作为主，新文学仅添末尾章节聊备一说，这也不失为一种文学史的叙事策略，但新旧文学的价值标准也是绝对不一样的。总之，探讨的宗旨，是要说明多元格局下的文学史各派文学的不同的价值取向，是如何共生并行以及互相影响的复杂关系。在新旧文学冲突的文学史叙事中，过去一向是以新文学立场去批判旧文学，这样就无法真正客观公正地呈现通俗文学。范先生新建构的文学史体系的叙事改变了这一思维定式，他把新旧文学的对立方解释为两种平行的不同价值取向的作家群：

> 这一时期，那些通俗作家实际上构成了一个现代文学中的"继承改良派"。他们直接承传鲁迅所指认的"狭邪小说"、"谴责小说"，还有是"侠义公安小说"（后来侠义小说为武侠小说所取代，而公安小说则又因接受外来形式，就更注重侦探小说的探索，所谓包公与福尔摩斯的"交接班"），它们在渐进式的现代化的道路上改良自己。
>
> ……
>
> 在文学领域中，草药中国的一个"借鉴革新派"开始形成。这"借鉴"是指他们向世界文学的精华学习与吸纳，翻译并尝试创作，从而掀起一个文学革命运动，使本民族的文学与世界接轨，并要使自己成为世界文学之林中的佳木。[1]

范先生在回答袁良骏提出的责难时，进一步定义两派作家所代表的文学的不同标准：

> 与通俗文学相对应的，都用"纯文学"或"严肃文学"

---

[1] 《我心目中的中国现代文学史框架》，见范伯群《多元共生的中国文学的现代化历程》，复旦大学出版社2009年版，第10页。

中国新文学整体观

评"中国现代文学史多元共生新体系"

这样的名称。虽习以为常，但又觉得不甚贴切。因为我们的所谓"纯文学"也不一定"纯"；而朱自清在《论严肃》一文中也曾说，严肃有时会使人误解为板起长面孔教训人，叫人亲近不得。我觉得以称"知识精英文学"较好。一是指他们大多是知识精英，各流派以他们各自的人生观与文学观对文学事业有所追求，以自己的敬业精神为自己的文学信仰奋斗不息；二是他们的作品主要是在中国的知识阶层中流布。而现代文学时段中的通俗作家，并非说皆不是精英，但他们当时大多是站在都市市民的认识基点上，去表达市民大众的喜怒哀乐，以市民大众的情趣为自己的作品的底色与基调。因此，相对"知识精英文学"而言，它是一种"市民通俗文学"，或称"大众通俗文学"。它们都是文学母体分叉出来的枝干，怎么硬说是"异质"呢？它们不过是文学的功能观各有所侧重，服务对象也各有所侧重而已。难道在你看来，通俗文学的"出身"低微，就应该打入"另册"？ [①]

显然，在范先生的文学史体系里，文学母体分叉出两支：借鉴"革新派—知识精英文学"vs"继承改良派—市民通俗文学"，构成了文学史上两个叙事系统，并且以非常细致具体的论述，来解释两者之间的复杂关系。我以为，范先生关于这两派作家、两种文学之间传承关系的描述，是他的文学史框架中最有创新价值的部分。如在晚清文

---

① 《"两个翅膀论"不过是重提文学史上的一个常识——答袁良骏先生的公开信》，见范伯群《多元共生的中国文学的现代化历程》，复旦大学出版社2009年版，第240页。

学中，范先生将梁启超等知识精英大声疾呼"小说界革命"与李伯元等市民通俗作家的文学创作结合起来考察，指出：

> 知识精英们的理论是超前的，但他们的创作干部队伍却远远跟不上。当时的情况是，他们提出了理论，可是缺乏创作实绩。而小说热潮的这把"火"倒是烧旺了。他们的锅子里无法烹调出鲜美的食物来。这把"火"对谁有利呢？我认为对通俗文学作家有利，也就是市民大众文学得了益。他们部分地吸收了梁启超等人的理论，同时也大量地发表小说。梁启超写小说是"专欲发表区区政见"，而他们是以强烈的谴责与讽喻对准清政府的官场与当时腐败透顶的社会现状，他们与鼓吹"新民"的梁氏也可算是同盟军。他们的小说开始与传统的古典型的小说有所不同了，市民大众文学也在严氏、梁氏等人的理论的影响下改良自己。

> 这个时期的一个很值得注意的现象是知识精英的开路，他们是栽树人，可是流行的却是市民大众文学，结硕果的是通俗作家。①

范先生认为"这是一个中国文学现代化起步时非常值得玩味的现象"。关于这个现象，以前文学史可能也做过相似的描绘，但范先生第一次把梁启超、严复等知识精英与李伯元等通俗作家做了区分。所

① 《我心目中的中国现代文学史框架》，见范伯群《多元共生的中国文学的现代化历程》，复旦大学出版社2009年版，第2、6页。

中国新文学整体观

评"中国现代文学史多元共生新体系"

谓值得玩味的，正是范先生有意识地描绘了晚清时期的知识精英文学与市民通俗文学之间亲密联手、互相支持的关系，即范先生解释为"雅俗蜜月"的时期。应该说这也是一种叙事策略，按照这样的叙事发展下去，两派作家两种文学发展到五四以后逐渐分道扬镳，就有了前后的因缘关系，也为抗战以后再度融汇做好了铺垫。过去单一观念的文学史只写新文学的发展演变，而在范先生的心目中，理想的现代文学史至少是双轨的，两派作家两种文学的分分合合，就形成了一部新型的文学史的雏形。

当然问题还不会那么简单。过去现代文学史的形成，正因为建立在权力叙事的基础上，它才显示出单调而划一的叙事秩序，一切仿佛都是安排好似的，就是一部五四新文学—左翼文学运动—延安解放区文学的严密逻辑的发展史；如果一旦在通俗文学领域打开了缺口，单线叙事变成了双轨叙事，那么，还有更多的因素都会相继打开遮蔽的禁区，闯进文学史的研究视野。我们如何来整合台湾文学、香港文学与中国大陆文学之间的三位一体关系？如何来整合殖民地形态下的台湾在日本殖民统治时期的文学、伪满洲国文学与半殖民形态下的中国现代文学的关系？以及如何整合不属于通俗文学范围但又是明确不属于新文学创作的旧体文学（如旧体诗词）？等等。所罗门的瓶子一旦打开，我们就要有驾驭各式"魔鬼"的勇气和智慧，而不是再把它们重新关进瓶子里的胆怯与小智慧。

而且，以我个人的理解，范先生提出来的继承改良派与借鉴革新派的概念，在定义上似乎还不能准确概括这两派作家的特征；但是知识精英文学与市民通俗文学两个概念大致是可以概括20世纪20年代到抗战全面爆发之前的文坛情况。但是如果再进一步考究，市民通俗文学似乎也不能简单涵盖清末民初的所有小说和抗战全面爆发后的现代流行小说。而对于徐訏、无名氏和张爱玲的小说作为现代通俗文学的殿军来结局，我至今还是有些犹豫的，尽管范先生把他们定义在新市民小说，并在《中国现代通俗文学史（插图本）》里有详细的解说。我也理解这样的大结局圆满了范先生关于现代通俗文学与新文学之间的多元共生的关系，但是从文学史整体的发展来看，全面抗战以后的文学，不仅有通俗文学向新文学"回归"的倾向，还有新文学向通俗文学的"回归"倾向，两者的关系更加复杂了。全面抗战以后的中国文学，似乎又回到晚清知识精英呼吁"欲新民，先新一国之小说"的状态，不同的是，晚清知识精英是在被逐出庙堂，开始建立知识分子启蒙的空间和确立民间的岗位时，提倡并推行现代通俗文学的，所以现代通俗文学与知识精英文学都是在庙堂的对立面上自由发展起来，终于酿成了后来的新文学运动；而全面抗战以后的文学反过来因为宣传民族救亡走向通俗，最终是知识精英文学与市民通俗文学又回归庙堂，成为新的政治权力建构中的一部分。这样的变化和结局，樊骏先生在十多年前论述学科规划时也隐约提到过①，但也没有进一步的阐述。我现在把这些问题一股脑儿地提出来，作为芹献，供范先生进一步撰写多元共生的文学史时作参考。

范先生关于建立多元共生的文学史新体系的学术思想，是他既长

---

① "特别是在抗日战争（全面——引者注）爆发、延安文艺座谈会、新中国成立以后，随着新文学工作者采用、改革传统形式、旧文艺工作者学习新文学，创作出'旧瓶装新酒'的作品，再加上文艺界统一战线的不断扩大，思想上艺术上多有交融与汇合，原先区别'新''旧'的界线有了明显的变化，至少以文体形式划线的区别大大淡化了。"（《我们的学科：已经不再年轻，正在走向成熟》，见樊骏《中国现代文学论集》上，人民文学出版社2006年版，第510页）

中国新文学整体观

评"中国现代文学史多元共生新体系"

期研究通俗文学，并且又建筑在扎实的新文学研究的基础之上的两者结合的必然结果。他的学术思想的丰富内涵绝不是我这篇文章所能够概括的。我举出上述两点，仅仅想说明我所深切感受到的范先生对中国现代文学学科的重要贡献，也是对传统的现代文学史理念的巨大冲击，在重写文学史的道路上，范先生宝刀不老，远远走在我们后辈的前面。前几年，范先生从苏州大学的教授岗位上退休后，受聘于复旦大学古代文学研究中心，不顾七旬高龄，独自奔波于京沪苏皖各地的图书馆，搜集图片资料，撰写出一部厚厚重重的《中国现代通俗文学史（插图本）》。但他没有停止自己的脚步，他还要往前走，以求最后完成他理想中的综合了新文学与通俗文学的多元共生的文学史，我想我不能不说几句切合实际的话，作为本文的结语：

1. 范伯群先生纵然身体极其健康，也已经是78岁的老人了。他长期从事研究工作，学术思想已经充分成熟，到了喷薄而出的最后阶段。

2. 范先生理想中的文学史框架完全成熟，他收载于本论文集中的多篇论文，已经是论述相当精彩、创新意识非常强烈的文学史章节，这部文学史如果完成，对于当今学科的大踏步发展，会有极大的推动。

3. 范先生这项正在进行中的工作是别人无法取代的，现在要找一个在通俗文学与新文学两方面都有深刻理解力，而且精通全部过程，阅读过大量文本的资深学者，无人可企及范先生。因此，这项工作不仅仅是范先生个人的著述事业，而且是关乎学科建设的集体性的大工程。

4. 为了完成这项大工程，我们有责任为范先生搭建起他的研究团队，尽可能地创造良好的工作环境，依靠集体的能力，使范先生丰厚的知识积累和理论构想尽快地转化为实际的学术成果。

如上的第四点，在今天的学术环境下，要真正做到也不是很困难的事情，但是需要我们集体来关心，为了学术，为了学科，也为了我们老当益壮的学术前辈。

2009 年 2 月 23 日写于香港岭南校园

中国新文学整体观

评"中国现代文学史多元共生新体系"

《中国当代文学史教程》前言 *

* 　陈思和主编:《中国当代文学史教程》，复旦大学出版社
　　1999年版。

中国20世纪文学是一个开放性的整体，当代文学只是其整体发展过程中的一个阶段，一般是特指1949年以后的中国大陆文学。中国当代文学是中国五四以来的新文学运动发展到社会主义历史阶段以后所产生的文学现象和文学过程，它延续了五四以来的新文学传统。但在新的历史条件下，由于中国目前尚处于社会主义初级阶段，许多未来社会的理想还有待于在实践中以科学态度和科学方法来检验，所以，反映了这一历史阶段精神特征的中国当代文学充满了曲折和不稳定性，它始终具有与社会生活实践保持同步探索的性质。对于这样一门学科的研究和教学，首先应该注意到它的开放性和整体性两大特点。所谓开放性，即指它并不是一个形态完整的封闭型学科，无论五四以来的新文学，还是1949年以来的当代文学，时间上都缺乏明确的下限界定，也就是说，我们今天并没有让这门学科完全脱离现实环境的影响，把它放在实验室里做远距离的超然的观察，对于这门学科的考察和研究，始终受到现实环境的制约。所谓整体性，是指当代文学与20世纪前半叶的中国文学、台湾地区文学，香港、澳门地区的文学，构成一个完整的、难以分割的文学整体现象，但目前它无法沟通、涵盖这些文学现象。前一特点使这门学科具有不确定的特性，它没有经典的作品和经典的解释，这就容许研究者的主体意识对学科的积极注入，容许研究方法上的多种可能性存在；后一特点又使其具有局限性的特征，如果我们忽略了对20世纪前半叶中国文学的关注，对当代

中国新文学整体观

《中国当代文学史教程》前言

文学的源头就会不甚了解；如果缺乏对台、港、澳文学的研究，对当代文学的评价和定位也会把握不准。所以，这不确定和不完整，是我们在研究中必须注意的。

一、当代文学史教学的三种对象和三个层面

中国20世纪文学（或称中国现当代文学），是二级学科，在全日制高校中国语言文学专业的专科和本科均是必修基础课程，并且设有中国语言文学学科硕士点和博士点；在非全日制高校的中文专业教育中也都属必修课程。也就是说，中国20世纪文学史教学至少有三种教学对象：（1）全日制高校中文专业的大专生、非中文专业的本科生和成人教育的中文专业学生（包括本科生）；（2）全日制高校中文专业的本科生；（3）全日制高校中国现代文学专业的硕博研究生。这三种层次的教学对象无论在教学要求、教学条件和培养目标上，都存在着很大的差别。这就要求我们从事这门学科教学的教育工作者应分清自己的教学对象，针对不同对象的具体要求和具体条件，设定这门学科的教学要求和方法。

中国20世纪文学史的构成也相应地具有三个层面。首先，它是以现代汉语来表达现代中国人的感情及其审美精神的文学，在使用语言方面，与以文言文为主要表达工具的古典文学截然不同。在古典文学中，也有使用白话为文学表达工具的作品，但这只是为了达到通俗易懂的目的，并不是出于表达者的审美精神需要。当现代文学通过提倡白话文而确立自身的美学规范时，不管有没有达到比较完美的水平，

白话文已经不仅仅作为交流工具，更是作为文学的载体即审美形态而存在。20世纪的人文学者仍然有人用文言文著书立说吟诗抒情，但现代汉语的美学规范已经作为主要的审美形式被确立。今天我们要提高整个民族的语言表达能力和语言素质，首先要读好的是现代语言艺术大师们创作的文学作品，通过经由大师们艺术提炼的语言，来认识这个民族所拥有的美好情操和传统文化积淀。因此，中国现当代文学作品不但深刻包容了中华民族由古典向现代化转型过程中的真切的心理折射，而且体现出现代中国人所能达到的审美能力和情操。其次，中国20世纪文学史深刻反映了中国知识分子感应着时代变迁而激起的追求、奋斗和反思等精神需求，整个文学史的演变过程，除美好的文学作品以外，还是一部可歌可泣的知识分子的梦想史、奋斗史和血泪史。他们以文学的方式参与了对这个时代的重铸和改造工作，仿佛一道幽黑深邃的夜幕，优秀的文学作品是镶嵌其上的闪闪星星，灿烂的星空是由星与空一起组成的，两者都不可能孤立地存在。因此，学好中国现当代文学史除了阅读优秀作品，还需要了解文学史的过程，也就是中国知识分子为追求国家和民族现代化的特殊的立场和方式。最后，中国20世纪文学史在本世纪所产生的历史意义不是孤立的，它是在中国由古典向现代转型的宏大社会历史背景下发生的，它与其他现代人文学科一起承担了知识分子人文传统重铸的责任和使命。中国士大夫的传统随着20世纪新的世界格局的形成而自崩，原来单一价值体系的士大夫庙堂政治文化向多元价值体系的现代知识分子的民间文化转移，知识分子在民间建立起各自的专业岗位，以确立新的价值立场和精神传统。这需要知识分子在长期的文化实践中慢慢形成，也包括他们一代代人用生命血泪换取的经验教训。不能说今天的知识分

中国新文学整体观

《中国当代文学史教程》前言

子已经建立并完善了自己赖以安身立命的人文传统，但各种现代人文学科的知识分子正在通过自己的努力，总结前人的经验，开启后来的探索。中国20世纪文学史的研究和总结，同样包含了这样的意义和价值取向，它既融化在具体作家的复杂命运和作品的美学精神之中，又是抽象地体现在现代知识分子继往开来的精神传统之中，需要本专业的学生在学习与实践中超越职业性质的劳动岗位，慢慢地摸索知识分子的精神立场。所谓职业性质的劳动岗位，包含着知识分子依靠本专业的知识技术换取生活资料的生存前提，而后者，则属于精神层面，是知识分子理想的追求和人格的发展，一要生存，二要发展，隐含了这个学科与现代知识分子人格建设密切相关的联系。近二十年来中国20世纪文学学科的蓬勃发展，正是与这作品、过程和精神三位一体的学科结构分不开的。如果没有第一层面的优秀作品，文学史将失去存在的基础；如果没有第二层面的文学史过程，文学史将建立不起来；而如果没有第三层面的文学史精神，文学史将失去它的活的灵魂，也不会有今天的生气勃勃的繁荣。

面对教学对象的多元结构，中国20世纪文学史的三个层面并不需要同时进入特定的教学范围，它在学科自身的建设中，是一个自成一体的逻辑结构，需要有个循序渐进的过程。学习者如果没有阅读和了解20世纪中国文学的优秀作品，或者对其艺术内涵理解不深，那么，对文学史过程的学习也必然会缺乏感性的把握，难以真正学好文学史；同样，如果对文学史过程和作家命运缺乏全面的掌握和深刻的理解，也难以真正在专业领域里讨论知识分子的人文传统。因此，对于中国20世纪文学的多层面教学，正符合了这个学科内在建设的需要。具体地说，在对全日制中文专业的大专生、非中文专业的大学生和成人教育的中文专业学生（包括本科生）的教学中，可以突出对文学作品的阅读讲解，让学习者充分感受到现代汉语文学创作的魅力所在，从审美欣赏的层面上领悟现当代文学的存在价值。熟读作品，理解作家，能够如数家珍地举出上百篇现当代作家的作品，初步了解一些文学史知识，应该说就已经达到教学的要求。对全日制高等院校的中文专业的本科学生来说，光读作品当然是不够的，还需要掌握这百年来整个文学发展的过程及其经验教训，掌握中国知识分子的整个追求、奋斗和反思的大致历程，虽然不需要很深入地思考这些问题，但应该对此有所了解和感悟。而在精神层面上的学习、感受、探讨，对于现代知识分子人文传统的继往开来、薪尽火传，则可以作为中文专业的硕士和博士研究生在专业学习的同时深入思考的问题。

我对于整体的教学情况不太了解，但就工作中接触到的情况来看，以为中国20世纪文学（包括现代文学和当代文学这两门课）的三个层面在教学实践中常常混淆不清，如在对第一种教学对象的教学中，经常混淆了第一和第二层面的内容要求，既讲作品又讲文学史，本来文学史的过程包含了复杂的思想过程和历史过程，需要有一定的时间容量和知识积累才讲得清楚，通常在这类课程里，却用简单的方式交代过去，结果不能让学生正确了解文学史的真相，这对初学者正确掌握这门学科的知识性和科学性有害无益。同样，在对第二、第三种教学对象的训练上，也往往忽略了第二层面和第三层面的递进，在全日制中文专业本科生的教学中，只需要训练第二层面的文学史知识的掌握，而对于精神层面的经验总结，只需知其大概就行，不必作过多的讲解，因为本科学生的知识积累和思想积累都还有限，无法消化重大历史现象的内在意蕴，多讲了反而使其得鱼忘筌，津津乐道于所谓思

中国新文学整体观

《中国当代文学史教程》前言

想的"深刻"而影响了对文学史基础的掌握。而对于研究生特别是博士学位论文的研究指导,如果只注意技术层面的文学史知识而忽略通过专业来施行对研究者人格的培养和训练,那可能会使学生与其专业的关系仅限于获取职业或文凭的手段,而激发不起学生对专业深沉的感情和生命的寄托,学生也体会不到其安身立命的重大意义,这样的学生尽管也能成为一名专业研究人才,但终究是第二义的研究工作者。

前面所说,中国20世纪文学是一个开放性的整体。作为一种国家、民族及其文化的现代化过程,它并没有随着世纪的更替而终结,所以,以"现代性"为研究特色的总体学术研究(有人提出应建立一门"现代学"的总学科来涵盖一切与"现代"有关的学科,以示与"古典学"的对立,我觉得正是反映了这一学术总趋势)并没有完成。20世纪文学仅仅是现代文学的第一个阶段而已,它所隐含的现代知识分子的人文传统,就仿佛一道长长的河流,我们这几代的研究者做的是疏通源流的工作,让传统之流从我们这一代学者身上漫过,再带着我们的生命能量和学术信息,传递到以后的学者。这样通过以后几个世纪的知识分子的努力与实践,才可能总结出一种在现代社会环境下的人文传统,使知识分子找到一个既能发挥独特的专业知识特长,又能履行知识分子在现代社会环境下的社会责任的位置。现代文学仅仅是整个"现代性"总学科的一个组成部分,所以它不是一种固定的教条和技术性的知识,而是充满了人格魅力和发展可能,这给我们从事这门学科教学的工作者都带来较高的难度。如果我们能按不同教学对象,设定不同的结构层次来进行教学,这些困难就可以迎刃而解。第一种对象只需要让其多读好作品,增加对这门学科的感性认识;第二种对象需要进行文学史知识训练,从阅读作品的感性程度上升到对文学历史的理性掌握，并隐隐约约地感受到某种人文传统的承传意义；第三种对象才涉及精神层面的学术探讨，使其在高层次上获得思想的大解放和人格的大提升，以适应21世纪的人文学科建设需要。

二、本教材所追求的文学史编写特点

我把这本当代文学史当作"初级教程"来编，就是想通过对它的阅读对象的规定，来突出它拥有的文学史教学第一层面的特点。长期以来，中国现代文学和当代文学都是作为一门学科而设立，文学史都是作为教科书来编写，已经形成了一定的模式。同时，文学史的编写观念和具体写法一直笼罩在西方学术模式和苏联学术模式之中，缺少由文学作品为主体构成的感性文学史的方法。在"重写文学史"的讨论中，有的学者提出应该有分别给专家看的文学史和作为教材的一般文学史，并显示了一部分尝试中的成果。照我的理解，这种建议正反映了学术界初步注意到了文学史第二层面和第三层面的区别。所谓给专家看的文学史，是指包含了研究者独特见解和研究个性的学术著作，可供专业同行和研究生学习参考之用；而作为教材的文学史则是比较规范的、以文学史知识为主的文学史读本（其实作为大学本科教材的文学史也不应该是所谓"规范"的，而应该允许有研究者的不同个性）。但是，对于文学史第一层面的编写特征似乎更加缺乏关注，目前这类教材往往只是一般文学史的压缩，无论从学术质量还是从学术个性来看，都比较薄弱。我主编这部教材所追求的目的之一，正是想通过对这类以文学作品为主型的文学史教材的编写实践，为"重写文学史"所期待的文学史的多元局面，探索并积累有关经验。所以我应该预先承认，相对以往的当代文学史教材而言，这可能是一部不够完整也不够全面、但具有一定探索性质的教材。

我在主编过程中所追求的第一个特点，是力求区别以文学作品为主型的文学史与以文学史知识为主型的文学史的不同着眼点和编写角度。以文学知识为主型的教科书一般是以文学运动和创作思潮为主要线索来串讲文学作品，但对本教材来说，突出的是对具体作品的把握和理解，文学史知识被压缩到最低限度，时代背景和文学背景都只有在与具体创作发生直接关系的时候才作简单介绍。本教材着重于对文学史上重要创作现象的介绍和作品艺术内涵的阐发，学习者透过对这些作品的阅读和分析，可以隐约了解一些文学史背景。譬如有关胡风的内容，在一般文学史中不可避免要用许多篇幅来讲解1955年的胡风事件，但在本教材所限定的读者对象和文学史层面，文学史的复杂事件是无法用简洁的语言表达清楚的，所以我决定放弃介绍胡风事件和胡风的文艺思想，而从另一个角度，即通过介绍胡风及"七月派"诗人的作品来弥补。本教材第一章"迎接新的时代到来"中，第一个就讲解胡风的政治抒情长诗《时间开始了》。胡风尽管在20世纪40年代与延安的文艺政策发生过一些冲突，但他仍然极其真诚地把新生政权看作自己长期奋斗和追求的理想，热情讴歌新政权，诗歌里所表现出来的热情洋溢的政治抒情、个人化的叙述语言以及磅礴的主体抒情气势，都是以后的歌颂性作品所不及的。所以本教材虽然不详细介绍胡风事件的历史过程，但以他热情歌颂性的艺术作品与后来所遭受的政治打击的命运相对照，启发并吸引学习者产生进一步了解探询文学史真相的愿望。然后在第五章"新的社会矛盾的探索"里，本教材又设计了对"七月派"诗人绿原和曾卓在蒙受政治冤案后创作的诗歌《又一个哥伦布》和《有赠》的分析,这些作品都表达了诗人们对命运的抗争和对美好情愫的歌颂,通过这些作品使学习者获得对胡风一派的创作及其历史悲剧命运的感性认识和美学理解。如果学习者能够掌握胡风《时间开始了》一诗的创作特点,背诵和欣赏《又一个哥伦布》和《有赠》,并且一般性地了解"七月派"诗人的创作以及张中晓的杂文集《无梦楼随笔》,也就可以说已经掌握了这一部分的教学内容。至于胡风的文艺思想及其在1955年的冤案、遭遇等,可以放在其他以文学史知识为主型的教材里去讲;至于胡风冤案引申出来的知识分子问题及其教训,更应该放在研究生的课程里去探讨。以文学作品为主型的教材虽然比较简约,涉及的文学史知识并不多,但因为有大量的文学作品供分析阅读,并从文学作品的角度来充实对文学史的理解,这样,仍然可以给学习者以丰厚的美学的知识,也为学习者进一步学习文学史打好基础。

我在主编过程中追求的第二个特点,是打破以往文学史一元化的整合视角,以共时性的文学创作为轴心,构筑新的文学创作整体观。它不是一般地突出创作思潮和文学体裁,而是依据文学作品创作的共时性来整合文学,改变原有的文学史面貌。以往的文学史是以一个时代的公开出版物为讨论对象,把特定时代里社会影响最大的作品作为这个时代的主要精神现象来讨论。我在本教材中所做的尝试是改变这种单一的文学视角,不仅讨论特定时代下公开出版的作品,也注意到同一时代的潜在写作,即虽然这些作品当时因各种原因没有能够发表,但它们确实在那个时代已经诞生了,实际上已经显示了一个特定时代的多层次的精神现象。以作品的创作时间而不是发表时间为轴心,使

中国新文学整体观

《中国当代文学史教程》前言

原先显得贫乏的20世纪五六十年代的文学创作丰富起来。如第一章"迎接新的时代到来"，着重分析五四新文学传统与当代文学的关系，本教材设计了胡风的长诗《时间开始了》、巴金的散文《奥斯威辛集中营的故事》和沈从文在精神极度紧张状态下写的一篇随笔。这三位作家都是五四新文学传统中的重要作家，但面对新的时代，他们的处境和心境都有所不同。胡风是站在胜利者的立场上歌唱自己的战斗历程，开了1949年以后歌颂诗的先河。巴金则站在比较谨慎的立场上，选择了一个个人政治态度与时代共名的契合点——反法西斯主义和人道主义，他以"二战"时期纳粹迫害犹太人的大量罪行作为材料，控诉法西斯，强调人的神圣权利，并以这一立场来表明他与新时代的一致性。沈从文则不同，他虽然在主观上想努力适应新的生活和新的时代，但对即将来临的新的时代仍怀有恐惧，这篇类似"狂人日记"的随笔真实记录了知识分子与时代的多重复杂的关系。今天我们重读这位杰出文学家所写的随笔，不仅把它当作一篇优秀的散文作品来欣赏，同时通过它与其他两篇作品的对比和分析，可多层面地展现出时代与作家的关系，并且揭示时代精神的多元性。

以文学作品为主型的文学史也不同于一般的文学作品选的读本。后者以介绍和赏析优秀作品为主；而前者，除了这一功能，还附带了对学习者进行文学史概念的引导，要求通过文学作品的教学传递出文学史的信息。在课文设计方面不但要选好作品，也要考虑它在文学史上的代表性。如关于文学体裁的布局，本教材打破了以体裁来划分章节的传统做法，突出文学史意识，力求将不同体裁的创作归入同一思潮中去介绍，使学习者读完几种不同体裁的文学作品后，能够立体地把握文学创作思潮和现象。如第六章"寻求历史与现实的呼应"，在介绍历史题材的小说《陶渊明写〈挽歌〉》和话剧《关汉卿》以外，还加上传统戏剧《十五贯》和巴人的杂文《况钟的笔》，来讨论清官问题。因为清官问题是当代文学史一个较为重大的理论现象，所以这一时期以清官为题材的作品比其他历史题材创作重要得多。又如第十九章分析作家们面对现代大众消费型文化的挑战而作的实践时，不但探讨了王朔和苏童等人的小说，也探讨了崔健的摇滚歌词创作和张艺谋的电影风格，这样就改变了一般文学史画地为牢的自我局限，强调文化本身就是一个社会现象，也顺便带出第五代导演与文学创作的关系。这些课程设计不考虑体裁形式的发展情况（如杂文史或电影史的过程），也不求对某种体裁形式的全面把握，只是要求学习者在读作品过程中不仅了解某些文学思潮、现象的相关性，也注意到其体裁的多样性。所以，它对课程选用作品的设计，都不是随意的安排，而是服从了文学史框架的需要。

我在主编过程中追求的第三个特点，是通过对文学作品的多义性的诠释，使文学史观念达到内在的统一性。中国当代文学（尤其是20世纪五六十年代的文学）的特点之一，就是与现实政治，尤其是时代主潮的关系过于密切，但是中国近半个世纪来的社会发展经历了激烈的动荡与反复。以农村经济政策为例，从20世纪50年代的合作化运动到80年代的农村新经济政策，走过了一个否定之否定的过程。而五六十年代的文学主流有些为现在已被实践证明是错误的政治路线和具体政策做宣传的色彩，从今天的立场来看有许多作品是不值得保留的。但对一些较好的作家来说，他们在创作与时代共名的文学作品时，还是感受到了主观和客观上所存在的与当时的时代共名不相和谐的因素，而且通过民间化的文化形态，把这些不和谐因素曲折隐晦地

中国新文学整体观

表达了出来。有些作品在今天读来仍然具有一定的认识价值和审美价值。我所追求的文学史的内在统一性，就是指编写者应该具有这种分辨和解读能力，剥离这些作品文本中的政治宣传因素，发扬其含有民间生命力的艺术因素。以作家李準根据自己的小说改编的电影《李双双》为例。小说《李双双小传》本是为歌颂农村"大跃进"而作，在当时的形势下也得到了一片叫好声，可是待其准备拍摄电影时，"大跃进"的弊病已经暴露无遗，作品所歌颂的大办农村食堂已经破产，作者临时改变原小说的内容，结果拍成一部描写夫妻之间性格冲突的喜剧电影。不说这部电影作品对当时错误路线的歌颂，也不说它在艺术上可能对农村真实生活的歪曲性表现，只说它在喜剧创作手法上，却是成功借用了民间喜剧艺术"二人转"等男女二人打情骂俏的表现形式。李双双和喜旺夫妇的矛盾冲突，使原始的民间喜剧艺术贯穿了时代的大主题。对于这样的作品，如果恰到好处地分析其喜剧冲突的手法和民间艺术的特点，讨论它怎样以民间因素来抵消政策宣传，那要比教条化地讲解其歌颂当时的错误路线有意思得多，也更加有利于这类被所谓"时代主潮"所嘲弄的文学作品再生出新的艺术生命力。文学作品的魅力在于阐释，越是提供了多种阐释可能性的作品，就越有艺术生命力。中国当代文学作品的艺术生命要看它是否经得起用今天的艺术标准来重新阐释。也正因为其多元性的特点，当代文学史不可能有经典的诠释方法和编写方法，以文学作品为主型的教材可以容纳编写者的多种艺术分析的模式，也允许多种文本阐释的尝试。这当然会给编写者和教学者带来某种不确定性的困难，但同时带来了多元的阐释空间。

三、当代文学研究中的几个关键词

我在决定主编这部以文学作品为主型的当代文学史时，就想把它编成一部既是通俗浅近的普及性文学史，又要能够体现我的个人研究成果和研究风格的学术性专著。后一个要求是通过我为这部文学史所规定的叙述视角展开的，要进入这样一个叙述视角，必须引进几个理解文学史的关键词。其实我在前面的论述中已经引入了这些概念，为引起阅读这本教材的读者的注意，也为他们的阅读方便起见，我想对这些关键词再作一些具体的说明。

【多层面】我在设计当代文学作品作为教材时，在归类与布局时使用了"多层面"这一概念，经常用于"作家对时代的多层面感受和思考"一类表述中。理解这个词的前提是对20世纪五六十年代的政治文化的多元的理解。以往当代文学史的研究者常常用一元的视角切入文学史，即根据当时的国家意志下的时代共名来规范文学，传统的当代文学史在叙述20世纪五六十年代的文学时，不管其艺术感知力的高低，都一律以当时占主导地位的文学作品作为时代的代表作，而当时被忽略或者被否定甚至没有发表的作品，一概进不了文学史。所以讲散文就只有歌颂性的散文，讲诗歌也只有颂歌型的诗歌，似乎离开了这些作家作品，当代文学史就无从讲起。但如果深入一步去看文学史，情况就不一样了。在那个时代里，其实仍然有作家们严肃的写作和思考。而这些为时代的喧嚣之声所淹没的声音，恰恰充满了个人性和独创性，这同样是时代的声音，而且更本质地反映了时代与文学的关系。我们前面所举的20世纪50年代初胡风、巴金、沈从文三位老作家对时代的不同感受和表达，显然包含了不同的时代信息。在第八章"对时代的多层面思考"中，我们着重比较了三类作家对时代的不同感受：一类是时代的抒情，如《长江三日》和《桂林山水歌》等诗文创作；一类是现实的讽喻，如《燕山夜话》等杂文创作；还有一类是私人性的话语，这里不仅包括丰子恺先生的《阿咪》这样公开发表的文字，还有潜在写作，如张中晓在困顿厄运中写作的《无梦楼随笔》。这些作家在现实环境里的不同遭遇，并不能决定他们的文学创作在文学史上的地位。显者困者，在艺术内涵的解读时应该是平等的，它们同时表明了时代的复杂性和真实性。这种文学状况即使在"文化大革命"最残酷的环境下同样奇异地存在着。在第九章关于"文化大革命"时期的文学中可以看到，在那样一个时代里，不但有"革命样板戏"风行一时，也有青年知识分子秘密写作的对现实的抨击，也有民间流传的诗歌和小说，尽管其中的大部分作品都是在"文化大革命"结束以后才问世，但不能否定的是它们创作的共时性。这些作品共同构成了一个时代的多层面文学。因此，引入"多层面"概念就是为了打破传统的一元的文学史视角，使当代文学变得丰富起来。

【潜在写作】这个词是为了说明当代文学创作的复杂性，即有许多被剥夺了正常写作权利的作家在哑声的时代里，依然保持着对文学的挚爱和创作的热情，他们写了许多在当时客观环境下不能公开发表的文学作品。这些作品可以分成两种，一种是作家们自觉的创作，如"文化大革命"期间老作家丰子恺写的《缘缘堂续笔》，完全延续了以前《缘缘堂随笔》的风格。食指的诗，在"文化大革命"时期的地下广泛流传，影响了以后一代的诗风。另一种是作家们在非常时期不自觉的写作，如日记、书信、读书笔记等。中国自古以来对文学取宽泛的理解，书信表奏均为文学。当作家不能正常写作时，他们将文学才情熔铸到日常性文字之中，从而在不自觉中丰富了文学的品种。如沈从文在1949年以后就绝笔于文学创作，但他写的家信文情并茂，细腻地表达了他对时代、生活和文学的理解。相对那时空虚浮躁的文风，这些书信不能不说是那个时代最有真情实感的文学作品之一。"潜在写作"的相对概念是公开发表的文学作品，在那些公开发表的创作相当贫乏的时代里，不能否认这些潜在写作实际上标志了一个时代的真正的文学水平。潜在写作与公开发表的创作一起构成了时代文学的整体，使当代文学史的传统观念得以改变。这也是时代"多层面"文学的具体内涵。

　　【民间文化形态】"民间"一词可以有多种解释。我在《民间的浮沉：从抗战到"文革"文学史的一个解释》中为民间文化形态作的定义是：（1）它是在国家权力控制相对薄弱的领域产生，保存了相对自由活泼的形式，能够比较真实地表达民间社会生活的面貌和下层人民的情绪世界；虽然在权力面前民间总是以弱势的形态出现，并且在一定限度内被迫接纳权力，并与之相互渗透，但它毕竟属于被统治阶级的"范畴"，而且有着自己独立的历史和传统。（2）自由自在是它最基本的审美风格。民间的传统意味着人类原始的生命力紧紧拥抱生活本身的过程，由此迸发出对生活的爱和憎，对人生欲望的追求，这是任何道德说教都无法规范，任何政治条律都无法约束，甚至连文明、进步、美这样一些抽象概念也无法涵盖的自由自在的境界。（3）它既然拥有民间宗教、哲学、文学艺术的传统背景，用政治术语说，民主性的精华和封建性的糟粕就交杂在一起，构成了独特的藏污纳垢的形态。这三条定义只是就民间文化的基本形态而言，在实际的文化研究中，"民间"所涵盖的意义要广泛得多，其中还应包括作家的写作立

中国新文学整体观

《中国当代文学史教程》前言

场、价值取向、审美风格、文化修养等，并以此引申出许多相关的名词概念。

【民间隐形结构】指当代文学（主要是指20世纪五六十年代的文学）作品往往由两个文本结构构成——显形文本结构与隐形文本结构。显形文本结构通常由国家意志下的时代共名所决定，而隐形文本结构则受到民间文化形态的制约，决定着作品的艺术立场和趣味。以电影《李双双》的故事为例，从显形文本结构来说，是一个歌颂"大跃进"运动的政治宣传品，但其隐形结构体现了传统喜剧"二人转"的男女调情模式。有意思的是，后者实际上冲淡了前者的政治说教，使作品在一定程度上超越了时代而获得民间艺术的审美价值。又如"文化大革命"时期的样板戏《沙家浜》，是根据原来的地方戏《芦荡火种》改编的，保持了许多传统民间艺术的特点，尽管在情节上添加了阶级斗争和路线斗争的内容，但其最精彩的片段，仍然是群众喜闻乐见的民间"一女三男"喜剧情节模式，隐形结构实际上决定了这个作品的艺术魅力。还有许多当代文学作品也出现相类似的情况，如歌剧《刘三姐》、电影《红高粱》等。民间隐形文本结构有时通过不完整的破碎的方式表现出来，甚至是隐蔽在显形文本结构之内，用对立面的方式来表现。这就是造成20世纪五六十年代描写阶级斗争的作品里通常出现的落后人物和反面人物写得比正面人物更生动的原因，因为落后人物和反面人物身上往往不自觉地寄托了民间的趣味，如赵树理的许多创作都具有这一特点。

【民间理想主义】我用这个词来归纳20世纪90年代出现的一批歌颂理想主义的作家的创作现象。在五六十年代，理想主义是主流意识形态的代名词。随着"文化大革命"的结束和市场经济的兴起，人们普遍地对虚伪的理想主义感到厌恶，但同时滋长了放弃人类精神的向上追求、放逐理想和信仰的庸俗唯物主义。90年代，一批知识分子发起"人文精神寻思"的讨论，重新呼唤人的精神理想，有不少作家也在创作里提倡人的理想性，但他们都在历史的经验教训面前改变了五六十年代寻求理想的方式，转向民间立场，在民间大地上确认和寻找人生理想，表现出丰富的多元性，如张承志在民间宗教中寻求理想，张炜立足于民族土地上讴歌理想……有人称这种思潮为道德理想主义，我觉得有些含混，不如民间理想主义更明确一些。这是世纪末的一个值得关注的动向。

【共名与无名】这是一对专指文化形态的相对立的概念。20世纪中国的各个历史时期，都有一些概念来涵盖时代的主题。如五四时期的"民主与科学""反帝反封建"，抗战时期的"民族救亡""爱国主义"，五六十年代的"社会主义革命与建设""阶级斗争为纲""两条路线斗争"等，直到80年代仍然有一些，诸如"拨乱反正""改革开放"……这些重大而统一的时代主题深刻地涵盖了一个时代的精神走向，也是对知识分子思考和探索问题的制约。我把这样的文化状态称为"共名"。而在比较稳定、开放、多元的社会环境里，人们的精神生活日益丰富，那种重大而统一的时代主题已经拢不住民族的精神走向，于是价值多元、共生共存的状态就会出现。文化思潮和观念只能反映时代的一部分主题，却不能达到一种共名的状态，我把这种文化状态称为"无名"。90年代日趋涣散的文化走向在文学创作上有深刻的反映，出现了启蒙话语的消解和私人生活的叙事视角等创作现象，理论界对90年代文学作过许多命名，如"新状态""后现代"等，在我看来，诸种现象都反映时代已进入了无名状态，在无名状态里，知

中国新文学整体观

识分子的声音成为一种个人的声音，但时代是由多种声音构成的，在容忍私人性话语的同时，应容忍知识分子的启蒙声音，多种声音的交响共同构成一个时代多元丰富的文化精神整体。

对关键词含义的界定，在于帮助读者对文学史叙事语言的理解，也帮助读者弄清编写者有关当代文学的观念。但真正理解文学史，主要还是直接把握文学史本身。"重写文学史"的提倡至今快十年了，这十年中，研究者们对文学史的思考没有停止，而且一步步地取得了扎实的学术成果。现在我想通过这部以文学作品为主型的当代文学史的实践，来总结一些实质性的经验，使文学史研究取得更大的突破。

引用文献

著作

1. 巴金:《随想录》,人民文学出版社 1986 年版。

2. 本书编辑委员会编:《中国新文学大系 1937—1949·第十四集诗卷》,上海文艺出版社 1990 年版。

3. [英]彼德·琼斯编:《意象派诗选》,裘小龙译,漓江出版社 1986 年版。

4. 《波德莱尔美学论文选》,郭宏安译,人民文学出版社 1987 年版。

5. 曹禺:《雷雨》,文化生活出版社 1936 年版。

6. 陈思和:《人格的发展——巴金传》,上海人民出版社 1992 年版。

7. 陈思和主编:《中国当代文学史教程》,复旦大学出版社 1999 年版。

8. [美]丹尼尔·霍夫曼主编:《美国当代文学》,中国文艺联合出版公司 1984 年版。

9. 樊骏:《中国现代文学论集》(上),人民文学出版社 2006 年版。

10. 范伯群:《多元共生的中国文学的现代化历程》,复旦大学出版社 2009 年版。

11. 范伯群:《中国市民大众文学百年回眸》,江苏教育出版社 2014 年版。

12. 范伯群:《中国现代通俗文学史(插图本)》,北京大学出版社 2007 年版。

13. 范伯群、孔庆东主编:《通俗文学十五讲》,北京大学出版社 2003 年版。

14. [德]弗里德里希·尼采:《权力意志——重估一切价值的尝试》,张念东、凌素心译,商务印书馆 1991 年版。

15. 《歌德谈话录》,爱克曼辑录,朱光潜译,人民文学出版社 1978 年版。

16. 郭沫若:《历史人物》,人民文学出版社 1979 年版。

17. 郭沫若:《文艺论集》,上海光华书局 1925 年版。

18. 郭沫若:《学生时代》,人民文学出版社 1979 年版。

19. 《何其芳文集》,人民文学出版社 1982 年版。

20. 《胡风评论集》,人民文学出版社 1984—1985 年版。

21. 胡絜青编:《老舍论创作》,上海文艺出版社 1980 年版。

22. 胡适编选:《中国新文学大系·建设理论集》,上海良友图书印刷公司 1935 年版。

23. 《胡适留学日记》第 4 册,商务印书馆 1947 年版。

24. 《胡适日记全编》3,曹伯言整理,安徽教育出版社 2001 年版。

25. 黄子平、陈平原、钱理群:《二十世纪中国文学三人谈》,人民文学出版社 1988 年版。

26. 贾植芳主编:《中国现代文学的主潮》,复旦大学出版社 1990 年版。

27. 康有为辑:《日本书目志》,上海大同译书局 1897 年版。

28. 李长之:《迎中国的文艺复兴》,商务印书馆 1946 年版。

29. 李存光:《巴金研究资料》上卷,海峡文艺出版社 1985 年版。

30. 李欧梵:《中西文学的徊想》,三联书店香港分店 1986 年版。

31. 李泽厚:《中国古代思想史论》,人民出版社 1985 年版。

32. 刘索拉:《你别无选择》,

中国新文学整体观

引用文献

作家出版社 1986 年版。

33. 鲁迅编选:《中国新文学大系·小说二集》,上海良友图书印刷公司 1935 年版。

34. 《鲁迅全集》,人民文学出版社 2005 年版。

35. 《马克思恩格斯全集》第 1 卷,人民出版社 1995 年版。

36. 《马克思恩格斯选集》第 1 卷,人民出版社 2012 年版。

37. [美]马泰·卡林内斯库:《现代性的五副面孔:现代主义、先锋派、颓废、媚俗艺术、后现代主义》,顾爱彬、李瑞华译,商务印书馆 2002 年版。

38. 《毛泽东选集》第 3 卷,人民出版社 1991 年版。

39. 茅盾编选:《中国新文学大系·小说一集》,上海良友图书印刷公司 1935 年版。

40. 《茅盾文艺杂论集》上,上海文艺出版社 1981 年版。

41. 欧阳哲生编:《胡适文集》9,北京大学出版社 1998 年版。

42. 《瞿秋白文集》二,人民文学出版社 1953 年版。

43. 沈晖编:《苏雪林选集》,安徽文艺出版社 1989 年版。

44. 孙犁:《孙犁文集》二,百花文艺出版社 1982 年版。

45. 《孙中山选集》,人民出版社 2011 年版。

46. 唐金海等编:《茅盾专集》第 1 卷上册,福建人民出版社 1983 年版。

47. 唐湜:《新意度集》,生活·读书·新知三联书店 1990 年版。

48. 《王蒙小说报告文学选》,北京出版社 1981 年版。

49. 王润华:《中西文学关系研究》,东大图书有限公司 1978 年版。

50. 王哲甫:《中国新文学运动史》,杰成印书局 1933 年版。

51. [英]威廉·戈尔丁:《蝇王》,龚志成译,上海译文出版社 1985 年版。

52. 伍蠡甫主编:《现代西方文论选》,上海译文出版社 1983 年版。

53. 夏志清:《中国现代小说史》,刘绍铭等译,浙江人民出版社 2016 年版。

54. 《现代诗论》,曹葆华译,商务印书馆 1937 年版。

55. 《现代物理学与东方神秘主义》,灌耕编译,四川人民出版社 1983 年版。

56. 徐星:《无主题变奏》,作家出版社 1989 年版。

57. 薛绥之、张俊才编:《林纾研究资料》,福建人民出版社 1983 年版。

58. 亚东图书馆编:《科学与人生观》,亚东图书馆 1923 年版。

59. 《叶圣陶论创作》,上海文艺出版社 1982 年版。

60. 叶维廉:《饮之太和——叶维廉文学论文二集》,时报文化出版事业有限公司 1980 年版。

61. [法]雨果:《九三年》,郑永慧译,人民文学出版社 1957 年版。

62. 《郁达夫文集》第 1 卷,花城出版社 1982 年版。

63. 曾小逸主编:《走向世界文学:中国现代作家与外国文学》,湖南人民出版社 1985 年版。

64. 张承志:《北方的河》,百花文艺出版社 1985 年版。

65. 张承志:《金牧场》,作家出版社 1987 年版。

66. 张隆溪选编:《比较文学译文集》,北京大学出版社 1982 年版。

67. 郑振铎选编:《中国新文学大系·文学论争集》,上海良友图书印刷公司 1935 年版。

68. 中国社会科学院外国文学研究所外国文学研究资料

丛刊编辑委员会编:《欧美古典作家论现实主义和浪漫主义》二，中国社会科学出版社 1981 年版。

69. 周锡山编校:《王国维文学美学论著集》，北岳文艺出版社 1987 年版。

70. 周作人:《苦雨斋序跋文》，止庵校订，河北教育出版社 2002 年版。

71. 周作人:《谈虎集》，止庵校订，河北教育出版社 2002 年版。

72. 周作人:《谈龙集》，止庵校订，河北教育出版社 2002 年版。

73. 周作人:《自己的园地》，止庵校订，河北教育出版社 2002 年版。

74. 朱自清:《中国新文学研究纲要》，《文艺论丛》第 14 辑，上海文艺出版社 1982 年版。

75. Leo Ou-fan Lee, *The Romantic Generation of Modern Chinese Writers*, Cambridge, MA: Harvard University Press, 1973.

报刊

1. 阿城:《文化制约着人类》,《文艺报》1985 年 7 月 6 日。

2. 巴金:《点滴》,《文学》4 卷 2 号,1935 年 2 月。

3. 鲍国宝:《梅德林克之人生观》,《东方杂志》15 卷 5 号,1918 年 5 月。

4. 陈独秀:《答胡适之(文学革命)》,《新青年》2 卷 2 号,1916 年 10 月 1 日。

5. 陈独秀:《答曾毅(文学革命)》,《新青年》3 卷 2 号,1917 年 4 月 1 日。

6. 陈独秀:《答张永言》,《青年杂志》1 卷 4 号,1915 年 12 月 15 日。

7. 陈独秀:《答张永言》,《青年杂志》1 卷 6 号,1916 年 2 月 15 日。

8. 陈独秀:《敬告青年》,《青年杂志》1 卷 1 号,1915 年 9 月 15 日。

9. 陈独秀:《文学革命论》,《新青年》2 卷 6 号,1917 年 2 月 1 日。

10. 陈独秀:《现代欧洲文艺史谭》,《青年杂志》1 卷 3 号,1915 年 11 月 15 日。

11. 陈独秀:《再质问〈东方杂志〉记者)》,《新青年》6 卷 2 号,1919 年 2 月 15 日。

12. 陈嘉异:《东方文化与吾人之大任(台)》,《东方杂志》18 卷 2 号,1921 年 1 月 25 日。

13. 陈思和:《试论知识分子在现代社会转型期的三种价值取向》,《上海文化》创刊号 1993 年 11 月。

14. 成仿吾:《新文学之使命》,《创造周报》第 2 号,1923 年 5 月 20 日。

15. 范伯群:《近现代通俗文学漫话之三:鸳鸯蝴蝶派"倒是中国小说的正宗"》,《文汇报》1996 年 10 月 31 日。

16. 仿吾:《写实主义与庸俗主义》,《创造周报》第 5 号,1923 年 6 月 10 日。

17. 冯友兰:《与印度泰谷尔谈话(东西文明之比较观)》,《新潮》3 卷 1 号,1921 年 10 月 1 日。

18. 郭沫若:《马克斯进文庙》,《洪水》半月刊 1 卷 7 号,1925 年 12 月 16 日。

19. 郭沫若:《论中德文化书》,《创造周报》第 5 号,1923 年 6 月 10 日。

20. 郭沫若:《讨论"马克斯进文庙"》,《洪水》半月刊 1 卷 9 号,1926 年 1 月 16 日。

21. 郭沫若:《文艺之社会的使命》,上海《民国日报》副刊《文学》第 3 期,1925 年 5 月 18 日。

22. 郭沫若:《我们的文学新运动》,《创造周报》第 3 号,1923 年 5 月 27 日。

23. 郭沫若:《中国文化之传统精神》,《创造周报》第 2 号,1923 年 5 月 20 日。

24. 韩少功:《文学的"根"》,《作家》1985 年第 4 期。

25. 胡楠:《文学教育与知识生产:周作人在燕京大学(1922—1931)》,《现代中文学刊》2014 年第 1 期。

26. 胡适:《逼上梁山》,《东方杂志》31 卷 1 号(30 周年纪念号),1934 年 1 月 1 号。

27. 胡适:《读梁漱溟先生的〈东西文化及其哲学〉》,《读书杂志》第 8 期,1923 年 4 月 1 日。

28. 胡适:《建设的文学革命论》,《新青年》4 卷 4 号,1918 年 4 月 15 日。

29. 胡适:《文学改良刍议》,《新青年》2卷5号,1917年1月1日。

30. 柯一岑:《柏格森精神能力说》,《民铎》3卷1号,"柏格森号",1921年12月1日。

31. 梁启超:《论小说与群治之关系》,《新小说》1号,1902年10月15日。

32. 茅盾:《从牯岭到东京》,《小说月报》19卷10号,1928年10月10日。

33. 木天:《写实文学论》,《创造月刊》第1卷第4期,1926年6月1日。

34. 佩韦(沈雁冰):《现在文学家的责任是什么?》,《东方杂志》17卷1号,1920年1月10日。

35. 《上海输血研究所研究血清血型发现:我国以北纬三十五度为界线中华民族分南北两大发源地》,《文汇报》1986年1月3日。

36. 沈雁冰:《文学和人的关系及中国古来对于文学者身分的误认》,《小说月报》12卷1号,1921年1月10日。

37. 沈雁冰:《〈小说月报〉改革宣言》,《小说月报》12卷1号,1921年1月10日。

38. 沈雁冰:《新旧文学平议之评议》,《小说月报》11卷1号,1920年1月25日。

39. 实庵(陈独秀):《我们为什么欢迎泰谷儿》,《中国青年(上海1923)》第2期,1923年10月27日。

40. 苏雪林:《沈从文论》,《文学》3卷3号,1934年9月。

41. 损(沈雁冰):《〈创造〉给我的印象》,《文学旬刊》第37—39期,1922年5月11日、21日、6月1日。

42. 王泽龙、张晋业:《现代中国文学学科观念与方法学术研讨会综述》,《光明日报》2007年8月24日。

43. 《文学研究会宣言》,《小说月报》12卷1号,1921年1月10日。

44. 《文学勇将阿密昭拉传》,《大陆》第2年第1号,1904年3月6日。

45. 西谛(郑振铎):《新文学观的建设》,《文学旬刊》第37期,1922年5月11日。

46. 雁冰:《〈欧美新文学最近之趋势〉书后》,《东方杂志》17卷18号,1920年9月25日。

47. 雁冰:《为新文学研究者进一解》,《改造(上海1919)》3卷1号,1920年9月15日。

48. 易家钺:《诗人梅德林》,《少年中国》1卷10期,1920年4月15日。

49. 郁达夫:《艺文私见》,《创造季刊》创刊号,1922年3月15日。

50. 袁可嘉:《关于西方现代主义文学的三个问题》,《外国文学》1983年第12期。

51. 张辛欣:《在同一地平线上》,《收获》1981年第6期。

52. 《中国左翼作家联盟的成立》,《拓荒者》第1卷第3期,1930年3月10日。

53. 中夏:《中国现在的思想界》,《中国青年(上海1923)》第6期,1923年11月24日。

54. 仲密(周作人):《译波德莱尔〈散文小诗〉六首之译者小引》,《晨报副刊》1921年11月20日。

55. 周作人:《文学上的俄国与中国》(1920年11月在北京师范学校及协和医学校所讲),《小说月报》第12卷号外"俄国文学研究",1921年9月。

56. 朱光潜:《福鲁德的隐意识说与心理分析》,《东方杂志》18卷14号,1921年7月25日。

中国新文学整体观

引用文献

索引

名词索引

122, 123, 124, 125, 126, 127, 128, 129, 132, 133, 137, 141, 142, 219, 253, 291, 296

现实主义（现实主义文学） 98, 99, 101, 102, 104, 107, 120, 126, 133, 171

"现实主义道路广阔论" 110

香港文学 284, 322

象征主义 26, 98, 100, 117, 119, 120, 159, 171, 172, 173, 180, 181, 192

小资产阶级思想（小资产阶级） 20, 72, 73, 74, 76, 78, 85, 212, 296

写实主义 42, 97, 99, 100, 101, 102, 120, 156, 181, 182, 187

"写中间人物" 110

新民主主义革命 72, 73, 276, 277, 282, 283, 296, 314

新时期文学 7, 8, 24, 75, 76, 77, 78, 80, 83, 84, 85, 87, 89, 90, 91, 114, 130, 133, 137, 192, 215, 245, 247, 249

新文化运动 16, 20, 37, 39, 40, 44, 52, 111, 175, 186, 202, 210, 224, 226, 228, 230, 231, 233, 234, 240, 242, 243

新文学传统 67, 76, 86, 125, 126, 233, 249, 258, 259, 284, 285, 300, 301, 308, 313, 329, 338

新月派 159, 178, 179, 312

虚无主义 132, 138, 223, 240

Y

样板戏 21, 342, 344

意象派宣言 178, 179

鸳鸯蝴蝶派（鸳蝴派作家） 20, 174, 232, 274, 292, 293, 298, 310, 312

圆形轨迹 69, 76, 77, 78, 81, 85, 86, 87, 92, 253, 258, 264

Z

真实主义 100

整体观 1, 3, 5, 6, 8, 9, 13, 33, 34, 84, 251, 253, 254, 256, 257, 258, 259, 261, 263, 264, 265, 266, 281, 282, 300, 314, 337

知识分子民间岗位 315

自然主义 95, 97, 98, 99, 100, 101, 102, 106, 107, 111, 152, 154, 181, 182, 207

左翼文学 24, 59, 60, 61, 74, 280, 296, 298, 322

左翼文艺运动（左翼文艺） 10, 28, 77, 183, 212, 278, 283, 296, 300, 312, 313

中国新文学整体观

索引

刊物、著作、文章篇名索引

中国新文学整体观

人名索引

中国人名（包括作品人物名）

湛容　89

A

阿城　86, 192, 223, 224, 228, 242, 245, 247, 248, 249
阿Q　82, 84, 182, 188
艾青　16, 231
艾芜　153

B

巴金　16, 59, 60, 61, 67, 105, 117, 118, 149, 150, 154, 215, 217, 230, 231, 232, 244, 279, 300, 338, 341
白先勇　17
班固　96, 121
包天笑　155, 315
北岛　18
冰心　48, 100, 307

C

蔡元培　15, 275, 315
残雪　18, 125, 126
曹禺　16, 20, 61, 66, 67, 231, 279
陈独秀　15, 41, 42, 53, 56, 97, 98, 175, 229, 233, 234, 235, 238, 239, 240, 241, 273, 274
陈平原　280, 281
陈寅恪　291
陈映真　17

D

邓拓　124
邓友梅　245
邓中夏　236
丁景唐　278
丁玲　16, 59, 66, 81, 84, 231, 247, 283, 300, 312
丁易　277

F

樊骏　279, 289, 290, 293, 294, 297, 298, 302, 303, 313, 323
范伯群　274, 279, 292, 295, 299, 307, 308, 309, 314, 315, 319, 320, 321, 324
废名（冯文炳）　10, 31, 32, 33, 54, 58, 148, 151, 154, 239, 244, 245, 247
冯雪峰　16, 103, 106, 131, 275, 278
冯友兰　239, 241, 242

G

高晓声　17, 81, 217, 219
辜鸿铭　229, 234
顾城　133
顾颉刚　241
郭沫若　16, 50, 51, 60, 81, 98, 108, 155, 158, 159, 160, 182, 188, 193, 206, 207, 209, 239, 240, 241, 244, 274
郭小川　16, 283

H

韩少功　18, 86, 245, 248
何立伟　245, 249
何其芳　26, 62, 63, 283
胡风　10, 16, 65, 66, 67, 74, 76, 106, 107, 114, 231, 233, 243, 275, 277, 278, 291, 292, 336, 337, 338, 341
胡适　16, 23, 24, 41, 42, 55, 74, 76, 97, 99, 130, 159, 177, 178, 179, 180, 187, 229, 232, 233, 235, 237, 238, 240, 241, 273, 274, 275, 296
黄春明　17
黄凡　18
黄源　278
黄子平　280, 281, 314

J

贾平凹　32, 33, 86, 192, 245, 247, 249
贾植芳　103, 266, 309
蒋光慈　101, 149, 307
金河　217

中国新文学整体观

索引

新版编后记

高等教育出版社计划推出"稷下文库"，邀请我加盟文学类丛第一辑。我虽然能够奉献给读者的仅仅是旧著，但这也是我自己比较喜欢、比较看重的几种著作。其中第一本《中国新文学整体观》写于20世纪80年代，第二本《新文学整体观续编》大部分完成于20世纪90年代，第三本《献芹录》是读书随笔，完成于新世纪的头十年。现在暂且放开第三本另文介绍，仅对《中国新文学整体观》和《新文学整体观续编》两种旧著再多说几句。

关于这两本书的版本情况，我曾经在《陈思和文集》第六卷自序里有过一些介绍。20世纪80年代中期，是文艺理论风行的年代，以出版文艺理论著作闻名的上海文艺出版社想搭建一个为青年批评家服务的平台，于是就有了一套设计漂亮的文学批评小丛书，取名为"牛犊丛书"。丛书推出的第一本书是批评家吴亮的小册子，第二本就来约我写稿。那时候我正在写作一组系列文章，都是以"中国新文学发展中的……"为题，在学界有一点好的反响。原本计划连续写十篇，因为出版社催着出书，才写了七篇就匆匆结集，这就是第一版薄薄的《中国新文学整体观》。丛书的要求是每本七到十万字，我当时觉得字数有点少，就把一篇原本不属于这个系列的文章也编了进去，凑成八篇。那时我是多么急功近利！为之我也付出了代价。以后我对这本书一直放不下，总想找时间好好修订。在我自己的著作里，《中国新文学整体观》的版本最多，编来编去，就是我内心的不安在作祟。

中国新文学整体观

新版编后记

1990 年，台湾兰亭书店发行人陈信元来大陆。兰亭是一家热爱中国文化传统，尤其热衷传播五四新文学的小书店，陈信元对大陆的文学作品非常了解。那时候，他已经加盟台湾业强出版社，担任总编辑。他主动向业强出版社社长陈春雄先生建议出版大陆作者的著作。于是他们一起到上海来寻找作者，首先就找到我和陈子善，希望我们参与策划业强的一系列文化类丛书。这是我在人生道路上从事出版工作的契机。我与陈信元、陈子善一起策划了"青少年图书馆""中国文化名人传记丛书"等好几套丛书。陈信元还主动建议《中国新文学整体观》在台湾业强出版繁体字版。这是我对这本书的第一次修订。除了在文字上做了较大的修订，我又添加了新写的、也是原计划系列中的两篇论文，删去了原先不属于这个系列的一篇。繁体字版的篇目是——

自序

中国新文学史研究的整体观

中国新文学发展的圆形轨迹

中国新文学发展中的启蒙传统*

中国新文学发展中的现实主义

中国新文学发展中的现实战斗精神

中国新文学发展中的浪漫主义*

中国新文学发展中的现代主义

中国新文学发展中的忏悔意识

中国新文学对传统文化的态度以及演变

附录："新文学整体观"的构想——答林爱莲问

（带*的两篇论文是增补的）

这个篇目与现在的版本基本相合，原计划写十篇系列论文，只剩下一篇计划好的《中国新文学发展中的马克思主义》没有写，而且后来也没有写。台湾业强版的《中国新文学整体观》是我比较喜欢的版本，装帧素雅大方，内容也相对齐整。1995 年，在韩国外国语大学朴宰雨教授的主持下，《中国新文学整体观》出版了韩语版，翻译者都是朴教授的学生，他们把这本书作为学习中国现代文学的教材，边学习边翻译，依据的是两种"整体观"版本的全部篇目，再加上我安排学生做的五万字的注释，篇幅很厚，内容有点庞杂。2001 年，上海文艺出版社建议出版《中国新文学整体观》增订本，我对这本书又做了第二次大规模的修订。这次修订，主要是调整、增加篇目，把我在90 年代新写的另外一组当代文学"关键词"研究的论文也放进去了，篇幅扩大到三十万字左右，篇目是：

中国新文学史研究的整体观

中国新文学发展中的启蒙传统

中国新文学发展中的文化状态*

中国新文学发展中的战争文化心理*

中国新文学发展中的民间文化形态*

中国新文学发展中的传统文化因素

中国新文学发展中的现实主义（包括了"中国新文学发展中的现实战斗精神"）

中国新文学发展中的浪漫主义

中国新文学发展中的现代主义（包括了"中国新文学发展中的忏悔意识"）

中国新文学整体观

新版编后记

中国新文学发展中的外来影响*

再版后记

（带*的四篇论文是增补的）

这样内容虽然厚重一些，似乎把我对文学史研究的重要观点都收进去了，但我还是感到不满意。因为增订本新添的章节内容是属于文学史关键词研究系列，并不属于"整体观"系列，掺合在一起有点不协调。于是，2010年我为山东教育出版社主编一套"20世纪文学史理论创新探索丛书"时，又把增订本里几篇关键词研究的论文抽出，加上新写的论文，编成了《新文学整体观续编》，并在后记里说明了这一情况。我承诺：以后《中国新文学整体观》再版的话，不再编入这部分内容，让《中国新文学整体观》和《新文学整体观续编》成为两本独立的书。2017年，广东人民出版社决定出版七卷本《陈思和文集》，给了我这样一个机会，我就把《中国新文学整体观》和《新文学整体观续编》分别编入文集第六卷，又一次调整了文章篇目，并且对文字做了认真的修订。原先按照出版社的要求，两种书都是用章节来设计三级标题，编文集时我就把这种"专著"的形式取消，恢复了系列论文集的形式。我在自序里说："我希望这是一个最后的定本了。"但是现在，我又打破了自己的预设，对这两本书做了第四次修订。

这次"稷下文库"版是在《陈思和文集》第六卷的基础上增订的。文集第六卷共分三辑。第一辑《中国新文学整体观》；第二辑《新文学整体观续编》；第三辑是新编的《我们的学科》，收录我关于学科建设和文学史编写的五篇论文。"稷下文库"版的《中国新文学整体观》，收录文集版的第一辑和第三辑全部内容，并且补入在编增订本和文集第六卷时都没有收录的论文《中国新文学发展中的圆形轨迹》。"稷下文库"版的《新文学整体观续编》是在文集版第二辑的基础上，增补《20世纪中国文学中的世界性因素》和《〈20世纪文学史理论创新探索丛书〉导言》（作为附录）。两书的全部文字（包括引文、注释），我又一次做了修订工作，按照出版社的要求，加入了文献资料与索引。我希望这一次真的是最后的定本了。

在本书的最后，我整理了《中国新文学整体观》发表、转载和获奖信息，作为对本书学术影响轨迹的一个总结。

2022年3月6日于海上鱼焦了斋

发表、转载、获奖信息

著作

《中国新文学整体观》   上海文艺出版社 1987 年初版

1990 年获全国首届比较文学优秀图书一等奖，1994 年获上海市第二届哲学社会科学优秀成果奖著作类二等奖

论文

上编　中国新文学整体观

《中国新文学史研究的整体观》   第一、第三部分初刊《复旦学报（社会科学版）》

1985 年第 3 期，原题为《新文学史研究中的整体观》，

《新华文摘》1985 年第 8 期全文转载，

题为《应纵向破除现当代文学的人为界限》

第二部分初刊上海《中文自修》1987 年第 5 期，

原题为《中国新文学与世界文学的整体框架》

《中国新文学发展中的两种启蒙传统》   初刊《中国现代文学研究丛刊》1990 年第 4 期，

原题为《中国新文学发展中的两种传统》

《中国新文学发展中的圆形轨迹》   初刊《当代文艺思潮》1986 年第 3 期，

原题为《中国新文学发展的圆型轨迹》

《中国新文学发展中的 现实主义》	第一部分初刊《学术月刊》1986年第9期， 《评论选刊》1986年第11期全文转载。 1988年获1986—1987年上海社联优秀学术成果奖， 曾收入《学术月刊六十年选集》卷三文学 （学术月刊编辑部编，上海人民出版社2017年版）
	第二部分初刊《中国现代文学研究丛刊》1987年第2期， 原题为《中国新文学发展中的现实战斗精神 ——现实战斗精神与现实主义的分界》
	第三部分初刊《当代作家评论》1986年第5期， 原题为《中国当代文学中的现代战斗意识 ——论现实战斗精神在新时期文学中的一种变体》
《中国新文学发展中的浪漫主义》	初刊《学术月刊》1987年第10期
《中国新文学发展中的现代主义》	初刊《上海文学》1985年第7期， 原题为《中国文学发展中的现代主义 ——兼论现代意识与民族文化的融汇》， 《新华文摘》1985年第9期全文转载。 1986年获上海市（1979—1985年）哲学社会科学论文奖
《中国新文学发展中的忏悔意识》	初刊《上海文学》1986年第2期， 原题为《中国新文学发展中的忏悔意识 ——关于人对自身认识的一个侧面》
《中国新文学对传统文化的态度 以及演变》	初刊《复旦学报（社会科学版）》1986年第3期， 原题为《中国新文学对文化传统的认识及其演变》

中国新文学整体观

新版编后记

《方法·激情·材料
    ——与友人谈〈中国新文学整体观〉》   初刊《书林》1988年第7期

下编　我们的学科

《中国现代文学学科发展概述》   初刊《同济大学学报（社会科学版）》2015年第5期

《我们的学科：已经不再年轻，   初刊《文学评论》2008年第2期，
其实还很年轻》   原题为《我们的学科还很年轻》，
            《新华文摘》2008年第11期全文转载

《评"中国现代文学史   初刊《文艺争鸣》2009年第7期，
多元共生新体系"》   原题为《评"中国现代文学史多元共生新体系"
            ——范伯群教授的新追求和新贡献》

《〈中国当代文学史   初刊南京《文学评论丛刊》第1卷第1期（1997年12月），
教程〉前言》   发表稿题为《关于中国当代文学史教材编写的一些想法》，
            人大复印报刊中心《中国现当代文学研究影印资料》
            1998年第6期全文转载

出版说明

　　高等教育出版社"稷下文库"丛书以"荟萃当代优秀成果，彰显盛世学术繁荣"为宗旨，注重历史与现实、理论与实践相结合，遴选中国当代人文社科各领域知名学者的代表作。这些著作，均是改革开放以来经过学界、读者和市场检验的高水平研究成果，是了解中国当代学术发展的必读经典。

　　丛书中的部分作品写作和初版时间较早，反映出作者当时的学术思考，其观点和表述或带有时代的印痕，与当下的习惯、认识有一定差异。随着时代发展，学术进步乃是必然。正因为学术的健康发展需要传承有绪、守正创新，学术经典的价值并不会因为时代变迁而消减，故而，我社本着充分尊重原著的原则，在保留原著观点、风貌的基础上，协同作者梳理修订文字，补充校订注释和引文，并增加了参考文献和索引，以期带给读者更好的阅读体验，让学术经典在新时代继续创造价值。

高等教育出版社

2022 年 10 月

图书在版编目（CIP）数据

中国新文学整体观/陈思和著. -- 修订版. -- 北
京：高等教育出版社，2023.8
ISBN 978-7-04-060416-0

Ⅰ.①中… Ⅱ.①陈… Ⅲ.①中国文学－文学研究
Ⅳ.①I206

中国国家版本馆CIP数据核字(2023)第071184号

策划编辑	龙 杰 孙 璐
责任编辑	孙 璐
封面设计	张志奇
版式设计	张志奇
责任绘图	邓 超
责任校对	马鑫蕊
责任印制	耿 轩
出版发行	高等教育出版社
社　　址	北京市西城区德外大街4号
邮政编码	100120
购书热线	010-58581118
咨询电话	400-810-0598
网　　址	http://www.hep.edu.cn
	http://www.hep.com.cn
网上订购	http://www.hepmall.com.cn
	http://www.hepmall.com
	http://www.hepmall.cn
印　　刷	河北信瑞彩印刷有限公司
开　　本	787 mm × 1092 mm 1/16
印　　张	24.5
字　　数	280 千字
插　　页	1
版　　次	2023 年 8 月第 1 版
印　　次	2023 年 8 月第 1 次印刷
定　　价	98.00 元

中国新文学整体观
（修订版）

ZHONGGUO XINWENXUE ZHENGTIGUAN
（XIUDING BAN）

内容简介

本书是中国新文学面面观，探索如何运用"整体观"的视角和"史的批评"方法来解释中国新文学与书写新文学史。全书分上下两编，共15篇文章。文章讨论的话题都联系着从五四到新时期的每一个历史环节。它们不是局部的、某一历史阶段的问题，而是贯穿于整个新文学史的现象。上编"中国新文学整体观"，提出"整体观"问题，旨在打通现当代文学的研究领域，建立"中国新文学"这门学科。下编"我们的学科"，收录关于学科建设和文学史编写的数篇论文。

本书虽是已有著作的再修订，但作者对全书文字，包括引文和注释，又作了认真的校阅修改，并依照当前的学术规范，添加了引用文献与索引，以期更便于读者抓住相关研究的重点与脉络。本次修订版为作者期望的定本。